grafit

Chemnitzer Str. 31, D-44139 Dortmund
Internet: http://www.grafit.de
E-Mail: info@grafit.de

Umschlagfoto: Anna-Lena Thamm / photocase.com
Druck und Bindearbeiten: CPI – Clausen & Bosse, Leck
ISBN 978-3-89425-349-3
6. 7. 8. 9. / 2016 15 14 13

Lucie Klassen

Der 13. Brief

Kriminalroman

grafit

Die Autorin

Lucie Flebbe, geb. 1977 in Hameln, lebt mit Mann und Kindern in Bad Pyrmont. Mit ihrem Krimidebüt *Der 13. Brief* (noch unter dem Namen Lucie Klassen) mischte sie 2008 die deutsche Krimiszene auf. Folgerichtig wurde sie mit dem ›Friedrich-Glauser-Preis‹ als beste Newcomerin in der Sparte ›Romandebüt‹ ausgezeichnet. Mit *Hämatom, Fliege machen* und *77 Tage* sicherte sie sich die Topplatzierung unter Deutschlands besten KrimiautorInnen und eine immer größer werdende Fangemeinde. Im Frühjahr 2013 folgt der fünfte Fall für Lila Ziegler: *Das fünfte Foto.*

1.

Mein Name ist Lila.

Ich bin zwanzig Jahre alt, habe mein Abi in der Tasche und bin auf dem Weg nach Bielefeld, um dort mein Jurastudium zu beginnen.

Wenn ich fünf Jahre Paragrafenbüffelei hinter mir habe, liegt ein Traum von einer Zukunft als Anwältin vor mir. Ich werde blassrosa Kostümchen tragen – rosa genug, um aufzufallen, und blass genug, um kein öffentliches Ärgernis zu erregen. Meine Pumps werden zum Kostümchen passen und mein Lippenstift zu den Pumps. Die Haare werde ich zu einem strengen, blonden Pferdeschwanz zusammenbinden und alle männlichen Kollegen werden davon träumen, wie ich ihn öffne und meine Mähne sexy über meine Schultern schüttele (was natürlich nie passieren wird). Und ich werde eine Brille tragen, obwohl ich keine brauche, weil Blondinen in rosa Kostümen ohne Brille dämlich wirken. Ich werde immer ein Handy am Ohr haben und eins in Reserve in meiner Dreihundert-Euro-Echtleder-Handtasche von Prada. Selbstverständlich werde ich Cabrio fahren – oder zumindest einen absolut unpraktischen Zweisitzer.

Und meine Eltern werden platzen vor Stolz!

Wie gesagt, ein Traum von einer Zukunft.

Nur leider nicht mein eigener! Ich selbst spürte einen ausgeprägten Brechreiz, wenn ich mir das vorstellte. Ich hatte noch nie ein Kostüm angehabt, egal in welcher Farbe. Und passende Pumps erst recht nicht.

Tatsächlich war ich so ziemlich das genaue Gegenteil einer karrieregeilen Anwältin. Das Einzige, was ich jemals in Blassrosa tragen würde, waren meine Haare. Ich liebte Wollpullis, die mir bis an die Knie reichten, und meine Jeans waren mit bunten Handabdrücken verziert. Handtäschchen fand ich lächerlich und Echtleder war gegen meine Überzeugung.

Die Schule hatte ich in den letzten drei Jahren so oft geschwänzt, dass die Religionslehrerin meinen Namen im Klassenbuch für einen Druckfehler gehalten hatte. Ich las die *EMMA*, protestierte schon mal vor dem Zoo Hannover für die Freiheit der Meerschweinchen und hatte in einer eigenwilligen Interpretation unserer Theater-AG Aschenputtel oben ohne gespielt.

Und das Allerletzte, was ich mir wünschte, war, dass meine Eltern stolz auf mich sein konnten!

Ich hatte noch nie auf meine Eltern gehört – wieso fing ich ausgerechnet heute damit an?

Landschaft tauchte hinter dem Fenster des Zuges auf, sauste vorbei und war wieder verschwunden, bevor ich hingesehen hatte. An meiner Stirn spürte ich das Zittern der Scheibe, an der mein Kopf lehnte, und das Dröhnen der Räder auf den Schienen summte in meinen Ohren.

In meiner geballten Faust hielt ich noch immer den Zettel. Zornig knüllte ich das Papier fester zusammen, meine Fingernägel bohrten sich so schmerzhaft in meine Handfläche, dass sie möglicherweise blutete.

Aber ich hörte nicht auf.

Meine Wut brodelte kochend heiß vor sich hin. Ich musste sie an irgendetwas auslassen, und wenn es nur dieser Fetzen Papier war.

Zugegeben, dieses Mal hatte mich mein Vater verblüfft. Ich hatte wirklich nicht damit gerechnet, mit meinem nicht gerade brillanten Abischnitt von 2,9 und der Extrarunde, die ich in der elften Klasse gedreht hatte, ohne Wartezeit studieren zu können.

Um ehrlich zu sein, hatte ich es auch nicht vorgehabt.

Doch vor zwei Wochen hatte mein Vater ohne Vorwarnung verkündet, ich hätte einen Studienplatz in Bielefeld bekommen. Jemand sei kurz nach Semesterbeginn abgesprungen und ich könne nachrutschen.

Das hatte mich wirklich erstaunt, denn ich hatte mich nicht mal auf die Warteliste setzen lassen. Doch das hatte offensichtlich mein Vater für mich erledigt.

»Und was studiere ich?«, erkundigte ich mich.

Meine Eltern sahen mich so verständnislos an, als hätte ich gefragt, wie man sich nach dem Kacken den Arsch abwischt.

»Jura natürlich, Schätzchen!«

Natürlich.

Doch das war noch nicht alles! Zusammen mit der Einschreibung hatten sie mir auch gleich den Mietvertrag für eine Zwei-Zimmer-Bude in der besseren Gegend nahe der Uni und die Zugfahrkarte für den ICE in die Hand gedrückt.

Kein Problem für den Herrn Oberstaatsanwalt! Ein Anruf genügte und schon hatte sein missratenes Töchterchen Studienplatz und Wohnung. Scheißegal, wie grottenschlecht mein Abi war.

Ich knirschte vor Wut mit den Zähnen.

Die Oma, die mir gegenübersaß, warf mir einen strengen Blick über den Goldrand ihrer Brille zu. Ihre toupierte Dauerwelle leuchtete in dem gleichen hellen Lila wie meine aus Überzeugung ungekämmten Haare.

Allein das hätte doch ein bisschen Frauensolidarität aufkommen lassen können.

Denkste.

Ohne Zweifel gehörte sie zu der Sorte alter Tanten, die kreative Frisuren, moderne Musik und spielende Kinder so erfreulich fanden wie ein mittelgroßes Hühnerauge.

Ein vorbeiwatschelnder Zweijähriger lenkte den Unmut der Oma von meinen Haaren ab, indem er ein altes Kaugummipapier vom Boden aufhob und sorgfältig in der winzigen Kapuze seiner Jacke verstaute.

Der Zug wurde langsamer.

Bielefeld Hauptbahnhof las ich auf dem Schild, das an meinem Fenster vorbeihuschte.

Die Oma erhob sich und stolzierte zur Tür.

Ich faltete bedächtig den zerknüllten Zettel auseinander, strich ihn glatt und betrachtete ihn nachdenklich.

Mit zehn hatte ich das erste Mal geraucht, mit elf gekifft – und das nur aus einem Grund: Weil mein Vater es streng verbot.

Als meine Mutter mir erklärt hatte, die Tochter des Oberstaatsanwaltes könne keinen zerknitterten Cord tragen, hatte ich mir noch eine blaue Punkfrisur dazumachen lassen.

Und als meine Eltern von mir verlangten, für die mündliche Bioprüfung zu pauken, um meinen Abischnitt aufzumöbeln, hatte ich die Nacht durchgesoffen.

Ich beobachtete, wie der kleine Ordnungsfanatiker neben meinen Füßen einen angelutschten Lolli in seiner Kapuze verschwinden ließ.

Gab es einen vernünftigen Grund, aus dem ich ausgerechnet heute damit anfangen sollte, meine Prinzipien zu ignorieren?

Mir fiel keiner ein.

Der Zug setzte sich wieder in Bewegung.

Entschlossen zerriss ich die Uni-Einschreibung und genoss das Triumphgefühl beim Ratschen des Papiers.

Dann stopfte ich die Schnipsel zu dem anderen Abfall in die Kapuze des Kindes.

Ungefähr hundert Kilometer später fiel mir ein, dass mein Fahrschein schon lange ungültig sein musste. Außerdem hatte ich keine Ahnung, wohin der Zug fuhr.

Kurz dachte ich über meine Möglichkeiten nach: Hundert zerknitterte Euro steckten in meiner Hosentasche, die Klamotten in meinem Rucksack reichten höchstens für eine Woche und es regnete.

Eine Regenjacke hatte ich nicht dabei.

Ich rutschte ein Stück zur Seite, als sich drei Jungs zu mir in die Sitzreihe zwängten. Zwei von ihnen plumpsten auf die Bank gegenüber, der Dritte lümmelte sich neben mich und stellte lässig ein Bein aufs Polster.

Sie waren jünger als ich, fünfzehn vielleicht, und verständigten sich durch eine Sprache, die wie eine Mischung aus Türkisch, Kölsch und dem Inhalt von Comic-Sprechblasen klang.

Wenigstens fühlten sich meine neuen Begleiter von meiner Frisur nicht persönlich angegriffen. Sie zogen ihre Handys hervor und hämmerten darauf herum.

Draußen veränderte sich die Landschaft. Seit einiger Zeit gab es weniger Wiesen und Felder. Zwischen den blattlosen Bäumen an der Bahnstrecke wuchsen immer öfter Schallschutzwände aus Beton in die Höhe. Mal verschwanden Häuser dahinter, mal wuchsen sie als eckige, graue Säulen in den grauen Himmel.

Die Namen auf den Schildern der Bahnhöfe klangen bekannt. Hamm, Kamen und Dortmund – ich landete im Ruhrgebiet!

Die drei Comicfiguren rissen mich aus meinen Gedanken.

»Fuck, Fettbacke kommt!«

»Ey, walz – walz!«

»Los, wech!«

Sie sprangen auf und stolperten eilig durch den Mittelgang davon.

Echt unauffällig!

Ich spähte durch den Zug.

Ein Bauch in einer blauen Schaffneruniform quetschte sich durch den Gang. Über dem Bauch kam ein Kinn, dann noch eins und obendrauf thronte der Kopf, wie ein zu stramm aufgepusteter Luftballon.

Die Körperfülle des Schaffners war für Zugfahrten denkbar ungeeignet. Er hatte das gleiche Problem wie Kinderwagen und Rollstühle: Er passte nicht zwischen den Sitzreihen hindurch. Er musste sich erst seitlich drehen, um voranzukommen.

»Nächster Halt: Bochum Hauptbahnhof«, meldete eine freundliche Lautsprecherstimme.

Ich stand auf und zog meinen Rucksack von der Gepäckablage, als hätte ich nur auf diese Ansage gewartet. Ohne Eile schlenderte ich den drei Jungen nach.

»Wenn meine Olle mitkrischt, dat ich jeschwänzt hab und schwarzjefahren bin, isset Handy wesch!«, raunte einer der Jungen dem anderen zu, als ich mich neben sie an die nächste Tür stellte.

Der ICE wurde langsamer. Doch schon schob der Schaffner seinen Bauch heran: »Fahrkartenkontrolle!«

»Wir müssen hier raus, Alter!«, motzte einer der Schwarzfahrer frech.

»Wenn ich deine Karte nicht sehe, steigst du nirgendwo aus!«

Und siehe da: Die drei begannen brav, in ihren Taschen zu kramen.

Der Zug bremste leise quietschend ab.

»Mitkommen!«, befahl der Uniformierte. »Alle vier!«

»Moment mal!«, protestierte ich empört. »Ich gehöre nicht zu denen!«

»Dann zeig mal dein Ticket!«

Ich begann ebenfalls in meinen Hosentaschen zu wühlen.

Draußen schob sich der Bahnsteig vors Fenster.

»Das Theater kannste dir sparen, Frolleinchen!«

»Vorsicht!«, fuhr ich den Dicken an. »Ich bin über achtzehn, ich werde mich beschweren, wenn Sie mich duzen! Außerdem beschwere ich mich wegen Diskriminierung, denn die Anrede ›Fräulein‹ ist seit Jahrhunderten abgeschafft! Und wegen Verleumdung, denn das hier ist ja wohl eine Fahrkarte!«

Der Zug kam mit einem Ruck zum Stehen.

Ich winkte den Jungen hinter meinem Rücken, die Tür zu öffnen.

»Hah!«, schnappte der Schaffner triumphierend. »Die war nur bis Bielefeld gültig!«

»Das hier ist ja auch Bielefeld oder wollen Sie mir erzählen, wir hätten es in zwei Stunden bis Hongkong geschafft?«

Er starrte mich an, als wollte ich ihn verarschen.

Gut, wollte ich auch.

Trotzdem schluckte er es: »Sitzen Sie auf den Ohren? Das hier ist Bochum!«

»Tatsächlich? Da habe ich aber lange geschlafen!«

Hinter mir ging mit einem leisen Zischen die Tür auf und die drei Jungen rannten, so schnell sie konnten, davon.

Ich sprang weniger eilig aus dem Zug und winkte dem Schaffner noch mal freundlich zu, denn er konnte sich unmöglich schnell genug bewegen, um mich einzuholen.

2.

So stand ich an einem düsteren Montagnachmittag im Eingang des Bochumer Hauptbahnhofes und starrte durch die Glastüren hinaus in den Regen. Um mich herum schlugen Menschen die Kragen ihrer Jacken hoch, spannten bunte Schirme auf und eilten zielstrebig davon.

Ich blieb stehen.

Die Häuserfront der Bochumer Innenstadt baute sich drohend wie eine Festung vor mir auf. Die Gebäude waren riesig, grau, mit spiegelnden Fensterfronten. Links außen erhob sich ein Wolkenkratzer mit an die fünfzehn Stockwerken, auf dessen Dach, dicht unter den tief hängenden Wolken, sich ein Mercedes-Stern drehte. Rechts von mir standen zwei ähnliche Klötze. Die Hochhäuser wirkten wie Wachtürme einer gewaltigen Ritterburg. Eine schmale Spalte in dieser Mauer führte in die Innenstadt.

Ein Stück entfernt, mitten auf der Straße, entdeckte ich ein riesiges Stahlgebilde, das an einen Container erinnerte, der irgendwann aus dem Frachtraum eines Flugzeuges gestürzt war, sich senkrecht in den Asphalt gebohrt hatte und dort seit ein paar Jahrzehnten ungestört vor sich hin rostete.

Was zum Teufel sollte ich hier?

Ein bärtiger Mann, der sich die Kapuze seines gelben Regenmantels tief ins Gesicht gezogen hatte, schlurfte auf mich zu.

Die Glastür, hinter der ich stand, öffnete bereits automatisch, während er noch drei leere Bierdosen in den überquellenden Mülleimer vor dem Eingang stopfte.

Ein kalter Windstoß sprühte mir den Regen entgegen.

Der Bärtige kam herein, zog eine zusammengefaltete Pappe unter seinem Regenmantel hervor und breitete sie auf dem Boden aus.

Einen Moment lang sah ich zu, wie der Mülleimer draußen die Bierdosen wieder hochwürgte und in die Pfützen aufs Pflaster spuckte, wo der Wind sie davonrollte.

Der Mann hockte sich neben mir auf den Boden. Er roch so ähnlich wie der Mülleimer und um seinen Hals baumelte ein selbst beschriftetes Schild, auf dem *Obdachlos* zu lesen war.

Der feindselige Blick unter seinen wuchernden Augenbrauen sagte mir deutlich, dass er sein trockenes Plätzchen hier nicht mit mir teilen wollte. Dabei schien sein Regenmantel, im Gegensatz zu meiner alten, blauen Cordjacke, wasserdicht zu sein. Ich nahm allerdings nicht an, dass er mir glauben würde, dass wir seit ein paar Stunden Kollegen waren.

Also trat ich hinaus in den Regen.

Sofort spürte ich, wie die dicken, kalten Tropfen mir hart auf die Jacke prasselten, meine Haare durchschlugen und mir lila Strähnen ins Gesicht klebten.

Wohin jetzt?

Ich hatte keine Ahnung.

Natürlich konnte ich wieder zurück in den Bahnhof. Irgendein Zug würde mich von hier wegbringen.

Nur wohin?

Dieser Ort war genauso gut wie jeder andere. Was nutzte es, ziellos von einem Zug in den nächsten zu steigen, wenn ich nicht wusste, wohin ich wollte?

Zumindest würde hier sicher niemand nach mir suchen.

Ich vergrub die Hände tief in den Taschen meiner Jacke und ging los.

Geradeaus.

Über eine vierspurige Straße hinweg, auf die schmale Schlucht zwischen den Betonwänden der Stadt zu.

Außer mir war kaum jemand unterwegs. Ein paar vereinzelte Menschen hasteten mit gesenkten Köpfen und vorgehaltenen Schirmen in die Geschäfte.

Ich lief in der Mitte der Fußgängerzone, ohne mich vor dem Regen zu schützen. Das wäre sowieso sinnlos gewesen.

Hinter den beleuchteten Fenstern einer Eisdiele herrschte auch im Oktober Betrieb, das Licht war hell und warm, während die düsteren Wolken hier draußen für eine verfrühte Dämmerung sorgten.

Ich brauchte eine Bleibe für die Nacht oder ich würde doch meinem Kollegen im Bahnhofseingang Gesellschaft leisten müssen. Aber ich besaß nur hundert Euro. Wenn ich mir ein Hotelzimmer nicht mit einer tausendköpfigen Kakerlakensippe teilen wollte, reichten hundert Euro für ungefähr drei Tage.

Wie findet man Montagnachmittag in einer fremden Stadt ein möglichst kostenloses Dach über dem Kopf?

Ratlos lief ich weiter, zwischen hohen Gebäuden hindurch, an beleuchteten Geschäften vorbei. Ein Platz tat sich auf, doch auch er war von steilen Häuserfronten umringt.

Die Enge dieser Stadt hatte etwas Bedrohliches, das mich schneller gehen ließ.

Der Regen schlug Blasen auf dem Pflaster, als ich den nächsten Platz erreichte. In seiner Mitte hockten einige gusseiserne Gestalten auf einer Bank. Ich schlich an ihnen vorbei, weiter geradeaus.

Beinahe erleichtert stellte ich fest, dass ich die Innenstadt offenbar hinter mir gelassen hatte.

Die Häuser wurden niedriger, die Straßen schmal, die Gehwege schmutzig. Unzählige Zigarettenkippen klebten neben Kaugummis, und dass das Pflaster des Fahrradweges einmal eine Farbe gehabt hatte, war nur noch zu erahnen.

Im Eingang eines Erotiklokals wartete eine weitere Obdachlose darauf, dass der Regen nachließ. Die Frau ähnelte einer Wasserleiche: Ihr Gesicht war aufgedunsen und bleich, mit dunkelblauen Augenringen und Haaren, die an Seetang erinnerten. Ihre zitternden Finger tasteten nach dem Hals der halb leeren Bierflasche, die aus ihrer Tasche ragte.

Erst auf den zweiten Blick erkannte ich, dass sie nicht älter als ich selbst sein konnte. Mir lief ein Schauer über den Rücken, und das lag nicht am Regen, der meine Jacke allmählich durchweicht hatte.

Noch konnte ich zurück.

Vielleicht konnte ich mit Mama darüber reden, dass ich nicht studieren wollte? Dass ich einfach noch Zeit bräuchte? Vielleicht ein Jahr nach Amerika gehen oder so?

Meine Mutter würde Selbstfindungsblabla vielleicht verstehen.

Nein, würde sie nicht!

Nicht zu studieren verstieß gegen alle Prinzipien meiner Eltern, die im Großen und Ganzen besagten, dass ihre Kinder mit fünfundzwanzig ein Diplom in der Tasche haben sollten und mit dreißig einen Doktortitel.

Andererseits war ein Doktortitel besser als das Obdachlosenheim.

Es würde mich nur eine Entschuldigung kosten.

Verdammt, es kostete mich mehr!

Ich könnte auch gleich auf Knien rutschend zugeben, dass jedes blau gefärbte Haar, jeder Joint, den ich geraucht, und jeder Heavy-Metal-Freak, mit dem ich auf dem Sofa meiner Eltern geschlafen hatte, umsonst gewesen war. Dass ich auf meine so lang ersehnte Freiheit schon beim Anblick der ersten Schwierigkeiten verzichtete und schnellstmöglich ins bequeme Nest zurückwollte.

Nein!

Und wenn ich im Bahnhofseingang übernachtete: Nein!

Mit einem wütenden Ruck blieb ich stehen.

Das Regenwasser lief mir aus den Haaren übers Gesicht in den Kragen meiner Jacke. Meine Hände und Füße spürte ich vor Kälte kaum noch. Und meinen blauen Rucksack hatte der Dauerregen dunkel gefärbt, mit Sicherheit war nichts vom Inhalt trocken geblieben.

Ich hatte keine Ahnung, wie lange ich einfach geradeaus gegangen war. Ich hatte keine Ahnung, wo ich mich befand.

Im Licht der Straßenlaterne sah ich mich um.

Die Straßenlaterne. Es war dunkel!

Wann war das passiert?

Hinter mir bewegte sich etwas!

Erschrocken fuhr ich herum. In einem Kneipeneingang, kaum ein paar Meter von mir entfernt, stand schon wieder ein Penner. Er machte es sich auf einer mit dreckigen Fußspuren übersäten Matte bequem. Neben ihm ließen sich zwei große, weiße Hunde nieder und auf seinem Pappschild stand: *Arbeitsloser Schäfer aus Ungarn braucht Futter für seine Tiere.*

In dem Augenblick stand mein Entschluss fest. Nur weil ich ohne eine trockene Unterhose vor einer schmuddeligen Kneipe in dieser trostlosen Stadt stand, würde ich nicht zu meinen Eltern zurückkriechen!

»Ist dein Glückstag heute!«, sagte ich zu dem ungarischen Schäfer und drückte ihm den zerknitterten Hundert-Euro-Schein aus meiner Hosentasche in die Hand.

Eine Sekunde lang starrte er auf das Geld. Dann hielt er sich das Pappschild über den Kopf und rannte durch den

Regen davon. Die beiden Hunde sprangen auf und trotteten ihm, dicht an die Hauswand gedrückt, nach.

3.

Schnell nahm ich den frei gewordenen Platz des Obdachlosen ein und stellte mich selbst unter. Einen Augenblick lang betrachtete ich den ungepflegten Biergarten direkt an der Straße. Die drei Tische und die bunten Plastikstühle waren schon vor Wochen im Laub einer einzelnen Eiche versunken.

Ich warf einen Blick auf das matt beleuchtete Schild über der Tür. *Bei Molle* hieß der Laden. Daneben wurde für eine Biermarke geworben, deren Namen ich noch nie gehört hatte.

Nicht mal ein Bier konnte ich mir jetzt noch leisten. Und ohne ein Glas in der Hand würde ich mich da drinnen nicht aufwärmen dürfen.

Mein Blick streifte die Briefkästen im Eingang. *J. Schröder* stand an dem einen Blechkasten. Er hatte eine Beule. *B. Danner – Privatdetektei* las ich auf dem zweiten und merkte, wie sich im gleichen Moment mein Gehirn in Gang setzte.

Ich hatte eine Idee!

Nein.

Das konnte nicht mal ich bringen.

Oder doch?

Wenn ich die Nacht nicht im Bahnhofseingang verbringen wollte, wurde es Zeit, dass ich eine Unterkunft fand. Und das Wort ›Privatdetektei‹ hatte meine Neugier geweckt.

Mein Vater konnte Schnüffler nicht ausstehen. Als Staatsanwalt hatte er öfter mit privaten Ermittlern zu tun. Die Verteidigung beauftragte sie, Entlastungsmaterial für die

Angeklagten zu beschaffen, und mein Vater explodierte regelmäßig vor Wut darüber. Er selbst vermied jeden Kontakt zu Privatdetektiven und verließ sich ausschließlich auf seine Polizisten.

Ich hatte noch keinen Detektiv persönlich kennengelernt. Meine Vorstellung von dem Beruf basierte daher auf Fernsehserien und den Berichten meines Vaters. Deshalb retteten Privatdetektive in meiner Fantasie hauptsächlich schöne Heldinnen aus bedrohlichen Situationen, trieben den bösen Oberstaatsanwalt in den Wahnsinn und ähnelten alle irgendwie Pierce Brosnan.

Ich würde es mit B. Danner versuchen.

Zugegeben, ich hatte schon besser ausgesehen. Ich war klitschnass, meine Nase rot gefroren – und wenn ich geahnt hätte, dass es nötig sein würde, hätte ich etwas Figurbetonteres als einen knielangen, lila Wollpulli getragen.

Aber wenn B. Danner männlich war, besaß er ein Mindestmaß an Beschützerinstinkt. Und dann reichten meine blauen Augen aus, damit er mich nicht im Regen stehen ließ.

Wenn B. Danner nicht männlich war, dann hoffentlich lesbisch.

In meiner Jackentasche fand ich neben zwei Tampons und meinem angenagten Federhalter auch den Umschlag, aus dem ich im Zug die Einschreibung für die Uni gezogen hatte.

Welche Adresse hatte dieses Haus?

Annastraße 28.

So ordentlich, wie es mit vor Kälte steifen Fingern möglich war, kritzelte ich die Anschrift als Absender auf das Kuvert. Meine Jacke zog ich aus, schnallte sie an meinen Rucksack und stellte fest, dass mein durchnässter Pulli doch ziemlich figurbetont an meinem Busen und meinen Hüften klebte.

Ich fuhr mir mit den Fingern durch die Haare und wischte mit dem Ärmel unter meinen Augen entlang, um die mit Sicherheit verlaufene Wimperntusche zu beseitigen. Schließlich wollte ich nur ein bisschen männlichen Beschützerinstinkt hervorrufen, keinen Herzinfarkt vor Schreck.

Dann trat ich in den Hausflur.

Gedämpfte Musik drang durch eine zerkratzte, alte Tür. Dort ging es in die Gaststätte.

Ich schaltete das Licht ein.

An die Wand gegenüber hatte jemand übergroß *FUCK* gesprayt. Es dauerte eine Weile, bis ich daneben das schmale, kleine Schild mit den schlichten schwarzen Buchstaben entdeckte:

Detektei Danner
Zweiter Stock

Werbeposter und Leuchtreklamen schienen in diesem Gewerbe nicht notwendig zu sein.

Ich stieg die Treppe hinauf.

Was ich hier versuchte, widersprach allen Du-darfst-auf-keinen-Fall-trampen- und Sprich-nie-mit-fremden-Männern-Regeln, die man mir je eingetrichtert hatte.

Die Du-darfst-auf-keinen-Fall-trampen-Regel hatte ich allerdings schon vor zwei Jahren gebrochen, als ich in den Sommerferien auf diese Weise bis Rom gekommen war.

J. Schröder las ich neben der Klingel im ersten Stock.

Ich folgte der Treppe weiter hinauf. Sie endete vor einer Wohnungstür. Wieder dauerte es einen Augenblick, bis ich das schmale Schildchen mit dem Hinweis auf die Detektei direkt unter der Klingel entdeckte.

Drinnen brannte Licht, ich konnte es durch einen Türspalt sehen.

Mein Herz begann warnend zu pochen, doch ich hörte nicht darauf. In der Kneipe unten herrschte Betrieb, zur Not konnte ich schreien. Die Chancen, gehört zu werden, standen nicht schlecht.

Ich drückte den Klingelknopf, bevor mich mein Mut verlassen konnte.

Einen Augenblick lang tat sich nichts.

Dann hörte ich Schritte, die Sicherheitskette rasselte. Im nächsten Moment schwang die Tür auf.

Ich zog die Brauen hoch.

Der Kerl, der mir gegenüberstand, war eindeutig männlich. Aber dann endete die Ähnlichkeit mit meiner Pierce-Brosnan-Fantasie auch schon. Größer als ich schien er nur, weil er eine Stufe höher stand, dafür war er doppelt so alt wie ich, vielleicht vierzig. Die Haare, die der Typ noch hatte, waren so kurz geschoren wie sein Dreitagebart. Vermutlich stellte er den Rasierer auf drei Millimeter ein und benutzte ihn auch gleich als Kamm. Sein Rolli war schwarz, die ausgebeulte Jogginghose ebenfalls. Hätte ich seinen Beruf erraten sollen, hätte ich auf Rausschmeißer oder hauptberuflicher Rechtsradikaler getippt.

Er musterte mich auf entmutigende Weise unbewegt: »Ja?«

Erst in dem Moment erinnerte ich mich an die Rolle, die ich spielen wollte. Vor Schreck hatte ich das Gefühl, rot zu werden, was mir normalerweise nie passierte.

»Onkel Max?«, begann ich mit meinem Auftritt, obwohl mir der erste Eindruck sagte, dass ich hier kaum eine Chance hatte.

»Was ist los?«

»Onkel Max! Sag nicht, du hast vergessen, dass ich heute komme? Ich bin Lila!«

Der Mann runzelte die Stirn.

»Na, da kann ich ja am Bahnhof warten, bis ich anfange zu schimmeln!«, plapperte ich weiter. »Jetzt lass uns hier nicht rumstehen! Mein Rucksack ist schwer, ich bin klitschnass und mein Magen knurrt seit drei Stunden!«

Ich wollte mich an ihm vorbeidrängeln, doch er hielt mich mit einem schnellen Griff am Arm zurück: »Ich bin nicht Onkel Max und ich kenne dich nicht! Also verpiss dich!«

»Was soll das heißen: Du bist nicht Onkel Max?«

»Kannst du nicht lesen oder was?« Er deutete mit einem knappen Kopfnicken auf das Schild an der Tür.

Ich tat, als entdeckte ich es erst jetzt.

»Dein Name ist nicht Max Ziegler? Und deine Schwester heißt nicht Dorothea?«

Er hielt es nicht für nötig zu antworten.

»Aber ich hab doch deinen Brief bekommen!« Ich zerrte den Umschlag aus meiner Hosentasche. »Hier, ich hab ihn dabei!« Meinen Rucksack stellte ich auf der Türschwelle ab. »Da steht eindeutig Annastraße 28! Das ist doch hier, oder etwa nicht?«

Der Detektiv warf einen kurzen Blick auf die Anschrift: »Bist du bescheuert, oder was? Beckum steht hier, nicht Bochum!«

»Was?« Mit gespieltem Erstaunen nahm ich das Kuvert. Einen Augenblick lang betrachtete ich den Umschlag ungläubig.

Dann biss ich mir auf die Unterlippe und probierte es mit einem himmelblauen Augenaufschlag: »Scheiße!«

»Dann hätten wir das ja geklärt.« Er wandte sich ab und griff nach der Türklinke. »Du hast Glück, Ermittlungen unter fünf Minuten berechne ich nicht.«

Ich dachte nicht daran, meinen Rucksack von der Türschwelle zu nehmen. »Und wo soll ich jetzt hin?«

»Ist das mein Problem?«

»Es ist schon fast sieben! Heute kriege ich keinen Zug mehr, außerdem hab ich keine Kröten für die Rückfahrt. Ich sitze hier fest!«

»Dann such dir ein Hotel.«

»Hörst du schwer? Ich hab kein Geld!«

Er wollte die Tür zudrücken.

Ich wischte mir durchs Gesicht.

Er verdrehte die Augen: »In Gelsenkirchen gibt's ein Obdachlosenasyl. Adresse steht im Telefonbuch.«

Idiot!

Na schön, ein letzter Versuch.

Augenaufschlag, Schmollmund, zitternde Unterlippe: »Kann ich nicht hier bleiben? Du hast doch sicher ein Sofa und es ist ja nur für eine Nacht!?«

»Hast du getrunken oder was? Ich lass doch nicht jeden Penner in meine Wohnung!« Er gab meinem Rucksack einen Tritt und knallend fiel die Tür ins Schloss.

Mit dem Fuß stoppte ich mein Gepäck, damit es nicht die Treppe hinunterpolterte.

Mist!

Wie hatte ich mir einbilden können, dass mich ein Wildfremder wegen ein paar Krokodilstränen auf seinem Sofa übernachten ließ? Mein Augenaufschlag wirkte vielleicht bei alternden Englischlehrern, die meine selbst unterzeichneten Entschuldigungen durchgehen lassen sollten – aber nicht bei einem bekennenden Arschloch wie diesem Typen. In der Rekordzeit von nur zweieinhalb Minuten war es ihm gelungen, meine schöne Vorstellung vom ritterlichen Privatdetektiv wie eine Seifenblase über einem Kaktus zerplatzen zu lassen.

Ich bückte mich nach meinem Rucksack. Also zurück zu Plan A: der Bahnhofseingang.

»Morgen früh bist du verschwunden, verstanden? Keine Drogen und kein Alk – und denk nicht mal dran, auch nur einen Kugelschreiber mitgehen zu lassen!«

Erschrocken fuhr ich herum. Ich hatte nicht gemerkt, dass Danner die Tür hinter mir wieder geöffnet hatte.

»Beweg dich, bevor ich es mir anders überlege!«, knurrte er ungeduldig, als ich zögerte.

Ich beeilte mich, hinter ihm herzustolpern.

4.

Die Wohnungstür führte direkt in einen Raum, der anscheinend Büro und Wohnzimmer zugleich war.

Vor dem Fenster sah ich einen Schreibtisch, darauf PC, Scanner, Drucker und ein paar Ablagen, randvoll mit losen Blättern. Auf dem Boden daneben wuchs ein Aktenberg bis in Augenhöhe. Das Regal, das eine ganze Zimmerwand füllte, war vollgestopft mit Aktenordnern, Papierstapeln und einzelnen Zetteln.

Mitten im Zimmer auf dem hellen Teppich standen ein altes, graues Sofa und ein Sessel. Davor ein niedriger Couchtisch mit schwarzer Granitplatte, auf dem ich zwei leere Bierflaschen und eine Socke bemerkte.

An der Wand hing ein Flachbildfernseher (Fünfzig-Zoll-Bildschirm, für eine Männerwohnung wohl wichtiger als die Dusche), darunter befanden sich der digitale Sat-Receiver, Video- und DVD-Rekorder und die Stereoanlage. Und in einer Vitrine entdeckte ich Flaschen verschiedener Hochprozentiger plus die passenden Gläser.

Drei Türen hatte der Raum. Und drei Fenster. Auf den Fensterbänken türmten sich neben vereinzelten Topfpflanzen weitere Akten, die den Stapel neben dem Schreibtisch wohl zum Einstürzen gebracht hätten.

Danner war durch eine Tür verschwunden, hinter der ich alte, bräunliche Fliesen erkennen konnte.

Das Bad.

Ich stellte meinen durchweichten Rucksack neben das Sofa auf den hellen, nicht mehr ganz sauberen Teppich.

»Hier!« Ein Handtuch flog auf mich zu.

Ich fing es auf.

Der Detektiv hatte außerdem ein Kissen mitgebracht und ging an mir vorbei zum Sofa. Ich beobachtete ihn, während ich mir die Haare trocken rieb.

Er war doch etwas größer als ich. Nachdenklich betrachtete ich die Breite seiner Schultern und den Umfang seiner Arme. Sogar unter dem schwarzen Rolli konnte ich seine Muskeln erkennen und es waren nicht wenige.

Der Kerl hatte Kraft.

Mehr als ich in jedem Fall.

Automatisch wanderte mein Blick zur Wohnungstür. Er hatte die Sicherheitskette vorgelegt.

War ich eigentlich vollkommen bescheuert, mich von so einem schrägen Typen in seiner Wohnung einschließen zu lassen? Der konnte alles sein, vom Drogendealer bis zum Psychopathen – wobei ich ihm, wenn ich darüber nachdachte, den Psychopathen eher zutraute.

Natürlich hütete ich mich, mir meine Überlegungen anmerken zu lassen. Ich rubbelte meinen Nacken trocken.

»Häng die nassen Klamotten ins Bad. Hast du was anderes dabei?«

Ich warf einen Blick auf meinen Rucksack, um den herum sich ein gut sichtbarer, nasser Fleck auf dem hellen Teppich ausbreitete.

Danner verfolgte meinen Blick und verdrehte die Augen: »Du gehst mir jetzt schon auf den Sack! Über der Wanne hängen saubere Pullis. Hast du wenigstens schon gegessen?«

Ich schüttelte den Kopf.

»War klar«, brummte er missmutig.

Ich klemmte meinen Rucksack unter den Arm und lief ins Badezimmer. Die Tür drückte ich hinter mir zu, aber es gab keinen Schlüssel. Der Raum war eng, zwischen Klo, Waschbecken und Badewanne konnte man sich gerade noch umdrehen. Die alten Fliesen waren teilweise gerissen und bei genauerer Betrachtung nicht braun, sondern beige – was den Gesamteindruck aber nicht positiv beeinflusste.

Die geöffneten Türen des Schrankes unter dem Waschbecken dienten als Handtuchhalter und zwischen den Stapeln von Badelaken im Innern entdeckte ich weitere Aktenordner. Die Duschgelflaschen der letzten zwei Jahre stapelten sich auf dem Badewannenrand. Darüber schwebte ein ausziehbarer Wäschehalter, auf dessen durchhängenden Leinen immer mindestens zwei Pullover übereinander hingen. Alle waren trocken. Anscheinend nahm Danner nur den herunter, den er gerade tragen wollte.

Ich griff ein paar seiner Pullis, um Platz für meine eigenen Klamotten zu schaffen. Danners Sachen waren allesamt dunkel: schwarz, marineblau und anthrazit.

Auch das sprach eher für den Psychopathen.

Mein lila Wollrolli wirkte zwischen seiner Wäsche wie ein Papagei, der mit einem Schwarm Raben nach Süden ziehen wollte. Nachdem die Kleidungsstücke, die ich angehabt hatte, schwer und tropfend auf den Leinen baumelten, zog ich ein Teil nach dem anderen aus dem Rucksack, wrang es aus und hängte es ebenfalls auf. BHs und Unterhosen landeten der Einfachheit halber auf der Badewannenkante. In der

Mitte des Rucksacks fand ich schließlich eine Jeans, die bis auf ein feuchtes Bein unbeschadet geblieben war.

Zum Glück, denn ich konnte vielleicht einen Pullover von Danner tragen, aber mit Sicherheit hielt kein Gürtel eine seiner Hosen auf meinen Hüften. Und in Unterhose durch die Wohnung eines Psychopathen zu spazieren, da legte ich keinen besonderen Wert drauf.

Ich nahm den Fön, der an seinem eigenen Kabel über dem Spülkasten baumelte, und während ich erst das Hosenbein und dann meine Haare trocknete, fragte ich mich, warum Danner wohl einen Fön besaß.

Schließlich suchte ich mir einen dunkelblauen Pulli aus. Meine Fingerspitzen verschwanden in den Ärmeln, die Schultern hingen auf meinen Oberarmen.

Als ich aus dem Bad trat, stand ein Teller mit Rührei auf dem Couchtisch. Ich hockte mich aufs Sofa, rollte die zu langen Ärmel hoch und zog die Knie unter den Pulli.

Danner kam aus der Küche und stellte eine Flasche Wasser, Pfeffer und Salz auf den Tisch, bevor er sich mir gegenüber in den Sessel fallen ließ.

Ich musterte den dampfenden Teller misstrauisch.

»Stell dich nicht an! Ich hab's nicht vergiftet.«

Vielleicht nicht absichtlich, überlegte ich. Der Blick in sein Bad hatte mich jedenfalls nicht auf Anhieb von seinen Fähigkeiten als Hausmann überzeugt.

Ich spießte ein Stück Ei mit der Gabel auf und schob es zögernd in den Mund.

»Mmmm!«

Es schmeckte tatsächlich!

»Okay, Lila – das ist doch dein Name, nicht wahr?«

Ich nickte kauend.

»Ich geh noch joggen.«

Ach ja, er hatte Turnschuhe angezogen und eine Regenjacke – schwarz, wen wunderte es?

»Komm ja nicht auf die Idee, in meinen Sachen zu schnüffeln, die Kette vorzulegen oder andere dumme Witze zu machen, ich verstehe keinen Spaß!«, warnte er mich. »Und Finger weg vom Fernseher. Du kannst auf dem Sofa pennen, das ist alles. Du weißt, wo das Klo ist, ansonsten wird hier nichts angerührt. Morgen früh bist du verschwunden. Und solltest du vergessen, den Pullover dazulassen oder sonst irgendwas von meinen Sachen, dann finde ich dich und liefere dich persönlich bei den Bullen ab. Mit Anzeige und allem Drum und Dran! Nicht vergessen, das ist mein Job.«

Ich nickte noch einmal.

Er zog sich eine Mütze über die Glatze und im nächsten Moment fiel schon die Tür hinter ihm zu.

Ich war allein in der Wohnung.

Ich hatte ein Dach über dem Kopf und Rührei im Magen.

Ich hatte es geschafft!

Natürlich konnte ich es nicht lassen, Küche und Schlafzimmer zu inspizieren, bevor ich es mir auf dem Sofa gemütlich machte.

In der Küche gab es einen Esstisch mit drei Stühlen, auf denen sich Wäsche und Akten türmten. Herd und Geschirrspüler waren nicht neu, aber blitzsauber. Unter dem Tisch lagen ein paar Hanteln.

Das Erstaunlichste war allerdings die hohe Kühl-Gefrierkombination, in der bis auf drei Flaschen Bier, Ketchup und einen Aktenordner gähnende Leere herrschte.

Wo zum Teufel hatte Danner die Zutaten für das Rührei hergeholt?

Und die Pfanne hatte er anscheinend gleich gespült! Ehrlich gesagt, hätte ich ihm unterstellt, dass sie in ihrem eigenen Fett die nächsten drei Wochen am Herd festklebte.

Auch das Schlafzimmer war unerwartet ordentlich. Die Decke auf dem breiten Bett aufgeschüttelt. Die Gardinen ließen freien Blick auf die Straße zu und alle Türen und Schubladen der Kiefernschrankwand waren geschlossen. Pierce Brosnan meldete sich zurück und ich malte mir aus, zwischen Danners Unterhosen eine halbautomatische Waffe zu finden. Doch als ich die Schranktüren keine Sekunde nach diesem Gedanken öffnete, waren die meisten Fächer – leer!

Eigentlich nicht erstaunlich, da ich den größten Teil von Danners Garderobe ja schon im Bad entdeckt hatte.

Zwei Anzüge hingen in den Plastiktüten der Reinigung, einige – dunkle – Boxershorts hatte Danner in eine Schublade gestopft und in einem der Fächer lagen zwei dicke, abgewetzte Lederpolster, wie sie Kampfsportler benutzten, um beim Sparring Hiebe und Tritte zu parieren.

Zurück im Wohnzimmer rollte ich mich in die Sofadecke ein und schaltete Danners Fernseher an. Mittlerweile war es nach acht, stockdunkel und der Regen trommelte noch immer auf die Dachfenster.

Zufrieden zappte ich durch die Programme.

5.

Ich bekam nicht mit, wann Danner zurückkehrte.

Ich hatte nicht riskieren wollen, dass er mich beim Zappen erwischte und doch noch vor die Tür setzte, deshalb hatte ich den Fernseher bald wieder ausgeschaltet. Und war beinahe sofort auf den durchgesessenen Sofapolstern eingeschlafen.

Was mich am nächsten Morgen weckte, war eine dröhnende Männerstimme.

»Mach gefälligst dein Telefon an! Die hysterische Kuh hat mich um sieben Uhr morgens aus dem Bett geklingelt! Ich bin nicht deine Sekretärin, verdammt noch mal!«, brüllte jemand direkt vor dem Sofa.

Samt Decke sprang ich auf. Der Bauch, vor dem ich im nächsten Moment stand, sprang genauso schnell einen ganzen Meter zurück.

Der Dicke starrte mich an, als wäre ich kein Mädchen auf einer Couch, sondern ein Vampir, der sich gerade aus seinem Sarg erhoben hatte.

Der Mann war nicht nur fett, sondern auch groß und genauso unrasiert wie Danner. Die paar grauen Haare, die dem Dicken noch nicht ausgegangen waren, trug er beinahe schulterlang und um seinen Bauch hatte er eine ehemals weiße Schürze gewickelt, auf der sich mehrere Handabdrücke abzeichneten. Hinter halbmondförmigen Brillengläsern umgaben so viele Lachfältchen die flinken, dunklen Augen, dass er sogar noch fröhlich aussah, als er mich musterte wie eine in die Decke eingerollte Ratte.

Bei dem hätte ich einziehen sollen, war mein erster Gedanke. Im Gegensatz zu Danner war dieser Mann mir auf Anhieb sympathisch. Und mit Sicherheit war er nicht völlig resistent gegen Mitleid jeder Art.

»Guten Morgen!«, grinste ich.

Er überlegte offensichtlich, was er darauf antworten sollte. »Sind Sie mit Danner verwandt?«, brachte er schließlich heraus.

Ich schüttelte den Kopf.

»Eine Freundin?«

Ich verneinte noch mal.

»Eine Klientin?«

Auch nicht.

»Was zum Teufel machen Sie dann hier?«

»Ich bin Lila«, sagte ich, als würde das alles erklären.

Sein Blick sagte mir, dass das nicht alles erklärte.

»Ich bin Molle, mir gehört die Kneipe unten.« Er verschränkte abwartend die Hände auf dem Bauch, dem er vermutlich seinen Namen verdankte.

»Ich bin neu in der Stadt«, klärte ich ihn auf. »Gestern hat es gegossen wie aus Eimern und ich hatte kein Geld für ein Zimmer. Ich wusste nicht, wo ich hin sollte.«

»Und da hat Danner Sie hier schlafen lassen? Umsonst?«

Ohne Zweifel glaubte er mir kein Wort. »Kommen Sie, ich mache uns unten Frühstück«, brummte er belustigt. »Solange können Sie sich eine bessere Geschichte ausdenken.«

Frühstück?

Das ließ ich mir nicht zweimal sagen.

Danners Pulli und meine Jeans hatte ich noch an und so folgte ich Molle barfuß die Treppe hinunter.

In der ersten Etage deutete Molle auf die Tür von *J. Schröder:* »Meine Wohnung.«

Es hätte mich auch überrascht, wenn *Molle* als Name in seinem Ausweis gestanden hätte.

»Aber Frühstück mach ich uns unten.«

In der Kneipe war niemand.

Kein Wunder, es war gerade erst Viertel nach sieben.

Molle wies mit einem Kopfnicken auf einen Tisch direkt neben der Theke, auf dem ausgebreitet die Tageszeitung lag.

Ein Becher stand daneben. »Kaffee?«

»Tee, wenn es keine Umstände macht.«

Ich setzte mich. Weitere Tische standen in Nischen vor den Fenstern. Die Polster der Stühle und Bänke waren mit rot kariertem Stoff überzogen. Es gab Topfpflanzen auf den Fensterbänken, Fußballfotos und eine VfL-Flagge an den Wänden, ein elektronisches Dartspiel, einen Flipper und einen Computer, an dem man für zwei Euro Trivial Pursuit spielen konnte.

Ich zog die Beine zum Schneidersitz auf den Stuhl, damit meine nackten Füße nicht an dem gefliesten Boden festfroren, und entdeckte hinter den Wodkaflaschen auf dem Tresen mein Spiegelbild.

»Oje!« Hastig fuhr ich mir mit den Fingern durch die lila Zotteln, die von meinem Kopf abstanden wie die Mähne eines toupierten Löwen.

Im nächsten Moment vergaß ich mein Frisurproblem, denn Molle balancierte einen Korb mit duftenden Brötchen, Kaffee, Marmelade, Honig, Nutella, Käse, Aufschnitt, ein Ei und Tee auf einem Tablett herein.

»Wow!«, stotterte ich. »Hören Sie, Herr Molle, ich kann das nicht bezahlen, ich –«

Er schnaufte empört. »Herr Molle? Das lassen Sie mal schnell wieder bleiben! Wenn Sie wollen, können wir uns duzen. Oder bestehen Sie auf ›Frau Lila‹?«

Er grinste.

Ich grinste zurück: »Auf keinen Fall. Also, Molle, ich hab keine Kohle für ein Frühstück wie in der Präsidentensuite.«

»Geht aufs Haus.«

Der Dicke ließ sich mir gegenüber auf einem der Stühle nieder. »Sieht Danner ähnlich, hat plötzlich 'n Gast und nicht mal ein Ei im Kühlschrank!«

»Gestern Abend hat er aber noch Rührei gemacht«, widersprach ich und schmierte dick Nutella auf eine Brötchenhälfte. Aus den Augenwinkeln sah ich, dass Molle schmunzelte.

»Ach, das Rührei kam von dir!«, begriff ich. »Meine Oma

hätte es nicht besser gemacht! Wenn ich in der Nähe bleibe, komme ich öfter vorbei.«

»Wo willste denn hin?«, erkundigte sich Molle.

Ich zuckte die Schultern und biss in mein Brötchen. »Schätze, ich such mir 'n Job und 'n Zimmer. Und wenn ich etwas Geld zusammenhabe, esse ich bei dir Rührei.«

Molle musterte mich über den Rand seiner Brille hinweg: »Haste schon mal gekellnert?«

Ich riss die Augen auf.

»Nee? Na, macht nix, das haste schnell raus. Ich brauch 'ne Aushilfe. Vier Abende die Woche, vielleicht auch mehr, mal sehen.«

»Gibst du jedem einen Job, der sich hier auf deine Kosten durchfuttert?«, wunderte ich mich.

»Den meisten«, erklärte Molle ungerührt. »Ich kann dich ja wieder feuern. Sechs Euro die Stunde, was ist?« Er streckte mir seine Hand entgegen.

Weil ich in der Linken gerade die Teetasse hielt, klemmte ich das Brötchen zwischen meine Zähne und schlug ein.

»Ich hab übrigens schon mal gekellnert«, berichtete ich dann. Zwei Jahre lang, um genau zu sein. Bis mein Bruder gepetzt und meine Mutter einen Riesenaufstand gemacht hatte.

»Umso besser«, brummte Molle zufrieden.

Ich kratzte mich am Kopf: »Dann brauch ich nur noch 'ne billige Bude. Fällt dir da zufällig auch was ein?«

Dein Gästezimmer vielleicht?, ergänzte ich in Gedanken.

Mir entgingen die Lachfältchen, die sich plötzlich von den Augenwinkeln aus über sein Gesicht ausbreiteten, nicht.

»Was?«, bohrte ich sofort nach.

»Du wirst es nicht glauben, aber mir fällt wirklich was ein!« Er rieb sich das stoppelige Kinn.

»Jetzt mach's nicht so spannend!«

»Da Danner dich bisher nicht gefressen hat, könntest du einfach bleiben, wo du bist.«

»Bei Danner?«, wiederholte ich stirnrunzelnd. »Ich glaube nicht, dass er sich darüber freuen wird.«

»Der freut sich nicht mal über 'n Sechser im Lotto. Die Frage ist: Hältst du es mit ihm aus? Oder treibt er dich heute noch in den Wahnsinn?«

Ich zuckte die Schultern: »Bisher komme ich ohne Zwangsjacke zurecht. Aber er wird nicht begeistert sein, mich überhaupt noch hier anzutreffen.«

»Och«, winkte Molle ab, »das lass mal meine Sorge sein.«

6.

Als Danner eine halbe Stunde später in der Kneipe auftauchte und mich das dritte Brötchen essen sah, sagte sein eisiger Blick mehr als genug. Polternd ließ er eine Sporttasche auf den Boden fallen.

»Bist du immer noch nicht verschwunden?«, meckerte er, klaute mir das Brötchen samt Teller und setzte sich neben mich auf den noch freien Stuhl.

Molle zog eine buschige Braue hoch und schob meinen Teller wieder zu mir zurück. »So schnell wirst du sie nicht loswerden. Sie ist meine neue Aushilfe«, klärte der Dicke den Detektiv auf.

»Die? Du hast se doch nicht alle!«

Danner verzichtete auf einen Teller und schnitt ein Brötchen auf. Die Krümel verteilten sich auf der rot karierten Tischdecke.

»Sie braucht nur noch eine Schlafgelegenheit.« Molle sah

interessiert zu, wie Danner nach der Butter angelte. »Und ich dachte, weil sie deine Couch schon kennt, bleibt sie einfach, wo sie ist!«

Klirrend landete Danners Messer auf dem Tisch: »Bist du bescheuert? Die schnorrt sich hier rein und du willst sie einstellen? Die könnte drogenabhängig sein oder klauen wie ein Rabe! Oder 'n durchgeknallter Zuhälter ist hinter ihr her! Auf alle Fälle lügt sie, sobald sie den Mund aufmacht!«

Ich horchte auf.

Das stimmte.

Ich log eigentlich immer. Meist grundlos, wahrscheinlich aus Gewohnheit, vielleicht war es aber auch pathologisch. Tatsächlich fielen mir schneller zwei bis drei passende Lügen ein, als dass ich die Wahrheit über die Lippen brachte.

Die Wahrheit blieb mir gewöhnlich im Hals stecken, wie ein vergiftetes Apfelstück.

Verständlicherweise kamen so eine ganze Menge Lügen zustande. Da war es entscheidend, den Überblick zu behalten und nicht jedem etwas anderes zu erzählen. Deshalb erfand ich nicht einfach irgendwas, sondern verbog nur die Tatsachen ein bisschen.

Das machte ich mittlerweile schon so lange, dass mir nur selten noch Fehler passierten. Das letzte Mal hatte mich mein Vater beim Lügen erwischt, als ich elf war. Tatsächlich gingen die meisten Menschen wohl davon aus, dass ich vielleicht aufsässig und angriffslustig war, aber zumindest jedem meine Meinung ehrlich ins Gesicht sagte.

Es war unheimlich wichtig, nie bei einer Lüge ertappt zu werden, denn das Wort ›Lügnerin‹ klebte wie das Preisetikett an einem Geburtstagsgeschenk. Zu lügen war für die meisten Leute ein schlimmerer Betrug als ein Seitensprung nach vierzig Jahren Ehe. Genau genommen rechneten viele doch sogar mit dem Seitensprung – nach vierzig Ehejahren ganz besonders. Wenn also ein notgeiler Mittsechziger zugab, mit einer Siebzehnjährigen in die Kiste zu steigen, war das lobenswert ehrlich und es hieß nachsichtig: Wenigstens steht er dazu!

Bei einer Lüge waren die Leute nachtragender, ungeachtet der Tatsache, dass wohl die meisten Menschen logen, wahrscheinlich sogar mehrmals am Tag.

Aber erwischen lassen durfte man sich eben nicht.

Deshalb erstaunte mich, dass Danner, der bisher kaum mit mir gesprochen hatte, auf Anhieb zu wissen glaubte, in welchem Ausmaß ich log.

»Wer lügt nicht?«, zuckte Molle die Schultern.

Ich schwieg.

»Vergiss es trotzdem! Wer auf meiner Couch pennt, bestimme immer noch ich!«

»Nur, solange du Miete zahlst! Und wenn ich mich richtig erinnere, habe ich seit drei Monaten keinen Cent von dir gesehen.«

Danner hörte auf zu kauen und funkelte Molle drohend an: »Du weißt genau, dass du die Kohle kriegst.«

»Bis dahin arbeitet zumindest deine neue Untermieterin was ab.«

Wütend sprang Danner auf und klatschte beide Hände auf den Tisch, dass die Marmeladengläser in die Luft hüpften. Sein Blick war so kalt, dass Molle eigentlich sofort auf seinem Stuhl hätte festfrieren müssen.

Doch Molle verschränkte nur herausfordernd die Arme, während mir unbehaglich zumute wurde.

Danner musterte mich scharf: »Was hast du ihm erzählt?«

Er stand zu dicht neben mir, ich spürte das starke Bedürfnis, ein Stück von ihm wegzurutschen. Doch ich zwang mich, seinem Blick standzuhalten. »Er ist allein draufgekommen, ehrlich!«

Danners Augen waren beunruhigend, kalt und klar und grau wie schmutziges Eis. Doch plötzlich blitzten Funken darin auf und waren genauso schnell wieder verschwunden.

Ich blinzelte irritiert.

»In Ordnung«, nickte er überraschend.

Wie bitte?

Danner ließ sich zurückfallen, schnappte sein Brötchen und drohte mit dem Messer in Molles Richtung: »Aber wenn sie 'ne Serienmörderin ist, hältst du mir eine todtraurige Grabrede, ist das klar?«

Molle schob ihm einen Pott Kaffee hin: »Du bist nicht derjenige, um den ich mir Sorgen mache.«

Danner löste einen Schlüssel von seinem Bund und warf ihn neben meinen Teller auf den Tisch: »Krieg ich Ärger mit dem Jugendschutz?«

»Keine Panik. Ich bin einundzwanzig.«

»Na schön. Du kannst die Wäsche machen und aufräumen. Finger weg von meinen Klamotten und geh mir nicht auf die Nerven, klar?«

»Klar.«

»Und das Wichtigste: Sprich nicht mit meinen Klienten!«

»Wieso nicht?«

»Weil du sonst rausfliegst.«

Danner kippte seinen Kaffee runter, steckte ein halbes Käsebrötchen ein und griff nach seiner Sporttasche.

»Hat der heute einen besonders guten Tag?«, erkundigte ich mich bei Molle, nachdem die Tür hinter Danner zugefallen war.

Der Dicke nickte: »Normalerweise ist er ein Morgenmuffel.«

»Toll.«

»Glaub mir, nach ein paar Jahren fällt dir das kaum noch auf.«

Ich war mir nicht so sicher, ob ich es überhaupt eine Woche bei dem Kerl aushielt – außer vielleicht, er verschwand morgens und tauchte erst wieder auf, wenn ich schlief.

»Ich mache uns heute Mittag was zu essen.« Molle stellte die Teller zusammen. »Willste was Bestimmtes?«

»Kartoffelpuffer?«

Molle schnaubte verächtlich: »Meine leichteste Übung.«

Ich trug die Marmeladengläser und Kaffeetassen in die Küche.

»Mit Apfelmus?«, ergänzte ich.

»Logisch.«

Allein wegen Molle lohnte es sich, Danner zu ertragen. Irgendwie würde ich mit dem Arsch schon fertig werden.

Die Küche der Kneipe war geräumig, die Arbeitsflächen sauber und die drei riesigen Kühl- und Gefrierschränke randvoll mit Lebensmitteln. Vom fettarmen Joghurt bis zum Eisbein konnte man darin alles finden, wenn man nur weit genug hineinkroch.

Ich half, die Teller in den Geschirrspüler zu räumen.

»Ich muss einkaufen, Schnitzel sind aus. Brauchst du was?«

»Tampons, wenn möglich.«

Molle klappte die Spülmaschine zu. »Du hast ganz gute Chancen, Danner zu überleben. Schließ ab, wenn du gehst, der Schlüssel hängt neben der Tür.«

Er stapfte hinaus.

Ich nahm zwei schmuddelige Schürzen, den Schlüssel für die Kneipe und die Tischdecke, auf der Danner die Frühstückskrümel verteilt hatte, und ging nach oben.

7.

Wenig später klemmten auch alle getragenen Socken, die ich in Danners Wohnung hatte finden können, unter meinem Arm. Danners Kellerschlüssel hatte ich nach einigem Suchen im Badezimmer an der Wäscheleine entdeckt.

Im Keller beleuchtete eine einzelne Glühbirne die kahlen Betonwände eines schmalen Flures. Vier Türen gingen von ihm ab.

Bei dem ersten Raum handelte es sich ohne Zweifel um einen Vorratsraum von Molle. Die Regalbretter an den Wänden bogen sich unter unzähligen Konserven und Einmachgläsern. Der zweite Raum war bis unter die Decke gefüllt mit Getränkekisten und Bierfässern.

Die unbesorgte Leere in Danners Kühlschrank wunderte mich nicht mehr. In diesem Haus gab es mehr Vorräte als im Aldi um die Ecke.

Hinter der dritten Tür fand ich die Heizung und hinter der vierten Waschmaschine und Trockner. An einer kreuz und quer gespannten Wäscheleine hingen nordische Strickpullis in der Größe von Einmannzelten, Hosen und Schürzen – Molles Kram.

An der Wand stand ein Bügelbrett. Bewacht wurde es von einer Spinne der Monsterfilmklasse, die – der Dichte ihres Netzes nach zu urteilen – dieses Plätzchen bereits seit Jahren für ihr Eigenheim hielt.

Ich tauchte unter den Leinen hindurch. Die Waschmaschine war noch voll. Mit spitzen Fingern zog ich eine Unterhose hervor. Der ausgeleierte Bund verriet mir, dass sie ebenfalls Molle gehörte, also hängte ich sie zu den anderen

Sachen auf die Leinen. Dann stopfte ich Tischdecke, Socken und Schürzen in die Maschine.

Zurück in Danners Wohnung schaltete ich den Fernseher ein und drehte den Musikkanal auf volle Lautstärke. Der Boden zitterte im Takt der Bässe.

Aufräumen sollte ich, hatte Danner gesagt, aber in seinen Sachen Schnüffeln war verboten. Das war doch wohl ein Widerspruch in sich!

Ich machte mich daran, die Ordner im Regal zu sortieren, um für möglichst viele der in der Wohnung verteilten Akten Platz zu schaffen.

MTV brachte Oldies, Madonna sang gerade *Like a virgin.* Ich sang mit und stellte erstaunt fest, dass ich mich zum ersten Mal seit sehr langer Zeit gut fühlte. Dabei hätte ich mir wohl Sorgen machen sollen. Gestern war ich immerhin noch die missratene Tochter eines Oberstaatsanwalts gewesen, von der jeder wusste, dass sie, so sehr sie sich auch anstrengte, ihre Karriere als Staranwältin nicht verhindern konnte.

Heute hatte ich sie verhindert.

Dabei hätte ich hundert bequeme Semester studieren und auf die Pauke hauen können. Und hinterher hätte noch immer ein Anruf meines Vaters ausgereicht, um mir einen gut bezahlten Job zu besorgen.

Stattdessen wusch ich jetzt für zwei schmuddelige Typen die Unterhosen und hatte das Gefühl, irgendetwas richtig zu machen.

Nach einer halben Stunde hatte ich die kreuz und quer in dem Regal liegenden Akten ordentlich nebeneinander gestellt und alle losen Zettel hervorgezogen und gestapelt.

Zumindest beschriftete Danner die Ordner sorgfältig, auch wenn er sich einen Dreck darum scherte, wo sie danach verschwanden. Außer dem Namen des Klienten stand das Datum, wann der Auftrag angenommen und abgeschlossen worden war, auf den Papprücken. Bis jetzt war mir keine Akte zwischen die Finger geraten, an der er noch arbeitete.

Ich stellte Ordner um Ordner ins Regal, bis es voll war. Die Aktenstapel aus der Ecke neben dem Schreibtisch und aus der Küche hatte ich untergebracht, aber die Ordner, die ich im Kühlschrank, auf den Fensterbänken, im Badezimmer und wer weiß wo sonst noch entdeckt hatte, passten nicht mehr hinein. Und wohin mit den zwanzig Ordnern, die ich ohne Zweifel im Eisfach finden würde?

Ich trat an den Schrank, den Danner als Bar benutzte. Hinter dem Glasfenster standen Flaschen in allen Farben, von Baileys bis Bourbon war dort alles zu finden. Daneben Gläser, nicht mehr als drei von jeder Sorte.

Ich bückte mich nach den unteren Türen des Schrankes. Es klirrte, als ich sie öffnete, und bevor ich die Klappen wieder schließen konnte, kullerten etwa zwei Dutzend leere Flaschen über den Boden.

Ach, du Scheiße!

Ich warf einen Blick in den Schrank. Noch einmal so viele leere Pullen waren stehen geblieben.

Alkoholiker?

Nein, das konnte ich mir nicht vorstellen. Ein Bier am Abend, okay, aber Danner war unmöglich abhängig! Das hätte ich doch gemerkt … Andererseits stand es nicht jedem auf der Stirn geschrieben – und das hier war mehr als eindeutig …

Darauf hatte ich keinen Bock – vielleicht sollte ich doch besser meine Sachen packen und verschwinden?

Ich sammelte ein paar Flaschen auf.

Scotch, Sherry, Bacardi.

Auf der Bacardi-Flasche klebte ein kleines, gelbes Preisschild.

Ich hielt inne. *Edeka,* las ich, *040198.*

04.01.1998?

Das Ding war zehn Jahre alt?

Ich ließ die Flasche zurück auf den Teppich poltern und klappte die beiden Glasscheiben zur Seite, hinter denen die gefüllten Flaschen standen. Das Erste, wonach ich griff, war ein noch verschlossener Wodka Gorbatchow – zwei Jahre alt. Der Himbeergeist daneben war im letzten Jahr gekauft worden.

Ich kontrollierte die anderen Flaschen. Alle waren mindestens ein Jahr alt, aus vielen fehlten nur ein oder zwei Gläser, andere waren noch verschlossen.

Ich atmete auf.

Musste ich immer gleich das Schlimmste denken? Wahrscheinlich gehörte die Hälfte der Flaschen Molle, der sie hier gelagert hatte, weil im Keller kein Platz mehr war.

Ich holte drei Mülltüten aus der Küche. Während ich das Altglas einsammelte, klingelte das Telefon. Suchend sah ich mich um.

Die Basisstation des schnurlosen Apparates stand auf dem Schreibtisch, das Telefon selbst hatte ich noch nicht gesehen.

Das Klingeln kam aus Danners Schlafzimmer.

Mit der Mülltüte in der Hand folgte ich dem Geräusch. Es klingelte unter dem Bett.

Ich ging in die Knie und stöhnte, denn unter dem Bett steckten noch einmal mindestens zwanzig Akten. Dazwischen wühlte ich das Telefon hervor.

Ohne zu zögern, nahm ich ab: »Privatdetektei Danner?«

Einen Augenblick lang blieb es still, aber ich hörte jemanden hastig einatmen.

»Hallo?« Ich setzte mich aufs Bett.

»Wer ist da, bitte?«, fragte die Frau am anderen Ende. Sie klang sanft und sexy, sie hätte ohne Weiteres die gesichtslose Werbestimme einer Telefonsex-Hotline sein können, wäre da nicht dieser leicht schrille Unterton gewesen, der verriet, dass die Frau keine weibliche Begrüßung erwartet hatte.

»Privatdetektei Danner«, wiederholte ich freundlich. »Mit wem spreche ich, bitte?«

»Wer sind Sie?«, fragte die Frau noch einmal, ohne ihren Namen zu nennen.

»Mein Name ist Simanowski. Ich bin die neue Sekretärin von Herrn Danner«, antwortete ich, während ich mich hintenüber aufs Bett kippen ließ und die Füße in die Luft streckte.

»Die neue – *was?*«

»Sekretärin«, gab ich geduldig Auskunft. »Herr Danner ist zurzeit nicht im Haus, aber wenn Sie mir Ihren Namen und Ihre Telefonnummer nennen, ruft er zurück, sobald er kann.«

»Ach so … Nein, vielen Dank!«, entschied sie nach kurzem Überlegen. »Ich melde mich wieder.«

Sie legte auf.

Hm.

Gab es jemanden, dem Danner von seiner neuen Untermieterin hätte erzählen sollen?

Ich nahm das Telefon mit ins Wohnzimmer und kroch in den Schrank, um die restlichen Schnapspullen hervorzuangeln.

»280490«, las ich zufrieden auf dem letzten Preisschildchen und verstaute die Flasche in der randvollen Tüte.

Danner war kein Säufer. Er machte sich nur nicht die Mühe, seinen Müll wegzuschaffen, bevor es wirklich nötig war.

Ich war erleichtert, dass mich meine Menschenkenntnis nicht im Stich gelassen hatte. Denn mit einigen Alkoholikern hatte ich bereits zu tun gehabt. Nicht mit den bekennenden Bankern, die schon morgens um zehn in der Fußgängerzone die besten Plätze besetzten, sondern mit denen, die mein Vater regelmäßig zu Gartenpartys einlud.

Ich hatte mich oft gewundert, wie viele erfolgreiche Akademiker eine Blondine an ihrer Seite hatten, die wie Ende zwanzig aussah und sich ganz der Kindererziehung widmete. Die Tatsache, dass die Kinder bereits Auto fuhren und selten vor Mitternacht zu Hause waren, wurde gern mithilfe einer Flasche Sekt zum Frühstück verdrängt.

Und ich hatte noch immer vor Augen, wie Dr. Weinstein (Richter a. D. und gottgleicher Mentor meines Vaters) auf der letzten Geburtstagsfeier plötzlich quer über den Schweinebraten seinen Gehstock gegen den Busen meiner Mutter tippte und meinte, das habe er schon seit fünfundzwanzig Jahren tun wollen.

Meine Mutter war vor Schreck kreidebleich geworden, während Dr. Weinsteins Kopf mit dem Gesicht voran zwischen den Kartoffeln auf seinem Teller landete. Seitdem hatte Dr. Weinstein bedauerlicherweise nicht mehr an den Festlichkeiten im Haus meiner Eltern teilgenommen.

Ich wischte den Schrank aus und brachte tatsächlich alle restlichen Akten darin unter. Die klebrigen Mülltüten stellte ich gerade neben die Tür, als es klopfte.

»Ich bin's!«, brummte Molle.

Ich öffnete.

Molle hielt mir eine Packung Tampons entgegen: »Ich mach jetzt Essen, kommst du runter?«

»Ich wasch mir nur noch die Hände.«

Nach meiner groß angelegten Alk-Entsorgungs-Aktion

hatte ich das Gefühl, wie ein Penner auf der Parkbank zu riechen.

Als ich mir die Hände abtrocknete, klingelte wieder das Telefon.

»Detektei Danner?!«, meldete ich mich erneut.

»Guten Tag.«

Ich erkannte die angenehme Frauenstimme sofort.

»Ist Ben jetzt zu sprechen?«

Es dauerte einen Moment, bis ich begriff, dass ›Ben‹ Danners Vorname sein musste.

»Herr Danner ist noch immer außer Haus«, erklärte ich in geschäftsmäßigem Tonfall. »Kann ich diesmal eine Nachricht hinterlassen, Frau –?«

Sie fiel nicht darauf rein: »Wann wird er zurück sein?«

»Das entzieht sich leider meiner Kenntnis.«

Sie seufzte: »Na schön. Sagen Sie ihm, Marie hat angerufen und dass ich seit drei Tagen versuche, ihn an die Strippe zu bekommen!«

»Schon notiert. Ihre Nummer?«

»Die hat er. Wiederhören.« Sie legte auf.

Marie also.

Freundin, Exfrau oder eine von einem Mörder verfolgte Klientin?

Den letzten Gedanken strich ich sofort wieder von der Liste: zu erschrocken über meine Stimme und zu fordernder Ton!

Eindeutig Freundin oder Exfrau.

»Wer ist Marie?«, fragte ich also Molle, als der ein Tablett mit einem Kartoffelpufferturm darauf auf den Tisch stellte.

»Ruft sie jetzt dich an?« Molle schaufelte sich das halbe Glas Apfelmus auf den Teller.

»Schon zwei Mal.« Ich packte mit zwei Fingern einen heißen Puffer, zog ihn schnell auf meinen Teller und leckte meine Fingerspitzen ab.

Deutlich erinnerte ich mich an die vorwurfsvolle Miene meiner Mutter, mit der sie mich mit fast zwanghafter Beharrlichkeit bedacht hatte, wenn ich mich zu Hause bei Tisch so benahm.

Molle griff ebenfalls mit den Fingern zu: »Bei mir hat sie gestern vier Mal angerufen. Ich hab Ben gesagt, ich stell das Telefon ab. Der denkt doch gar nicht dran, zurückzurufen.«

»Ist sie seine Freundin? Haben sie Krach?«

Molle winkte ab und schob sich einen halben Puffer in den Mund: »Er hat neulich mal 'n paar Fotos für sie gemacht, glaube ich. Es wird nichts Festes sein, nur weiß sie das anscheinend noch nicht.«

Molles Puffer waren dunkelbraun gebraten, knusprig und trieften vor Fett – mit einem Wort: wunderbar! Wir verputzten fünfzehn Stück. Molle neun, ich sechs.

»Um sieben tauchen meistens die ersten Stammgäste auf«, erklärte mir der Dicke, während wir abräumten. »Dienstags ist nicht viel los. Schätze, gegen elf ist Feierabend, okay?«

»Okay, Chef.«

8.

Nach dem Mittagessen entsorgte ich die leeren Flaschen in einem Altglascontainer drei Straßen weiter.

Ziemlich sicher hatte ich mittlerweile jede Akte in der Wohnung in den Händen gehabt und merkwürdigerweise stand auf allen: *Abgeschlossen.* Der letzte Ordner trug das Datum 28.08. – das war fast zwei Monate her. *Baumbach* lautete der Name des Klienten.

Ich erinnerte mich sehr wohl an Danners Warnung: »Finger weg von meinen Sachen!« Doch ich entschied, dass es keinen Grund gab, ausgerechnet auf Danner zu hören. Ich setzte mich mit dem Ordner *Baumbach* aufs Sofa, stellte MTV leiser und schlug die Mappe auf.

Auftrag von M. Baumbach erhalten am 24.08., stand da in schräger, flüssiger, aber schwer zu entziffernder Schrift. Scheidungssache, Anwaltsbüro Sommer, einige Adressen von beteiligten Personen. Blabla.

Ich schlug die nächste Seite auf.

Da wurde es interessanter!

M. Baumbach, die ich sofort des Telefonterrors verdächtigte, unterstellte ihrem Mann – einem Oberinspektor beim Finanzamt – ein Verhältnis mit seiner Stellvertreterin. Sie wollte Beweise, um bei der bevorstehenden Scheidung bessere Karten zu haben.

Auf der nächsten Seite folgte ein Foto. Es zeigte einen breitschultrigen Mann Anfang fünfzig. Er trug einen dunklen Zweireiher mit altrosa Krawatte zu dicken, grauen Locken und sah für sein Alter nicht übel aus. Im Arm hielt er eine dürre, dick bebrillte Brünette im mausgrauen Kostüm. Sie trug einen Dutt, der sie wie sechzig aussehen ließ, wahrscheinlich war sie aber um die vierzig, schätzte ich.

Das war doch wohl nicht M.?

Ich bitte dich, Danner!

Mein Blick fiel auf Danners Schriftzug unter dem Foto.

G. Baumbach mit L. Freiberger, Betriebsfeier (15.07.) entzifferte ich. Und daneben: *Erhalten von M. Baumbach am 24.08.*

Anscheinend handelte es sich um das Betthäschen des Herrn Finanzinspektors. Amüsiert schüttelte ich den Kopf.

In Klarsichthüllen folgten einige Parkbelege, die Kopie einer Hotelrechnung und ein knapp getippter Bericht von Danner.

So chaotisch das Ablagesystem seiner Akten gewesen war, so unerwartet vollständig erschienen mir die Unterlagen über den Fall. Ich blätterte weiter. Wo war der interessante Teil?

Aha.

In den letzten Klarsichthüllen steckten die Fotos, die ich suchte.

Auf dem ersten Abzug erkannte ich den Finanzbeamten und seine bebrillte Sexmaus wild knutschend in einem Restaurant. Das zweite und dritte Bild zeigten, wie sie Arm in Arm in einem Hotel verschwanden. Als ich das letzte Bild hervorzog, wäre ich vor Lachen beinahe vom Sofa gerutscht: Die dürre Duttträgerin trug rosa Höschen und Strapse und wirbelte ihren BH über dem Kopf des splitternackt auf dem Bett liegenden Finanzbeamten.

Wie zum Teufel hatte Danner dieses Foto in die Finger bekommen?

G. Baumbach und L. Freiberger betraten das Hotel Ibis am 27.08. um 15.15 Uhr und verließen es um 16.40 Uhr, las ich den nüchternen Text auf der letzten Seite. *Originale am 28.08. an M. Baumbach übergeben.*

Hatte er von sämtlichen Fällen der letzten zehn Jahre – oder wie weit die Unterlagen auch immer zurückreichten – derartig vollständige Aufzeichnungen? Dann besaß er mit Sicherheit Material, an das seine Klienten nicht unbedingt erinnert werden wollten. Ob Danner irgendwen erpresste?

Ich schüttelte den Kopf.

Da sprach die misstrauische Hälfte meines Gehirns, die jedem erst einmal Alkoholismus, pathologisches Lügen oder Sex mit Minderjährigen unterstellte.

Immerhin war es möglich, dass ein Privatdetektiv Wert auf eine genaue Dokumentation seiner Fälle legte.

Leider war kein Bild von M. in der Akte *Baumbach* zu finden. Zu schade!

Ich stellte den Ordner zurück ins Regal.

Heine, 09.07., stand auf der dickeren Akte daneben.

Ich spürte ein Kribbeln in den Fingern. Was verbarg sich hinter diesem Namen? Noch eine biedere Bürobraut, die nach Feierabend ihren Chef ans Bett fesselte?

Ohne lange zu überlegen, schnappte ich mir den zweiten Ordner und machte es mir auf dem Sofa bequem.

Da klingelte schon wieder das Telefon.

»Guten Tag, Frau Marie«, begrüßte ich die weibliche Stimme ein drittes Mal. »Nein, Herr Danner ist noch immer nicht zurück.« – »Ich werde es ihm ausrichten.« – »Auf Wiederhören.«

Ich war nur ein ganz klein wenig genervt und hauptsächlich noch immer höflich gewesen.

Und beim nächsten Mal würde ich genauso höflich behaupten, dass Herr Danner gerade mit einer Klientin ein dienstliches Gespräch im Schlafzimmer führte und sich jede Störung verbeten hätte.

Ich stöberte weiter in Danners Fällen. Dabei lauschte ich immer mit einem Ohr auf die Treppe, denn eine Ahnung sagte mir, dass ich mich nicht unbedingt mit einer seiner Akten auf dem Schoß erwischen lassen sollte, wenn ich meinen Sofaschlafplatz behalten wollte.

Gegen halb sechs ließ ich mir ein Bad ein und planschte eine halbe Stunde unter den Wäscheleinen herum, bis meine Haut krebsrot war und prickelte. Anschließend versuchte ich, meiner lila Mähne mit Danners Fön so etwas wie eine Frisur zu verpassen.

Durch den Fön und das abfließende Badewasser übertönt, dauerte es eine Weile, bis ich das Telefon hörte.

Ich seufzte genervt.

Nackt lief ich ins Wohnzimmer und schwor mir, diese kontrollsüchtige Kuh eigenhändig zu erwürgen, wenn Danner ausgerechnet in diesem Moment in seine Wohnung kam.

»Herr Danner ist noch immer nicht zu erreichen!«, erklärte ich wütend, noch bevor M. sich melden konnte.

»Und mit wem spreche ich dann, bitte?«

Ich zuckte zusammen, als mir eine eindeutig männliche Stimme antwortete. »Ups! Entschuldigen Sie, ich habe mit jemand anderem gerechnet!«

»Das habe ich mir gedacht. Hier ist Staschek, wann ist er wieder da?« Die Stimme klang belustigt, männlich, sanft und sexy, der Typ hätte ohne Weiteres M.s Bruder sein können.

»Er hat nichts gesagt.«

»Dann sind Sie allein in seiner Wohnung?«, folgerte er richtig. »Sind Sie eingebrochen?«

»Ich bin die neue Sekretärin.«

Er lachte: »Reden Sie keinen Quatsch! Bevor Ben eine Sekretärin einstellt, trinkt ein Pferd bei Molle Bier.«

Der Typ kannte Danner offensichtlich besser als M.

»Also, muss ich die Polizei rufen oder verraten Sie mir Ihren Namen?«, drohte er, allerdings nicht ernsthaft.

»Lila Ziegler«, gehorchte ich abwartend.

»Und was haben Sie in Bens Bude verloren?«

»Ich wohne hier für 'ne Weile.«

Staschek lachte wieder: »Dann müssen Sie eine sprechende Küchenschabe sein, Frau Ziegler!«

Ich schwieg schmunzelnd.

»Ich sehe schon, ich werde jedes Ungeziefer in seiner Wohnung einzeln verhören müssen, um etwas über Sie herauszufinden. Wenn Sie mir versprechen, dass Sie nicht eingebrochen sind, lasse ich Sie für heute in Ruhe.«

»Versprochen.«

»Gut. Sagen Sie Ben, ich bin um zehn bei Molle.«

»Wird gemacht, Herr Staschek. Ist das eine geschäftliche Nachricht? Sind Sie ein Klient?«

Der Mann schwieg einen Augenblick.

»Ich vermute, Sie sind ebenfalls eine Schnüfflerin und in die Detektei eingestiegen. Kann das sein?«

»Tut mir leid, aber es bleibt dabei: Ich wohne hier.«

»Na schön. Wir werden sehen. Auf Wiederhören, Frau Ziegler.«

»Auf Wiederhören, Herr Staschek.«

Immer noch schmunzelnd legte ich den Hörer auf.

Dann schlüpfte ich in meine Jeans mit den bunten Handabdrücken, die inzwischen auf der Leine getrocknet war, und in einen giftgrünen Strickrolli mit aufgenähten Sonnenblumen.

9.

Als Molle mich gewaschen und gekämmt sah, kratzte er sich am Kopf: »Wenn dir einer an den Hintern grapscht, sag mir Bescheid, dann schmeiß ich ihn raus! Nach dem zehnten Bier haben die meisten Typen hier keine Manieren mehr.«

Hatte der Mann, der einen Kartoffelpuffer zweimal faltete, bevor er ihn mit den Fingern in den Mund schob, gerade von Manieren geredet?

»Hilke, meine letzte Bedienung, wog ungefähr so viel wie ich«, fuhr Molle fort. »Sie trug aus Überzeugung geblümte Kittel zu Biolatschen.«

In der Kneipe war noch nichts los. Drei Paketdienstfahrer lehnten mit einem Glas in der Hand an der Theke.

»Willste auch was trinken?« Molle deutete auf sein Bier, das neben der aufgeschlagenen BILD-Zeitung auf dem Tisch an der Theke stand.

»Tee mit Zitrone.«

Er musterte mich über seine Brille hinweg: »Na, das hat hier nach sechs noch keiner bestellt.«

»Ich nehm auch 'n Wasser.«

»Nee, Tee mit Zitrone ist kein Problem.«

Ich setzte mich an den Tisch und schnappte mir die BILD. Gleich darauf stellte mir Molle den frisch aufgebrühten Tee hin und wir teilten uns die Zeitung.

Erst nach halb acht trudelten weitere Gäste ein.

Ein Vertreter in einem billigen Anzug stellte seinen Aktenkoffer neben mir unter die Theke. Sein grauer Scheitel glänzte, auffallend viele geplatzte Äderchen ließen seine Nase bläulich schimmern und er roch nach verschwitztem Polyester.

Alk, meldete mir meine misstrauische Gehirnseite.

Molle stellte dem Gast ein Bier und einen Kurzen hin, bevor er auch nur seine Krawatte gelockert hatte.

Ich konnte mir vorstellen, wie Molle sich den ganzen Abend die Geschichten anhörte, die seine Gäste gestern auch schon erzählt hatten. Wie er für sie entschied, dass der letzte Schnaps bestellt wurde, weil sie es nicht konnten. Wie er ihnen eine Taxe rief und dem Fahrer die Adresse nannte, die sie nicht mehr wussten.

Ich begriff, dass Molle der Grund dafür war, dass dieser schäbige, kleine Laden eine halbe Stunde später brummte. Als Danner hereinkam, standen sechs Paketdienstfahrer und acht verschwitzte Vertreter bei Molle an der Theke, einige bärtige Motorradfreunde spielten Dart und ein Fußballstammtisch diskutierte bei Schnitzel Pommes lautstark die Ursachen der letzten Niederlage des VfL.

Danner zapfte sich ein Bier, bevor er sich an Molles Tisch setzte und nach der BILD-Zeitung griff.

Beinahe sofort schob mir Molle ein Schnitzel Pommes für den Detektiv über den Tresen.

Ich stellte es ihm unter die Nase.

»Du bist ja immer noch da!«, stichelte er zur Begrüßung.

»Marie hat angerufen.« Ich setzte mich ihm gegenüber. »Drei Mal.«

Er stöhnte.

»Sie wartet auf einen Rückruf und sie scheint ein bisschen ungeduldig zu sein.«

Sein warnender Blick sollte mich zweifellos zum Schweigen bringen.

»Was läuft mit Marie?«, fragte ich, wenig eingeschüchtert.

Er dachte nicht daran, zu antworten.

Ich dachte nicht daran, lockerzulassen: »Will sie dich heiraten, oder was?«

»Quatsch!«

»Aber ihr habt was miteinander, richtig!?«

Mit den Fingern stopfte er sich ein paar Pommes in den Mund: »Wir waren ein paarmal in der Kiste, das nenne ich nicht Beziehung.«

Aha, es war ja doch was aus ihm rauszukriegen!

»Und auch diese Nichtbeziehung beendest du jetzt. Warum?«

Er trank einen zu langen Schluck Bier.

»Hat sie Cellulitis?«, bohrte ich weiter. »Pickel am Arsch? Oder hat sie dich plötzlich mit Handschellen ans Bett gefesselt?«

Wieder blitzte dieses verwirrende Glitzern in seinen Augen auf und allen Bartstoppeln zum Trotz erschien ein Grübchen auf seiner linken Wange. Zum ersten Mal, seit ich ihn kannte, hatte ich ihn zum Grinsen gebracht.

Ich war so überrascht, dass ich vergaß weiterzufragen.

Doch er nahm meine Herausforderung an: »Nein, sie sieht gut aus. Sie ist nett, gebildet, mit ihrem Arsch ist alles in bester Ordnung und leider steht sie auch nicht auf Handschellen.«

Ich wunderte mich über den leisen Schauer, der mir die Nackenhaare aufstellte. Doch ich ließ mir nichts anmerken: »Aber …?«

Er zuckte die Schultern.

»Aber was …?«, blieb ich hartnäckig dran.

»Na schön. Sie könnte auch 'ne Kontaktanzeige aufgeben: Attraktive, nicht mittelose Frau Mitte dreißig, NR, sucht netten Ihn für gemeinsame Reisen, Theaterbesuche und was sich sonst noch ergibt.« Mit dem Glas in der Hand deutete er auf seinen schwarzen Pulli. »Sehe ich aus wie ein ›netter Er für gemeinsame Reisen‹?«

Ich lachte auf: »Eher nicht.«

»Siehst du, sogar du begreifst das sofort, aber Marie kapiert's nicht! Oder hat sie dich zufällig für mein minderjähriges Betthäschen gehalten?«

»Nicht direkt«, schüttelte ich den Kopf. »Eher für deine Sekretärin. Ich hab wohl so was erwähnt.«

Beinahe hätte er sein Bier über den Tisch gespuckt: »Und das hat sie geglaubt?«

»Natürlich.«

»Ach ja, du lügst ja wie gedruckt«, erinnerte er sich.

Das hatte er schon einmal gesagt und auch dieses Mal fragte ich mich, ob er mich wirklich schon so weit durchschaut haben konnte. Ich zögerte – allerdings nur eine Sekunde lang. »Wann genau soll ich gelogen haben?«

Danner zog eine Augenbraue hoch. »Bei der bescheuerten Geschichte mit Onkel Max, um nur ein Beispiel zu nennen.«

Gespannt richtete ich mich auf: »Was stimmt daran nicht?«

»Sie ist das Dümmste, was ich je gehört habe! Niemand fährt in die falsche Stadt.«

»Max Ziegler ist wirklich mein Onkel!«, schnappte ich entrüstet zurück.

Danner stellte sein Glas auf den Tisch: »Nur lebt er nicht in Beckum. Was würdest du mir sagen, wenn ich dir erzähle, dass es dort zwar eine Annastraße gibt, aber kein Max Ziegler gemeldet ist?« Seine Stimme war leise, klang aber gefährlich. Er ließ mich keine Sekunde aus den Augen.

Das war eine so eindeutige Provokation, dass ich hätte schreien können vor Wut. »Oh«, sagte ich bedacht. »Das kann daran liegen, dass das so eine Männer-WG ist. Schwule Künstler. Der Max war schon immer was Besonderes, sagt Mama. Ich war echt gespannt, ihn endlich kennenzulernen. Vielleicht läuft die Wohnung auf den Namen eines Mitbewohners?!«

»Nein«, sagte Danner genauso bedacht. »Ich habe mich gefragt, wieso ich mir überhaupt die Mühe mache, das zu prüfen.« Er musterte mich ausdruckslos.

Ich spürte das starke Bedürfnis zu schlucken, ließ es aber bleiben. Hatte er das wirklich geprüft? Oder bluffte er?

Ich versuchte, seinem Blick standzuhalten, und registrierte irritiert, dass seine Augen noch immer glitzerten.

»Es gibt in ganz Beckum keinen Max oder Maximilian Ziegler«, fuhr er fort. »In ganz Deutschland ist dieser Name nicht so verbreitet, wie man denkt, es gibt ihn nur neunundachtzig Mal. Damit allerdings noch immer dreiundachtzig

Mal öfter als Dorothea Ziegler. Alle sechs Damen leben übrigens in Bayern.«

Seine Worte fühlten sich wie eine Schlinge an, die sich um meinen Hals legte. Und Danner machte es offensichtlich Spaß, sie enger zu ziehen.

»Da ich der Meinung bin, dass es an ein Wunder grenzt, wenn ein Bayer akzentfrei Hochdeutsch spricht, kommst du eher nicht aus der Gegend. Immerhin neigen Frauen dazu, Ermittlungen durch Eheschließung zu erschweren. Sollte deine Mutter ihren Mädchennamen ganz abgelegt haben, wird es länger dauern, sie zu finden. Sollte sie sich aber für einen Doppelnamen entschieden haben, lebt sie entweder als Dorothea Schmidt-Ziegler in Duisburg, als Dorothea Zemecki-Ziegler in Duderstadt, als Dorothea Simanowski-Ziegler in Hannover oder als Dorothea Mecke-Ziegler in einem Kaff namens Knetenbüttel an der Ostsee. Knetenbüttel würde ich rein gefühlsmäßig beinahe ausschließen, andererseits kommt es auf einen Anruf mehr oder weniger nicht an. Es wird nicht schwierig sein, herauszufinden, ob eine der Damen eine Tochter mit lila Haaren vermisst.«

Ich saß jetzt kerzengerade. Ich spürte meinen Herzschlag unterhalb meines Kehlkopfes, meine Handflächen waren plötzlich klebrig. Ich hatte ihn unterschätzt!

Pack deine Sachen und renn, riet mir eine leicht panische innere Stimme.

»Gute Lügner bleiben in der Nähe der Wahrheit, um nicht selbst den Faden zu verlieren«, sprach Danner weiter und seine Worte trafen mich wie heiße Pfeile. »Aber genau an diesem Faden kann man sie auch erwischen.«

Jetzt wäre ich gerannt, hätte mich der Schreck nicht gelähmt.

Seine Augen glitzerten immer noch.

Ich wusste, er sah mir an, dass er recht hatte.

Ich hatte wissen wollen, wie weit er mich durchschaute, und jetzt wusste ich es. Ich hätte genauso gut splitternackt vor ihm sitzen können, es hätte keinen Unterschied gemacht.

»Verrätst du mich?«, war alles, was ich tonlos hervorbrachte.

Er brach endlich den Blickkontakt ab und griff nach seiner Gabel: »Ich wüsste nicht, wen es was angeht, wo du dich rumtreibst. Du bist schließlich volljährig.« Ein plötzlicher Gedanke ließ ihn innehalten. »Du bist doch wirklich einundzwanzig?!«

Zum ersten Mal seit sehr, sehr langer Zeit zögerte ich mit einer Antwort.

Wütend warf Danner die Gabel auf den Teller: »Ich will auf der Stelle deinen Ausweis sehen, und wenn du noch nicht achtzehn bist, leg ich dich persönlich übers Knie!«

»Ich bin zwanzig!«

»Deinen Perso! Und erzähl mir nicht, du hast keinen dabei. Wenn du ohne Ausweis abgehauen bist, kriegst du das Bett und ich schlaf auf dem Sofa!«

Tatsächlich hatte ich seit Jahren immer meinen Personalausweis und hundert Euro bei mir, nur für den Fall, dass ich abends nicht nach Hause fuhr.

Ich hielt den Ausweis bereits zwischen den Fingern, tat aber, als ob ich noch in der Hosentasche danach suchen würde.

Alles in mir sträubte sich dagegen, Danner noch mehr von mir zu zeigen, als er sowieso schon gesehen hatte.

»Du pennst in meiner Wohnung, verdammt noch mal! Ich will zumindest deinen Namen wissen!«, schnauzte Danner mich an, weil er selbstverständlich längst begriffen hatte, dass ich ihn hinhielt.

Erstaunt sah ich auf: »Lila Ziegler, das hab ich doch schon hundertmal gesagt!«

»Ist Lila alles? Oder ist das eine Abkürzung?«, bellte er bissig.

»Lila ist alles.«

»Also eine Abkürzung. Für was steht Lila?«

Ich schwieg.

»Für. Was. Steht. Lila?« Danners Blick durchbohrte mich.

»Liliana«, gab ich mit knirschenden Zähnen zu.

»Und weiter?«

»Liliana Ziegler.«

»Dir ist klar, dass ich immer noch deinen Ausweis sehen will?«

Ich gab mich geschlagen. Meine Hand zitterte leicht, als ich ihm die Plastikkarte hinhielt.

Er schnappte sie sich.

Liliana-Cassandra Simanowski-Ziegler stand da.

Danner grinste: »Simanowski-Ziegler, schau an.«

»Wirst du meinen Eltern sagen, wo ich bin?«, fragte ich wieder und überlegte, wie ich je sicher sein sollte, dass er das nicht tat.

»Das wäre die einfachste Möglichkeit, dich loszuwerden«, sagte er nachdenklich. »Aber Molle würde mir nie wieder was zu essen machen. Also atme mal wieder.«

Das war natürlich ein Argument. Und nicht das schlechteste.

Molle schob sechs Bier für die Fußballfreunde auf den Tresen. Ich stand auf, um zu servieren, und war froh, Danner entkommen zu können.

»Ach ja«, fiel mir im Gehen ein. »Staschek kommt um zehn her.«

Mit einem lauten Ruck drehte sich Danner nach mir um. »Du hast mit Staschek gesprochen?«, rief er mir quer durch den Raum nach.

Ich lieferte die Runde Bier am Stammtisch ab, bevor ich mich wieder neben Danner niederließ: »Ich habe mit Staschek gesprochen, ja.«

»Hatte ich nicht erwähnt, dass du nicht mit Klienten sprechen sollst?«

»Hattest du nicht auch erwähnt, dass ich nicht fernsehen soll?«, konterte ich liebenswürdig.

Danners Augen wurden schmal. »Hast du Staschek gesagt, wer du bist?«

»Ich habe nicht mal dir gesagt, wer ich bin.«

Danner knurrte zur Antwort.

»Okay, ich hab ihm gesagt, dass ich bei dir wohne, aber das hat er mir nicht abgekauft. Die Wahrheit liegt mir anscheinend nicht besonders.«

»Das ist alles?«

Ich nickte.

»Na schön …« Kauend warf Danner einen Blick auf seine Uhr. Inzwischen war es nach neun. »Wenn Staschek auftaucht, setze ich mich mit ihm rüber ans Fenster und du hältst Abstand, kapiert? Du bist die neue Bedienung, kein Wort mehr davon, dass du bei mir wohnst!«

»Aber warum –?«, wollte ich widersprechen.

»Weil du sonst rausfliegst, schon vergessen?«

»Arschloch!«

»Danke.«

10.

Die meisten Gäste waren bereits gegangen, als um kurz nach zehn ein Mann in einem knielangen, dunklen Mantel Molles Kneipe betrat.

Danner erhob sich und setzte sich gemeinsam mit dem Fremden, der dann wohl Staschek sein musste, ans Fenster.

Ich blieb hinter der BILD hocken und betrachtete den Mann neugierig über den Rand der Zeitung hinweg.

Er war etwas älter als Danner, vielleicht Mitte vierzig – dafür war er nach wie vor im Besitz seiner Haare. Tatsächlich sah er so aus, wie seine Stimme klang: ausgesprochen attraktiv. Groß, schlank, mit vielleicht etwas zu langen Armen und Beinen, die ihm den jungenhaften Charme eines zu schnell gewachsenen Teenagers verliehen. Sein Haar war kastanienbraun, leicht gewellt und es glänzte, als würde er täglich mehrere Aufbaupräparate anwenden.

Prüfend ließ er seinen Blick durch den Raum wandern und bemerkte beinahe sofort, dass ich ihn beobachtete.

Er zwinkerte mir zu.

Ich stand auf und ging zu ihm hinüber.

»Kann ich Ihnen was bringen?«, fragte ich und tat so, als würde ich Danners eisigen Blick nicht bemerken.

»'n Hefe«, nickte Staschek.

»Für mich noch 'n Bier«, knurrte Danner und meinte wohl eigentlich: Verpiss dich!

Ich schlenderte davon.

Diese bescheuerte Regel, nicht mit Klienten zu sprechen, fing an, mich zu nerven.

Danner und Staschek unterhielten sich leise, während Molle das Bier zapfte. Als ich den beiden die Gläser hinstellte, verstummten sie wieder.

Wichtigtuer!

»Warten Sie, ich zahle gleich«, hielt Staschek mich zurück, als ich mit dem leeren Tablett wieder verschwinden wollte.

Danner pfiff die Melodie von *Wunder gibt es immer wieder* vor sich hin und verschränkte die Arme.

»Macht drei fuffzig!«

Staschek zückte seine Brieftasche und hielt mir zehn Euro hin. »Der Rest ist für Sie, Fräulein …?«

»Cassandra. Danke schön.«

Danner verzog keine Miene.

Staschek zwinkerte mir mit strahlend schönen, kastanienfarbenen Augen zu und ich lächelte genauso strahlend zurück.

»Na, wenigstens hat Molle nicht wieder so ein Nilpferd eingestellt«, hörte ich ihn zu Danner sagen und vermutete, dass ich es auch hören sollte.

»Wenn du über den Tresen wischst, kann ich schon mal die Küche machen«, meinte Molle, als ich neben ihn trat. Mit dem Kopf deutete er auf Danner und Staschek: »Die beiden können nachher selbst spülen.«

Ich nickte. Von der Theke aus hatte ich wunderbare Sicht auf Danners Tisch. Die beiden Männer besprachen etwas mit ernsten Mienen, doch obwohl es in der Kneipe jetzt ruhig war, verstand ich dummerweise kein Wort.

Auf einmal nickte Danner und schob Staschek ein durchsichtiges Plastiktütchen über den Tisch.

Ich erstarrte vor Schreck, der nasse Schwamm fiel mir aus der Hand und landete klatschend auf dem Boden. Hastig hob ich ihn auf und beobachtete, wie Staschek die Tüte prüfend schüttelte. Der Inhalt war pulverförmig und weiß.

Mit Sicherheit lieh der sich kein Waschpulver aus!

Er steckte die Tüte ein.

Scheiße!

Nun zog Staschek einen Umschlag aus seiner Manteltasche und hielt ihn Danner hin.

Das war ja wie in einem Vorabendkrimi im ZDF!

Die dealten.

In einer Kneipe.

Direkt am Fenster!

Meine Gedanken überschlugen sich. Ich musste hier weg! Ein billiger Schlafplatz war ja ganz schön, aber bitte nicht auf dem Sofa eines Drogendealers!

Schnell wischte ich den Rest der Theke ab.

»Hier ist alles fertig, Molle!«, rief ich in die Küche.

»Morgen zeige ich dir, wie du zapfst!«, kam die Antwort.

Daran glaubte ich nicht. »Schön, bis dann«, verabschiedete ich mich trotzdem und schlenderte zur Tür.

Für einen Augenblick glaubte ich, Danners Blick auf meinem Rücken zu spüren. Ich widerstand dem Drang, mich umzusehen, um festzustellen, ob ich recht hatte.

Kaum war ich im Treppenhaus, rannte ich los.

Schlüssel, wo hatte ich den Schlüssel?

Ich zerrte ihn aus meiner Hosentasche. Es dauerte einige Sekunden, bis ich das Schloss traf!

Drogendealer! Mist!

Wieso hatte ich das nicht gleich gemerkt?

Ich schnappte meinen Rucksack, riss meine Wäsche von der Leine im Bad und stopfte sie achtlos hinein.

Der BH auf dem Wannenrand!

Schuhe?

Socken?

Der Reißverschluss hakte, ich zerrte ihn ungeduldig zu.

Wo war meine Jacke?

Hatte ich alles?

Ich sah mich noch einmal im Wohnzimmer um.

Nichts wie weg!

Ich riss die Wohnungstür auf.

Danner stand vor mir. Sofort heftete sich sein Blick auf meinen Rucksack.

Was jetzt?

Hatte ich eine Chance gegen einen Kerl, dessen Bizeps den Umfang meines Oberschenkels hatte?

Ich würde es zumindest versuchen!

»Gute Nachrichten: Du bist mich los«, erklärte ich kalt und ging entschlossen auf ihn zu.

»Wie bitte?«

»Schönes Leben noch!« Hastig drängelte ich mich an ihm vorbei.

»Moment mal! Nicht so schnell!«

Ich stand schon zwei Stufen unter ihm auf der Treppe, als ich seinen Griff am Arm spürte.

Ich packte seine Hand, stemmte meine Schulter gegen seine Brust und versuchte, ihn mit seinem eigenen Schwung von den Füßen zu hebeln.

Weil ich tiefer stand als er, war ich im Vorteil und brachte ihn tatsächlich aus dem Gleichgewicht.

»Bist du bescheuert?«, fluchte er laut und stützte sich mit dem Ellenbogen an der Wand ab. Seine Reaktion war genauso schnell wie meine erfolgt und verhinderte seinen Sturz in letzter Sekunde.

Verdammt!

Immer noch spürte ich schmerzhaft seinen Griff, spürte, wie sich meine Schulter verdrehte. Abwehrend riss ich die freie Hand hoch.

»Was …?« Danner hielt inne. »Wie zum Teufel kommst du darauf, dass ich dir eine ballern könnte?«

Ich starrte ihn feindselig an. Mein Herz schlug Saltos.

»Und was war das gerade? Judo?«

Karate. Aber das hatte mir ja nichts genutzt! Deshalb würde er, wenn er es noch mal wagte, mich anzufassen, einen stinknormalen Tritt in die Eier bekommen.

Er ließ mich los.

»So billig kommst du nicht weg!«, bestimmte er. »Erst will ich wissen, womit ich dieses unerwartete Glück verdiene. Ich schlage vor, wir besprechen das drinnen.« Er deutete mit dem Kopf auf die Wohnungstür.

»Hast du sie umgebracht, du Spinner?«, hörte ich da Molles Stimme unten im Treppenhaus.

Das war meine Rettung. Schrei, so laut du kannst!, riet mir meine innere Stimme.

Danner wartete.

»Nein, ich lebe noch!«, antwortete ich Molle nach kurzem Zögern. Immerhin hatte mir Danner bisher nichts getan und ich wollte einfach nicht wahrhaben, dass mich meine Menschenkenntnis derartig im Stich gelassen haben sollte, denn sie war das Einzige, worauf ich mich je hatte verlassen können.

»Dann ist ja gut!« Ich hörte, wie Molle in seiner eigenen Wohnung verschwand.

Danner ließ mir den Vortritt und schloss die Tür hinter uns.

Ich spürte, wie sich in mir jede einzelne Muskelfaser anspannte. Er würde die Kette vorlegen und ich saß in der Falle!

Ich starrte auf die Sicherheitskette, als könnte ich sie mittels Telekinese daran hindern, die Tür zu verschließen.

Und – o Wunder – es funktionierte!

Danner hatte meinen Blick bemerkt. Er ließ die Kette baumeln, trat langsam vom Ausgang zurück und ging zum Sofa hinüber.

»Wieso wundert es mich, dass du ganz freiwillig ausziehst, nachdem du dich hier mühsam reingeschnorrt hast?« Er ließ sich auf das Polster plumpsen und verschränkte die Arme.

Ich biss mir auf die Lippen. Ich könnte an der Tür sein, bevor er aufgestanden wäre.

Andererseits wollte ich wissen, ob er wirklich war, was ich nicht glauben konnte! Doch wenn ich ihm sagte, was ich gesehen hatte, musste er mich dann nicht zum Schweigen bringen?

So unauffällig wie möglich ging ich rückwärts.

»Du hast Staschek Drogen gegeben«, stellte ich trotzig fest, als ich die Tür im Rücken spürte.

»Korrekt.«

Verblüfft sah ich ihn an. »Da hab ich keinen Bock drauf!«, stellte ich klar. »Ich schnorr mich nicht so gerne bei Schwerverbrechern durch.«

»Auch noch wählerisch, hm?«, spottete er. »Und weil du uns beobachtet hast, dachtest du, du kriegst von mir eine aufs Maul?«

»Sicher«, log ich.

Danner nickte. Er zog den Umschlag, den Staschek ihm im Tausch für die Drogen gegeben hatte, aus der hinteren Tasche seiner Jeans, öffnete das Kuvert und schüttete den Inhalt auf den Couchtisch.

Fotos verteilten sich auf der Tischplatte.

Darauf konnte ich mir keinen Reim machen. Ich versuchte es trotzdem: »Staschek bezahlt den Stoff mit Fotos? Erpresst er dich, oder so?«

»Himmel! Bevor Staschek mich bezahlt, wachsen mir Haare«, klärte mich Danner ungeduldig auf. »Ich ermittle an einer Schule und das Koks habe ich in der großen Pause aus dem Verkehr gezogen. Staschek entsorgt es für mich.«

»Entsorgt es?«

»Er ist ein Bulle. Kriminalhauptkommissar. Bist du jetzt zufrieden?«

Ich glaubte, den Stein, der mir vom Herzen fiel, bis ins Erdgeschoss hinunterpoltern zu hören.

Ich hatte es gewusst, ich hatte mich nicht geirrt!

Danner war kein Dealer!

Gott sei Dank!

Ich hätte ihm um den Hals fallen können vor Erleichterung. Stattdessen machte ich zwei Schritte auf das Sofa zu: »Wenn Staschek ein Bulle ist, wieso soll ich dann nicht mit ihm reden?«

»Er könnte auf dumme Gedanken kommen, wenn er dich sieht.«

»Weil er ein bisschen mit mir flirtet? Mann, der Typ könnte mein Vater sein!«

Danner grinste: »Ich hab seiner Frau versprochen, ihm in den Arsch zu treten, wenn er kleine Mädchen anmacht.«

Ich setzte mich auf die Armlehne des Sessels.

»Nein, im Ernst. Ich habe bei dem Fall Probleme, an die Kids ranzukommen. Und ich wette, wenn Staschek dich kennenlernt, kommt er auf die Idee, dich ein bisschen in der Schule rumschnüffeln zu lassen.«

»Wirklich?«

»Wenn nicht, kriegst du das Bett und ich schlaf auf der Couch – sagen wir, einen Monat lang! Was ist?«

Er hielt mir die Hand hin und ich schlug ein.

»Heißt das, du ziehst nicht aus?«, schlussfolgerte Danner messerscharf.

»Heute nicht.«

»Ich könnte kotzen.«

Zum ersten Mal hatte ich den Verdacht, dass er es vielleicht nicht ernst meinte.

11.

Am nächsten Morgen frühstückten wir wieder bei Molle.

»Musst du zur ersten Stunde in die Schule?«, fragte ich Danner, während ich ein Croissant mit Erdbeermarmelade bestrich.

Er schüttelte den Kopf: »Ich mach erst den Bericht fertig.«

Ich biss ab. »Ich kann tippen«, erwähnte ich kauend.

Danner musterte mich kurz.

»Meine Semesterarbeit hatte fünfundzwanzig Seiten. Ehrlich!«

»Mit dem letzten Wort wäre ich an deiner Stelle vorsichtig!«, warnte Danner. »Das fehlt mir noch, dass du deine Nase in meine Unterlagen steckst!«

Schade.

Ich musste zugeben, das Schmökern in seinen Akten machte mir Spaß.

So lauschte ich dem Klickern der Computertastatur, während ich auf dem Badewannenrand saß und meine Zähne putzte.

Es klingelte an der Tür.

Das Klickern hörte auf.

Es war noch nicht mal halb neun, wer konnte das sein?

»Ben? Raus aus den Federn!«

Oha! Die Telefonsex-Stimme. M. – Irrtum ausgeschlossen.

»Tu nicht so, als wärst du nicht da, du Langschläfer! Dein Auto steht vor dem Haus«, flötete die Frau, als Danner sich nicht rührte.

Langschläfer?

Na ja, man konnte für alles eine Erklärung finden, wenn man lange genug suchte.

Mit einem Satz war ich auf den Beinen und schob die Badezimmertür einen Spalt weit auf. Ich sah, wie Danner der Zimmerdecke einen wütenden Blick zuwarf.

Noch bevor er die Tür öffnete, war mir klar, dass die Sache nicht einfach für ihn werden würde. Dafür saß sein schwarzer Rollkragenpulli zu eng.

»Hallo, Liebling«, schnurrte da M. auch schon zufrieden. Die scharfkantigen Absätze ihrer Schuhe klackerten kurz auf der Türschwelle, bevor sie sich in den Teppich bohrten.

»Seit drei Tagen versuche ich, dich zu erreichen«, schmollte sie.

»Ich weiß«, antwortete Danner unmissverständlich schroff.

»Nun komm schon, mach einen Schritt vorwärts!«, beschwor ich die fremde Frau flüsternd und presste meine Nase in den Türspalt.

Als hätte sie es gehört, ging M. durch den Raum auf den Schreibtisch zu.

Ich konnte sie nur von hinten sehen, aber ihre Figur war der Hammer! Die Stiefel hatten, grob geschätzt, neun Zentimeter Absatz und ihren schmalen Rücken wallte eine hennafarbene Löwenmähne herab, wie ein feuerrotes Fick-mich-Schild. Mir kamen Zweifel am Verstand des Finanzbeamten mit der spitzmausgesichtigen Bettgeschichte.

»Ich wollte dir sagen, dass ich für Samstag Theaterkarten organisiert habe.«

Danner ballte hinter M. die Fäuste. »Da kannst du allein hingehen, Marie«, erklärte er ungeduldig.

»Aber natürlich kommst du mit! Samstagsabends muss die Welt nicht gerettet werden, das kannst du auch noch nächste Woche erledigen.«

»Ich hab nicht vor, die Welt zu retten. Ich will nur lieber mit Molle ’n Bier trinken.«

»Ach, so eine Männersache, hm?«

Alle Achtung, wie sie es fertigbrachte, ihn zu ignorieren.

»Nein, einfach ein Bier.«

Sie wirbelte herum und ihre rote Mähne wehte wie in einer miserablen Liebesschnulze durch die Luft.

Hölle, sah die gut aus!

Klimperwimpern, Schmollmund, hennafarbenes Make-up zum hennafarbenen Haar. Und für ihren Busen hätte so mancher Mann mit Freude über einen etwas langweiligen Charakter hinweggesehen.

»Hinterher habe ich uns einen Tisch beim Mexikaner reserviert.« Sie trat zu dicht an ihn heran. »Kerzenlicht, ein guter Wein und anschließend gehen wir zu mir«, hauchte sie und schlang langsam die Arme um Danners Hals.

Ihre Rolle gefiel ihr offensichtlich ausgesprochen gut: Hilfloses Frauchen wird vom bösen Ehemann hintergangen und vom schnodderigen Schnüffler gerettet – und selbstverständlich auch gevögelt.

»Lass sie nicht so nah ran!«, murmelte ich, als sie mit ihren hennafarbenen Fingernägeln über seine Glatze fuhr.

Danner nahm bestimmt ihre Arme von seinem Hals und schob sie ein Stück von sich.

Ging doch!

»Das ist mein Ernst, Marie! Ich habe dich drei Tage nicht zurückgerufen, ich will nicht ins Theater, nicht zum Essen und schon gar nicht mit zu dir!«

»Dann eben nicht«, schmollte sie beleidigt. »Wollen wir Sonntag ins Konzert gehen?«

Das war genug!

Offensichtlich kapierte die mit Absicht nicht. Kurz entschlossen zog ich T-Shirt und Hose aus und wickelte mich in ein Handtuch.

Dann öffnete ich die Badezimmertür.

»Ben, Liebling, wo bleibst du?«, flötete ich samtweich, auch wenn Telefonsex wirklich nicht mein Ding war. »Das Wasser wird kalt –«

Ich tat, als würde ich M. erst in dem Moment bemerken. »Was geht denn hier vor?!«

M. schnappte empört nach Luft: »Ben, was hat dieses – dieses kleine Flittchen hier zu suchen? Würdest du mir das bitte erklären?!«

Ich stemmte die Hände in die Seiten und funkelte Danner wütend an: »Die Erklärung würde ich auch gern hören! Bist du noch zu retten, hier rumzuknutschen, während ich in der Badewanne verschrumpele?«

Er verzog keine Miene, doch seine Augen glitzerten.

»Was tun Sie hier?«, fauchte M. mich an.

»Ich arbeite hier!«, fauchte ich zurück. »Meinen Sie, ich kriege mein Geld nur fürs Tippen?«

»Die Sekretärin!« Sie wirbelte zu Danner herum: »Du bist kein Stück besser als mein Mann! Im Gegenteil, der hat wenigstens so viel Anstand, eine zu bumsen, die schon Auto fahren darf!«

Sie stürmte hinaus und schlug knallend die Tür zu.

»Die ruft nicht mehr an«, weissagte ich.

»Ich sag Molle, bei wem er sich bedanken muss.«

Ich drehte mich zur Badezimmertür, als er mich plötzlich erneut am Arm festhielt.

Ich erstarrte.

Dann spürte ich seine Hand heiß auf meinem nackten Rücken. Die Berührung zuckte wie ein Stromstoß bis in meine Arme hinab und hinterließ ein elektrisiertes Kribbeln.

»Was ist das denn?« Sacht fuhren seine Fingern zwischen meinen Schulterblättern entlang.

»Was?« Ich versuchte, über meine Schulter auf meinen Rücken zu sehen. Aus dem Augenwinkel erkannte ich, dass meine ganze linke Schulter noch immer blassgelb verfärbt war.

Danners Augen wurden schmal: »Wer war das?«

Ich schwieg.

»Dein Freund?«

Ich lächelte.

Er musterte mich kurz und ließ mich wieder los. Dann nahm er seine Jacke vom Haken und steckte eine Digitalkamera in die Tasche. »Ich krieg's raus, verlass dich drauf.«

Damit ging er hinaus.

12.

Während hinter Danner die Wohnungstür zupolterte, lief ich zurück ins Bad, ließ das Handtuch sinken und betrachtete im Spiegel meinen Rücken. Man ahnte den Bluterguss nur noch, wenn man genau hinsah.

Danner musste scharfe Augen haben.

Die Faust zuckt auf mich zu und ich weiß genau, dass ich mich nicht rechtzeitig wegdrehen kann. Es knackt, als der Schlag meine Wirbelsäule und die linke Schulter trifft. Der Schmerz rast meinen Rücken hinab, dunkle Punkte tanzen vor meinen Augen. Als ich zu Boden falle, glaube ich einen Moment lang, mir einen Querschnitt eingehandelt zu haben.

Ich schüttelte den Kopf, um die Erinnerung zu verdrängen. Erstaunlich, wie gut das funktionierte. Ich hatte die Hämatome auf meiner Schulter schon vergessen gehabt.

Dafür spürte ich noch das Kribbeln, dass Danners Berührung auf meinem Rücken hervorgerufen hatte. Ich stützte die Hände auf den Rand des Waschbeckens und starrte mein Spiegelbild an.

Beunruhigend.

Ich musste mich irgendwie ablenken.

Ich schlüpfte in meine Klamotten und schlenderte zurück ins Wohnzimmer. Auf dem Tisch lagen noch immer die Fotos, die Danner von Staschek erhalten hatte. Ich ließ mich auf das Sofa fallen und sah sie mir an.

Das erste Bild zeigte eine Schulklasse. Ungefähr dreißig Teenager hatten sich auf einer Treppe aufgestellt. Die kleineren vorn, die größeren in der zweiten Reihe eine Treppenstufe höher. Das winzige Gesicht eines dunkelhaarigen Mädchens war mit rotem Kugelschreiber eingekreist.

Das zweite Foto war ein Porträt. Das Mädchen schien schneewittchenartig schön: blasse Haut, glänzendes, dunkles Haar, hohe Wangen und Puppenmund.

Was hatte es mit ihr auf sich?

Und wie konnte ich es herausfinden?

Wo hatte Danner wohl die Akte über seinen aktuellen Fall versteckt?

Es dauerte einen Moment, bis ich das leise Surren wahrnahm, das schon die ganze Zeit über zu hören gewesen war.

Ich wandte mich nach dem Geräusch um.

Danner hatte den Computer nicht ausgeschaltet.

Den Computer, an dem er vorhin seinen Bericht getippt hatte.

Ich ging zum Schreibtisch. Der Bildschirm war schwarz, wahrscheinlich im Stand-by-Modus, aber der Rechner lief noch.

Hatte Danner wirklich vergessen, alles auszuschalten?

Eher nicht.

Im Gegenteil – dass er den PC angelassen hatte und verschwunden war, war beinahe eine Einladung!

Ich setzte mich an den Schreibtisch und schaltete den Monitor ein.

Der Absatz, den Danner getippt hatte, bevor M. hereingeplatzt war, wurde sichtbar:

Dienstag, 25.10.
9.00 Uhr, Lehrerzimmer:
Anwesend: M. Dittmer, S. Lehnert, G. Berthold, M. Morgenroth
Gespräch auf F. Ahrend gebracht:
S. Lehnert ist der Meinung, dass er noch länger beurlaubt sein wird. Ahrends Frau Christa leidet angeblich seit Längerem unter depressiven Phasen, muss jetzt möglicherweise zur stationären Behandlung in eine Psychiatrie eingewiesen werden.
M. Morgenroth mutmaßt, dass die Ehe diese Belastung nicht übersteht.

11.25 Uhr, zweite große Pause (Schulhofaufsicht):
Verdächtige Person verteilt am Fahrradständer Koks-Tütchen an mehrere Schüler (K. Bode, F. Schubert und L. nicht dabei!).

Ich stutzte.

Warum hatte L. keinen Nachnamen?

Hatte Danner ihn vergessen?

Kannte er ihn nicht?

Oder hatte er ihn in seinen sonst so kompletten Unterlagen absichtlich weggelassen?

Personenbeschreibung:
Weiß, männlich, ca. 35–40 Jahre, ca. 1,80 m, ca. 80 kg, Haar mittelbraun, schulterlang, zusammengebunden, bes. Kennzeichen: Spinnennetz-Tattoo rechte Halsseite

Schülern 60 g Kokain abgenommen.

19.00 Uhr, Schwimmtraining:
L. ignoriert mich weiterhin

Damit endete der Bericht auch schon. Schade.

Doch bevor ich das Schreibprogramm ausklickte, fiel mein Blick auf den Dateinamen in der Symbolleiste am unteren Bildschirmrand: *L 15*.

Der normale Bildschirmhintergrund erschien – Danners gewöhnungsbedürftigem Farbgeschmack entsprechend schwarz. Versuchsweise öffnete ich den virtuellen Aktenschrank ›Eigene Dateien‹. Die ersten elf Dateien trugen den Namen *Ammer 1-11*. Dann kam acht Mal *Albrecht*.

Dann – aha, *Baumbach!*

Rasch ließ ich die Namen bis *L* durchsausen.

Treffer!

L 1-15.

Vergnügt rieb ich mir die Hände und öffnete ohne Skrupel *L 1*.

Die Akte *L.*, die bisher nur auf dem Computer zu existieren schien, war sehr viel weniger vollständig als alle Akten, in denen ich gestern geblättert hatte. Kein Name des Auftraggebers, keine Adressen, keine Telefonnummer.

Nur ein Bericht, ähnlich dem, den ich gerade schon gelesen hatte, sehr knapp.

Montag, 10.10.
Ermittlungen als Sportlehrer in der Klasse 10d am Ottilie-Baader-Gymnasium begonnen (Krankheitsvertretung für F. Ahrend).
Direktor ist informiert.
13.40–15.15 Uhr, Sport 10d:
Mit S. Steilen, K. Brinkmann, C. Montag, A. Kampe, O. Friedrich über E. Ahrend gesprochen. Keiner war näher mit ihr bekannt, keine neuen Informationen.
Alle verweisen auf E. Ahrends Clique.

Das war alles. Was blieb mir da anderes übrig als *L 2?*

Dienstag, 11.10.
K. Bode, F. Schubert und L. waren E. Ahrends beste Freundinnen. Sämtliche Mitschüler verweisen bei Fragen auf diese drei.
Alle drei Mädchen geben an, E. Ahrend am Dienstag, den 04.10. im Nachmittagsunterricht (Biologie bei M. Morgenroth) zuletzt gesehen zu haben.
Als die Schüler die Klasse gegen 17.00 Uhr verließen, blieb E. Ahrend im Klassenraum zurück. M. Morgenroth vermutet, dass sie auf ihren Vater wartete, um mit ihm nach Hause zu fahren.
S. Lehnert (Religion, Politik, Erdkunde), Religionslehrerin der 10d, beschreibt E. Ahrend als intelligent, freundlich, fleißig, beliebt bei Lehrern und Mitschülern, auffallend hübsch, zeitweise schüchtern, ruhig im Unterricht, aber mündlich immer noch gut, sehr sportlich, ehrgeizig, Klassen- und Jahrgangsbeste, aber trotzdem integriert, seit Jahren mit K. Bode, F. Schubert und L. gut befreundet.

Hm.

In mir entwickelte sich prompt eine Abneigung gegen E. Ahrend. Klang nach einer Streberin der übelsten Sorte. Dass die bei Lehrern *und* Mitschülern beliebt sein sollte, ging doch nicht mit rechten Dingen zu! War das mal wieder die komplette Fehleinschätzung einer fahrlässig inkompetenten Pädagogin?

Jedenfalls schien E. Ahrend irgendetwas zugestoßen zu sein, was ich aus Danners Formulierung *zuletzt gesehen am* schloss.

Wahrscheinlich war sie von einem neidischen Sitzenbleiber bei einem Amoklauf umgenietet worden. Oder sie war von allen, die auch gern mal Jahrgangsbeste sein wollten, so fies gemobbt worden, dass sie abgehauen war.

Meine Neugier ließ mich weiterlesen. Ich öffnete *L 3,* um herauszufinden, was mit E. Ahrend, der Streberin, passiert war.

Mittwoch, 12.10.
7.45 Uhr, Teambesprechung:
M. Dittmer (Französisch, Deutsch, Kunst) bestätigt S. Lehnerts Einschätzung von E. Ahrend.

12.25 Uhr, zweite große Pause:
K. Bode nennt die Lehrer verlogene Intriganten, Dittmer einen notgeilen Grapscher und Lehnert eine hässliche Nutte. Bisher gibt es keinerlei Anhaltspunkte für den Wahrheitsgehalt dieser Aussagen und K. Bode neigt zu ausdrucksstarken Metaphern. (Aber da sie den Papst als einen Schwulen im Karnevalskostüm bezeichnet und mich als sadistischen Sklaventreiber, muss die Behauptung unbedingt überprüft werden!)

Ich musste schmunzeln. K. Bode gefiel mir.

Donnerstag, 14.10.
M. Dittmer überprüft: keine Eintragungen in polizeilichem Führungszeugnis, keine Beschwerden, seit er am Ottilie-Baader-Gymnasium unterrichtet (11 Jahre), keine Gerüchte unter den Kollegen.
S. Lehnert überprüft: keine Vorstrafen wg. Prostitution, keine bekannten Affären mit Kollegen etc. (aber vier gescheiterte Ehen in den letzten zehn Jahren).

Bald hatte ich alle L-Dateien gelesen, aber noch immer nicht herausgefunden, wer Danners Auftraggeber war, wie L. mit Nachnamen hieß und was E. Ahrend passiert war. Immerhin wusste ich, und darin schienen sich Lehrer und Schüler ungewöhnlich einig: E. Ahrend führte ein beneidenswertes Leben! Mehr Einser als Zweier im Zeugnis, begabt, fleißig und freundlich, außerdem auffallend hübsch, beliebt und auch noch sportlich. Seit Jahren schwamm sie in der Schulstaffel.

Ihr Vater arbeitete vermutlich als Lehrer am Ottilie-Baader-Gymnasium, schlussfolgerte ich drauflos. Denn es war sicher mehr als ein Zufall, dass der auf unbestimmte Zeit beurlaubte Sportlehrer, den Danner vertrat, den gleichen Nachnamen wie das Mädchen trug.

Allein durch das Lesen von Danners knappen Berichten wurde ich schon neidisch auf E. Ahrend. Wie konnte man ein perfektes Leben führen, hübsch, schlau und sportlich sein und trotzdem Freunde haben?

Drei gute Freundinnen waren jedenfalls mehr, als ich in meinem ganzen bisherigen Leben gehabt hatte. Aber mein Leben war eben nicht perfekt und ich ging davon aus, dass es das auch nicht mehr werden würde.

Immerhin kannte ich jetzt Danners Problem: Die drei Mädchen, die am meisten über seinen Fall wussten, wollten ihm nichts erzählen.

Und ich hatte herausgefunden, wo er sich gestern herumgetrieben hatte: Nachmittagsunterricht und Schwimmtraining. Solange F. Ahrend außer Dienst war, trainierte Danner Dienstag- und Freitagabend die Schulmannschaft der Jungen, S. Lehnert hatte die Mädchenmannschaft übernommen.

Wie konnte ich mehr über E. Ahrend erfahren?

Versuchsweise tippte ich bei Google *Ottilie-Baader-Gymnasium Bochum* ein. Und siehe da: Prompt erschien die Titelseite der Schülerzeitung *Otti-News* auf dem Bildschirm. Die September-Ausgabe.

Auf Seite vier entdeckte ich ein halbseitiges Foto, das einige Mädchen in Badeanzügen auf einem Siegerpodest zeigte. Schneewittchen stand auf Platz drei.

In der Einzelwertung setzte sich Carmen Montag (Otti) durch, las ich unter dem Bild. *Sie gewann vor Rika Bergheim (Humboldt-Real). Für unsere Favoritin Eva Ahrend reichte es diesmal nur für den dritten Platz. Anscheinend hat sie mit dem Landesmeistertitel und der deutschen Junioren-Meisterschaft im Juli genug für diese Saison und überlässt den Sieg ihrer Kollegin vom Otti-Baader.*

Ich pfiff durch die Zähne.

Deutsche Meisterin.

Nicht schlecht!

Streberin der übelsten Sorte.

In der Mannschaftswertung gewinnt das Team Otti-Baader mit Carmen Montag, Eva Ahrend und Sinja Steilen die Schulmeisterschaft vor der Humboldt-Realschule. Damit haben unsere Mädels einmal mehr bewiesen, dass ihnen beim Schwimmen keiner das Wasser reichen kann. Den Erfolg ver-

danken sie wie immer vor allem ihrem Trainer Friedrich Ahrend.

Das eingefügte Bild des Trainers war verschwommen. Obwohl ich nicht mal seine Haarfarbe erkennen konnte, hätte ich Danners Bett verwettet, dass der Mann auf dem Foto Eva Ahrends Vater war!

In dem Moment hörte ich Molles Stimme im Treppenhaus: »Lila? Willst du Spaghetti?«

Ich rannte zur Tür. »Ich dachte schon, du würdest nie fragen!«, nickte ich begeistert und vergaß E. Ahrend und L.

Zusammen mit dem Dicken polterte ich die Treppe hinunter.

13.

»Habe ich heute Morgen Marie in ihrem roten Flitzer flüchten sehen?«, erkundigte sich Molle, ohne seine Neugier zu verstecken.

»Schon möglich.«

»Sag bloß, Ben hat sie endlich abserviert!? War er sehr eklig?«

»Schon. Allerdings schien sie seine ätzende Art eher anzutörnen.«

Molle seufzte: »Warum stehen die Weiber eigentlich alle auf Arschlöcher?«

Ich zuckte die Schultern.

»Dann geht der Telefonterror weiter?«

Ich schüttelte den Kopf: »Ich hab das erledigt.«

»War sicher nicht schwierig für dich«, brummte der Dicke schmunzelnd. »Sie ist ein Mindestmaß an Höflichkeit gewöhnt.«

Ich knuffte ihn in die Speckschichten.

»Danner geht zu viel Höflichkeit jedenfalls auf den Geist«, stellte ich fest. »Andererseits könnte auf M.s Busen ein Kleinwagen parken – wäre ›mann‹ da nicht bereit, auch mal bitte und danke zu sagen?«

Molle zog die buschigen Brauen hoch.

»Jetzt sag schon!«, drängelte ich. »Was ist deine männliche Meinung? Steht Danner eher auf graue Mäuschen? Statt Arsch und Titten 'ne Brille, so groß wie 'n Fahrrad?«

»Mit Sicherheit nicht.«

Als ich ihn weiter fragend ansah, zuckte der Dicke die Schultern: »Ehrlich gesagt, hab ich keine Ahnung, worauf Ben steht. In den zehn Jahren, die er hier wohnt, habe ich es nicht herausfinden können.«

Ich setzte mich an den Tisch und verschränkte abwartend die Arme.

Molle stellte den Spaghettitopf auf eine Zeitung.

»Jetzt starr mich nicht so an! Er ist mein Kumpel, was soll ich sagen?«, seufzte der Dicke, was mich nicht davon abhielt, weiterzustarren.

»Na schön«, gab er nach, »er wechselt seine Frauen bedeutend öfter als seine Unterhosen. Reicht dir das?«

So schlimm hatte ich es mir, ehrlich gesagt, nicht vorgestellt. »Warum?«

»Wie warum? Keine Ahnung. Vielleicht findet er nicht die Richtige, vielleicht ist er ein asoziales Arschloch, ich hab ihn nicht gefragt.«

Schweigend wickelte ich die Nudeln um meine Gabel und dachte nach. Der typische Aufreißer war Danner nicht gerade. Keiner dieser Haargel-abhängigen David-Beckham-Typen, die im Augenblick so begehrt waren. Tatsächlich war er ein unrasierter Macho, ein typischer Junggeselle, der mehr einzelne Socken besaß als zusammengehörende Paare. Und ein Kotzbrocken. Und er versuchte nicht mal, das zu verheimlichen. Eigentlich erstaunlich, dass offenbar eine Menge Frauen darauf abfuhren.

So wie M., die wohl eher in ihre Vorstellung vom toughen Retter in der Not verliebt war als in Danner selbst.

»Spaghetti! Da komme ich ja gerade rechtzeitig!« Jemand rückte hinter mir einen Stuhl an unseren Tisch. »Ist er noch nicht da?«

Ich sah zu Staschek hoch.

»Langsam glaube ich, du hast hier eine Wanze installiert, damit du weißt, wann das Essen auf dem Tisch steht.« Molle erhob sich, um einen weiteren Teller zu holen.

»Hallo«, begrüßte mich Staschek mit seinem charmantesten Lächeln und strich sich eine glänzend braune Haarwelle aus dem Gesicht: »Cassandra, nicht wahr?«

Hätte ich Danners Anordnungen befolgen wollen, wäre das eindeutig der Moment gewesen, in dem ich hätte aufstehen und verschwinden sollen.

Ich aß weiter.

»Ich wusste gar nicht, dass Molle jetzt auch mittags aufmacht?!«, bemerkte Staschek.

»Sollte ich?« Molle schob dem Kriminalkommissar einen Teller hin und der häufte so viele Nudeln darauf, dass sie sich am Rand schon wieder herunterkringelten.

»Deine Bedienung sitzt hier jedenfalls schon. Diesmal hast du glücklicherweise zweimal hingeschaut und nicht wieder so einen wandelnden Wal eingestellt.«

»Die wohnt hier. Hat sich so ergeben«, brummte Molle.

Ups. Schon war es raus. Danner würde nicht begeistert sein.

»Wie bitte? Sie wohnen hier? Hier?« Staschek spießte mit einer kräftigen Bewegung die Gabel in den Nudelberg.

»Ich habe es Ihnen schon einmal gesagt, aber Sie wollten mir nicht glauben«, erinnerte ich ihn.

Der Polizist blinzelte erstaunt mit seinen schönen Augen: »Ach, Sie sind –«

»Lila! Hi!«, half ich ihm auf die Sprünge, steckte meine eigene Gabel in den Mund und hielt ihm meine Rechte hin.

Verblüfft schüttelte er meine Hand: »Und Sie wohnen bei …«

»Danner. Richtig.«

Seine Hand war groß und schmal, die Finger schlank mit gepflegten Nägeln und sein warmer Griff kräftig.

Staschek warf Molle einen fragenden Blick zu.

Der Dicke nickte schulterzuckend.

»Sie sind nicht mit ihm verwandt?«

»Nein.«

»Eine Klientin?«

»Nein.«

»Wenn Sie jetzt auch noch sagen, dass ich Sie duzen kann, hetze ich dem Kerl den Jugendschutz auf den Hals!«

Bei einer solchen Gelegenheit kann man doch nicht widerstehen, oder?

»Ich gehe zwar schon in die Zehnte, aber wir können von mir aus ruhig Du sagen. Warum kann ein Mädchen nicht einfach in Ruhe mit einem älteren Mann zusammenleben, wenn es sie glücklich macht?«

Staschecks Gabel fiel klirrend auf den Teller.

Molle begann zu husten.

»Anscheinend liegt dir nicht besonders viel an deinem Schlafplatz!« Danner ließ sich neben mir auf den letzten freien Stuhl fallen.

»Bist du irre, Ben?«, keuchte Staschek empört. »Du kannst nicht allen Ernstes mit einer Sechzehnjährigen …?«

Danner verdrehte die Augen: »Zeig ihm sofort deinen Ausweis oder du fliegst wirklich raus.«

»Schon gut«, lenkte ich ein. »Ich bin zwanzig und ich schlafe auf dem Sofa.«

Staschecks abschätzender Blick wanderte von mir zu Danner und wieder zurück. Dann entschied er sich anscheinend, uns zu glauben. »Erzählst du öfter so 'n Schwachsinn?«

»Glaubst du öfter alles, was du hörst, Superbulle?«

Er musste grinsen und dabei erschienen ein paar Lachfältchen in seinem schmalen Gesicht, die ihn noch attraktiver machten.

Er zwinkerte mir zu.

»Lenny!«, knurrte Danner warnend. »Eben hast du sie noch für sechzehn gehalten!«

»Ich wohne zumindest nicht mit ihr zusammen. Wie war die Schule?«

Ich horchte auf.

»Nichts Neues.«

»Nichts Neues reicht nicht!«, schimpfte Staschek. »Ich will endlich mal Fakten sehen. Das kann doch nicht so schwer sein!«

Danners Blick wurde eisig: »Und ich will endlich mal Kohle sehen! Allein dafür, dass ich hier sitze, kriege ich schon einen Hunderter. Nein, zwei – anbrüllen kostet doppelt!«

Womit meine Frage nach dem ungenannten Auftraggeber geklärt war.

»Geldgeiler Sack!«, schimpfte Staschek.

»Na schön. Feierabend!«, ließ Danner die Gelegenheit, wütend zu werden, nicht ungenutzt. »Mach deinen Scheiß doch selbst! Ich bin jedenfalls raus.«

Mit einem Ruck stand er auf und knallte die Kneipentür hinter sich zu.

Staschek sah aus, als wollte er ihm etwas hinterherbrüllen, ließ es aber bleiben.

»Keine Sorge, Lenny, der taucht gleich wieder auf«, meinte Molle gelassen.

»Das kannste vergessen! Wenn ich nicht mit ’nem Tausender winke, kriege ich im besten Fall ’nen Arschtritt.«

»Aber er hat noch nicht gegessen«, gab Molle zu bedenken.

»Kann ich mal was fragen?«, meldete ich mich zu Wort.

Die beiden Männer verstummten, als erinnerten sie sich erst jetzt daran, dass ich auch noch am Tisch saß.

»Ich denke, du bist bei der Kripo? Warum schickst du einen zweitklassigen Privatschnüffler los?«

Molle verschränkte belustigt die Arme auf seinem Bauch: »Na, jetzt mal Butter bei die Fische, Lenny.«

Staschek trommelte mit den Fingern auf den Tisch: »Ist nicht mein Fall.«

»Das kann doch nicht alles sein?«

»Ja, das kann doch nicht alles sein«, echote Molle, der mein Verhör offenbar spaßig fand.

Staschek sah sich hastig zur Tür um. Dann beugte er sich zu mir herüber.

»Okay, hör zu«, flüsterte er. »Die Kollegen sind plattärschige Pappnasen und Danner ist einfach der Beste, zufrieden? Aber das darf er auf keinen Fall erfahren, er ist schon arrogant genug.«

Glaubte ich aufs Wort.

»Er muss weitermachen, zumindest bis die Kollegen die Ermittlungen abgeschlossen haben.«

Ermittlungen!

»Was ist mit Eva Ahrend passiert?«, erkundigte ich mich direkt.

Staschek zog die Brauen über seinen schönen Augen zusammen: »Woher kennst du den Namen?« Er warf Molle einen vorwurfsvollen Blick zu.

Der Dicke schüttelte den Kopf.

Schnell antwortete ich: »Ich hab auch ein bisschen geschnüffelt, hier sagt einem ja niemand was. Der Name stand in der Schülerzeitung.«

Staschеks Blick blieb einen Moment zu lange an meinem Gesicht hängen. Ein Gedanke ging ihm durch den Kopf, ich konnte ihn in seinen Augen aufleuchten sehen.

»Sie ist tot«, informierte er mich wohlüberlegt.

Ich ließ meine Gabel sinken: »Wirklich?«

»Sie ist aus dem Fenster des Biologieraumes gesprungen, fünfter Stock. Ohne Vorwarnung, direkt nach dem Unterricht. Alle anderen sind rausgegangen, sie ist gesprungen.«

»Selbstmord? Und was interessiert dich und Danner daran?«

»Das geht dich einen Dreck an!« Danner setzte sich wieder neben mich. »Und wenn du deine Finger nicht von meinem Computer lässt –«

Ich ignorierte ihn. »Eine Frage noch«, ließ ich Staschek nicht in Ruhe.

Der Polizist seufzte.

»Wer ist L.?«

Staschek warf dem Detektiv einen Hilfe suchenden Blick zu, doch der verschränkte nur die Arme vor der Brust.

»Und du bist sicher, dass du nicht zufällig doch für Ben arbeitest?«, erkundigte sich Staschek nachdenklich.

»Da musst du wohl weiter auf dem Sofa pennen«, erinnerte mich Danner an unsere Wette.

»Ich habe nicht gesagt, dass ich nicht bereit wäre, für ihn zu arbeiten«, erklärte ich dem Polizisten. »Für, sagen wir, 'n Fuffi am Tag.«

Staschek fehlten für einen Moment die Worte.

Ich nutzte die Gelegenheit, um weiterzusprechen: »Ich schätze, ihr könntet mich brauchen. Die Sache ist doch die: Ihr wollt K. Bode, F. Schubert und die namenlose L. ausquetschen, aber die Mädels lassen euch zwei alten Säcke abblitzen!«

Danner und Staschek brummten verärgert.

»Kein Wunder, wenn ihr mich fragt«, stichelte ich weiter. »Mich kennen sie nicht. Ich könnte als neue Mitschülerin in ihre Klasse gehen und ein paar Fragen stellen. Natürlich spricht niemand gern mit einer Fremden über den Tod der besten Freundin. Aber meine Chancen stehen zumindest besser als eure. Vor allem, wenn man bedenkt –« Ich brach ab. Ich überlegte, ob ich mit meinem Verdacht in Bezug auf L.s Nachnamen richtig lag.

Doch alles sprach dafür: Danner schrieb ihn nicht auf, weil er ihn so gut kannte, dass er ihn nicht vergaß. Und Staschek interessierte der Fall so sehr, dass er einen Privatdetektiv beauftragte – und möglicherweise sogar bezahlte.

»Wenn man was bedenkt?«, hakte Danner nach, weil ich schwieg.

Ich sah Staschek an und sagte behutsam: »Wenn man bedenkt, dass kaum ein Teenager den Selbstmord der besten Freundin mit seinem Vater besprechen würde.«

Es dauerte ein paar Sekunden, bis Staschek blinzelte.

»Richtig?«, drängelte ich.

»Fünfzig am Tag hast du gesagt?«

»Eine Anzahlung wäre nicht schlecht! Bin ein bisschen knapp bei Kasse.«

Staschek kramte ein glänzend schwarzes Portemonnaie aus seinem Mantel. Er legte mir zweihundert und Danner fünfhundert Euro hin.

»Na, das wurde auch Zeit«, brummte Danner und schob seinen Geldstapel gleich weiter zu Molle.

»Meine Tochter heißt Lena«, klärte mich Staschek endlich auf. »Eva Ahrend war ihre beste Freundin, ich kannte sie, seit sie zwölf Jahre alt war. Sie war einfach ein nettes Mädchen, so hübsch – und so schlau! Ich kann nicht glauben, dass sie sich umgebracht hat. Lena auch nicht. Aber die Ermittlungen der Kollegen laufen wohl darauf hinaus.« Er wandte sich an Danner: »Übrigens hab ich Horst rumgekriegt. Er sitzt zwar auf der Akte wie eine Fliege auf dem Klo, aber er will mir zumindest eine Kopie des Autopsieberichtes rüberschicken. Hat mir versprochen, dass ich sie heute im Fach habe. Wenn ihr nachher vorbeikommt, könnt ihr 'n Blick drauf werfen.«

Danner nickte.

Staschek hatte seinen Nudelberg verschlungen. Er stand auf und verabschiedete sich.

»Wie kannst du Lila da mit reinziehen?«, brauste Molle auf, kaum dass Staschek verschwunden war. »Von Lenny hab ich nichts anderes erwartet, aber du bist doch wohl übergeschnappt!«

»Reingezogen hat sie sich selbst. Sie ist volljährig, Molle, sie kann tun, was sie will!«

»Ich glaube nicht, dass es einen Unterschied macht, ob sie sechzehn oder zwanzig ist, wenn sie aus einem Fenster geworfen wird!«

Danner klopfte dem Dicken beruhigend auf die Schulter.

Ich erwartete, dass er sagte, dass alles auf einen Selbstmord hindeutete und die Wahrscheinlichkeit, dass ein Serienkiller an der Schule sein Unwesen trieb, doch relativ gering sei.

Stattdessen sagte er nur: »Ich pass schon auf.«

Brummelnd verzog sich Molle in die Küche.

»Ich kann selbst auf mich aufpassen, falls dir das noch nicht aufgefallen ist!«, motzte ich, weil ich das unmöglich auf sich beruhen lassen konnte.

»Ist mir aufgefallen. Und an einen Job zu kommen, fällt dir auch nicht gerade schwer.«

Ich wartete, doch er sagte weiter nichts.

»Und?«, fragte ich deshalb.

»Und was?«

»Und was ist mit deinen nervigen Regeln? Du weißt schon: *Sprich nicht mit meinen Klienten! Steck deine Nase nicht in meine Fälle!*, und so weiter. Fliege ich jetzt raus oder was?«

Danner überlegte kurz. »Heute noch nicht. Die Regeln haben sich geändert. Stell dir vor, ich kann dich ganz gut gebrauchen. Deshalb hab ich dich schon in der 10d angemeldet. Morgen kannst du hingehen.«

14.

Danners Auto war ein fahrender Witz.

Ein schlechter.

Das Ding war ein Geländewagen, uralt, riesengroß und hatte statt eines Kofferraums eine Ladefläche. Für mein leicht radikales Umweltbewusstsein war es eine Zumutung und parkplatztechnisch eine Katastrophe.

Es soll ja Männer geben, die sämtliches Kleingeld in das Heißwachs der Autowaschanlage investieren, doch Danner gehörte offensichtlich nicht dazu. Es wunderte mich wenig, dass die Grundfarbe seines Wagens irgendwann mal Schwarz gewesen sein musste. Jetzt konnte man sie Schmutzgrau nennen. Die Rostlöcher im Dach hatte Danner mit dunkelgrünem Panzerband geflickt.

Erstaunlicherweise sprang die Kiste aber beim ersten Versuch an und der laute Motor röhrte gleichmäßig. Unser Ziel erreichten wir schneller als gedacht, denn das Ungetüm machte hundertsechzig Sachen – in der Stadt!

Danner ließ die Schrottschüssel quer auf den Behindertenparkplätzen vorm Eingang des Polizeipräsidiums stehen. So viel zum Parkplatzproblem.

Das Präsidium war eine Kombination aus altem Backsteinbau und modernerem Bürogebäude, zusammengeschustert durch einen gläsernen Gang, über dem sich ein riesenhaftes Metallgestell in den trüben Oktoberhimmel erhob.

Die Hände in den Jackentaschen sah ich an dem Gebilde hinauf.

Es dauerte einen Moment, bis ich begriff, dass das ein Förderturm war. Natürlich war mir klar, dass es so etwas im Ruhrgebiet irgendwann mal gegeben hatte, doch ich hatte nicht damit gerechnet, mitten in der Stadt plötzlich vor einem zu stehen.

Ich folgte Danner durch die Gänge des Gebäudes bis zu einer Tür, an der *Kriminalinspektion 1, Kriminalkommissariat 11* stand.

Drinnen roch es nach Kaffee, Akten und dem Kunststoff der neuen Bürostühle. Ich folgte Danner an den Schreibtischen vorbei. Die meisten Arbeitsplätze waren unbesetzt. Ein paar Männer in Zivil hockten vor den PCs und eine mollige Beamtin mit rotem Gesicht und auberginefarbenen Löckchen drum herum kam uns mit einem Arm voll Akten entgegen.

»Hi, Herta!«

»Hi, Ben!«

Über die Ordner hinweg drückte sie Danner einen roten Lippenabdruck auf die kratzige Wange.

Danner setzte sich auf den nächsten Schreibtisch, weil ihre Hüften in dem schmalen Gang sonst nicht an ihm vorbeigepasst hätten: »Haste noch 'n Kaffee für mich?«

Schnorren war offensichtlich nicht nur mein Spezialgebiet.

»Für dich immer, Schätzeken. Staschek ist drin.«

Sie zwinkerte Danner zu, drehte sich mitsamt den Akten um und stand vor mir. Um ein Haar wären wir zusammengestoßen und sie hatte eine Sekunde zu kämpfen, damit ihr der oberste Ordner nicht vom Stapel rutschte.

Mit abschätzendem Blick musterte sie meine lila Haare: »Haste dich verlaufen?«

War klar.

Ich seufzte: »Glaubst du echt, ich renne dem Typen ohne Grund hinterher?« Ich hatte kein Problem damit, geduzt zu werden.

Herta schon.

Danner war bereits in einem Nebenraum verschwunden.

»Nicht frech werden, Frolleinchen!«, warnte Herta und legte die Akten auf dem nächsten Schreibtisch ab. »Noch mal von vorn: Wo willst du hin?«

Warum half mir die Wahrheit eigentlich nie weiter? Gelangweilt schob ich mir einen Kaugummi in den Mund: »Na schön, ich soll mich eigentlich wegen der Sache mit dem Hasch melden, aber bei deinen Kollegen von der Rauschgiftabteilung läuft gerade 'ne Schlägerei. Sah aus, als ob die 'n bisschen Verstärkung bräuchten.«

So einfach wurde ich Herta los.

Unbehelligt schlenderte ich zu der Tür hinüber, an der dick und schwarz *Erster Kriminalhauptkommissar L. Staschek – Kommissariatsleitung* stand.

Danner saß in Staschеks Chefsessel, die Füße auf dem Schreibtisch, als ich das Büro betrat.

»Arsch!«, motzte ich ihn an und gab dem Stuhl einen Stoß, sodass er sich einmal um sich selbst drehte. Danner hob die Beine rechtzeitig über das Zettelchaos auf Staschеks Arbeitsplatz hinweg.

»Hallo, Lila.«

»Hi, Lenny.« Ich hockte mich im Schneidersitz auf einen der beiden schmaleren Sessel vor dem Schreibtisch.

Im gleichen Moment klopfte es. Herta steckte den roten Lockenschopf in den Raum. Ihre Kugelaugen funkelten mich wütend an.

Ich winkte ihr freundlich zu.

»Möchtest du auch 'n Kaffee, Chef?«, fragte sie nicht ungeschickt.

Staschek nickte.

»Und du?«

Ich war einigermaßen erstaunt, dass sie mir auch etwas anbot. Ich nickte ebenfalls. Um Tee zu bitten, wäre möglicherweise nicht gut angekommen.

»Hier.« Staschek warf Danner einen dünnen Ordner zu. »Die Autopsie.«

»Wird auch Zeit«, meckerte Danner, als wäre es sein gutes Recht, in Polizeiunterlagen zu schnüffeln.

»Sei froh, dass ich das Ding überhaupt gekriegt habe. Diesmal hängt wirklich Horsts Kopf dran. Zieh dir das hier mal rein!« Staschek hielt Danner einen weiteren Zettel hin.

Danner überflog den Text und warf das Blatt dann auf den Tisch.

Ich angelte mir das Papier. Es war der Ausdruck einer E-Mail.

Liebe Kolleginnen und Kollegen,
aus aktuellem Anlass möchte ich Ihnen noch einmal ins Gedächtnis rufen, dass es untersagt ist, Informationen über nicht abgeschlossene Fälle an Dritte weiterzugeben. Das gilt auch für KollegInnen, die nicht mit dem Fall betraut sind oder ausdrücklich von den Ermittlungen ausgeschlossen wurden. Sollte sich jemand nicht an diese Regelung halten, wird eine schriftliche Abmahnung erfolgen.
Mit freundlichen Grüßen
Klara Peters, Direktionsleitung Kriminalität

»Sieht der Schlampe ähnlich«, fand Danner.

»Eine ihrer letzten Amtshandlungen als Direktionsleiterin. Ist schon beinahe eine Ehre, dass sie sich extra die Mühe macht, nur damit wir nicht in dem Fall rumschnüffeln können!«, meinte Staschek.

Danner blätterte in dem Autopsiebericht.

Ich setzte mich auf den Schreibtisch, um auch hineinsehen zu können: »Wer ist Klara Peters?«

»Lennys Boss«, klärte mich Danner auf. »Die Leiterin der gesamten Kripo. Noch zwei Beförderungen und sie ist Polizeipräsidentin.«

»Eine davon steht demnächst an.« Staschek fuhr sich grimmig durchs Haar.

»Wenn sie dich dann in die Besenkammer versetzt, kannst du bei mir einsteigen«, brummte Danner, ohne aufzusehen. Wie immer verzog er keine Miene, sodass es fast wie sein Ernst klang.

Staschek schnitt eine Grimasse.

Mein Blick fiel auf ein Foto, das in der Mappe lag.

Danner hätte beinahe weitergeblättert, dann schien er sich an mich zu erinnern und schob mir die dünne Akte hin.

Herta stellte für jeden von uns eine Tasse Kaffee auf den Schreibtisch. Ich sah mir das Foto an, während Danner nach seinem Becher griff.

Das Bild war deutlich, der Fotograf hatte gewusst, was zu sehen sein sollte: Schneewittchens weißes Gesicht, ihre Augen und die Todesangst darin. Das lange, dunkle Haar, das sich um ihren Kopf herum auf den Asphalt ergoss und sich mit dem Blut vermischte.

In der Mappe lagen weitere Fotos. Eines, auf dem der merkwürdige Winkel zu sehen war, in dem ihr rechtes Bein lag. Eines, das das Knie genauer zeigte, den bleichen Knochen, der sich am Schienbein durch die blutige Haut gebohrt hatte wie ein zersplitterter Ast. Dann ihr linker Schuh, schwarz mit kleinem Absatz, der rechte Schuh fehlte. Die zerrissene dunkle Jeans, das enge rosafarbene, vom Blut durchtränkte Shirt. Das rosa-rote Band an ihrem linken Handgelenk, der Beweis dafür, dass sie bis vor ein paar Minuten noch die beste Freundin von irgendjemandem gewesen war.

Staschek wandte sich ab.

Danner sah mir weiter über die Schulter.

Ich überflog den beiliegenden Bericht.

An der Liste der festgestellten Verletzungen blieb mein Blick hängen:

Schädelbasisfraktur, Fraktur C1 / C2 / C3, Fraktur der Rippen 4–8 rechts, Fraktur Th6 / Th7 / Th8, Fraktur L5, Fraktur os sacrum, Beckenringfraktur os pubis bds., Hüftluxation rechts, offene Tibiafraktur rechts
Todesursache: Frakturen im Halswirbelbereich C1–C3
Blutuntersuchung: Zum Todeszeitpunkt stand die Tote unter dem Einfluss beruhigend wirkender, trizyklischer

Antidepressiva (nachgewiesene Wirkstoffe: Amitriptylin, Imipramin, z. B. enthalten in den Medikamenten Tofranil, Saroten). Aufgrund der hohen Dosis ist eine Abhängigkeit nicht auszuschließen.

»Antidepressiva?« Danner sah sich fragend nach Staschek um.

Staschek zuckte die Schultern: »Kann ich mir nicht vorstellen. Ich habe nichts gemerkt. Nie.«

Außerdem war sie keine Jungfrau mehr, auch das stand in der Autopsie. Die medizinische Diagnose dafür hieß: *Hymen nicht intakt.*

Glücklicherweise war ich im Besitz des großen Latinums und hatte den einen und anderen Krankenhausaufenthalt hinter mir, sonst hätte ich den Bericht nicht verstanden.

»Hatte sie einen Freund?«, fragte ich Staschek.

»Wär schön, wenn du das herausfinden würdest.«

Außerdem lag noch ein Klassenfoto in der Mappe und ein Foto von vier Mädchen, die zusammen einen Pokal in Form eines vergoldeten John Travoltas in die Höhe hielten.

Elena Staschek, Eva Ahrend, Franziska Schubert, Karoline Bode, las ich. Darunter die Adressen der Mädels. Und ein gelber Klebezettel, auf dem stand: *Wir sind quitt, Horst.* Offensichtlich hatte Horst Staschek doch mehr als nur den Autopsiebericht zugeschmuggelt.

»Welche ist Lena?«

Danner zeigte auf das Mädchen ganz links.

Lena war kleiner als Eva Ahrend, die neben ihr stand. Und zu Lenas Glück hatte sie Haar und Augen von ihrem Vater geerbt. Sie trug ein weißes Top, das ihr Nabelpiercing nicht ganz verdeckte, einen Strickbolero und enge Dreivierteljeans zu schwarzen Stiefeln.

»Lena besitzt das gleiche Foto«, murmelte Staschek. »Es ist an Franzis sechzehntem Geburtstag entstanden, vor drei Monaten. Endlich konnten sie alle zusammen in diese Disco. Karo hat den Twistwettbewerb gewonnen und ich hab alle vier nach Hause gebracht …« Er fuhr sich mit beiden Händen durchs Gesicht.

Danner schlug die Mappe zu und wollte sie in der Innentasche seines Parkas verschwinden lassen.

»Moment! Das Ding bleibt hier! Und wisch deine Fingerabdrücke ab!«, befahl Staschek sofort.

»An deiner Stelle würde ich mir Sorgen um deine eigenen Abdrücke machen.« Danner winkte mit der E-Mail. »Sei froh, wenn ich das Ding mitnehme, dann kannst du behaupten, du weißt nicht, wie ich daran gekommen bin!«

»Vergiss es! Ich schreddere das sofort!« Staschek wollte Danner die Mappe aus der Hand schnappen, doch der zog sie schnell weg.

»Bist du bescheuert? Hast du 'n Arsch in der Hose oder einen platt gesessenen Beamtenhintern?«

»Ich will nur nicht, dass man deine Wohnung durchsucht und vertrauliche Unterlagen einer laufenden Polizeiermittlung findet!«

Ich überlegte, ob Staschek vielleicht unter Verfolgungswahn litt. Wer sollte denn bitte Danners Wohnung durchsuchen? Die zukünftige Polizeipräsidentin würde wohl kaum eine Hausdurchsuchung anordnen, um zu prüfen, ob der Datenschutz eingehalten wurde. Es ging um einen Teenagerselbstmord, nicht um einen Terroranschlag!

»Reg dich ab«, brummte Danner gereizt. »Ich scanne die Fotos ein und tippe den Rest ab, wie immer.«

Staschek zögerte einen Augenblick. »Aber morgen bringst du das zurück und dann wird es geschreddert, kapiert?«

Danner verdrehte die Augen: »Das ist keine Stasiakte, Lenny.«

»Du kannst leicht Sprüche machen! Du hast keine Frau und drei Kinder und dir kann man den Job auch nicht mehr mit zwei Abmahnungen unterm Arsch wegkündigen!«

Ich horchte auf.

Danner streifte mich mit einem Blick, während er die Mappe nun tatsächlich in die Innentasche seines Parkas steckte: »Bevor sie meine Tür eintreten, halte ich ein Streichholz drunter.«

Er verließ den Raum.

Ich sprang vom Schreibtisch.

»Was hat Lena für Hobbys, Lenny?«, erkundigte ich mich.

Staschek sah aus, als hätte ich ihn aus einem Albtraum gerissen: »Wie? Ähm – sie geht auch schwimmen. Aber nur zum Spaß. Sie ist nicht so ehrgeizig wie Eva.«

»Na, ein Glück. Und sonst?«

»Was sonst?«

»Was interessiert sie noch? Welche Fächer mag sie in der Schule? Welche nicht? Auf welche Schauspieler steht sie? Und auf welche Musik?«

Er sah mich an, als hätte ich mich nach Lenas Körbchengröße erkundigt. »Puh, in Deutsch ist sie nicht schlecht. Sie liest jedenfalls viel und schreibt gern mal einen Brief. Und ich glaube, sie ziehen sich ständig diesen Indianerfilm rein – und Raumschiff Enterprise!«

Raumschiff Enterprise? Lena und ihre Freundinnen sahen nicht unbedingt aus, als würden Poster von Mister Spock in ihren Zimmern hängen.

Ich musste einen Moment nachdenken, um darauf zu kommen. »Du meinst nicht zufällig den *Schuh des Manitu* und *(T)Raumschiff Surprise?*«

»Doch, ja. Genau die.«

Ich musterte ihn belustigt.

»Noch was?«

Ich schüttelte den Kopf: »Ich glaube, nach Lenas Hymen brauche ich dich nicht zu fragen.«

Sein verständnisloser Blick sagte mir, dass es noch eine Weile dauern würde, bis er meine Worte begriff.

»Mach's gut, Lenny.«

Danner war bereits verschwunden, als ich in das Großraumbüro der Mordkommission hinaustrat. Ich konnte nicht widerstehen, blieb an Hertas Schreibtisch stehen und stützte beide Hände neben ihrem Computer auf.

»Willst du mich nicht lieber durchsuchen, bevor ich gehe? Sonst klaue ich dir womöglich noch einen Blaubeermuffin.«

Sie warf mir einen giftigen Blick zu.

Ich nahm die Tüte mit den kleinen Kuchen von ihrem Schreibtisch: »Lohnt sich nicht«, stellte ich fest. »Hast ja kaum was übrig gelassen. Wiedersehen, Herta.«

»Lieber nicht!«, rief sie mir nach.

Im Treppenhaus holte ich Danner ein. Ich biss in den Muffin, den ich Herta gemopst hatte. Ein Vorteil von übergroßen Wollpullis ist, dass man alles Mögliche in ihren Ärmeln verschwinden lassen kann.

»Du spielst mit deinem Leben, wenn du einen hungrigen Bullen beklaust!«, warnte mich Danner, schnappte mir den Rest des Kuchens aus der Hand und stopfte ihn sich in den Mund. »Bei so was verstehen die keinen Spaß.«

»Eines Tages wird sie mir dankbar sein, dass diese zweihundert Kalorien in deinem Magen und nicht auf ihren Hüften gelandet sind!«

Einmal mehr hatte ich ihn zum Grinsen gebracht.

»Du warst also mal 'n Bulle!«, stellte ich beiläufig fest, während Danner die Schrottschüssel aus dem Halteverbot lenkte.

»Kann mich nicht erinnern, so was gesagt zu haben«, stellte er sich dumm, obwohl er genau wusste, dass es keinen Sinn hatte.

»Aber Lenny.«

Danner schwieg.

»Gib's auf!«, versuchte ich, ihn festzunageln. »*Dir kann man den Job nicht mehr mit zwei Abmahnungen unterm Arsch wegkündigen* ist eindeutig! Wenn du kein Bulle warst, serviere ich dir dein Bier heute Abend nackig!«

Danner zog eine Augenbraue hoch, ohne den Blick von der Straße zu wenden: »Ich war nur der Hausmeister. Die Stammgäste werden begeistert sein.«

»Werden sie nicht, weil es nämlich nicht stimmt. Ich frage Molle, wenn du es nicht sofort zugibst! Aus dem kriege ich es schon raus.«

»Nicht, wenn ich ihm erzähle, was ihm entgeht.«

»Wenn er das hört, kriegst du zur Strafe kein Abendbrot!«

»Na schön: Ich war 'n Bulle! Zufrieden?«

»Nein.«

»Ist lange her. Staschek und ich haben zusammen angefangen, Polizeischule, Sitte, dann Mordkommission. Ich bin ausgestiegen, er nicht.«

»Warum bist du ausgestiegen?«

»Weil's 'n beschissener Job ist. Du reißt dir den Arsch auf, um die bösen Jungs zu fangen, und kaum hast du den Knast hinter ihnen abgeschlossen, spazieren sie mit ihrem Anwalt wieder heraus! Und dich verklagen sie wegen Amtsmissbrauch oder irgendner anderen Scheiße.«

»Also lieber als Privatschnüffler untreue Ehemänner beim Seitensprung bespitzeln?«

Danner warf mir einen drohenden Blick zu.

Als wir zu Hause ankamen, war es schon Zeit, dass ich mich bei Molle meldete. Schließlich hatte ich ja noch einen Job.

15.

Am nächsten Morgen stand ich früh auf.

Es gab einiges zu tun, bevor mein erster Schultag beginnen konnte. Denn ob man von seinen Klassenkameraden behandelt wird, als fehlten einem nach einem Lepraschub ein paar Finger, hängt allein davon ab, welche Jeans man trägt und ob man genug Make-up aufgelegt hat. Und von der Haarfarbe natürlich.

Lila kam einem Lepraschub erfahrungsgemäß verdammt nahe. Deshalb wusch ich meine Haare an diesem Morgen vierzehn Mal, bis die lila Tönung verschwunden war und mein echtes Mittelblond zum Vorschein kam. Ich bürstete und fönte und wirbelte hinterher alles mit ein bisschen Gel wieder durcheinander, denn zu brav wollte ich auch nicht wirken.

Ich schminkte mich mehr als sonst, aber nicht auffällig. Die Augen dunkel, die Lippen mit farblosem Gloss. An dem Abend, an dem das Foto vor der Disco entstanden war, hatten K. Bode, F. Schubert und Lena Staschek zwar mehr aufgelegt, aber ich vermutete, dass sie so nicht täglich in der Schule erschienen.

Dann prüfte ich meine Auswahl an Kleidung. Mit der unvermeidbaren Modefarbe Schweinchenrosa konnte ich nicht dienen, aber mein schwarzer Rolli, den ich für depressive Tage hatte, war keine schlechte Wahl. Er war enger und in der Taille kürzer als meine anderen Pullis, nur die Ärmel reichten mir wie gewohnt bis über die Fingerspitzen. Aufgemotzt mit meinem roten Strickschal wirkte er nicht zu langweilig. Dazu die Jeans, die nur einen roten Handabdruck auf der Gesäßtasche abbekommen hatte. Und Turnschuhe.

Und – nicht zu vergessen – das rote Freundschaftsband! Das Ding hatte mich einige Mühe gekostet, denn ich hatte noch nie eines geknotet. Ich wickelte es um mein linkes Handgelenk und versteckte es in dem zu langen Ärmel meines Pullis.

So wirkte ich hoffentlich nicht stinklangweilig, aber auch nicht mehr komplett durchgeknallt.

Danner verzog keine Miene, als ich mich neben ihn an den Frühstückstisch setzte, aber Molle guckte mich an, als wäre ich auf einem Nilpferd in die Kneipe geritten: »Was ist denn mit dir passiert?«

»Arbeitskleidung«, erklärte ich knapp und griff nach dem Nutella.

Als ich im vierten Stock des Schulgebäudes auf dem leeren Flur vor dem Klassenzimmer 10d stand, zögerte ich dann doch einen Moment.

Es war lächerlich. Mein Leben lang hatte ich nichts anderes getan, als zur Schule zu gehen. Ich hatte mein Abi bestanden, da würde ich die zehnte doch mit Leichtigkeit noch mal packen.

Allerdings hatte ich eben erfahren, dass es sich um eine Französisch-Klasse handelte und ich hatte leider noch nie am Französischunterricht teilgenommen. Die anderen waren mir also gut vier Jahre voraus. Und noch mal Mathe machen zu müssen, war auch kein Grund für einen Freudentanz.

Außerdem ist der erste Schritt in eine neue Klasse immer

beschissen, vor allem, wenn man nicht gleich als die Durchgeknallte erkannt werden will, die man ist. Schnell rief ich mir meine Rolle noch einmal ins Gedächtnis. Dank der Theater-AG bereitete mir zumindest das Lernen von Text keine Schwierigkeiten.

Einen Augenblick lang dachte ich über das Freundschaftsband nach. Damit pokerte ich verdammt hoch. Ich beschloss, es nur im Notfall einzusetzen, und versteckte es gut in meinem Ärmel.

Endlich gab ich mir einen Ruck, klopfte und trat ein.

Augenblicklich ließ der Lehrer die Kreide sinken und alle Köpfe drehten sich in meine Richtung.

Showtime!

»Ähm –« Ich räusperte mich. »Mein Name ist Lila Ziegler. Ich soll heute in der 10d anfangen, bin ich da richtig?«

Der Lehrer runzelte die Stirn. Er war groß und so dünn, dass er schon magersüchtig wirkte. Sein Gesicht hatte eine leicht graue Färbung, die mich auf einen Kettenraucher tippen ließ. Seine farblosen Locken hätte er in dieser Länge vielleicht mit fünfunddreißig noch tragen können, aber er ging auf die fünfzig zu, hatte Geheimratsecken und wäre mit einem kürzeren Haarschnitt besser beraten gewesen.

Er blätterte im Klassenbuch.

»Ah, ja. Lila Ziegler, da steht es«, murmelte er so undeutlich, dass ich einen Augenblick glaubte, Wasser im Ohr zu haben.

Ich rüttelte an meinem Ohrläppchen.

»Entschuldigen Sie die Verspätung, ich musste mich noch beim Rektor melden«, log ich, weil Verspätungen am ersten Tag erfahrungsgemäß eher schlecht ankommen.

»Schon gut. Mein Name ist Matthis Dittmer, ich bin dein Klassenlehrer, Deutsch und Französisch.«

Ich hatte keinen Hörfehler. Er hatte eine leichte Hasenscharte, lispelte stark und seine leise Stimme machte die Sache nicht besser.

»Willst du nach vorn kommen und dich kurz vorstellen?«

Ich nickte mit einem Gesicht, das das Gegenteil sagte.

Zweiunddreißig neugierige Augenpaare folgten mir, als ich zwischen den Tischen hindurchging und mich neben Dittmer ans Lehrerpult stellte.

»Hi!«, sagte ich und ließ meinen Blick über die Klasse wandern.

Rechts außen am Fenster erkannte ich sofort Staschecks Tochter. Ihr dickes, glänzend braunes Kastanienhaar war unverkennbar. Und auch das pummeligere Mädchen neben ihr hatte ich schon auf einem Foto gesehen. Bode oder Schubert, vermutete ich.

»Also, mein Name ist Lila und ich bin sechzehn Jahre alt. Meine Mutter und ich sind letzte Woche hierhergezogen. Meine Hobbys sind Inlinern, Volleyball – und Schwimmen natürlich.« Ich warf dem Lehrer einen unsicheren Blick zu. »Reicht das?«

»Natürlich. Du kannst dich da drüben hinsetzen, neben Jendrick.«

Dittmer zeigte mit einem nikotingelben Finger auf einen freien Platz in der vorletzten Reihe, neben einem großen, verschlafen wirkenden Jungen.

Auf den ersten Blick wusste ich, warum der Platz frei war. In jeder Klasse gibt es einen, der mehr Pickel im Gesicht hat als ein Lebkuchenmann Rosinen und dem seine Eltern nicht gesagt haben, dass es sich wie ein Wunder auf die sozialen Kontakte auswirkt, wenn man einmal pro Woche duscht – oder das T-Shirt zumindest nach dem Sportunterricht wechselt.

Der Typ hatte fettige, dunkle Haare und einen Überbiss. Er hing vornübergesunken auf seinem Tisch und kritzelte in seinem Heft herum, die Zunge an der Nasenspitze wie ein Dreijähriger, der seinen ersten Tannenbaum malt.

»Hi!«, sagte ich zu ihm. Der süßliche Geruch lange nicht ausgespülter Achselhaare stieg mir in die Nase.

Er grüßte nicht zurück. Dafür musterte er mich zu lange und schien nicht einmal zu bemerken, dass es zu lange war.

Auch ich neigte normalerweise nicht dazu, mich ausgerechnet neben solche Typen zu setzen, und beschloss, die Sitzordnung bei nächster Gelegenheit zu ändern.

»Wir sind gerade bei Faust«, informierte mich Dittmer so undeutlich, dass mir erst reichlich spät auffiel, dass er mit mir sprach.

»Oh, klar!« Ich kramte das Heft aus meiner Tasche. Ich war ja vorbereitet.

»Es geht um Fausts Beziehung zu Gretchen und den Einfluss auf den Handlungsverlauf«, fuhr er fort. »Carmen, könntest du uns vielleicht deine Meinung dazu mitteilen?«

Ich packte einen Block und meinen angenagten Federhalter aus. Den Füller besaß ich schon seit der fünften Klasse. Es war eines dieser dicken, stabilen Schreibgeräte der Firma Lamy. Die scharfkantige Feder hatte sich im Laufe der Jahre meiner Handschrift angepasst und zog die waagerechten Linien schön in die Breite. Wer hätte gedacht, dass ich das Ding so schnell wieder brauchen würde?

Ich schob mir einen Kaugummi in den Mund und checkte die Lage.

Lena Staschek saß weit von mir entfernt. Zwischen uns standen drei Bankreihen, so konnte ich kein Gespräch mit ihr anfangen. Die Mollige mit den Kringellöckchen neben ihr war definitiv eine ihrer besten Freundinnen.

Aber wo war die Dritte im Bunde?

Ich registrierte, dass sich ein paar Schüler in meine Richtung umgedreht hatten.

Warum starrten die?

Stimmte vielleicht doch irgendwas mit meinem Outfit nicht?

Mir fiel auf, wie still es außerdem geworden war.

Wenn ich das richtig mitbekommen hatte, hatte eben jemand auf die Frage nach Gretchen mit: »Ist mir doch scheißegal, wer da mit wem bumst!«, geantwortet. Jetzt sah sich Dittmer suchend um, in der Hoffnung, irgendjemand würde sich gnädigerweise melden.

Neben mir wandte auch Achselschweiß-Jendrick den Kopf nach hinten und erst da begriff ich, dass mich gar keiner ansah.

Verblüfft drehte ich mich um.

Das Mädchen hinter mir hatte beide Knie gegen die Tischkante gestützt. Dass man dabei unter ihren grellgrünen Minirock sehen konnte, war möglicherweise beabsichtigt.

K. Bode – Zweifel ausgeschlossen!

Ich musste beinahe lachen, weil ich das Gefühl hatte, sie aus Danners Berichten schon gut zu kennen, und sie erfüllte meine Erwartungen voll und ganz. Sie hielt die Hand deutlich erhoben und ließ Dittmer nicht aus den Augen.

Da sich niemand außer ihr meldete, konnte er sie unmöglich länger ignorieren.

Er seufzte. »Nun gut, Karoline. Was kannst du uns dazu sagen?«

»Faust war ein notgeiler Greis, der seine verschrumpelten Finger nicht von kleinen Mädchen lassen konnte. Und weil der Sack nicht bei Gretchen landen konnte, hat er Mephisto nachhelfen lassen.«

Das klang nicht nach einer allgemeinen Neigung zu ausdrucksstarken Metaphern, sondern eher nach einem offenen Gefecht!

Dittmer seufzte wieder: »Schön, deine Meinung einmal mehr zu hören, Karoline. Aber wir sollten nicht ganz außer Acht lassen, dass Faust wirklich glaubt, Gretchen zu lieben! Hat vielleicht noch jemand etwas Produktives beizutragen?«

Ich drehte mich wieder nach vorn, um Karoline nicht zu auffällig anzustarren.

Im weiteren Verlauf der Stunde begriff ich, dass Dittmer das Durchsetzungsvermögen eines Milchbrötchens besaß und Humor wohl für eine Art Ausschlag hielt. Sein Unterricht war trocken wie Knäckebrot und krümelte genauso beim Kauen. Beinahe sofort fing ich an, die Minuten zu zählen. Und als ich schon ziemlich lange gezählt hatte, wurde mir klar, dass wir eine Doppelstunde hatten.

Nicht zu fassen! Wie war ich auf die Idee gekommen, freiwillig noch mal eine Schule zu besuchen?

Ich konnte nur hoffen, dass es nicht mit einer Doppelstunde Französisch weiterging.

16.

Als der Pausengong die Stunde endlich beendete, hatte Dittmer die Schüler mit seinem Gemurmel eingeschläfert. Nur langsam erhoben sie sich von ihren Stühlen.

Ich kramte in meinem Rucksack nach dem Pausenbrot, das Molle mir gemacht hatte.

Als ich die Riesenstulle auswickelte, musste ich lächeln. Zwei dicke Scheiben Graubrot, belegt mit allem, was draufgepasst hatte: Butter, Käse, Tomate, Ei und ein Salatblatt.

Wie seltsam, dass mir jemand, den ich gerade drei Tage kannte, ein liebevolleres Schulbrot schmierte als meine Mutter in den letzten zwölf Jahren.

Meine Mutter war eigentlich immer auf irgendeinem Fitnesstrip irgendeiner Hollywood-Berühmtheit gewesen. Erst war es Jane Fonda, dann irgendeine Fönfrisur aus dem Denver-Clan, es folgten Claudia Schiffer und schließlich sogar dem Dieter seine Naddel. Die anderen Namen hatte ich vergessen, denn Tatsache war, dass meine Mutter schon länger Diät machte, als ich lebte. Ich war nicht nur die Einzige in der Grundschule gewesen, die Jane Fonda kannte, ich hatte sogar alle Übungen von ihrem Video vorturnen können.

Wie dem auch sei, das Essbarste, was meine Mutter mir je zur Schule mitgegeben hatte, war ein Molkeriegel gewesen. Und sie hatte auch noch ernsthaft Dank dafür erwartet, weil sie auf meine Figur achtete.

»Liegt da 'n toter Frosch drauf oder warum starrst du das Ding so an?« Karoline Bode riss mich aus meinen Gedanken.

Ich schrak zusammen.

Sie musterte interessiert erst Molles Brot, dann mich.

»Ich hab nur nachgedacht.«

»Wir müssen in den Pausen die Klassenräume verlassen«, erklärte sie und folgte Lena, die gerade zur Tür hinausging.

Zu dem knallgrünen Mini trug Karoline einen hochgekämmten, wasserstoffblonden Pferdeschwanz, schwarze Overknees und ein T-Shirt, auf dem ein erhobener Mittelfinger abgebildet war.

Ich brauchte mir keine Sorgen zu machen, die Rolle der Durchgeknallten war in Lenas Clique schon vergeben.

Ich stopfte Molles Stulle zurück in meine Tasche und folgte den anderen auf den Schulhof.

Regennasse Herbstluft schlug mir entgegen. Nach der stickigen Wärme im Klassenzimmer und Jendricks beißendem Schweißgeruch genoss ich die Kälte, die meine Lungen füllte.

Lena und Karo verschwanden im Gedränge. Ich wollte mich nicht sofort wie eine Klette an sie kleben, deshalb sah ich mich erst mal um.

Die Schule bestand aus vier hohen, grau-weißen Betonbauten, die im Erdgeschoss durch gläserne Flure verbunden waren. Im quadratischen Innenhof wuchsen drei riesige Linden. Wahrscheinlich waren die Bäume zuerst hier gewesen, die Gebäude hatte man dann später drum herum gebaut. Unter den Linden standen die älteren Schüler in Grüppchen zusammen, während die Fünftklässler zwischen den Größeren hindurchrannten.

»Hallo. Lila, nicht wahr?«, sprach mich jemand von der Seite an.

Eigentlich brauchte ich mich nicht umzusehen, der unverkennbare Sportshirtgeruch verriet mir, wer neben mir stand. Höflicherweise wandte ich aber doch den Kopf und sah zu Jendrick, dem Wasserallergiker, hoch. Er trug eine gammelige Bomberjacke und Springerstiefel.

»Hm?«, fragte ich.

»Ähm – soll ich dir vielleicht erklären, wer alle sind?«

»Mach dir keine Mühe, ich komm schon zurecht!«, winkte ich ab.

»Okay«, murrte er, verschwand aber nicht. »Woher kommst du?«

»Hannover.«

Schweigen.

»Und – ähm, wie isses da so?«

»Okay.« Ich sah ihn erwartungsvoll an.

Er schwitzte.

Ich brauchte unbedingt einen anderen Sitzplatz.

»Und – äh – hast du da einen Freund? Ich meine, in Hannover?«

O. Mein. Gott.

»Ja«, sagte ich, »ich habe da einen Freund.«

»Ach so.«

Ich entdeckte Lena, Karoline und Franziska ein paar Meter entfernt unter den Bäumen.

»Du, ich muss. Bis dann«, beendete ich das Gespräch, weil Stinke-Jendrick das anscheinend noch immer nicht für nötig hielt.

Ich ließ ihn stehen und ging direkt auf Karoline zu.

»Hi!« Ich nickte kurz in Lenas und Franziskas Richtung.

»Haste was dagegen, wenn ich mich zu dir nach hinten setze?«

Sie legte den Kopf schief und musterte mich. »Kein Thema. Pass bloß auf, dass du den Penner wieder loswirst!« Sie deutete mit dem Kopf auf Müffel-Jendrick.

»Der ist auf der Suche«, nickte ich.

»Und 'ne Abfuhr checkt der nicht. Der klemmt sich trotzdem an dich dran. Echt pervers.«

Aha.

Verdankte er so viel Abneigung allein Hautproblemen und Körpergeruch? Oder hatte er noch unentdeckte Vorzüge?

Ich beschloss, mir diese Fragen für später aufzuheben. Der Platz neben Karoline war zu wertvoll, um zu riskieren, dass sie mich für eine Tratschtante hielt und gleich wieder abservierte.

»Werd's mir merken«, antwortete ich also nur.

Karoline hielt mir die Hand hin: »Ich bin übrigens Karo.«

»Hab ich schon mitgekriegt.«

»Und das sind Lena und Franzi.«

Da war ich also, wo ich hingewollt hatte.

Lenas Gesicht war hübsch und schmal, und als sie lächelte, blickte ich direkt in Staschecks schöne Kastanienaugen. Wie ich vermutet hatte, waren Lena und Franzi beide nicht übertrieben geschminkt und bevorzugten zumindest im Winter Parka und Mütze statt bauchfrei und Mini.

»Ich bin Lila.«

»Das haben wir bei deiner Ansprache gehört.«

Ich schnitt eine Grimasse.

»Also los, wir sind neugierig. Erzähl mal was von dir!«

Ohne irgendeine Berührungsangst hakte sich Lena bei mir ein.

Ich konnte nicht verhindern, dass ich zusammenzuckte, denn ich hatte all das Umarmen und Küsschengeben nach jeder Unterrichtsstunde nie mitgemacht.

»Was magst du außer Volleyball, Skaten und Schwimmen? Das kann ja nicht alles gewesen sein.«

Ich tat, als würde ich kurz nachdenken, obwohl ich mir die Antworten natürlich schon gestern Abend überlegt hatte. »Tanzen, *Pink* und *Wir sind Helden,* Prosecco und Cab, Spaghetti, bis ich kotzen muss, und Jungs, die aussehen wie Orlando Bloom oder – ähm …«

»Ähm?«, wollte Lena es genau wissen.

»Bully?«

Franzi klatschte in die Hände.

»Wie oft hast du den *Schuh des Manitu* gesehen?«, fragte Lena.

»Zwölf Mal«, grinste ich. »Und ich werde ihn mir natürlich noch zwölf Mal ansehen.«

Karo hielt mir die Hand hin und ich schlug ein.

Die drei wechselten einen raschen Blick und waren sich offensichtlich einig.

»Samstag wäre die nächste Gelegenheit. Da machen wir

einen Schuh-des-Manitu-Abend. Bei mir«, lud mich Lena prompt ein.

»Da bin ich dabei!« Das war mehr, als ich zu hoffen gewagt hatte.

In dem Moment mahnte auch schon der Gong zur nächsten Stunde.

Franzi stöhnte: »Geschichte. Weckt mich zur Pause.«

Ich atmete auf, weil mir zumindest eine Doppelstunde Französisch erspart blieb.

Wieder in der Klasse winkte ich Jendrick und seinen Pickeln zum Abschied zu und verzog mich mit meinem Rucksack eine Reihe weiter nach hinten.

»Wem verdankst du denn die letzte Reihe? Dittmer?« Ich ging davon aus, dass Karo nicht freiwillig alleine hinten saß.

»Allen anderen auch.«

»Was?«

»Ich muss in allen Stunden hinten sitzen. Die Kreidefresser halten lieber Abstand zu mir – das beruht auf Gegenseitigkeit.«

»Tatsächlich? Und ich dachte, das mit dir und Dittmer wäre was Persönliches.«

»Nein«, klärte mich Karo auf, »ich hasse sie alle gleich.«

Der Tisch war alt und bekritzelt und Karo begann, in Schönschrift *FICK DICH DITTMER* hinzuzufügen.

Der kahlköpfige Geschichtslehrer, der das Rentenalter eigentlich schon vor gut einem Jahrzehnt erreicht haben musste, warf ihr einen strengen Blick zu. Eine dicke Brille vergrößerte seine Augen so stark, dass sie das ganze Glas einzunehmen schienen. Aber der Blick war auch schon alles, was der Greis gegen Karos Beschädigung von öffentlichem Eigentum zu unternehmen gedachte.

Ich beobachtete eine Weile die anderen Schüler.

Die Mädels in der ersten Reihe tratschten nicht gerade leise, ein paar Jungs spielten unterm Tisch Karten und Jendrick, die Schnarchnase, war höchstwahrscheinlich eingeschlafen.

Der Uralte ignorierte das alles konsequent, die Schüler schienen Narrenfreiheit zu haben …

Und plötzlich begriff ich: Selbst wenn sich jemand eine Zigarette ansteckte, würde der Lehrer wohl nicht wagen, zu tadeln. Die versuchten alle noch immer, mit einer Katastrophe fertig zu werden. Sie versuchten, normal weiterzumachen, obwohl es normal nicht mehr gab. Denn normal wäre gewesen, wenn Schneewittchen noch irgendwo gesessen hätte.

Mir wurde heiß, als mir einfiel, *wo* Eva Ahrends Platz gewesen sein musste! Ein paar Sekunden saß ich stocksteif auf meinem Stuhl, dann zwang ich mich, mich zurückzulehnen.

Schweigend verfolgte ich weiter das Theater, das sie Unterricht nannten.

Auf Geschichte folgte eine ebenso sinnfreie Mathestunde bei einem dünnen Männlein in einem übergroßen, grauen Jackett. Um Blickkontakt mit den Schülern zu vermeiden, rechnete der Zwerg mit dem Rücken zur Klasse Kurvendiskussionen an der Tafel vor.

Als es zur zweiten Pause läutete, ging ich gleich mit Karo, Franzi und Lena hinaus.

Danner hatte Pausenaufsicht. Zusammen mit einer Lehrerin, deren langes Pferdegesicht von einer schweren, graublonden Mähne halb verdeckt wurde, stand er im Eingang. Die Hände in den Taschen unterhielt er sich mit Blondie. Sein Blick streifte mich kurz und er tat, als wäre ich ihm nicht aufgefallen.

Nur wir beide wussten, was wir hier in Wirklichkeit machten. Als ich einen Augenblick darüber nachdachte, musste ich zugeben, dass mir dieser Gedanke gefiel.

Ich hatte Danner zu lange angesehen, ich merkte, dass Lenas Blick meinem folgte.

Kennt Lena ihn denn?, schoss es mir durch den Kopf. Klar! Immerhin ist er der beste Kumpel ihres Vaters! Lena wusste natürlich ebenfalls, was hier lief. Warum hatte ich da nicht eher dran gedacht?

»Wer sind die beiden?«, griff ich an, bevor ich mich verteidigen musste, und deutete mit dem Kopf zu Danner und der Lehrerin hinüber.

»Lehnert, Religion und Politik«, klärte mich Franzi auf. »Und der Typ daneben ist unser neuer Sportlehrer, Martens!«

»Das ist echt ein Arsch, der hält den Laden hier für 'ne Kaserne«, knurrte Karo.

Konnte ich mir gut vorstellen.

Lena sagte nichts.

Karo steckte sich eine Zigarette an und hielt mir die Schachtel hin: »Rauchst du eine mit?«

Ich winkte ab: »Tut mir leid, ich versuche aufzuhören.« Eigentlich hatte ich schon mit zwölf aufgehört.

Karo nickte verständnisvoll.

Außerdem hätte es sich sowieso nicht gelohnt, das Angebot anzunehmen, denn es dauerte nicht einmal zehn Sekunden, bis Danner Karo die Kippe aus dem Mund nahm wie einer Fünfjährigen den Lolli.

Und Karo reagierte wie eine Fünfjährige: »Ey, du Arsch! Ich bin sechzehn! Ich kann so viel rauchen, wie ich will!«

»Nur, wenn du dich nicht erwischen lässt, Karoline! Hier herrscht Rauchverbot«, korrigierte Danner. »Und für den ›Arsch‹ läufst du morgen früh im Stadion tausend Extrameter – deine Tage hattest du ja letzte Woche, glaub nicht, ich hätte das vergessen!«

»Wichser«, zischte Karo, aber erst, nachdem Danner sich schon abgewandt hatte.

Trotzdem hob er die Hand und sagte, ohne sich umzusehen: »Zweitausend!«

»Mieser Tyrann!«, beschwerte sich Franzi vorsichtig, als Danner sie nun wirklich nicht mehr hören konnte.

»Ach, halt die Klappe!«, fuhr Karo sie an.

»Du solltest dir das von dem nicht gefallen lassen!«, stimmte Lena Franzi zu.

Offensichtlich hatte Lena nichts dagegen, Danner das Leben ein bisschen schwer zu machen. Seltsam, denn eigentlich müsste sie doch hoffen, dass er etwas über Eva Ahrends Tod herausfand. Schließlich war sie ihre beste Freundin gewesen.

Oder?

17.

Die letzten beiden Stunden – Physik und Biologie – vergingen schneller. Für beide Unterrichtsfächer mussten wir den Klassenraum verlassen. Die Klassenräume lagen im Hauptgebäude der Schule, dem größten und ältesten der vier Betonklötze, aus denen sich der Komplex zusammensetzte. Die anderen drei Kästen nannten sich Naturwissenschafts-Turm, Kunst-Turm und Sprach-Turm, weil sie die jeweiligen Fachräume beherbergten.

In Physik führte eine nervöse Referendarin einen Versuch mit Eisenspänen und einem selbst gebastelten Elektromagneten vor, der nicht gelang.

In Biologie ging es mal wieder um die Evolution. Der dicke Bärtige hinter dem Lehrerpult wirkte selbst wie ein Neandertaler, der, in einem Eisblock eingeschlossen, bis heute überlebt hatte. Wahrscheinlich sah er älter aus, als er war, was mit seinem struppigen, grauen Bart zusammenhing, den er wohl seit dem Ende der letzten Eiszeit nicht mehr geschnitten hatte. Der Steinzeitmensch hieß Morgenroth. Nach einer seiner Biologiestunden war Eva Ahrend aus dem Fenster gesprungen.

Was mich also mehr interessierte als Darwins Finkentheorie (die ich schon in der zehnten, in der zwölften und im mündlichen Abi so lange durchgekaut hatte, bis nur noch Mus mit Federn übrig geblieben war), war der Biologieraum selbst.

Der Raum befand sich im fünften Stock des Naturwissenschafts-Turms. Der Tisch, an dem ich neben Karo saß, stand in der letzten Reihe am Fenster. Ich konnte direkt in die blattlosen Äste der drei Linden hinübersehen.

Tief unten glänzte nass der Asphalt des leeren Schulhofes. Die Fenster waren groß und hoch, von den Rahmen blätterte metallfarbenes Plastik ab und auf der breiten Fensterbank konnte man problemlos stehen.

Schiebefenster: den Hebel umlegen, aufdrücken, fertig.

Darüber dachte ich noch nach, als Morgenroth den Unterricht fünf Minuten zu früh beendete. Ich trödelte absichtlich. Die anderen Schüler packten ihre Taschen und gingen hinaus, einer nach dem anderen.

Wahrscheinlich würde ich ein bisschen Kraft brauchen, um das Fenster aufzuschieben. Der Wind würde hereinwehen, kalt, mit etwas Regen vermischt. Abwarten, bis alle über den Schulhof davonschlenderten. Auf die Fensterbank steigen, die Füße dicht nebeneinander stellen, die Zehenspitzen auf der Schiene, die die Scheibe hält. Den Rahmen loslassen, ohne das Gleichgewicht zu verlieren. Noch einmal einatmen. Augen schließen,

Arme ausbreiten, die kalte Luft einen Augenblick lang im Gesicht spüren, im Haar, zwischen den Fingern. Und dann einfach nach vorn kippen lassen …

Morgenroth wartete auf mich.

Vermutlich hatten die Lehrer nach Evas Selbstmord Anweisung, die leeren Räume abzuschließen.

»Wie hat dir der erste Schultag gefallen, Lila?«, erkundigte sich der Steinzeitmensch. Ich registrierte, dass er die Tür zuzog, ohne seinen Schlüssel zu benutzen.

»Okay«, sagte ich. »Müssen Sie nicht abschließen?«

Er hielt mir einen kleinen Plastikchip unter die Nase: »Nö. Die Wunder der Technik. Von außen sind die Türen immer verschlossen, von innen immer auf. So kann niemand eingeschlossen werden und ohne den Coin kann niemand rein, um unseren ausgestopften Dachs mitgehen zu lassen.«

Noch besser, dachte ich. Wenn ich mich umbringen wollte, brauchte ich also nur zu warten, bis der Letzte raus war, und die Tür zumachen. Dann konnte ich in Ruhe überlegen, ob ich wirklich springen wollte, ohne dass noch einmal jemand hereinkommen würde.

Interessant.

Ohne Eile schlenderte ich durch die langen Flure.

Jetzt klingelte es zum Schulschluss und wie auf Kommando flogen um mich herum die Türen auf. Lachen, Kreischen und Plappern füllten die Gänge wie eine hereinstürzende Flut. Die Schüler strömten um mich herum und an mir vorbei. Jeder kannte seinen Weg. Jeder wusste, mit wem er zum Bus ging und mit wem nicht.

Mich wunderte mal wieder, wie unsichtbar ich selbst zwischen all den Menschen war. Ich konnte mitten hindurchgehen, geradeaus, ohne gesehen, gehört oder berührt zu werden.

Wie mein eigener Geist.

Gruselig.

Ich schob den langen Ärmel meines Rollis ein Stück hoch, bohrte meinen Daumennagel in meinen Unterarm und ritzte eine schmerzhafte rote Linie hinein, nur um sicherzugehen, dass ich noch existierte.

Es regnete immer noch, als ich aus dem Gebäude trat.

Danner hatte nicht auf mich gewartet, denn ich wollte nicht riskieren, im Auto meines Lehrers gesehen zu werden.

Lena lehnte an dem hohen Stahlzaun, der das Schulgelände umgab, die Kapuze ins Gesicht gezogen. Ich ging die drei Stufen auf den Gehweg hinunter und stellte mich neben sie.

»Wirst du abgeholt?«

»Meine Mutter arbeitet bis eins. Vor halb zwei ist sie nie hier.«

Also noch etwas Zeit für ein bisschen Detektivarbeit.

»Um die Ecke hab ich heute Morgen ein Bistro gesehen. Ich hab Kohle dabei.«

»Okay.«

Lena hakte sich wieder bei mir unter, doch diesmal war ich nicht völlig überrumpelt.

Kurz darauf saßen wir uns im Trockenen gegenüber. Der Laden hatte Imbissatmosphäre, Plastiktische und aus dem Radio *1LIVE* im Hintergrund.

»Latte macchiato«, bestellte Lena.

»Tee«, sagte ich zu einem Kellner, der heute Morgen noch mehr Zeit im Badezimmer verbracht haben musste als ich. »Schwarz ist in Ordnung, wenn du keinen Roibosch hast. Mit einer kompletten Zitrone, wenn's geht – in Scheiben natürlich. Dafür kannst du den Zucker weglassen.«

Lena musste lachen: »Wie bitte?«

»Tee, schwarz oder Roibosch mit viel Zitrone und ohne Zucker«, wiederholte ich und Lena hörte nicht auf zu lachen.

Sie war wirklich hübsch. Staschecks Kastanienhaar fiel ihr weich über die Schultern und seine braunen Augen strahlten, wenn sie lachte. Ihr schmales Gesicht erinnerte sogar jetzt im Spätherbst noch an die Sommerbräune, die es ohne Zweifel beim ersten Sonnenstrahl im Frühjahr wieder annehmen würde.

Lena musterte mich einen Moment lang ebenso interessiert.

»Ich wollte dich schon die ganze Zeit nach deinem Freundschaftsband fragen«, sagte sie dann unvermittelt.

Oh.

Es war ihr aufgefallen, obwohl ich den ganzen Tag sorgfältig darauf geachtet hatte, es in meinem Ärmel zu verbergen. Sie hatte den Köder geschluckt, noch bevor ich damit geangelt hatte! Konnte ich wirklich so brutal sein und ihn benutzen?

Ich fummelte im Ärmel meines Pullovers nach dem Band, ohne es hervorzuholen: »Ist von 'ner Freundin.«

Lena legte den Kopf schief: »Warum seid ihr aus Hannover weggezogen?«

»Meine Mutter hat hier einen Job gekriegt. Nach der Scheidung hat sie lange gesucht.«

Lena deutete mit einem Nicken auf meinen Arm: »Na ja, es gibt ja Handys. Und am Wochenende kannst du sicher bei deiner Freundin pennen.«

Der aufgebrezelte Kellner stellte uns mit einem freundlichen Lächeln die Tassen hin.

Mein Gewissen flehte mich an, es bleiben zu lassen.

»Wir werden nicht telefonieren«, murmelte ich, denn ich hörte nie auf mein Gewissen. »Sie ist tot.«

Lenas Löffel klatschte spritzend in ihren Latte macchiato.

»Man hat sie in ihrem Bett gefunden mit 'ner Nadel im Arm.«

Lena starrte mich an.

Erstaunlicherweise musste ich schlucken, um weitersprechen zu können: »Eigentlich war sie gar nicht mehr meine beste Freundin, glaube ich. Wir haben fast ein Jahr nicht miteinander gesprochen. Seit sie mit diesem Idioten ging – ich verstehe nicht, wie man sich von einem Typen poppen lassen kann, der sich selbst ›Schädel‹ nennt! Aber ich dachte, sie checkt irgendwann, dass er 'n asozialer Junkie ist.«

Ich rieb mir das Gesicht und wagte nicht, Lena anzusehen. Ich wusste, ich hatte sie auf ihrem Stuhl erfrieren lassen.

Ich konnte nicht glauben, dass ich ihr das antat!

Sie griff sacht nach meiner Hand: »Ich kann dich verstehen.«

Noch eine Berührung konnte ich nicht ertragen!

»Das kannst du nicht!«, fuhr ich sie an und riss meinen Arm weg. »Wie zum Teufel sollst du verstehen, dass sie noch leben würde, wenn ich etwas unternommen hätte?«

Lena schwieg.

»Sorry«, sagte ich schroff. »Ich glaube, ich geh jetzt wohl besser.«

Ich knallte einen Zehn-Euro-Schein auf den Tisch, nahm meine Jacke und meinen Rucksack und rannte davon.

Draußen regnete es noch immer.

Auf dem Gehweg parkte ein roter Kombi. Davor stand eine blonde Frau in einem eleganten, hellen Kostüm. Sie winkte ungeduldig mit einer großen Handtasche.

Als ich zum Bistro zurückblickte, konnte ich Lena durch die Fensterscheibe aufstehen sehen.

Lenas Mutter.

Ich musterte die Frau kurz, doch ich wollte auf keinen Fall von Lena eingeholt werden, deshalb verschwand ich schnell um die nächste Ecke.

Es war bereits halb drei, als ich die Tür zu Danners Wohnung aufschloss. Ich fühlte mich zum Kotzen. Nie im Leben hätte ich Lena so manipulieren dürfen, nur um etwas aus ihr rauszukriegen. Ich hätte ja genauso gut ein Messer ziehen können.

Danner saß auf dem Sofa, die Füße auf dem Tisch und zappte durchs Fernsehprogramm. Ich schleuderte meinen Rucksack unter die Garderobe.

»Ist Lena eigentlich früher in Pampers auf deinen Knien geritten?«, schnauzte ich ihn ohne Vorwarnung an.

Danner warf mir einen abschätzenden Blick zu. »Lieber auf den Schultern.«

War klar.

»Schön! Falls du davon ausgegangen bist, dass mir irgendwann von allein auffallen würde, dass Lena dich kennt, hast du recht gehabt! Du brauchst mir also nicht mehr als nötig zu erzählen! Was ist mit Karo und Franzi?«

Er schüttelte den Kopf: »Ich hab Lena nicht gesehen, seit es ihr keinen Spaß mehr macht, das Blaulicht im Streifenwagen ein- und auszuschalten.«

»Aber sie weiß, was du in der Schule suchst?«

»Sie hat selbst gesagt, dass Eva nie Selbstmord begangen hätte. Aber sie hat wohl nicht damit gerechnet, dass Lenny mich auf die Sache ansetzt und ich hinter ihr herschnüffele. Jetzt ist sie tierisch genervt.«

Konnte ich nachvollziehen.

»Und?«, wollte Danner wissen, als ich mich schweigend in den Sessel warf.

Wenn der glaubte, dass ich ihm mehr als nötig erzählte, hatte er sich geschnitten.

»Was und?«, schnappte ich.

Seine Augen wurden schmal: »Bist du klargekommen?«

»Ich bin schon mal zur Schule gegangen.«

»Und wie war's?«, ließ er nicht locker.

»Was willst du hören? Dass ich in die Klasse spaziere und sage: Hi, ich bin Lila! Ich hab gehört, eure beste Freundin ist tot, erzählt doch mal?«

»Du weißt genau, was ich meine!« Sein Nacken spannte sich vor Wut, er sah aus, als würde er im nächsten Moment über den Couchtisch springen und mir eine scheuern.

Sofort schnellte mein Puls in die Höhe.

Plötzlich langte Danner hinter sich und schleuderte mir ein Sofakissen entgegen.

Mit einem in vielen hundert Karatestunden trainierten Abwehrreflex parierte ich den Hieb, erwischte das Kissen am Zipfel und sprang auf die Füße. Da stand Danner aber schon auf dem Tisch und ich bekam das nächste Kissen um die Ohren. Empört schrie ich auf und konterte mit einem nicht ganz fairen Tiefschlag.

Danner fluchte.

»Treffer!«, triumphierte ich.

Doch meinem nächsten Angriff wich Danner aus, packte mit der Linken mein Kissen und verpasste mir mit der Rechten einen Treffer an der Schulter und gleich darauf einen gegen den Oberarm.

»Führung nach Punkten!«

Ich musste lachen und bekam prompt ein Kissen ins Gesicht. Rückwärts landete ich im Sessel und wehrte die nächsten Schläge nur noch strampelnd ab. Ich rollte mich auf den Fußboden und kapitulierte.

Als ich mich beruhigt hatte, lag Danner auf dem Couchtisch und sah zu mir herunter: »Wäre es jetzt möglich, ein vernünftiges Wort aus dir rauszukriegen?«

Ich blieb liegen.

»Die Klasse steht unter Schock«, gab ich mich geschlagen. »Die Lehrer wissen nicht, wie sie damit umgehen sollen. Aber wahrscheinlich wird mir Lena bald mehr erzählen.«

»Also ist es gut gelaufen?«

Ich nickte. So konnte man es wohl sagen.

»Und weshalb dann die Beerdigungsstimmung?«

Ich zuckte die Schultern: »Lena ist halt nett.«

Danner betrachtete mich interessiert. »Und ein Arschloch wie mich zu belügen ist einfacher, hm?«, stellte er dann fest.

Konnte er Gedanken lesen? Oder log er selbst mehr, als ich ahnte?

»Richtig!«, stimmte ich spitz zu. »Dich belüge ich lieber. Zumindest wenn wir über Lügen reden, für die man umgebracht wird, sobald sie auffliegen.«

Ich sah ihm seine Neugier an, aber er fragte nicht.

»Ich hoffe, Lena ermordet dich nicht, bevor sie dir was über Eva erzählt hat«, bemerkte er nur.

Ich streckte ihm die Zunge raus.

»Weil das aber anscheinend noch dauert, sollten wir mal gemeinsam Evas Eltern besuchen. Mich würde interessieren, wie sie sich die Antidepressiva erklären. Oder gehst du lieber kellnern?«

Danner erhob sich und hielt mir auffordernd eine Hand hin.

Ich griff zu und er zog mich auf die Füße. Es war nur eine kurze Berührung, doch sie schoss durch meinen Arm wie ein Stromschlag.

Verwundert rieb ich mir das Handgelenk.

18.

»Friedrich Ahrend ist Lehrer am Ottilie-Baader-Gymnasium. Geschichte, Französisch und Sport«, informierte mich Danner, während er seine Schrottschüssel vor einem schicken Einfamilienhaus einparkte. »Er ist seit achtzehn Jahren verheiratet. Eva war das älteste von vier Kindern. Die beiden Brüder sind dreizehn und elf, die Schwester ist sieben. An dem Nachmittag, als Eva gestorben ist, hatte Ahrend Sport. Eva sollte auf ihn warten, um mit ihm gemeinsam nach Hause zu fahren. Um fünf, nach dem Unterricht, hat er geduscht und ist dann von der Sporthalle zum Schulhof hinübergegangen. Das hat höchstens eine Viertelstunde gedauert, aber da war sie schon gesprungen. Er hat sie selbst gefunden.«

Scheiße.

»Susanne Lehnert hatte zur gleichen Zeit Sportunterricht«, fuhr Danner fort. »Man kann die Halle mit einem Vorhang teilen. Sie hat das Gebäude mit ihm zusammen verlassen. Sie war dabei, als er Eva auf dem Schulhof gefunden hat. Sein Alibi ist also ziemlich dicht. Im Übrigen finde ich auch kein Motiv, ich wüsste nicht, warum er seine Tochter hätte umbringen sollen.«

»Du hast sein Alibi überprüft?«

Danner stellte den Motor aus.

»Detektivregel Nummer eins: Alle Alibis werden überprüft und die der Familie immer zuerst!«

Er stieg aus und ich folgte ihm.

Ich musste die Autotür drei Mal zuknallen, bevor sie geschlossen blieb.

»Kennt er dich? Hast du schon mal mit ihm gesprochen?«

Danner nickte. »Lenny kennt ihn schon ewig, weil Eva und Lena so dicke Freundinnen waren.«

Wir durchquerten einen großen Vorgarten, in dem an einem Teich die marmorne Statue eines nackten Griechen stand.

Uff. Na ja, Geschichtslehrer eben.

»Seine Frau hatte nach Evas Tod einen Nervenzusammenbruch«, erklärte mir Danner weiter. »Bisher war sie nicht vernehmungsfähig. Aber auch sie hat ein Alibi: Sie hat mit Evas beiden kleineren Geschwistern Hausaufgaben gemacht. Der ältere Sohn war beim Golfen – unter Zeugen.«

Offensichtlich hatte Danner alle Fakten im Kopf.

Er drückte die Klingel und ein viertöniger Gong kündigte unseren Besuch an.

Der Mann, der uns öffnete, füllte die Tür aus. Sein grauer Bürstenhaarschnitt berührte den oberen Balken des Rahmens, seine Schultern erreichten beinahe die Seiten.

»Herr Danner!?« Mit fragender Miene gab er Danner die Hand.

»Guten Tag, Herr Ahrend. Das ist meine Mitarbeiterin, Lila Ziegler«, stellte Danner mich vor und Ahrend begrüßte auch mich. Sein Handgriff war prüfend, seine grünlichen Augen wachsam.

»Haben Sie einen Moment Zeit für uns?«

»Natürlich.«

Der Lehrer gab den Durchgang frei.

Ich musterte erstaunt seinen Rücken.

Von vorn wirkte Ahrend wie ein normaler Mittfünfziger: Graue Haare, viele Falten um Augen und Mundwinkel herum, Ansatz zum Bauch. Von hinten hatte er das Kreuz eines Leistungsschwimmers: Die breiten Schultern liefen V-förmig zu einem schmalen Becken zusammen, sein Gang war federnd, seine Haltung auffällig aufrecht.

Er war Sportlehrer, erinnerte ich mich, und bestimmt keiner von der Sorte, die nur mit einer Trillerpfeife in der Mitte der Halle stand. Der konnte auch selbst was.

Ahrend führte uns in ein geräumiges Wohnzimmer.

Eine Sekunde lang erinnerte es mich an das Wohnzimmer meiner Eltern. Das lag an dem schwarzen Ledersofa, das aussah, als hätte noch nie jemand darauf gesessen, und an dem blank polierten Flügel vor der gläsernen Terrassentür.

Vor einer Durchreiche zur Küche stand ein Esstisch. Daran saß ein dünner Mann mit einer sehr schlechten Haltung, einem blonden Haarkranz um eine spiegelnde Glatze und einer dünnen Brille auf der schnabelähnlichen Nase. Vor dem Mann standen zwei leere Gläser und eine Flasche Whisky. *Glenfiddich,* der fünfzehn Jahre alte in der goldenen Flasche, den auch mein Vater bevorzugte.

»Mein Freund, Dr. Johannes Darmierzel«, stellte Ahrend den Fremden vor. »Er behandelt meine Frau. Johannes, das ist Herr Danner, der Detektiv, von dem ich dir erzählt habe, und seine Mitarbeiterin Frau –?«

»Ziegler«, half ich weiter.

Der Dünne nickte uns zu.

»Geht es Ihrer Frau besser?«, erkundigte sich Danner.

Ahrend schüttelte den Kopf. Im Tageslicht des Wohnzimmers wirkte sein Gesicht plötzlich grau. »Sie ist seit Tagen nicht aufgestanden und sie isst nur, was ich ihr in den Mund stecke«, berichtete er müde.

»Sie befindet sich noch immer in einer depressiven Krise«, sprach der Arzt für ihn weiter und sank noch etwas mehr in sich zusammen, so als stünde seine eigene Depression kurz bevor. »Wenn sich ihr Zustand nicht ändert, werden wir sie in stationäre psychiatrische Behandlung geben müssen.«

»Nein! Das haben wir bereits besprochen, Johannes!« Für

einen Augenblick war Ahrends müde Stimme lauter geworden. Sie hatte einen Unterton, der an einen entfernten Donner erinnerte. Ich ahnte plötzlich, dass der Mann sich auch in einer Schwimmhalle, in der das Wasser gegen den Beckenrand klatschte, der Überfluss rauschte und die Schüler durcheinanderkreischten, verständlich machen konnte.

»Das ist das Letzte, was ihr hilft!« Schon bekam Ahrends Stimme wieder Risse, wurde brüchig und begann zu bröckeln. »Hier kann ich mich um sie kümmern, hier hat sie die Kinder, die vertraute Umgebung. Wir schaffen das, alle zusammen. Wir schaffen das.« Er wiederholte die Worte wie ein magisches Mantra.

»Und was machst du, wenn du wieder in die Schule gehst?«, versuchte Darmierzel es noch mal vorsichtig. »Du kannst nicht ewig zu Hause bleiben, Friedrich!«

Für einen Moment fiel Ahrends große Gestalt zusammen.

»Leidet Ihre Frau schon länger unter Depressionen, Herr Ahrend?«, mischte sich Danner ein.

Ahrend richtete sich wieder auf: »Wieso ist das wichtig?«

Hatte man ihm das nicht gesagt? Hatte die Polizei ihn noch nicht nach den Medikamenten gefragt?

»Man hat die Wirkstoffe mehrerer Medikamente im Blut Ihrer Tochter gefunden«, klärte Danner ihn auf.

»Medikamente?« Ahrend sah Danner verständnislos an. »Eva hatte eine Woche vor – bevor es passiert ist, eine Grippe. Sie war krankgeschrieben und hat Antibiotika genommen, das habe ich doch alles schon gesagt!«

»Aber im Blut hatte sie Beruhigungsmittel und Antidepressiva«, erklärte Danner ruhig. »Und zwar in so hoher Dosis, dass die Polizei eine Abhängigkeit in Betracht zieht.«

»Was?«, brauste Ahrend auf. »So ein Quatsch! Eva war Leistungssportlerin! Sie wusste genau, dass sie nicht einfach irgendeinen Mist nehmen konnte! Und ihr Blut ist bei den Meisterschaften im Juli noch auf Doping kontrolliert worden!«

Das schloss eine längere Abhängigkeit ziemlich sicher aus.

»Hat die Polizei Sie noch nicht auf die Medikamente angesprochen?«, erkundigte sich Danner.

»Herr Ahrend war letzte Woche ebenfalls nicht vernehmungsfähig«, antwortete Darmierzel für ihn.

Ahrend stützte den Kopf in die Hände und raufte sich die Haare. »Das kann doch alles nicht sein!«

»Können Sie uns die Namen der Medikamente Ihrer Frau nennen?« Danner stellte die Frage dem Lehrer und dem Arzt gleichzeitig.

»*Tofranil* und *Saroten*, das sind beruhigend wirkende, trizyklische Antidepressiva«, erläuterte Darmierzel.

Die Namen aus dem Autopsiebericht.

»Und die hatten Sie vor Evas Tod bereits im Haus?«

Ahrend nickte: »Christa nimmt das Zeug seit Jahren. Natürlich wissen die Kinder davon, sie sind ja keine Dreijährigen mehr. Sie glauben doch nicht, dass Eva Christas Medikamente genommen hat?«

»Ich gehe davon aus«, bejahte Danner unbarmherzig.

Der riesige, breitschultrige Mann erinnerte plötzlich an ein Kind, das darauf wartete, dass man ihm sagte, alles würde wieder gut werden. »Wieso sollte sie das getan haben?«

Um sich umzubringen!, dachte ich, sagte es aber nicht laut, denn offensichtlich wollte Ahrend es nicht hören. Für mich sah das alles eindeutig nach einem Selbstmord aus. Erst hatte Eva es mit Medikamenten probiert, und als das nicht klappte, war sie aus dem Fenster gesprungen. Das war nur konsequent.

Niemand sprach weiter. Die Stille füllte den Raum wie ein

lang anhaltender Schrei. Der Flügel am Fenster schien eine polierte Erinnerung an alles, was nie wieder zu hören sein würde.

Schließlich stand Ahrend auf und ging zu einem antik wirkenden Sekretär, der unter dem Fenster stand. Er holte ein Foto hervor und reichte es Danner. »Das hier habe ich in Evas Schreibtisch gefunden. Ich habe keine Ahnung, wo es herkommt und ob Sie was damit anfangen können.«

Ich sah Danner über die Schulter.

Das Foto zeigte Eva Ahrends Schneewittchengesicht, unverwechselbar. Sie war von schräg hinten aufgenommen worden und warf der Kamera über die Schulter einen frechen Blick zu. Ihre dunkle Mähne fiel wild toupiert über ihren Rücken, der bis auf die dünnen Schnüre ihres schwarzen Bikinis nackt war.

Das Bild war nicht ohne.

»Hat Eva einen Freund gehabt?«, fragte ich sofort.

»Nein.«

Ahrend füllte die beiden Gläser mit Whisky auf.

»Noch nie? Sie hat nie einen Namen erwähnt? Ist nie ins Kino abgeholt worden?«

»Sie hatte keine Zeit fürs Kino. Die Schule, das Schwimmtraining und die Wettkämpfe gingen vor – sie war deutsche Meisterin, wissen Sie das? Wenn sie am Wochenende ausgegangen ist, dann mit ihren Freundinnen. Sie hatte noch nie einen festen Freund.«

O sicher. Und ihr nicht intaktes Hymen war ein Geburtsfehler.

»Ich würde gern mit Ihrer Frau sprechen, Herr Ahrend«, bemerkte Danner.

Ich hatte nicht damit gerechnet, dass er das wagte. Ich sah, wie Ahrends Haltung gerader wurde. Seine Schultermuskulatur spannte sich, sodass seine Statur noch breiter wirkte. An seiner linken Schläfe schwoll eine bläuliche Ader an.

»Vergessen Sie das, Danner! Meine Frau ist nicht umsonst nicht vernehmungsfähig. Sie verkraftet Fragen über Eva nicht. Johannes, sag doch auch was!«

Darmierzel sprang auf wie ein Kadett, der vom Spieß beim Nickerchen erwischt worden war: »Das kann ich auf keinen Fall gestatten! In ihrem derzeitigen Zustand kann jede Aufregung einen neuen Zusammenbruch auslösen.«

Danner schwieg einen Moment. »Gut«, sagte er dann. »Meine Nummer haben Sie, rufen Sie mich an, wenn es ihr besser geht.«

Als ich wieder neben Danner in der Schrottschüssel saß, zog ich Evas Foto aus seiner Jackentasche: »Was hältst du davon?«

Danner warf einen Seitenblick auf das Bild, während er den Wagen lenkte. »Profiaufnahme, optimaler Winkel, geile Belichtung. Digital, aber Spiegelreflex, würde ich sagen. Zu Hause kriegst du das nicht hin, das hat einer im Studio gemacht.«

Aha.

»Wir sollten rausfinden, mit wem Eva geschlafen hat«, überlegte ich laut.

»Das wäre hilfreich«, stimmte mir Danner zu.

»Und das würde es einfach machen, hm? Pubertierender Teenager stürzt sich wegen Liebeskummer aus dem Fenster.«

»Gefällt dir nicht?«

Ich schüttelte den Kopf. »Aber die Bullen würden es bestimmt lieben. Ab ins Archiv mit der Akte.«

»Verdammt!« Danner schlug wütend aufs Lenkrad. »Pubertät ist kein Selbstmordmotiv! Millionen Teenager überleben das – und die meisten haben jahrelang Liebeskummer, oder nicht?« Er sah mich an, als wollte er meine Meinung dazu hören.

Ich zuckte die Schultern.

Mich durfte er nach so was nicht fragen.

19.

Zurück in seiner Wohnung schleuderte Danner die Stiefel unter die Couch und schaltete den PC ein.

Ich hockte mich nachdenklich mit Evas Foto in der Hand auf das Sofa.

Wenn wir herausfanden, wer das Bild gemacht hatte, half uns das weiter?

Oder für wen sie es hatte machen lassen?

Oder hatte das gar nichts mit ihrem Tod zu tun?

Wahrscheinlich besaßen viele Sechzehnjährige solche Fotos.

Um sie ihrem Freund zu schenken. Oder weil sie von einer Modelkarriere träumten.

Nachdenklich rieb ich mir die linke Nackenseite.

Danner bemerkte ich erst, als er hinter mir stand und den Kragen meines Rollis auseinanderzog.

Ich konnte nicht verhindern, dass ich zusammenzuckte.

Interessiert betrachtete er meine gelblich verfärbte Schulter. Mit einem Satz sprang er über die Lehne der Couch und landete zu dicht neben mir auf dem Polster.

»Also wer war's?«

»Wer war was?«, tat ich, als wüsste ich nicht ganz genau, wovon er sprach.

»Ich bin Schnüffler, ich lass dich nicht in Ruhe, bevor ich es weiß! Also raus damit! Dein Macker? Dein Zuhälter? Papi?«

»Den Zuhälter nimmst du sofort zurück!«

»Bleiben dein Freund und dein Vater übrig!«, schlussfolgerte er sofort.

Verdammt! Ich hatte nicht aufgepasst! Er hatte schon wieder was aus mir rausgequetscht, bevor ich richtig begriffen hatte, dass ich verhört wurde.

Er ließ mich nicht aus den Augen.

Ich hasste den Kerl aus tiefstem Herzen!

Feindselig starrte ich ihn an.

Er verschränkte die Arme und hielt meinem Blick stand.

Wollte ich es sagen?

Konnte ich das überhaupt?

»Mein Vater!« Ich musste das Wort ausspucken, es klebte an meinem Gaumen fest wie ein zu lange gekauter Kaugummi.

»Danke schön, aber ich pfeife auf einen geschenkten Studienplatz!«, schreie ich empört und knalle ihm die Uni-Einschreibung vor die Füße. »Ich denke überhaupt nicht daran zu studieren und schon gar nicht Scheißjura! Ich habe es satt, mir alles vorschreiben zu lassen! Wenn ich auf Bali Bananen sortieren will, dann mache ich das, kapiert?«

Blitzschnell holt er aus.

Ich drehe mich noch weg, sodass der Schlag nicht mein Gesicht, sondern nur meinen Rücken trifft.

Wieder durchzuckte mich die Erinnerung an das Krachen, an den rasenden Schmerz, der meine Wirbelsäule hinabgejagt war.

»Nur das eine Mal?«, riss mich Danner aus meinen Gedanken.

Ich schüttelte den Kopf, etwas länger, als für eine Antwort nötig gewesen wäre. Kalter Schweiß ließ meine Handflächen feucht werden und meine ineinander verkrampften

Finger zitterten. Überdeutlich wurde mir bewusst, dass ich das noch niemals irgendjemandem erzählt hatte.

Jetzt wusste Danner mehr über mich als jeder andere Mensch.

Sein Blick war messerscharf und ausdruckslos, die gleiche Miene, mit der er Ahrend befragt hatte.

»Hat deine Mutter davon gewusst?«

Ich wischte mir die Hände an meiner Jeans ab. »Klar«, antwortete ich leichthin.

»Und sie hat nichts unternommen?«

»Nein.«

»Warum nicht?«

Ich zuckte die Schultern. »Sie hat wohl nie die Hoffnung aufgegeben, dass die Prügel irgendwann etwas nützen würden.«

Unerwartet gab Danner seine ausdrucklose Schnüfflermiene auf. Einen Moment lang glaubte ich, Mitleid in seinem Gesicht zu erkennen – und Mitleid war das Letzte, was ich wollte!

»Meine Rache war übrigens furchtbar«, grinste ich.

»Glaube ich aufs Wort!« Endlich grinste Danner auch.

Ich stand auf, ging zum Computer hinüber und öffnete das Schreibprogramm, um meine Hände zu beschäftigen, damit sie aufhörten zu zittern.

»Reicht dir das oder willst du noch mehr intime Details aus meinem Leben hören?«, hielt ich Danner auf Abstand. »Vielleicht, wie ich das erste Mal besoffen in ein fremdes Auto gekotzt habe? Oder lieber, wie ich Sex in dem uralten Opel Kadett hatte, der neben einer Polizeistreife parkte?«

Er streckte sich und legte die Füße auf den Tisch. »Ich komme drauf zurück.«

20.

»Hallo – äh – Lila.«

Ich kratzte mich an der Nase.

Jendrick, der Duschgel-Gegner, stand mit hängenden Schultern im Eingang der Sporthalle. Ich hatte ihn schon von der Straße aus bemerkt. Sah aus, als wartete er auf jemanden.

»Morgen – ähm – wie war noch mal dein Name?«

»Jendrick.«

»Ach ja.«

Die Hände in den Taschen heftete er sich an meine Fersen, ohne dass ich ihn dazu aufgefordert hätte. Er ging nicht neben mir, sondern schlurfte einen Schritt hinter mir her.

»Und?«, fragte er.

Ich atmete tief ein. »Was und?«

»Und, wie geht's dir?«

»Gut!«, knurrte ich. Bevor du mich angequatscht hast!, fügte ich in Gedanken hinzu.

Jendrick, das Kommunikationsgenie, nickte: »Mir auch.«

Ich kniff die Augen zusammen und dachte daran, seinen langen, dünnen, knochigen Geierhals zu packen und seinen vorstehenden Adamsapfel knackend an seiner Wirbelsäule zu zerquetschen!

Doch er trottete unbeeindruckt bis zu den Mädchenumkleiden hinter mir her. Ich fragte mich schon, ob er wohl mit reinlatschen würde, als die Toilettentür aufging und Karo neben mir stand.

Sie trug ein grellpink T-Shirt zu einer rosa Sporthose mit Schlag. »Verpiss dich, Spanner! Hast du nicht genug angerichtet? Wenn du die Nummer noch mal abziehst, bring ich dich um!« In ihren Augen funkelte purer Hass.

Schleicher-Jendrick trollte sich.

Karo knallte die Tür der Umkleide hinter uns zu. Außer uns waren noch Franzi und zwei andere Mädchen im Raum.

»Wen hat er denn bespannert?« Ich versuchte, so harmlos wie möglich zu klingen.

Karo winkte ab: »'ne Freundin von mir. Seit der fünften Klasse war er hinter ihr her. Ist ihr auf Schritt und Tritt nach, hat keine Abfuhr kapiert, hat ihr Briefchen geschrieben und sie bis nach Hause verfolgt. Einmal hat sie ihn sogar erwischt, wie er durchs Fenster Fotos von ihrem Zimmer gemacht hat!«

»Ist ja abartig!« Ich zog die Jeans aus und schlüpfte in meine Sporthose. »Und jetzt ist er nicht mehr hinter ihr her?«

Sofort war es totenstill in der Kabine. Die beiden Mädchen wühlten in ihren Taschen, als hätten sie gerade ihre Tage bekommen und keine Binden dabei. Franzi sah mich mit runden Kulleraugen an.

Volltreffer.

Im gleichen Augenblick ging die Tür auf und Lena kam rein. »Morgen!«, sagte sie.

»Hi!«, antwortete ich und riss die anderen damit aus ihrer Erstarrung.

Nachdem auch Lena sich umgezogen und ihre Haare zu einem dicken Pferdeschwanz hochgebunden hatte, schlenderten wir hinaus auf die Tartanbahn.

»Nach draußen? Im Oktober?«, fragte ich.

»Martens ist noch härter als Ahrend!«, klärte mich Franzi auf.

Lena war heute Morgen auffällig schweigsam. Ich konnte

mir natürlich denken, dass das mit meinem wenig herzlichen Abschied gestern zusammenhing. Ich musste sie allein erwischen.

Erst mal wartete allerdings Danner auf uns.

»Wie schön, dass die Damen uns auch noch beehren! Wie erwartet, habt ihr länger im Bad gebraucht, deshalb haben die Herren bereits eine Runde Vorsprung! Achthundert Meter zum Warmwerden!«

»Noch so 'n Spruch und ich beschwer mich wegen Ihrer frauenfeindlichen Einstellung beim Rektor!«, schnappte Karo sofort.

Danner verschränkte die Arme vor der Brust: »Das steht dir selbstverständlich frei, Karoline. Allerdings erst, nachdem du deine zweitausend Extrameter von gestern gelaufen bist. Pass aber auf, dass dir dabei die Puste nicht ausgeht, sonst kriegst du deine Beschwerde womöglich nicht mehr raus.«

Karo stand kurz davor, sich weitere tausend Strafmeter einzuhandeln.

Ich stellte mich kampflustig vor Danner: »Tausend Meter sind ja wohl 'n bisschen viel für eine Kippe!«

Er ließ die Arme verschränkt: »Sieh an, ein neues Gesicht. Würdest du mir deinen Namen verraten?«

»Lila Ziegler.«

»Also, Lila, damit Karoline nicht zu sehr unter der Strafe leidet, schlage ich vor, du leistest ihr Gesellschaft.«

Ich stöhnte.

»Und ich schlage vor, du fängst an, damit du heute noch fertig wirst.«

Trotzig hob ich die Nase und lief hinter Karo her.

»Er hat mich auch verdonnert«, beschwerte ich mich, als ich sie einholte. »So ein Arsch!«

Karo nickte. Sie war bereits außer Atem. Vermutlich zählte Sport nicht zu ihren Lieblingsfächern.

»Sag mal, wo geht man denn hier abends hin?«, wechselte ich das Thema.

Karos Antwort lautete: »Ins ›Bermuda3Eck‹.«

Ich ging davon aus, dass wir nicht über ein Seegebiet im Atlantik sprachen: »Kann man da tanzen oder eher ein Bier trinken?«

»Was du willst. Das ›3Eck‹ ist das Szeneviertel in der Innenstadt, da findest du Pubs, Cafés, Kneipen, Restaurants. Wir gehen heute Abend tanzen ins *Balu.* Kannst es dir ja mal ansehen. Wir treffen uns gegen neun, nach Lenas Schwimmtraining.«

Mit Freude.

Zweitausendachthundert Meter später beendeten wir unsere Erwärmung zugleich mit Franziska, die die gleiche Zeit für achthundert Meter gebraucht hatte.

Atemlos hockten wir drei uns zu Lena auf eine Bank neben der Tartanbahn. Danner ließ inzwischen immer sechs Schüler Starts für Hundert-Meter-Läufe üben.

»Lila kommt heute Abend auch ins *Balu,* okay?«, informierte Karo ihre Freundinnen.

»Schön«, lächelte Lena und hakte sich unvermittelt bei mir ein. Um ein Haar wäre ich schon wieder zusammengezuckt, gerade noch rechtzeitig konnte ich es verhindern.

Lena zog mich auf die Füße und nahm mich beiseite.

»Entschuldige«, sagte sie direkt. »Ich meine, wegen gestern. Tut mir leid.«

Es verblüffte mich, wie dicht wir nebeneinander gingen. Wir hatten beide geschwitzt und ich spürte Lenas Wärme am Arm durch unsere beiden Pullover hindurch. Wenn man uns so sah, konnte man uns für echte Freundinnen halten.

»Nein, mir tut es leid«, entgegnete ich. »Ich bin irgendwie ausgerastet.«

»Ich hab dich ausgehorcht, das war echt daneben«, schüttelte Lena den Kopf. »Ich hätte nicht nach deiner Freundin fragen sollen.«

»Du hattest doch keine Ahnung«, winkte ich ab.

»Aber ›Ich kann das verstehen‹ ist so ziemlich das Blödeste, was man sagen kann, wenn jemand erzählt, dass seine Freundin gestorben ist«, murmelte Lena. »Ich hätte das wirklich wissen müssen.«

Sie hatte meinen Köder geschluckt. Und sie machte es mir leicht: »Quatsch. Wenn man so was hört, weiß man nie, was man sagen soll.«

»Meine beste Freundin hat sich vor vier Wochen umgebracht.« Lena merkte, dass ihre Stimme versagte, und schluckte ein paarmal.

»Was?«, schnappte ich gewollt schrill.

»Früher oder später erfährst du es eh. Sie ging in unsere Klasse.«

Ich konnte die Tränen sehen, die sich in ihren Augen sammelten.

»Was?«, wiederholte ich. Ich wunderte mich, dass ich diese Rolle wirklich spielen konnte. Dass ich brutal genug war, um ihr das anzutun.

Ich war zum Kotzen!

Zumindest musste ich sie jetzt irgendwie trösten. Ich konnte ihr doch nicht in die Fresse hauen und sie dann einfach liegen lassen.

Hilflos legte ich ihr einen Arm um die Schultern und strich ihr über die Haare. »Wenn du drüber reden willst, bin ich da, okay?«

Sie nickte stumm.

Aus den Augenwinkeln sah ich Danner auf uns zukommen.

Ich wusste, er hatte mir Zeit gelassen, um mit Lena zu sprechen. Wenn er noch länger ignorierte, dass wir nicht am Unterricht teilnahmen, würde Karo ihm unterstellen, brave Mädchen zu bevorzugen.

»Mist, Martens«, raunte ich Lena zu und war froh, sie loslassen zu können.

Hastig fuhr sie sich über die Augen.

»Ich halt ihn dir vom Hals«, flüsterte ich und ging entschlossen auf Danner zu.

»Willst du dich heute noch mal am Unterricht beteiligen, Lila?«, erkundigte er sich.

Lena trollte sich eilig in Richtung der Startbahn.

»Lustig, mich durch die Gegend zu hetzen, nicht wahr?«, zischte ich, als Lena uns nicht mehr hören konnte.

»Dachtest du, die Gelegenheit lasse ich mir entgehen?«, grinste er.

»Mach weiter so und ich kann morgen keinen Schritt mehr gehen. Dann kannst du deine Arbeit selber machen.«

Schweißfuß-Jendrick kam mit schlurfenden Schritten angetrabt. Selbst wenn er rannte, erinnerte er an das Riesenfaultier aus *Ice Age.*

»Du willst wohl unbedingt noch mal tausend Meter laufen, was?«, fragte Danner sachlich, denn Jendrick konnte es hören.

Und ich zweifelte nicht daran, dass er tatsächlich darauf bestehen würde.

Dem Sportunterricht folgte eine ganz passable Erdkundestunde bei einer jungen Blondine mit frechem Kurzhaarschnitt.

In der vierten Stunde quälte uns die pferdegesichtige Susanne Lehnert mit Religion und ihrer quäkenden Stimme, die sicherlich die ungeklärte Ursache der in ihren Klassen gehäuft auftretenden Kopfschmerzen war.

Nach der Stunde sprach ich sie auf das Schwimmtraining an. Ich wusste ja, dass sie nach Ahrends Beurlaubung den Mädchenkader übernommen hatte.

Sie sah unzufrieden an mir herunter, als benötigte ich Schwimmhäute zwischen den Fingern, um an ihrer Gruppe teilnehmen zu dürfen.

»Die Wettkampfsaison läuft noch zwei Wochen. Ich werde mich nicht um dich kümmern können«, stellte sie abweisend klar.

»Kein Problem. Ich will nur ein paar Bahnen mitschwimmen. In Hannover war ich auch im Verein und ich möchte die Trainingspause nicht zu groß werden lassen«, log ich.

Sie nickte widerwillig: »Na schön. Komm um sieben vorbei.«

Ging doch.

Die letzten beiden Stunden hatten wir Französisch.

Bei Dittmer.

Wir mussten den Raum wechseln, denn Fremdsprachen wurden im Sprach-Turm unterrichtet. Genauer gesagt im vierten Stock, in einem Sprachlabor, in dem jeder Sitzplatz mit Kopfhörern und CD-Player ausgerüstet war.

Mir war etwas mulmig zumute, denn, wie gesagt, in Französisch fehlten mir mindestens vier Jahre.

Doch nach den ersten Minuten atmete ich auf. Dittmer interessierten meine Französischkenntnisse genauso wenig wie die der anderen zweiunddreißig Schüler. Bereits im Deutschunterricht war mir aufgefallen, dass ihm kaum jemand auf seine Fragen antwortete, in Französisch umging er dieses Problem, in dem er einfach keine Fragen stellte.

Damit ihm Konfrontationen wie neulich die mit Karo erspart blieben, hatte er anscheinend beschlossen, die Schüler erst mal mit einem viertelstündigen Vortrag einzuschläfern und so angriffsunfähig zu machen.

Und es funktionierte.

Seine Sprechweise war monoton und sein Sprachfehler trug nicht gerade zur Verständlichkeit bei. Als wir müde genug waren, ließ er uns den Rest der Zeit eine Zusammenfassung über seinen Vortrag schreiben. Da ich keine Ahnung hatte, worum es in seiner Rede gegangen, kaute ich auf dem dicken, weißen Plastikschaft meines Lamy-Füllers und beobachtete Dittmer.

Er korrigierte, tief über das Lehrerpult gebeugt, Vokabeltests. Den Kopf hielt er zur Seite geneigt, die Beine unter dem Tisch zusammengefaltet. Er trug einen grünen Pullunder über einem gestreiften Hemd und flache Slipper, wie sie in den Siebzigern mal modern gewesen waren. Gut möglich, dass sie tatsächlich noch aus den Siebzigern stammten. Ich konnte mir vorstellen, dass Dittmer in dem gleichen Pullunder als Schüler in einer Klasse gesessen hatte. Wahrscheinlich war er der Einfachheit halber Lehrer geworden. Die Schule hatte er schon gekannt, da waren keine großen Veränderungen nötig gewesen. Wie hatte der es geschafft, bis heute in den Klassen zu überleben? Indem er die Schüler machen ließ, was sie wollten?

Karo neben mir lackierte ihre Fingernägel, Lena und Franzi unterhielten sich mit den Jungen am Tisch hinter ihnen und Jendrick, der Penner, schlief zweifellos schon wieder.

Laut Danners Berichten hatte Karo behauptet, Dittmer würde grapschen.

Konnte das sein?

Hm.

Schon.

Dass Dittmer wilden Sex mit einer stilvollen, rothaarigen Marie auf der Ladefläche eines klapprigen Autos hatte, konnte ich mir beim besten Willen nicht vorstellen. Aber dass er im Vorbeigehen mal an einen Hintern griff?

Warum nicht?

Das sollte sich herausfinden lassen. Ich erkannte recht schnell, wenn jemand tatschte. Erfahrungssache. Zu verdanken hatte ich diese Fähigkeit meiner Mutter, deren liebstes Hobby es war, alternde Akademiker zu Sektempfängen einzuladen.

Mit sechs war ich die Hauptattraktion auf solchen Veranstaltungen gewesen. Sie hatte mich in rosa Kleidchen gesteckt, mir blonde Zöpfe gemacht und mich mit meinem Bruder zusammen vierhändig Klavier spielen lassen. Anschließend war ich vorgeführt worden wie ein Zwergpudel, der einen Salto springen konnte. Die niedliche, kleine Tochter des Oberstaatsanwalts. So hübsch, so begabt, so artig!

Nur so konnte ich mir erklären, dass ich meinen ersten Zungenkuss von einem Siebzigjährigen auf unserer Gästetoilette bekommen hatte.

Als der Gong die Klasse aus dem Tiefschlaf holte, kippte Moritz in der dritten Reihe vor Schreck mit seinem Stuhl um. Während die anderen fluchtartig den Raum verließen, blieb ich zurück. Ich wuschelte meine Haare ein bisschen durcheinander und setzte ein dümmliches Blondinenlächeln auf, bevor ich ans Pult trat.

»Herr Dittmer?«

Er sah auf. »Ah, Lila. Was kann ich für dich tun?«

Ich roch den Zigarettenrauch, der sich in der Wolle seines Pullunders festgesetzt hatte.

»Ich habe den Eindruck, Sie sind mit dem Unterricht um einiges weiter, als das an meiner alten Schule der Fall war. Haben Sie vielleicht ein paar Unterlagen, damit ich bis zur nächsten Stunde etwas Stoff nachholen kann?«

Erstaunt richtete er sich auf. »Natürlich.« Er fing an, in seiner Tasche zu kramen.

Die Tür rummste zu und eine Sekunde lang erinnerte ich mich an die neumodische Schließanlage, die verhinderte, dass jemand ohne diesen Coin hereinkam.

Wir waren allein im Raum.

»Nein, im Moment habe ich leider nichts dabei«, murmelte Dittmer so emotionslos, als hielte er schon wieder einen französischen Vortrag. »Aber ich kann dir ein paar Übungsblätter zusammenstellen.«

»Das wäre nett«, lächelte ich artig.

Er erhob sich und ging dichter neben mir zur Tür, als es der Mittelgang zwischen den Tischreihen erfordert hätte.

Ich überlegte, ob es zu dicht war.

»Ich freue mich über dein Interesse an der Sprache.« Ein lahmes Lächeln zog die graue Haut an seinem Kinn in die Breite. Er griff an meiner Schulter vorbei, um die Tür für mich zu öffnen. Wieder fiel mir auf, dass er nach altem Rauch roch. Ich lauerte darauf, dass er meinen Arm streifte.

Er hielt inne, als er die Klinke in der Hand hatte: »Hast du auch Interesse an einer Bücherliste?«

Er hatte Mundgeruch.

»Gerne!«, strahlte ich.

Seine Distanzlosigkeit war unbestreitbar, denn für meinen Geschmack war mir jeder, dessen Mundgeruch ich bemerkte, zu nah gekommen.

Aber seine Finger behielt er bei sich.

Doch kein Grapscher?

Schließlich war ich eine persönliche Einladung: Blonde Haare, blaue Kulleraugen, blödes Grinsen – und allein mit ihm in einem Raum, dessen Tür von außen nicht geöffnet werden konnte. Wenn er da nicht anbiss, stand er auf die Lehnert.

Na schön. Letzte Chance, du Schlaftablette!

Ich ließ meinen Rucksack von der Schulter rutschen. Durch den Atlas und das dicke Erdkundebuch polterte er laut zu Boden.

»Ach, Mist.« Ich bückte mich.

Ich spürte seinen Blick auf meinem Hintern, ich wusste genau, er sah hin. Aber noch immer keine Berührung.

»Ich bringe dir die Unterlagen zur nächsten Stunde mit«, nuschelte er, als ich mich wieder aufrichtete. Ich hatte das Gefühl, er war mir noch näher gekommen, doch ich war mir nicht sicher.

»Wenn du allerdings übers Wochenende daran arbeiten willst, müsstest du dir die Sachen bei mir abholen. Meine Adresse ist Hans-Ehrenberg-Platz 8a. Direkt an der U-Bahn-Station am Schauspielhaus.«

Bei ihm abholen?

Bei ihm zu Hause?

Ich zog meinen Füller aus der Jackentasche und kritzelte seine Adresse auf meinen Unterarm. Hans-Ehrenberg-Platz 8a.

»Dritter Stock, links«, erklärte er undeutlich.

»Okay.«

Er öffnete mir die Tür.

Ich musste nah an ihm vorbei, wenn ich hinauswollte.

Ich tat ihm den Gefallen: »Schönes Wochenende!«

»Ach, Lila –«

Gerade als ich mich an ihm vorbeiquetschte, legte er mir eine Hand auf die Schulter und hielt mich zurück.

»Wenn du dem Unterricht nicht folgen kannst, frag ruhig nach. Du weißt ja: Dumme Fragen gibt es nicht.«

Ich spürte durch meinen Pullover hindurch, wie seine knochigen Finger mein Schlüsselbein entlangfuhren.

Ich lächelte noch einmal, so freundlich ich konnte.

Höchst zufrieden schlenderte ich fünf Minuten später über den verlassenen Schulhof.

Lena wartete wieder am Zaun auf ihre Mutter.

»Dittmer grapscht!«, berichtete ich direkt von meiner neuen Erkenntnis.

Lena sah mich erstaunt an.

Wollte sie mir etwa weismachen, dass sie das noch nicht bemerkt hatte?

Zum Glück nicht, denn sie antwortete: »Er hat es gleich an deinem zweiten Tag versucht?«

»Ich war die Letzte im Raum, die Gelegenheit konnte er sich nicht entgehen lassen.«

»Mir wär's vielleicht heute noch nicht aufgefallen, wenn Karo es mir nicht gesagt hätte«, gestand Lena unbekümmert. »Ich dachte, er wäre nur nett.«

Ich runzelte die Stirn.

»Schon klar«, verteidigte sich Lena schnell. »Sein Unterricht ist echt schlecht. Aber wenn eine Zensur auf der Kippe steht, lässt er dich nicht sitzen. Und er organisiert die Schülerzeitung und bietet ganz gute AGs an. Mir tut Dittmer eher leid. Der hätte Künstler oder so was werden sollen, hat sich aber nicht getraut.«

Dittmer tat ihr leid?

Ach, Lena.

»Karo sagt, du gehst auch zum Schwimmtraining?«, wechselte ich das Thema, bevor ich der Versuchung nachgab, ihr meine nicht ganz so nachsichtige Meinung über grapschende Lehrer mitzuteilen.

Lena strahlte: »Du auch? Super! Karo und Franzi zum Sport zu überreden habe ich nämlich aufgegeben. Treffen wir uns vorm Eingang?«

Ich nickte: »Und danach tanzen?«

Sie nickte: »Mit dem Bus sind wir um neun am ›3Eck‹.«

Vor uns rumpelte der rote Kombi mit dem Vorderrad auf den Bordstein. Hinter dem Steuer erkannte ich die blonde Frau, die ich gestern vor dem Bistro gesehen hatte. Sie sah gut aus, aber ernst, mit einem strengen Zug um die Mundwinkel.

Ich winkte, bis das Auto hinter der nächsten Kurve verschwand.

21.

Ich summte vor mich hin, als ich eine halbe Stunde später die Kneipentür aufstieß.

Molle sah mich und hob die Deckel von zwei dampfenden Töpfen. Kartoffeln, Grünkohl und Kassler – ich war im Himmel!

Eilig setzte ich mich an den Tisch. »Du, Molle? Wäre es sehr schlimm, wenn ich heute Abend nicht servieren könnte?«

Der Dicke zog die Brauen hoch.

Ich machte ein schuldbewusstes Gesicht.

»Komm Montag wieder«, brummte er mürrisch.

Ich schaufelte mir ein paar Gabeln Grünkohl in den Mund: »Ist er schon da?«

Molle deutete mit dem Finger zur Decke: »Lenny ist auch gerade hoch.«

»Was?«, quietschte ich empört. »Und das sagst du mir erst jetzt?«

Ich warf die Gabel klatschend in den Grünkohl.

»Iss doch erst auf!«, rief Molle mir nach, ohne damit zu rechnen, dass ich auf ihn hörte.

Ich rannte die Treppe hinauf, doch als ich Danners wütende Stimme hörte, wurde ich automatisch langsamer und bemühte mich, leise zu sein.

Nicht dass ich absichtlich lauschte, die Gelegenheit ergab sich ja eher zufällig.

»Vergiss es, Lenny! Ich komme nicht mit! Der Schlampe die Füße küssen ist dein Job!«

Etwas raschelte.

Staschek schwieg.

Anscheinend hatte ich den interessanten Teil verpasst.

Ich öffnete die Tür: »Wohin gehst du allein, Lenny?«

Danner warf mir einen genervten Blick zu: »Das war ja klar.«

Staschek antwortete nicht, sondern ging zur Tür: »Falls du deine Meinung änderst, sag mir Bescheid!«

Verdammt, die wollten mir nichts sagen!

Was mich natürlich noch neugieriger machte.

Schnell entschied ich mich für eine andere Taktik: »Will denn keiner wissen, was ich heute herausgefunden habe?«

Wie ein gieriger Karpfen schnappte Staschek nach dem Köder und verschluckte ihn sofort. Er ließ die Türklinke los: »Erzähl!«

Ich lümmelte mich auf das Sofa und legte die Beine auf den Tisch. Danner fixierte mich gereizt.

»Dittmer grapscht«, fütterte ich die beiden Männer also ein bisschen. »Karo hat völlig recht.«

Staschek runzelte die Stirn: »Bist du dir sicher? Weißt du,

Karo übertreibt gern mal. Wenn du sie länger kennst, merkst du –«

»Scheiße, Lenny!« Erbost sprang ich auf. »Ich weiß, wann ich betatscht werde! Genau, wie ich weiß, warum du an deinen Haaren rumfummelst, wenn du mit mir sprichst!«

Sofort verbesserte sich Danners Laune sichtlich.

Staschek ließ seine Hand erschrocken sinken, ohne seine Haare aus der Stirn gestrichen zu haben.

»Lena stimmt mir bei der Sache mit Dittmer übrigens zu, obwohl sie echt erschreckend naiv ist. Und das mit ’nem Bullen als Vater!«

Staschek seufzte: »Im Augenblick reden wir nicht besonders viel miteinander. Sie ist zurzeit ein bisschen schwierig. Hast du noch was?«

Ah, er zappelte immer noch an meiner Angel. Der richtige Moment für den nächsten Angriff: »Wo geht Ben nicht hin?«

Danner knurrte warnend.

Staschek hob abwehrend die Hände: »Tut mir leid. Ich brauche seine Hilfe noch, Lila.«

»*Meine* Hilfe brauchst du auch!«

In dem Moment fiel mir auf, wohin Stascheks Blick wanderte.

Und Danner bemerkte, was ich bemerkt hatte.

Gleichzeitig sprangen wir los. Ein blaues Kuvert lag oben auf dem überquellenden Papierkorb neben dem Schreibtisch.

Ich war zuerst da und erwischte es. Danner packte meinen Arm. Doch diesmal zuckte ich nicht zurück.

Gerade noch rechtzeitig konnte ich die Hand wechseln.

VIP Einladung, las ich auf dem Umschlag.

»Wo bist denn du ein VIP?«, fragte ich verblüfft.

»Briefgeheimnis!« Danner schnappte mir den Umschlag weg und hielt ihn in die Luft!

Na warte! Blitzschnell griff ich ihm in den Schritt.

Reflexartig zuckte seine Hand zum Schutz hinab.

Ich nahm ihm den Umschlag wieder ab, sprang hinter die Sofalehne und riss den Zettel heraus.

»Du Drecksstück!«, fluchte Danner verblüfft.

Staschek ließ sich lachend auf den Couchtisch fallen.

Erstaunt richtete ich mich auf, um Danner über das Sofa hinweg ansehen zu können: »Warum zum Teufel wirst du als VIP zum Polizeiball eingeladen?«

Danner gestattete Staschek mit einem Nicken zu reden.

»Weil die Peters Vizepräsidentin wird«, informierte mich der Kommissar.

»Aber nur, weil sie den Polizeipräsidenten vögelt«, ergänzte Danner. »Der Alte ist über sechzig, wahrscheinlich ist der so auf Viagra, dass er Nilpferde fliegen sieht.«

»Die Peters?« Den Namen hatte ich schon gehört. »Helft mir, wer ist das noch mal?«

»Klara Peters, bisher Chefin der Kriminalpolizei.«

»Ach ja.« Ich erinnerte mich. »Klara, die Schlampe.«

»Demnächst die erste Frau auf dem Posten des Vizepräsidenten«, nickte Staschek. »Sie weiß genau, dass Ben Haare wachsen vor Wut. Damit sie das nicht verpasst, möchte sie ihn gern bei ihrem Triumph dabeihaben.«

»Und was hat sie gegen dich?«, erkundigte ich mich. »Sie lädt doch bestimmt nicht jeden Schnüffler, der ihr in ihre Arbeit pfuscht, zum Polizeiball ein?!«

»Ich war ein paarmal mit ihr im Bett«, erklärte Danner knapp.

»Du warst mit Klara, der Schlampe, im Bett?«, fragte ich ehrlich entrüstet.

»Ja, okay? Ja!«

Eine Sekunde lang dachte ich über das Gehörte nach.

»Aber das ist doch die Gelegenheit, die Bullen über den Eva-Fall auszuquetschen«, erkannte ich dann. »Die Schlampe lädt dich praktisch dazu ein! Ist doch nett von ihr, wenn sie dich schon nicht an die Akte ranlässt.«

Der Gedanke gefiel mir auf Anhieb, obwohl ich die nachtragende Dame ja gar nicht kannte.

Und Danner gefiel er auch, das konnte ich am Glitzern seiner Augen erkennen.

»Bist du bescheuert?«, schimpfte Staschek mit mir. »Bring ihn nicht auf dumme Gedanken!«

»Keine Panik, Lenny«, winkte Danner ab. »Ich glaube nicht, dass ich Marie überreden kann, mitzukommen.«

Und ohne Begleitung konnte er auf keinen Fall bei dieser Veranstaltung auftauchen, das wäre ohne Frage ein Punkt für die Schlampe.

Ich konnte Danner ansehen, wie er im Geist die Liste infrage kommender Damen durchging.

»Nimm mich mit!«, schnappte ich nach der Gelegenheit, sobald ich sie erkannt hatte. »Komm schon! Nimm mich mit, bittebittebitte!«

Staschek und Danner brachen gleichzeitig in Gelächter aus.

»Und als wen sollte ich dich vorstellen? Meine Tochter?«

»Da wäre die Schlampe natürlich platt«, feixte Staschek.

»Nein, im Ernst«, schüttelte Danner den Kopf. »Wenn ich mit dir auftauche, hetzt Klara mir das Jugendamt auf den Hals. Nur so aus Spaß!«

Wütend funkelte ich ihn an: »Hallo? Das ist doch nur eine Frage des Lippenstiftes und der Schuhe! In Pumps hält mich niemand für einen Teenager!«

Staschek rutschte vor Lachen beinahe vom Tisch.

Doch Danner schwieg.

Staschek merkte es und verschluckte sich vor Schreck.

»Das kannst du ihr doch nicht glauben, Ben! Vor drei Tagen hat sie noch behauptet, sie wäre sechzehn!«

Danner musterte mich immer noch. »Sorry, Lenny, aber den Spaß kann ich mir nicht entgehen lassen.« Er zog zweihundert Euro aus der Tasche und drückte sie mir in die Hand: »Für Lippenstift und Schuhe. Die Party steigt nächsten Mittwoch!«

Staschek verbarg mit gespielter Verzweiflung sein Gesicht in den Händen. Doch er erholte sich schneller als erwartet und sagte zu mir: »Ich hoffe, deine Info ist das Theater wert!«

Ach ja, er hatte immer noch meinen Köder zwischen den Zähnen.

Ich kletterte über die Sofalehne und ließ mich neben Danner in die Polster fallen: »In Lenas Klasse geht so ein komischer Vogel, sein Name ist Jendrick Haberland.«

Staschek zuckte die Schultern: »Nie gehört.«

»Ich glaube, der Typ war hinter Eva her.«

»Ihr Freund?«

Ich schüttelte den Kopf: »Eine eher einseitige Geschichte, fürchte ich. Sie hat ihn abblitzen lassen, er wollte es nicht akzeptieren. Ich glaube, er hat sie verfolgt, anonyme Briefchen, Telefonterror, das volle Programm. Wahrscheinlich hat er sogar bei ihr zu Hause durchs Fenster fotografiert.«

»Was?«

»Was genau heißt ›ich glaube‹ und ›wahrscheinlich‹?«, erkundigte sich Danner.

»Beinahe sicher«, knirschte ich. Denn den Namen ihrer verfolgten Freundin hatte mir Karo ja nicht genannt.

Danner nickte nachdenklich: »Wenn du recht hast, hat Evas Vater vielleicht was davon mitbekommen. Ich schätze, wir gehen ihm langsam auf die Nerven.«

Ich schätzte, er hatte recht.

22.

So begegneten wir auch an diesem Nachmittag wieder dem nackten, griechischen Gott in Friedrich Ahrends Vorgarten.

»Herr Danner, Frau Ziegler«, begrüßte uns Ahrend schroff.

Er machte keine Anstalten, uns hereinzubitten. Im Gegenteil, er presste die Lippen so fest aufeinander, dass sie jede Farbe verloren. Mit verschränkten Armen versperrte er die Tür.

»Es hat sich noch eine Frage ergeben, Herr Ahrend«, blieb Danner unbeeindruckt. »Können wir reinkommen?«

Ahrend musterte Danner abschätzend. Danner wich dem scharfen Blick nicht aus. Ich konnte die Spannung zwischen den beiden Männern beinahe knistern hören.

Schließlich trat Ahrend zur Seite und ließ uns herein.

Ich hörte Kinderstimmen im Wohnzimmer und das Klavier.

Ein dünner, dunkelhaariger Elfjähriger machte am Esstisch Hausaufgaben. Das Mädchen am Klavier war jünger. Sie spielte die *Petersburger Schlittenfahrt*, was mir verriet, dass sie schon ein paar Jahre lang übte.

Neben dem Flügel an der Terrassentür stand einer der schweren, schwarzen Ledersessel, die zu der Sofagarnitur gehörten. Und in diesem Sessel saß eine Frau.

Seine Frau! Schneewittchens Mutter.

Sie war dünn. Krankhaft dünn. Ihre Wangen wirkten eingefallen und bleich und ihre dunklen Haare hingen in Strähnen vor ihr Gesicht, ohne dass sie sie zur Seite strich.

Sie trug einen Bademantel und Hausschuhe. Ihre Hände lagen in ihrem Schoß und ihre Füße standen auffallend dicht nebeneinander. Die Haltung erinnerte an Bewohner von Pflegeheimen. Als wäre sie in den Sessel gehoben worden und sitzen geblieben, wie man sie abgelegt hatte. Die Frau sah sich nicht nach uns um, sondern starrte hinaus in den Garten.

Danner legte den Kopf schief. »Ihre Frau?«, fragte er Ahrend.

»Sie hat heute einen besseren Tag. Trotzdem bin ich nach wie vor dagegen, dass Sie sie befragen. Simona, Konstantin, geht bitte nach oben!«

Der Junge ließ sein Matheheft aufgeschlagen liegen. Seine kleine Schwester packte ihre Noten zusammen und folgte ihrem Bruder die Treppe hinauf.

Ahrend wartete, bis im ersten Stock eine Zimmertür hinter ihnen zufiel.

»Was wollen Sie?«

»Kennen Sie einen Jungen namens Jendrick Haberland? Er geht auch in die 10d.«

Ahrend runzelte die Stirn: »Helfen Sie meinem Gedächtnis auf die Sprünge. Wie sieht er aus?«

»Groß, dünn, dunkle Haare, auffällige Akne, schlechte Haltung«, sprang ich ein.

»Ah ja, ich weiß, wen Sie meinen. Sehr schlechte Haltung. Es ist ungünstig, die eigene Tochter in der Klasse zu haben, deshalb habe ich die 10d nicht oft unterrichtet. Dieses Halbjahr hatte ich allerdings den Sportunterricht übernommen. Der Lehrermangel, Sie kennen ja das Problem. Haberland ist mir nicht besonders aufgefallen, er scheint sich im Unterricht eher ruhig zu verhalten.«

Ruhig war untertrieben. Meiner Meinung nach hatte Jendrick, der Schweiger, in seinem ganzen Leben noch keinen vollständigen Satz zustande gebracht.

»Hat Eva je von ihm gesprochen?«, hakte Danner sachlich nach.

»Jetzt, wo Sie es sagen …« Ahrend dachte einen Augenblick lang nach. »Ich will nichts Falsches sagen, aber ich glaube, er war eine Zeit lang unglücklich in Eva verliebt. An ihn habe ich natürlich nicht gedacht, als Sie nach Evas Bekanntschaften fragten, denn, ehrlich gesagt, glaube ich nicht, dass sie was für ihn übrighatte. Ist das wichtig?«

Danner zuckte die Schultern: »Im Augenblick ist alles wichtig, was wir über Eva erfahren können. Vielen Dank.« Er wandte sich zum Gehen.

Ich warf noch einen Blick zu Ahrends Frau hinüber. Sie war wahrscheinlich jünger, als sie aussah. Vielleicht Ende dreißig, in jedem Fall deutlich jünger als ihr Mann. Und irgendwann musste sie mal hübsch gewesen sein.

Sie hatte sich kein einziges Mal bewegt.

»Willst du Jendrick auch noch besuchen?«

Danner trat aufs Gas und die Schrottschüssel dröhnte mit hundertsechzig durch die Stadt.

Er schüttelte den Kopf: »Erstens müssen wir beide zum Schwimmtraining und zweitens ist unsere Tarnung im Arsch, wenn wir bei ihm aufkreuzen.«

Er zog sein Handy aus der Tasche und drückte nur eine Taste, woraus ich schloss, dass die Nummer gespeichert war. »Hi, Verena. Ist Lenny da?«

Er grinste über das, was Staschcks Frau erwiderte.

»Du weißt doch, dass wir schon lange verheiratet wären, wenn du uns nicht im Weg stehen würdest!«

Es dauerte noch einen Moment, bis Staschek am Apparat war.

»Jendrick Haberland sieht nach einem Treffer aus«, erklärte Danner ohne Begrüßung. »Das heißt, du kannst zur Abwechslung mal eine Ermittlung selbst machen. Ich will wissen, ob er ein Alibi hat, ob er öfter Mädchen bespannert, ob er Eva mal genötigt hat oder ihr sonst irgendwie zu nahe gekommen ist, ob sie Angst vor ihm hatte und so weiter!«

Ich hielt mein Ohr dicht an das Telefon, um Staschecks Antwort mitzubekommen.

»Stell dir vor, ich hab schon mal 'n Zeugen befragt«, motzte der Polizist.

»Worauf wartest du dann noch?« Danner legte auf, bevor Staschek antworten konnte.

23.

Zwei Straßen vom Schwimmbad entfernt ließ mich Danner aus dem Auto springen.

Ich schnallte mir meinen Rucksack auf den Rücken. Einen Badeanzug hatte ich nicht, denn als ich am Montagmorgen in Richtung Bielefeld in den Zug gestiegen war, hatte ich keine Ahnung gehabt, dass ich am Freitagabend als Privatdetektivin in einer Schwimmmannschaft ermitteln würde.

Deshalb musste meine jeansblaue Unterwäsche als Bikini herhalten. Außerdem hatte ich mir ein Badelaken von Danner geborgt und seinen Fön, schwarze Stiefel für 10,50 Euro von Deichmann, meine Jeans mit den blauen Handabdrücken und ein hellblaues Glitzertop von *C&A* eingepackt. Dazu Haarschaum, Lipgloss und Wimperntusche.

Als ich über den Parkplatz des Schwimmbades schlenderte, kamen im Halbdunkel drei Jungs auf mich zu. Sie hatten Sporttaschen dabei, woraus ich schloss, dass sie ebenfalls zum Training wollten.

Der Parkplatz war menschenleer, registrierte ich automatisch.

Im Allgemeinen hatte ich keine besondere Angst vor dunklen Gassen und abgelegenen Plätzen. Denn obwohl ich nie gewagt hatte, sie gegen meinen Vater einzusetzen, bildete ich mir ein, dass meine Karatekenntnisse ausreichten, um einem Handtaschendieb oder Gelegenheitsvergewaltiger die Nüsse zu knacken.

Während sich die drei Unbekannten näherten, rief ich mir kurz meine Verteidigungsmöglichkeiten ins Gedächtnis: Zum Beispiel beherrschte ich ja den allseits beliebten Mr-Spock-Griff, dessen Wirkung nicht nur unter Vulkaniern, sondern auch im fernöstlichen Kampfsport geschätzt wird. Ging man am Übergang von Hals und Schulter vor der Nackenmuskulatur in die Tiefe, traf man auf einen Faszienschlauch, in dem eine Arterie, eine Vene und ein Nerv verliefen, die eine lebenswichtige Verbindung zum Gehirn darstellten. Ein leichter Druck an dieser Stelle reichte aus, um den Angreifer minutenlang bewusstlos zu machen. Für Ungeübte war der Spock-Griff allerdings nicht zu empfehlen, denn wendete man zu viel Kraft an, bestand die Gefahr, dass die Arterie riss und der Pechvogel den versuchten Handtaschenraub nicht überlebte.

Für Anfänger besser geeignet war ein gezielter Schlag mit den Fingerknöcheln gegen den unteren Rippenbogen. Dort führte der Nerv, der das Zwerchfell steuerte, über den Knochen hinweg. Bei einem Treffer litt das Opfer unter akuter Atemnot, ähnlich einem Asthmaanfall.

Eine dritte Möglichkeit war ein Hieb von hinten aufs Schulterblatt. Mit ein bisschen Glück traf man den dort ebenfalls ziemlich ungeschützt verlaufenden Nerv. Auch hier trat sofortige Atemnot ein und im günstigsten Fall konnte der zugehörige Arm mehrere Stunden nicht benutzt werden.

Die Jungs traten neben mich.

»Hi!«, grüßte der erste und sah an mir herunter.

Ich nickte knapp und stellte fest, dass alle drei für den Mr-Spock-Griff zu groß waren.

»Willst du zum Schwimmen? Ich hab dich hier noch nie gesehen.«

Sie nahmen mich in die Mitte. Alle drei waren durchtrainiert, mit breiten Schultern, die sie als Schwimmer auswiesen.

»Bin das erste Mal dabei«, antwortete ich betont abweisend.

Als wir an einer Laterne vorbeikamen, fiel mir auf, dass die drei nicht die Hässlichsten waren. Oberstufe, schätzte ich.

»Du solltest nicht allein über den Parkplatz gehen«, erklärte mir der große Blonde ernst. Seine blauen Augen hatten auffallend lange, dunkle Wimpern.

»Einem Mädchen kann im Dunkeln einiges passieren«, bestätigte der Zweite und ich fragte mich, ob mir das Angst machen sollte. Er trug eine Brille und einen lockigen, braunen Pferdeschwanz und zwinkerte mir zu.

»Besonders, wenn sie geil aussieht!«, fügte der Dritte mit leicht türkischem Akzent hinzu. »Und auf einer Skala von eins bis zehn kriegst du eine glatte Zehn von mir.«

Ich zog die Augenbrauen hoch.

Wie ein Pferd bei einer Auktion begutachtet zu werden ist für eine treue *EMMA*-Leserin ein fast ebenso guter Grund für einen Tritt in die Familienplanung wie ein Handtaschenraub.

»War das zu direkt?«, deutete der Türke meinen wütenden Blick richtig. »Entschuldige, ist eine schlechte Angewohnheit, immer zu sagen, was man gerade denkt. Verzeihst du mir?«

Ich sah kurz auf den Boden, um sicherzugehen, dass sein Schleim den Asphalt nicht hatte glitschig werden lassen.

»Gibt Schlimmeres«, knurrte ich.

Ich war mir nicht sicher, was ich von den dreien halten sollte. Drohten die mir? Oder war das nur die Macht der

Gewohnheit? Wenn Jungs im Rudel auftreten, wird ja gern prophylaktisch alles angemacht, was Titten hat.

Der schöne Blonde hielt mir die Tür zum Schwimmbad auf. Sofort schlug mir die feuchtwarme, nach Chlor riechende Luft entgegen.

Lena wartete an der Kasse auf mich.

Die drei Jungen ließen uns einigermaßen charmant den Vortritt und mir entging nicht, dass Lena sich eine Haarsträhne aus der Stirn strich.

Ich verbiss mir das Grinsen. Wahrscheinlich ahnte sie gar nicht, wie ähnlich sie ihrem Vater war.

Während wir zu den Umkleidekabinen liefen, wiegte Lena die Hüften ein klein wenig mehr als sonst hin und her. Das war ein paar Nachforschungen wert, fand ich.

»Wer waren die Typen?«, erkundigte ich mich also, als wir gleich darauf in den nicht sonderlich sauberen Großraumumkleiden unsere Sachen einschlossen.

»Mario Wache, Dominik Seibold und Orkan Özer. Zwölfte«, erklärte Lena knapp.

»Und welcher ist dein Favorit?«

»Keiner!«, versicherte sie erschrocken und wurde rot.

Ich runzelte die Stirn. »Die sind doch alle drei ganz lecker, oder nicht?«, bohrte ich nach.

Empört schüttelte sie den Kopf.

Ich war mir nicht sicher, ob sie absichtlich log oder ob sie sich die Wahrheit selbst nicht eingestehen wollte. Wahrscheinlich eher die zweite Möglichkeit, denn wenn sie log, dann ziemlich gut, und das traute ich Lena eigentlich nicht zu. Sie war also wahrscheinlich scharf auf einen der drei Typen, wollte es aber nicht wahrhaben. Die Frage war: Warum nicht?

Die meisten Sechzehnjährigen schwärmen doch mit Freude für etwas ältere, gut aussehende, sportliche Jungs wie die drei Aufreißer vom Parkplatz.

Ich beschloss, den Grund herauszufinden.

Bei dem Schwimmbad handelte es sich um ein altmodisch einfaches Hallenbad. Keine hundert Meter lange Riesenrutsche, kein Whirlpool, keine Südsee-Atmosphäre.

Im Becken herrschte bereits Betrieb, als wir eintraten. Laute Stimmen schallten durch die Halle, der Überlauf rauschte und einige Mädchen sprangen von den Startblöcken aus ins Wasser. Weiß-rote Schwimmleinen unterteilten das Becken in Bahnen.

Am linken Beckenrand stand Danner und ignorierte uns.

Eine Sekunde lang war ich abgelenkt, deshalb traf mich der Schreck im nächsten Augenblick unvorbereitet. Susanne Lehnert stand vor mir. In geblümten Badelatschen und einem – Minirock!?!?

Ich blinzelte entsetzt.

Tatsächlich trug sie ein blassgelbes Röckchen, das nicht mal die Hälfte ihrer Oberschenkel bedeckte. Es gewährte eine wirklich nicht sehenswerte Aussicht auf ihre dürren X-Beine und ich fragte mich, ob ich von unten im Wasser nicht mehr sehen musste, als mir lieb war.

Wen wollte die denn anmachen?

Oi!

In dem Moment, in dem mir die Frage durch den Kopf ging, kannte ich die Antwort.

Wie zum Teufel schaffte er das?

Noch einmal riskierte ich einen Blick zu Danner hinüber. Ohne Zweifel übte er irgendeine mysteriöse Anziehungskraft auf Frauen aus.

Der Grund dafür war in Lehnerts Fall möglicherweise nicht seine ätzende Art, überlegte ich, sondern die deutliche

Rückenmuskelpartie, die auch unter dem Shirt, das er heute trug, beim besten Willen nicht zu übersehen war.

»Lila! Schön, dass du da bist!«, trompetete Lehnert mir entgegen und warf ihr Becken zur Seite. »Hat Lena dir alles gezeigt?«

Sie erwartete keine Antwort.

»Wie gesagt, ich muss mich der Mannschaft widmen, die Landesmeisterschaften stehen noch bevor! Wir schwimmen zehn Bahnen Freistil zum Warmwerden! Auf, auf!«

Auf, auf?

Entweder hielt sie mich für schwerhörig oder sie flirtete schlechter als eine Zehnjährige.

Ich beeilte mich, auf den Startblock zu steigen.

Außer Lena befanden sich schon Carmen Montag und Sinja Steilen im Wasser, die in unsere Klasse gingen. Eine furchtbar dürre Russin namens Iefgenia war in unserer Parallelklasse, erklärte mir Lena, die anderen fünf stammten aus der Oberstufe.

Nach dem Warmschwimmen trainierte Lehnert mit dem Kader eine Staffel auf Zeit, während wir übrigen mit Schwimmbrettern den Kraulbeinschlag üben sollten. Ab und zu kam sie herüber, bückte sich und rief jemandem eine Korrektur zu – allerdings eher mit dem Ziel, Danner unter ihren Rock gucken zu lassen.

Ich kam ganz gut mit. Mit Schwimmen hatte ich unbeabsichtigt ein paar Punkte fürs Abi geholt, obwohl ich nie auf die Idee gekommen wäre, meine Freizeit für einen Verein zu opfern.

Eine knappe Stunde später standen wir unter der Dusche und ich schnorrte mir bei Lena Shampoo.

»Ist das nicht peinlich, wie die Lehnert sich an den Martens ranschmeißt?« Einen Fuß gegen den Schalter der Dusche gestellt, spülte ich den Schaum ab, ansonsten wäre der mickrige Wasserstrahl erstorben, noch bevor meine Hände meine Haare erreichten hätten.

»Meinst du echt, die ist scharf auf ihn?« Lena verzog das Gesicht, als hätte ich behauptet, jemand würde auf ihren Vater stehen. Wahrscheinlich war das auch ähnlich unvorstellbar für sie.

Nun ja, für mich nicht.

»Das hast du nicht gemerkt?« Ich wrang meine zusammengeknüllte Unterwäsche aus und wickelte mich in Danners Handtuch.

Lena dachte ungläubig über diese sehr unwahrscheinliche Möglichkeit nach.

Ach, Lena.

»Kann ich den Schrankschlüssel schon mitnehmen?« Ich hatte ihn bereits in der Hand.

»Klar, ich komme gleich nach.«

Die Umkleidekabine war leer.

Unsere Rucksäcke hatten wir übereinander in den Schrank gestopft. Ich zog Lenas Tasche heraus und stellte sie auf einer Plastikbank ab. Dabei purzelten ihre Socken, die sie einfach obendrauf geworfen hatte, auf den Boden. Ich stopfte die Strümpfe zurück und sah mir bei der Gelegenheit an, was sie sonst noch in ihrer Tasche hatte. Jeans, ein rosa Shirt für die Disco, Haarfön. Mein Blick fiel auf einen halb offenen Reißverschluss, aus dem der Griff einer Bürste und die geknickte Ecke eines Fotos ragten.

Ohne lange zu zögern, zog ich das Bild heraus.

Häh?

Verblüfft betrachtete ich die zerknitterte Aufnahme.

Im ersten Moment hatte ich es für ein Foto aus einem Katalog gehalten. Aber es zeigte Lena, eindeutig! Ihre langen, braunen Haare waren kunstvoll auf ihrer rechten Schulter arrangiert, das Make-up betonte Staschecks Kastanienaugen und, weil sie auf dem Bauch lag, war nicht zu übersehen, dass das Höschen ihres gelben Bikinis ein String war.

Was hatte denn das zu bedeuten?

Gerade noch rechtzeitig hörte ich Lenas tapsende Schritte auf den Fliesen.

Schnell schob ich das Foto in die Seitentasche meines eigenen Rucksacks.

»Sag mal, hast du einen Lippenstift dabei?«, fragte Lena und schleuderte ihr nasses Handtuch auf die Bank neben ihre Tasche.

»Gloss. Rosa, Water Shine.«

»Auch gut, kann ich mir das mal leihen?«

»Klar.«

Ich hatte noch nie eine Freundin, der ich mein Lipgloss hätte leihen können.

Ich toupierte Lena die unteren Haarpartien an und sie lieh mir Gel, damit ich meinen kinnlangen Blondschopf fransig stylen konnte.

Eine Viertelstunde später waren wir bereit für die Disco.

24.

Beim ›Bermuda3Eck‹ handelte es sich, wie Karo gesagt hatte, um ein ganzes Viertel in der Innenstadt, keine zehn Minuten vom Hauptbahnhof entfernt. Kneipen, Cafés, Pubs und Bistros drängten sich so dicht aneinander wie die gesunkenen Schiffe in dem geografischen Vorbild. Vom Kängurusteak bis hin zur Currywurst konnte man hier alles bekommen und sich wahrscheinlich wochenlang durchfressen, ohne zweimal das gleiche Restaurant besuchen zu müssen.

Das *Balu* machte einen recht ordentlichen Eindruck. Die Neonreklame über der Tür der Diskothek funktionierte, der Bürgersteig vor dem Eingang war sauber und ein rekordverdächtig oft gepiercter Türsteher tat so, als würde er die Kundschaft sortieren. Natürlich schickte er niemanden weg, denn um kurz vor neun am Freitagabend hatte das Geschäft noch gar nicht begonnen und man ließ jeden rein, der sich schon eine Cola bestellen durfte.

Drinnen flirteten eine blondierte Bedienung und ein solariumbrauner Barkeeper mit den kichernden Gästen, von denen die meisten um zehn zu Hause sein mussten. Bunte Discolichter zuckten über die Wände und DJ Ötzi grölte überlaut zum stampfenden Rhythmus der Bässe.

Ich seufzte. War ich wirklich schon so alt?

Karo und Franzi entdeckten wir an einem abgelegenen Tisch in der Ecke. Auch hier konnte man sich nur verstehen, wenn man sich anbrüllte.

Wie zu erwarten, trug Karo einen knatschengen Ledermini und pinkfarbene Stiefel, die ihr bis über die Knie reichten.

Franzi hatte ihre Locken mit bunten Clips hochgesteckt und trotz ihrer Hüftpfunde scheute sie sich nicht, eine Stretchjeans zu tragen. Was ihr ausgesprochen gut stand.

»Cab?«, begrüßte uns Karo und winkte mit einer leeren Flasche Cola-Bier.

Ich nickte, während mich Franzi zur Begrüßung umarmte.

Kurz und laut berichteten wir den beiden von Lehnerts peinlicher Baggerei.

»Die Alte vögelt doch jeden«, war Karos knapper Kommentar.

Als wir unseren Bericht beendet hatten, dröhnte direkt

über uns *Country Roads* aus dem Lautsprecher und augenblicklich war jede Unterhaltung unmöglich.

Karo machte ein Handzeichen.

Wir verstanden sofort: Tanzen? Na klar!

Ich nutzte die Gelegenheit, um schnell noch mein Cola-Bier auf dem Fußboden zu verteilen. Dann stürzte ich Karo, Lena und Franzi nach ins Getümmel.

Fünf Lieder später hatte sich Franzi rechts bei mir untergehakt, Lena links und wir hüpften im Sirtaki-Schritt im Kreis. Mein Shirt war durchgeschwitzt und mein Make-up sicher längst verschwunden. Obwohl ich einen griechischen Volkstanz zu einem Lied der Neuen deutschen Welle hopste, amüsierte ich mich. Ehrlich gesagt war ich sogar ein wenig enttäuscht, als die Musik verstummte und Lena und Franzi meine Arme losließen.

Atemlos kehrten wir zu unserem Tisch zurück. Lena setzte ihre Flasche an die Lippen und trank auf ex.

Im gleichen Moment stellte jemand mit einem Knall eine Bierflasche auf unseren Tisch: »Ich sehe wohl nicht richtig!«

Ein dunkelhaariger Junge stand neben mir. Er war ungefähr so alt wie ich, hatte eine modische Fransenfrisur, ein glatt rasiertes, kantiges Kinn und auf der Nase eine runde Brille mit schmalem Rand. Alles in allem nicht übel.

Er nahm Lena die Flasche weg.

»Bist du bescheuert, oder was?«, giftete Lena ihn an. »Ich bin sechzehn! Ich kann mir so viel Bier bestellen, wie ich will, du Arsch!«

»Willste auch noch 'ne Zigarette?«, fragte der Typ ironisch.

Karo stemmte die Hände in die Hüften: »Verpiss dich, Marc! Wenn wir rauchen wollen, lassen wir uns von einem scharfen Kellner eine Schachtel bringen.«

»Halt's Maul, Nutte!«

»Marc!« Lena schlug ihn auf den Oberarm. »Hau ab! Lass mich zufrieden!«

»Pass lieber auf, was dir deine tolle Freundin zu rauchen gibt!«, konterte er.

Verblüffend, wie schlecht Karos Ruf war – obwohl sie natürlich hart daran arbeitete. Aber nach den paar Tagen, die ich sie kannte, war ich mir ziemlich sicher, dass *Marlboro Lights* das Härteste war, was sie rauchte.

»Verpiss dich endlich!«, schrie Lena wütend.

Über uns dröhnte wieder die Musik los.

Der Junge nahm nicht nur seine eigene Flasche, sondern auch Lenas und verschwand.

»Wer war das denn?«, formte ich meine Frage mit den Lippen.

Lena deutete mit einer Kopfbewegung auf ein leuchtendes Schild, das den Weg zu den Toiletten wies.

Ich nickte.

Als die Tür hinter uns zufiel, konnten wir tatsächlich in einer fast normalen Lautstärke sprechen.

»War das dein Ex, oder was?«

»Der? Quatsch! Das ist der Sohn der Frau meines Vaters. Ignorier ihn einfach.«

Ich versuchte, das zu ordnen. »Dein Bruder also?«

»Das wär ja die Hölle! Nein, er ist der Sohn der Frau meines Vaters! Mein Vater ist ein echtes Arschloch, weißt du?«

Nein, bis jetzt fand ich ihn eigentlich ganz in Ordnung.

»Er hat meine Mutter und mich sitzen lassen, als ich elf war. Hatte eine andere. Kein Jahr später hat er wieder geheiratet – und nicht mal die, mit der er meine Mutter beschissen hat! Die Neue und ihre beiden Kinder sind sofort bei ihm eingezogen. Marc ist der Ältere, sein Bruder Christoph geht in die Neunte.«

Ich war sprachlos.

Wie dämlich war ich eigentlich? Wieso hatte ich Staschek nicht genauer nach seiner Familie gefragt? So passte alles zusammen!

Lena lebte nicht bei ihm und offensichtlich war sie vor allem wegen der Scheidung stinksauer auf ihn! Kein Wunder, dass Staschek so wenig über sie wusste. Kein Wunder, dass er einen Privatdetektiv anheuern musste, um etwas über sie zu erfahren. Sie selbst würde sich vermutlich eher *I love Mum* auf den Arsch tätowieren lassen, als mit ihm zu sprechen.

Ehrlich verblüfft ließ ich mich mit dem Rücken gegen die geflieste Wand kippen: »Das ist ja ein Hammer!«

»Na ja ...«

Sie wich meinem wütenden Blick aus, obwohl ich ja nicht sie umbringen wollte, sondern ihren Erzeuger, den Mistkerl!

»... eigentlich ist mein Vater nicht so schlimm, wie es klingt. Wir sehen uns ziemlich oft, am Wochenende bin ich meistens bei ihm und Verena – das ist seine Neue. Er hat immer noch ein schlechtes Gewissen, obwohl die Scheidung fünf Jahre her ist. Er verwöhnt mich ziemlich und will nicht kapieren, dass er das nicht wiedergutmachen kann!« Sie warf mir einen hilflosen Original-Staschek-Dackelblick zu.

Eigentlich fiel mir nicht ein einziger vernünftiger Grund ein, aus dem dieser kommunikationsunfähige Scheißkerl meine Hilfe verdient hätte.

Aber ich hatte eben ein weiches Herz. Und irgendwer musste ja versuchen, die Sache zurechtzubiegen, wenn Staschek selbst dazu nicht in der Lage war. Ich vergewisserte mich, dass alle sechs Klotüren offen standen.

»Mein Vater ...«, begann ich und merkte, dass meine Stimme heiser wurde, »... mein Vater hat mich verprügelt, seit ich denken kann.«

Lena erstarrte.

»Mit sechs lag ich das erste Mal im Krankenhaus, Schädelbasisbruch. Aber ich glaube, das war nur ein Versehen. Richtig schlimm wurde es, als ich es mir nicht mehr gefallen ließ. Mit zehn waren es drei Rippen, mit zwölf der rechte Arm, mit dreizehn noch zwei Rippen und mit fünfzehn der Kiefer. Die Stahlplatte ist noch drin.« Automatisch wanderten meine Finger über die blasse Narbe an meinem Kinn. »Die Gehirnerschütterungen habe ich nicht gezählt.«

Lena suchte nach Worten.

Ich betrachtete interessiert die Fliesen unter meinen Füßen.

»Deshalb seid ihr aus Hannover weggegangen, nicht wahr?«, flüsterte Lena plötzlich. »Deine Mutter hatte endlich den Mut, ihn zu verlassen, oder?«

Bevor ich es verhindern konnte, hatte ich sie angesehen. Ein heißer Schmerz drückte mir die Kehle zu, presste meinen Brustkorb zusammen und ließ mich nicht atmen.

»Ja«, krächzte ich schließlich. »Ja, es hat lange gedauert, aber sie hat es geschafft.«

Wie hatte Lena mir so nah kommen können?

Wann war das passiert?

Sie nahm mich in den Arm und strich mir tröstend über den Rücken. Dabei hätte doch ich diejenige sein sollen, die tröstete.

Eine Sekunde lang gab ich dem Gefühl nach und hielt still.

Vielleicht hätte sie wirklich meine Freundin werden können – wenn ich sie nicht von der ersten Sekunde an belogen hätte.

Hastig richtete ich mich auf und befreite mich aus ihrem Griff. »Schon gut!«

Ich drehte mich zum Spiegel, um die unter meinen Augen verlaufene Wimperntusche wegzuwischen.

»Ich wollte damit nur sagen, dass keine Scheidung auch Scheiße sein kann.«

Lena nickte nachdenklich.

25.

Nach dem Gespräch auf dem Klo wollte keine richtige Stimmung mehr aufkommen. Gegen halb elf rief Lena Staschek an, damit er uns abholte.

Staschek musterte kurz meinen Aufzug, ließ mich dann vorn einsteigen und die drei Mädels auf die Rückbank rutschen. Er fragte mich, wo ich hinmusste.

Ich sagte nur »Richtung Stahlhausen«, weil zumindest Lena vielleicht Danners Adresse kannte.

»Dann mach ich am besten erst die Runde und lasse dich als Letzte raus. In Ordnung?«, schlug Staschek vor.

Lena klopfte mir von hinten auf die Schulter: »Du kannst ruhig mit ihm mitfahren, er ist 'n Bulle.«

»Ach, tatsächlich?«, staunte ich grinsend.

Staschek biss sich auf die Unterlippe.

Zuerst ließ er Franzi aussteigen, dann setzte er Karo vor einem klotzartigen Wohnsilo ab und zum Schluss hielt er vor einem modernen Mietshaus.

»Kommst du morgen zum Mittag, Schatz?«, fragte er Lena beim Aussteigen.

Lena nickte gähnend und schlug die Tür zu.

Staschek fuhr wieder los. »Und?«

Wortlos warf ich ihm einen bösen Blick zu.

»Hallo? Lenny an Lila! Wie war's? Hast du was rausgefunden?«

»Du meinst, außer der Tatsache, dass du geschieden bist,

weil du deine Frau betrogen hast? Dass Lena nicht bei dir wohnt und deshalb schon seit Jahren sauer auf dich ist? Und dass du mir kein Wort davon gesagt hast, du Arsch?«

»Oh.«

»Wäre es so schwer gewesen, euer kleines Problem ein bisschen genauer zu erklären? ›Sie ist zurzeit schwierig‹ war dann doch etwas knapp!«, giftete ich.

»Das hätte ich machen sollen«, gab er zerknirscht zu. »Sorry.« Er sah mich mit dem gleichen Dackelblick an wie Lena vorhin.

Ich seufzte. »Morgen wird Lena etwas aufgeschlossener zu dir sein, schätze ich.«

»Wie meinst du das?« Staschek trat vor Molles Kneipe auf die Bremse. »Was hast du ihr erzählt?«

»Lass dich überraschen.«

Staschek folgte mir in die Kneipe.

Molle quatschte mit dem letzten Stammgast und Danner saß mit Bier und Zeitung am Tisch an der Theke. Anscheinend hatte er auf uns gewartet.

Ich setzte mich neben ihn, Staschek gegenüber.

Staschek zog zwei gefaltete DIN-A4-Zettel aus der Manteltasche und warf sie Danner hin: »Auftrag erledigt, Boss.«

Ach ja, Staschek hatte ja mit Jendrick reden sollen.

Danner faltete die Zettel auseinander und warf einen Blick drauf: »Und?«

Molle stellte Staschek ein Bier hin und mir einen Tee mit Zitrone.

»Der Junge tickt nicht richtig, wenn du mich fragst. Oder der ist auf Drogen, keine Ahnung. Jedenfalls hat er keine Miene verzogen, als ich vor der Tür stand. Mein Polizeiausweis hat ihn total kaltgelassen oder er hat überhaupt nicht begriffen, was los war. Erst dachte ich, der hat gewusst, dass ich komme, aber ich glaube, der ist einfach pathologisch lahmarschig. Ich musste ihm wirklich jedes Wort aus der Nase ziehen.«

Das konnte ich mir vorstellen.

»Und seine Bude ist echt gruselig!«, fuhr Staschek fort. »Er wohnt über der Garage seiner Eltern, und wenn du mich fragst, haben seine Alten seit Jahren keinen Fuß in die Butze gesetzt. Der Müll liegt meterhoch und der ist noch nicht achtzehn, das ist ein Fall fürs Jugendamt. Aber jetzt der Hammer: Neben dem Bett steht ein Foto von Eva!«

Bingo!

»Er hat es auch gar nicht abgestritten, sagt, er wäre schon lange in Eva verliebt gewesen und sie auch in ihn, sie habe ihn nur zappeln lassen. Er hat kein Alibi, behauptet, er wäre an dem Nachmittag mit allen anderen zusammen aus der Klasse gegangen, gleich nach Hause gefahren – Fahrrad – und hätte sich auf dem Weg bei McDonald's noch ein paar Chicken McNuggets besorgt.«

Danner faltete die Zettel, auf die Staschek seinen Bericht geschrieben hatte, nachdenklich zusammen.

»Und was jetzt?«, fragte ich ungeduldig.

Staschek zuckte die Schultern: »Meine Kollegen werden ihn nicht überprüfen. Die glauben an Suizid. Und sie haben recht, man kann niemanden festnehmen, nur weil er unglücklich verliebt war.«

»Er hat sie bespannert!«, korrigierte ich bissig.

»Wir checken sein Alibi«, beschloss Danner. »Besser gesagt, *du* machst das, Lila. Morgen Abend fragst du Lena, Karo und Franzi, ob sie sich daran erinnern können, dass Jendrick vor Evas Tod die Klasse verlassen hat. Und ich hol mir bei Gelegenheit mal wieder 'n Cheeseburger.«

Eine halbe Stunde später war auch der letzte Gast gegangen. Ich half Molle noch, die Kneipe aufzuräumen, während sich Staschek verabschiedete und Danner nach oben verschwand.

Als ich bald darauf die Wohnungstür hinter mir schloss, saß Danner schon in Shorts und T-Shirt auf dem Sofa und zappte durchs Nachtprogramm. Ich ließ mich neben ihm auf die Polster plumpsen und legte meine hochhackigen Stiefel neben seine behaarten Beine auf den Couchtisch. Dann zog ich Lenas Foto aus der Tasche und hielt es ihm hin.

Erstaunt nahm er die Füße vom Tisch. »Häh?«

Das war ja auch mein erster Gedanke gewesen.

Aber im Gegensatz zu mir dachte er sofort weiter: »Hast du das Lenny gezeigt?«

»Hast du ihn vor Schreck tot umfallen sehen?«, verneinte ich.

»Okay.« Danner rieb sich die Stirn. »Das muss ich ihm schonend beibringen. Und am besten erst, wenn ich eine Ahnung habe, was das mit unserem Fall zu tun hat. Vielleicht haben Lena und Eva die Bilder gemeinsam machen lassen? Oder noch besser für Lennys Gesundheitszustand: Vielleicht haben sie sich gegenseitig fotografiert!?«

Er sah mich an. »Du bist doch die Expertin! Machen Sechzehnjährige so was, wenn sie sich langweilen?«

Ich zuckte die Schultern: »Keine Ahnung. Ich hätte mich jedenfalls nicht von meiner besten Freundin ablichten lassen, sondern von dem zugekifften Kunststudenten, mit dem ich schlafe. Und sicher hätte ich keinen Badeanzug getragen. Außerdem hast du gesagt, die Fotos hat ein Profi gemacht.«

»Schade.«

Danner stand auf und ließ das Foto in dem Umschlag im Schreibtisch verschwinden, in dem sich auch die Aufnahme von Eva befand.

Ich ergriff die Gelegenheit, rollte mich in meine Decke ein und schnappte mir die Fernbedienung. Danner setzte sich wieder neben mich und ich lehnte meinen schweren Kopf gegen die zerschlissene Lehne.

Das Cola-Bier-Gemisch ließ das Sofa unter mir leicht schaukeln, dabei hatte ich das meiste davon auf den Boden gekippt. Ich war Alkohol nicht mehr gewohnt. Ich schloss die Augen und genoss das Gefühl, mit dem sich der Raum um mich herum drehte.

Nur einen Augenblick.

Dann war ich eingeschlafen.

Ich träumte von Danner, der mir die Stiefel auszog, mich unter Beinen und Schultern griff und aufs Sofa legte. Viel zu deutlich konnte ich spüren, wie er mir eine vom Haargel verklebte Strähne aus dem Gesicht strich.

Bei Gelegenheit musste ich mir mal Gedanken über diesen Traum machen …

26.

Am nächsten Morgen weckte mich ein an Selbstüberschätzung leidender Spatz. Er hockte auf der Fensterbank in der strahlenden Herbstsonne und schmetterte einen Weckruf, als hielte er sich für einen Hahn.

Es war bereits nach zehn!

Meine Haare standen durch die Verbindung von Festiger und Chlor wie Stroh von meinem Kopf ab und die Decke hatte sich um meine Beine gewickelt. Mühsam strampelte ich mich frei und registrierte, dass ich meine Stiefel nicht mehr trug.

Danner war weg.

Um richtig wach zu werden, duschte ich heiß und entfernte die Make-up-Reste von meinem Gesicht. Dann schlüpfte ich in meine älteste Jeans und meinen sehr schlabberigen Rolli mit den aufgenähten lila Blumen.

Barfuß schlich ich die Treppe hinunter zu Molle, um ein Frühstück zu schnorren.

Der Dicke saß am Tisch, auf dem noch Danners bekrümeltes Gedeck stand, und blätterte in der BILD-Zeitung. Ohne aufzusehen, schob er mir die Kaffeekanne und einen noch sauberen Becher hin.

Ich klemmte meine nackten Füße unter mein Hinterteil und schnappte mir ein Brötchen und Danners benutzten Teller: »Wo ist er?«

»Arbeiten«, brummelte Molle. »Will Lenny vor einem Herzstillstand bewahren oder so.«

Aha. Danner kümmerte sich um Lenas Foto.

»Und was machst du heute Morgen?«, fragte ich, während ich das Brötchen fingerdick mit Nutella bestrich.

»Einkaufen. Und du?«

»Einkaufen.«

Er sah flüchtig von einem Artikel über Michael Jacksons Nase auf: »Was für ein Zufall. Hast du Geld?«

Ich winkte mit den zweihundert Euro, die Danner mir gegeben hatte: »Ich brauche ein Kleid für den Polizeiball.«

Molle pfiff durch die Zähne: »Erzähl mir nicht, er geht hin?!«

Ich grinste.

»Das glaub ich dir erst, wenn er im Anzug die Treppe runterkommt! Eher zahlt der seine Miete! Lenny glaubt doch, dass die Schlampe jetzt mit dem Polizeipräsidenten schläft.«

Das hatte ich auch schon gehört. »Ist das eigentlich ihr

Nachname, steht das so an ihrem Büro? Klara die Schlampe, Leiterin der Kriminalpolizei?«

Molle nickte ziemlich ernsthaft.

»Ich kann's kaum erwarten, sie kennenzulernen!«, stellte ich fest. »Sie muss ja wirklich zum Kotzen sein. Warum ist er nicht bei ihr geblieben, wenn sie so gut zu ihm gepasst hat?«

»Oh, sie hat ihn um Längen übertroffen. Das kann er nicht vertragen.«

Das ließ mich stutzen. »Kennst du sie etwa? Wie lange ist es her, dass er was mit ihr hatte?«

»Ach«, schüttelte Molle den Kopf, »die Sache ist schon ewig her und ich merke mir nicht jede seiner Bettgeschichten. Aber Klara ist doch ein spezieller Fall. Sie hat Danner seitdem bestimmt zwei Dutzend Mal angezeigt. Die Bullen bleiben mittlerweile schon auf ein Bier, wenn sie uns mal wieder einen Besuch abstatten müssen.«

»Angezeigt? Weswegen?«

Molle zuckte die Schultern: »Alles Mögliche.«

Gespannt rutschte ich auf meinem Stuhl hin und her.

»Na schön, bevor du platzt vor Neugier: Waffenbesitz, Beamtenbeleidigung, Körperverletzung, Hausfriedensbruch, Entwenden vertraulicher Dokumente, Diebstahl, Erpressung, Nötigung, Falschparken und alles, was dir sonst noch einfällt. Sie hasst es sowieso, wenn sich Privatdetektive in die Polizeiarbeit einmischen, aber mit Danner führt sie einen regelrechten Krieg.«

Nachdem Molle und ich den Samstagmorgen bei *C&A* in der Abteilung für Abendkleider verbracht hatten, warf der Dicke ein paar Schnitzel in die Pfanne und ich machte Salat dazu.

Als wir das Essen in die Kneipe trugen, blätterte Danner in Molles Zeitung.

»Und?«, erkundigte ich mich nach dem Stand unserer Ermittlungen.

»Hab ein paar Mädels aus der Schwimmmannschaft besucht und gefragt, ob sie mal Fotos gemacht haben.«

»Und wieso interessiert das ihren Sportlehrer?«, wollte ich wissen.

»Der Schulleitung ist zu Ohren gekommen, dass jemand Mädchen beim Schwimmtraining anspricht. Unter dem Vorwand Models für Modefotos zu suchen.«

Gut gelogen.

»Was für Fotos?«, fragte Molle, bevor er Danner ein Schnitzel auf den Teller legte.

Danner winkte ab: »Keine Ahnung, ob das eine Spur ist. Wir haben bei dem toten Mädchen professionelle Bilder gefunden.«

Lena hätte ich an seiner Stelle auch nicht erwähnt. »Und?«

»Sinja Steilen hat Aktfotos für ihren Freund machen lassen. Beim *Fotoshop Gerhard* in der Innenstadt. Die speichern alle Fotos fünf Jahre lang auf Diskette, wegen möglicher Nachbestellungen. Eva war definitiv nicht dort. Carmen Montag und Jasmina Mattasch haben nur ein paar brave Porträts an ihre Eltern verschenkt. Fehlt noch diese Russin, Iefgenia Antonczyk.«

»Ja?« Ein ovales Frauengesicht mit verquollenen, roten Augen schaute durch den Spalt der mit einer Kette gesicherten Tür.

»Frau Antonczyk?«

Die Frau nickte.

»Wir suchen Ihre Tochter. Iefgenia. Ist sie da?«

»Iefgenia in Schwimmbad«, verneinte die Frau in miserablem Deutsch und wollte die Tür sofort wieder zudrücken.

Danner verhinderte das mit einer schnellen Handbewegung: »Können wir Sie dann einen Augenblick sprechen?«

»Ich nix gut Deutsch«, schüttelte die Frau den Kopf und versuchte wieder, uns auszusperren.

Doch Danner hatte schon seinen Fuß in den Türspalt gestellt. »Staschek, Kriminalpolizei«, sagte er und hielt der Frau einen Plastikausweis unter die Nase. »Das ist meine Kollegin Simanowski.«

Verblüfft sah ich auf, denn eigentlich war abgesprochen gewesen, mich als Schülerin vorzustellen, die ihren Lehrer auf die Modelangebote in der Schwimmhalle aufmerksam gemacht hatte.

Schnell straffte ich meine Haltung und überprüfte kurz, ob der Reißverschluss meiner Jacke so weit zugezogen war, dass man die lila Blumen auf meinem Pulli nicht sehen konnte.

»Können wir reinkommen?«

Die Frau brüllte etwas Russisches in die Wohnung.

Eine Männerstimme brüllte zurück.

Sie schob die Kette zur Seite und ließ uns herein.

Wir standen in einem winzigen Flur, den eigentlich die Russin allein schon komplett ausfüllte. Von diesem Flur aus führten vier schmale Türen in die verschiedenen Zimmer der engen Wohnung.

Ein übergewichtiger Mann mit einer breiten Nase, dünnem Haar und mongolischen Gesichtszügen steckte den Kopf aus dem Wohnzimmer: »Was Sie wollen?«

Er trug Latschen und einen fleckigen Jogginganzug.

Danner hielt auch ihm den Polizeiausweis hin. »Es geht um Ihre Tochter Iefgenia. An der Schule wurden Mädchen angesprochen, ob sie Fotos machen lassen wollen.«

»Schule? Ich nix weiß von Schule! Frau kümmern sich um Kinder«, grollte der Mann und verschwand wieder.

Danner sah die Frau abwartend an. Die zuckte die Schultern und ging in die Küche.

Während Danner ihr folgte, warf ich einen Blick ins Wohnzimmer. Der Russe herrschte bereits wieder über die Fernbedienung. Neben ihm lümmelten sich zwei jüngere Ausgaben seiner selbst, mit mehr Haaren und weniger Bauch und einem Dosenbier von Aldi in der Hand auf dem Sofa. Und auf einem schmutzigen Perserteppich bemühten sich zwei weitere, kleinere Jungen nach Kräften, den Vater nachzuäffen.

Ich hörte Danner mit Iefgenias Mutter sprechen.

Mein Blick fiel in ein enges Zimmer gegenüber der Küche. Ein Stockbett stand an der Wand, ein alter Schrank gegenüber. Es gab ein paar Kuscheltiere und ein paar Poster. Auf dem oberen Bett blätterte ein Mädchen in einer Modezeitung, die wohl eher ihrer großen Schwester gehörte. Das Mädchen war höchstens sechs, hatte vorstehende Schneidezähne und zwei dicke, blonde Zöpfe.

Sie hatte mich entdeckt und musterte mich misstrauisch.

»Hallo!«, sagte ich. »Ich heiße Lila und du?«

»Maria.«

»Ich wollte eigentlich deine Schwester besuchen«, erklärte ich und trat an das Bett. »Aber die ist beim Schwimmen. Sie geht oft schwimmen, oder?«

Maria nickte: »Sie wird damit berühmt. Dann kriegen wir viel Geld und eine Wohnung mit großen Zimmern.«

»Das wird sicher schön.«

Maria sprach ein deutlich besseres Deutsch als ihre Eltern.

Ich warf einen Blick auf die Zeitung. Heidi Klum warb für Douglas. »Die Frauen auf den Bildern sind sehr schön, nicht wahr? Ist deine Schwester auch so hübsch?«

Die Kleine wiegte nachdenklich den Kopf hin und her: »Nicht so wie Heidi, eher wie Kate Moss.«

»Du kennst dich aber gut aus«, lachte ich. »Willst du selber mal Model werden?«

Sie runzelte beinahe böse die Stirn: »Wenn ich dir ein Geheimnis sage, dann darfst du es nicht verraten!«

Ich hob zwei Finger: »Ich schwöre!«

»Ieffi ist schon ein echtes Model.«

»Wirklich?«

»Sie hat ganz viele tolle Fotos und bald kriegt sie einen Job und verdient viel Geld.«

Ich runzelte die Stirn.

»Ich schwöre«, versicherte Maria eifrig. »Guck mal!«

Sie sprang vom Bett, lief zu dem schmalen Fenster und stemmte die marmorne Fensterbank in die Höhe. Schnell griff ich zu und half ihr. Die Kleine zog eine dünne Plastikmappe darunter hervor.

Die Mappe war voller Fotos. Sie zeigten das magere Mädchen vom Schwimmtraining. Hastig blätterte ich die Aufnahmen durch. Ein paar Fotos in Jeans und T-Shirt, Badeanzug und – oha! – Spitzendessous!

»Mamuschka und Papa dürfen nichts wissen«, verriet mir Maria flüsternd, als ihr Vater und Danner im Flur laut wurden.

»Kann ich mir denken.«

Schnell schoben wir die Mappe wieder unter die Fensterbank, dabei ließ ich ein Bild, das Iefgenia im schwarzen Bikini zeigte, im Ärmel verschwinden.

»Danke schön, Maria! Ich muss jetzt gehen.«

Sie winkte mir nach.

Danner war schon an der Tür. Der Russe warf mir einen wütenden Blick zu, als er mich aus Marias Zimmer kommen sah.

Ich folgte Danner hinaus.

Die Schrottschüssel parkte vor dem schäbigen Wohnkomplex in zweiter Reihe.

»Du hast einen gefälschten Polizeiausweis?«, erkundigte ich mich beim Einsteigen.

Danner schüttelte den Kopf. »Seit die Schlampe mich filzen lässt, wenn sie mich erwischt, trage ich so was nur ungern mit mir herum.«

»Und was war das dann gerade?«

Grinsend hielt er mir die Plastikkarte hin. Auf dem Passbild lächelte mich Staschek an.

»Samstags braucht er ihn nicht, schätze ich.«

Danner wollte den Wagen starten.

Ich hielt ihm das Foto von Iefgenia unter die Nase.

»Die Sache betrifft also nicht nur Eva und Lena«, schlussfolgerte ich sachlich. »Iefgenia hat eine ganze Mappe voll solcher Fotos. Sie will anscheinend wirklich als Model Karriere machen.«

Danner trommelte mit den Fingern aufs Lenkrad. »Und irgendjemand scheint ihr dabei zu helfen.«

27.

Inzwischen war es später Nachmittag. Um sieben war ich mit Lena, Karo und Franzi bei Staschek verabredet. Zum *Schuh des Manitu.*

Ich duschte, tauschte meinen extravaganten Strickrolli gegen einen schlichteren, weißen Pullover, den ich mir heute Morgen bei *C&A* geleistet hatte.

Danner fuhr mich hin. Allerdings hielt er ein Stück von Stascheks gepflegter Doppelhaushälfte entfernt.

»Von hier aus gehst du besser zu Fuß«, fand er. »Dir müsste schon eine gute Erklärung einfallen, wenn Lena dich aus dem Auto deines Sportlehrers steigen sieht.«

»Nichts leichter als das«, angelte ich mal wieder ein bisschen.

»Ach, wirklich?«

»Ich würde behaupten, du hättest ein Verhältnis mit meiner Mutter.«

»Hau bloß ab!«, schnauzte Danner. »Und um zwölf bist du zu Hause, sonst setzt es was!«

»Schon gut«, lachte ich. »Ich würde sagen, du hättest ein Verhältnis mit mir, zufrieden?«

Ohne abzuwarten, bis ich die Tür zugeschlagen hatte, gab er Gas.

Es war Viertel nach sieben, als ich klingelte.

Erstaunt sah ich auf, als mir der Junge aus der Disco öffnete. »Ach ja«, erinnerte ich mich, »du wohnst ja auch hier.«

»Die Weiber sind schon alle im Keller.« Er deutete auf eine Treppe, die nach unten führte. »Deine Jacke kannst du da aufhängen.«

Unter den überfüllten Garderobenhaken standen klobige Stiefel, die nur Karo gehören konnten.

»Wer ist da, Marc?« Eine Frau steckte den Kopf in den Flur.

Sie war größer als ich, Mitte vierzig. Ein beneidenswert dicker, schwarzer Zopf reichte ihr bis an die runden Hüften. Ihr Gesicht wirkte ebenfalls rundlich, doch die hohen Knochen der geröteten Wangen hätten ihr einen klassisch schönen Zug verleihen können, hätte sie nicht auch noch das T-Shirt stramm in ihre ohnehin schon viel zu praktischen Hausfrauenjeans gestopft.

Sie musterte mich neugierig.

»Hallo, ich bin Lila!« Ich hängte meine Cordjacke an die

Garderobe, rückte meinen ungewohnt kurzen Pulli zurecht und hielt der Frau die Hand hin.

Sie wischte sich die Finger an der Hose ab.

Auf Anhieb war sie mir sympathisch.

Staschecks Gesicht erschien oberhalb ihrer Schulter, als sie mir die Hand schüttelte.

»Das ist Lila, Schatz. Lenas neue Freundin, ich hab sie gestern nach Hause gefahren.«

»Hallo, Herr Staschek.« Ich reichte ihm ebenfalls die Hand.

»Marc, hilf mir bei den Dips«, kommandierte Staschecks Frau ihren Sohn ab.

»Nur wenn ich die Hälfte abkriege.«

»Vergiss es!«

»Dann krieg ich dein Auto, Lenny.«

»Vergiss es!«

Genervt trottete der Junge seiner Mutter hinterher in die Küche.

Ich blieb allein mit Staschek im Flur zurück. Ehe ich mich versah, legte er mir einen Arm um die Schultern und küsste mich auf die Wange: »Was immer du mit Lena angestellt hast, es hat gewirkt! Sie ist beängstigend nett zu mir. Danke.«

»Kostet nicht mal extra. Familientherapie ist in meinem Gehalt mit drin.« Ich hielt ihm seinen Polizeiausweis hin.

Sofort ließ er mich los und riss mir die Karte aus der Hand. »Irgendwann sperre ich ihn dafür mal ein!«, motzte er und ließ die Karte in seiner Hosentasche verschwinden. »Treppe runter, zweite Tür links.«

Als ich den geräumigen Partykeller betrat, hatten Karo, Lena und Franzi es sich bereits auf zwei durchgesessenen, grünen Sofas bequem gemacht. Die Wände leuchteten in warmem Gelb, die alten, mannshohen Boxen einer Musikanlage standen in den Ecken des Raumes verteilt und an der

Wand hing ein Flachbildfernseher. Auf einem *IKEA*-Tischchen aus hellem Pressholz standen zwei Packungen Toffifee.

»Nette Bude!« Ich drehte mich einmal um mich selbst.

»Hm, hier kann man ganz gut sitzen«, winkte Lena ab.

Staschеks Frau kam herein und stellte ein Tablett mit in Streifen geschnittenen Möhren, Gurken und Paprika in allen Farben auf den Tisch. Dazu Zaziki und einen Zwiebeldip.

»Heißt sie jetzt eigentlich auch Staschek wie du?«, flüsterte ich Lena zu, als wir wieder unter uns waren. »Ich wusste eben gar nicht, wie ich sie ansprechen sollte.«

»Hat sie dich etwa im Flur abgefangen?«, brauste Lena auf. »Ich hab ihr schon hundert Mal gesagt, dass meine Freundinnen keine zweiköpfigen Ungeheuer sind, die man anstarrt, wenn man sie mal zu Gesicht bekommt!«

Es dauerte einen Moment, bis sie sich an meine Frage erinnerte: »Sie heißt Seifert-Staschek. Verena Seifert-Staschek. Marc und Christoph heißen ja noch Seifert.«

Karo reichte mir Prosecco in einem Plastikbecher und Lena schaltete den Fernseher ein.

Als das Pferd im Film kurz darauf das erste Mal kotzte, war mein Becher bereits leer. Ich spürte die Wirkung des Alkohols, doch ich konnte das Zeug ja schlecht auf dem Teppich auskippen. Ich musste aufpassen.

Als Karo mir nachschenkte, ließ ich den Prosecco erst mal stehen. Doch weil Karo jedes Mal, bevor sie selbst trank, ihren Becher gegen meinen tickte, hatte ich, als Abahatschi und Ranger in den Sonnenuntergang ritten, genau wie die anderen eine gute Dreiviertelflasche intus. Und möglicherweise war ich diejenige, die das Zeug am wenigsten vertrug.

»Und?«, fragte mich Franzi, als sie die nächste Flasche öffnete und Lena den Fernseher ausschaltete. »Was war bei dir heute los?«

Ich nahm ein Stück Paprika und dippte es in den Quark: »Nix Besonderes. War mit meiner Mutter shoppen.« Eine Lüge der bewährten Dicht-an-der-Wahrheit-Methode, denn Molle war zweifellos mütterlicher, als meine eigene Mutter es je werden würde.

»Kann uns Marc nicht noch ein paar Dips bringen?«, schlug Karo grinsend vor. »Er ist ja echt niedlich, solange er mich nicht gerade eine Nutte nennt!«

»Ja, er ist ganz lecker«, stimmte ich zu.

Lena verzog das Gesicht, als müsste sie würgen.

»He, ich hab ihn zuerst gesehen, ist das klar?«, mischte sich Franzi ein.

»Das stimmt! Franzi ist schon seit zwei Jahren in Marc verknallt«, klärte mich Lena schadenfroh auf.

»Dann will ich ihn nicht«, verzichtete ich lachend.

»So leicht gibst du auf?«, zwinkerte Lena. »Gefällt dir was nicht an ihm?«

»Er ist schon okay, aber ich hab im Moment eh keinen Bock drauf«, winkte ich ab.

Lena kniff die Augen zusammen: »Du hast was anderes am Laufen! Wer ist es?«

Erstaunt sah ich auf. Hatte das wirklich so geklungen?

Hatte es.

Erstaunlich, dass Lena eher begriffen hatte, was ich da sagte, als ich selbst. So naiv sie manchmal war, ein oder zwei Polizistengene musste sie von ihrem Daddy abbekommen haben.

Abwehrend hob ich die Hände: »Das habe ich nicht gesagt! Ich bin gerade eine Woche hier, ich will mich nicht gleich dem Erstbesten an den Hals schmeißen!«

»Wer ist es?«, bohrte Lena weiter. »Kennen wir ihn?«

»Geht er aufs Otti-Baader?«

Wenn ich da wieder rauskommen wollte, musste ich ihnen eine gute Geschichte liefern.

Die konnten sie kriegen.

»Schon gut!« Ich setzte mich auf. »Er heißt Flo, ist zwanzig Jahre alt, wohnt in Hannover. Er ist eins dreiundachtzig groß, achtundsiebzig Kilo schwer, hat mittelblondes, kurzes Haar und Schuhgröße dreiundvierzig. Er studiert Medizin und Kunst im Wechsel. Und gerade jetzt sitzt er bei einem Auftritt von Michael Mittermeier und ich hier bei euch. Da kann also nicht viel draus werden.«

Franzi lehnte bedauernd den Kopf an die Sofalehne.

»Da würde ich die Finger von lassen«, riet mir Karo. »Der kann ja mit sonst wem rummachen, wenn ihr euch nur einmal im Monat seht!«

Ich seufzte.

»Karo, du blöde Kuh! Pack dir an die eigene Nase!«, schimpfte Lena und legte mir einen Arm um die Schultern.

Ich zuckte nicht zusammen.

»Details bitte! Wie hast du ihn kennengelernt?«

Lena nahm mich vor Karo in Schutz.

Und ich nutzte die Gelegenheit, um ihr die nächste Lüge aufzutischen?

Gott, war ich abartig.

»Wie gesagt, er studiert Kunst und ich –« Ich verbarg das Gesicht in den Händen. »Ihr dürft nicht lachen, versprochen?«

»Tust du ja selbst!«, feixte Franziska.

»Los, raus damit!«, drängelte Lena.

»Ich hab Modell gesessen, für die Kunsthochschule. Bringt ein bisschen Kohle.«

»Du hast was?«

»Nackt?«, kam Karo sofort auf den Punkt.

»Nicht nur.«

»Was heißt ›nicht nur‹? Nackt oder nicht nackt?«

»Na ja, wenn ein Porträt gezeichnet wird, brauchen sie nur dein Gesicht. Bei einem Akt wollen sie den Rest auch sehen.«

»Einen Akt?«, quietschte Franziska halb empört und halb begeistert.

»Ich habe natürlich behauptet, ich wäre achtzehn, sonst nehmen die einen nicht«, lieferte ich ein paar Details.

»Und das haben sie dir abgenommen?« Karo runzelte skeptisch die Stirn.

»Ich glaube, der Prof hat gekifft.«

Lena lag auf dem Rücken vor Lachen.

Weiter im Text.

»Manchmal haben sie auch Fotocollagen gemacht und einmal bin ich für den Modedesign-Kurs als Model über den Laufsteg gegangen. Das war echt geil.«

Lena hörte auf zu lachen. Karo warf ihr einen Blick zu. Keine von beiden sagte ein Wort.

»Eines Nachts hat Flo eine Leinwand vor unserer Haustür aufgebaut«, fuhr ich fort. »Eine lebensgroße Zeichnung von mir – natürlich nackt! Ich dachte, mein Vater platzt vor Wut!«

Lena musterte mich besorgt, doch ich sprach weiter, als hätte ich es nicht bemerkt: »Nach der Aktion konnte ich Flo nicht länger abblitzen lassen.«

Karos Blick war bewundernd. Franzi dagegen sah etwa so begeistert aus, als hätte ich vor ihren Augen einen Frosch verspeist. Lenas Miene blieb undurchdringlich.

»Okay«, nickte Karo, »mit dem wäre ich auch ins Bett gegangen.«

Sie öffnete die nächste Flasche und ich beschloss, zu einem Thema zu wechseln, das weniger Konzentration erforderte.

Natürlich hatte ich nichts über die Fotos herausgefunden und nach Jendricks Alibi hatte ich auch nicht gefragt. Aber nach dem nächsten Prosecco verplapperte ich mich womöglich ernsthaft.

»Apropos ins Bett steigen«, lenkte ich also das Gespräch in eine andere Richtung. »Wie ist der aktuelle Stand?«

Karo begann zu grinsen: »Ob wir es schon mal gemacht haben? Mein Lieblingsthema. Was ist mit dir?«

»Kneif nicht, ich hab zuerst gefragt!«

»Na schön. Wer fängt an, Freunde?«

Franzi winkte ab: »Ich mach's kurz! Ich bin noch Jungfrau und bleibe es, bis der Richtige auftaucht.«

Ich stand auf und verbeugte mich vor ihr. »Du gibst mir den Glauben an die Mädchen von heute zurück.«

Franzi kicherte.

Ich ließ mich wieder neben Lena aufs Sofa fallen: »Und was ist mit dir?«

Lena verhakte ihre Daumen ineinander: »Lass Karo weitermachen, das ist spannender.«

Diesmal war ich es, die ihr einen Arm um die Schultern legte: »Sag nicht, du bist auch noch Jungfrau?!«

»Nein!« Lena seufzte. »Na schön: Mario Wache. Du weißt schon, der Typ vom Schwimmen gestern.«

Es dauerte nur eine Sekunde, bis mein Gehirn den Namen mit dem schönen Blonden an der Kasse verband.

Ich hatte doch gewusst, dass da was lief!

»Letztes Jahr nach der Sommerparty am See«, fuhr Lena fort. »Sektgläser, Sternenhimmel, Strand, es war richtig romantisch. Genau so, wie's sein soll, schätze ich.«

»Echt?«

Sie nickte.

»Und warum ist Schluss?«

»Er hatte eine Freundin damals«, murmelte Lena undeutlich.

Mein Mund ging auf und wieder zu.

Ausgerechnet Lena hätte ich das nicht zugetraut.

»Und seitdem hatte er noch fünfzehn andere Freundinnen«, ergänzte Karo. »Mehr als ein netter Fick ist mit dem Aufreißer nicht drin.«

Lena warf ihr einen wütenden Blick zu.

Karo zuckte die Schultern: »Aber vielleicht hast du Glück und die Gelegenheit ergibt sich noch mal. Wenn er die Oberstufe durchhat, fängt er vielleicht wieder von vorn an.«

Das ging zu weit! »Was ist mit dir?«, forderte ich Karo heraus.

Sie trank den Rest Prosecco aus der Flasche. »Olli van Borgen. Im Auto seines Vaters. Er war achtzehn, ich vierzehn.« Sie schüttelte gedankenverloren den Kopf. »War echt scheiße, ich hab die ganze Nacht geheult. Hab mich überreden lassen, kein Kondom zu benutzen, ich blöde Kuh! Hatte ich einen Schiss, dass ich schwanger wäre oder Aids kriegte. Hab aber Schwein gehabt.«

Ich nickte.

»Danach kam Orkan …«

»Orkan?« Auch der Name kam mir bekannt vor.

»Ganz recht, das türkische Abziehbild von unserem Freund Mario«, half Karo mir auf die Sprünge. »Aber das lief nur ein paar Wochen. Danach hatte ich erst mal die Nase voll, bis Jack auftauchte. Jack lebt in London. Er war in der Neunten für ein Jahr als Austauschschüler hier. Wir waren so ziemlich die ganze Zeit zusammen. Seit August ist er wieder drüben, aber ich war in den Herbstferien da und Silvester will er herkommen.«

Verblüfft ließ ich die Schultern sinken: »Du hast einen festen Freund?!«

Heute Abend gab es ja jede Menge Überraschungen!

Im nächsten Moment merkte ich, dass mich alle drei abwartend ansahen. Ich überlegte kurz. Wie viel wollte ich erzählen? Mussten sie von Ronni wissen, dem Hardrock-Drummer einer ziemlich miesen Vorgruppe von Aerosmith, der fünfzehnjährige Groupies mal eben auf dem Schminkstuhl vernaschte? Oder von Mo, der die Schule abgebrochen hatte, um eine Lehre in einem Tattoo-Studio zu beginnen? Oder von Donk, dem Punk, der nicht mal im Bett bis drei zählen konnte?

Ich rieb mir die Augen.

Wie viele Typen waren es eigentlich gewesen? Ich konnte mich nicht einmal mehr an alle Namen erinnern.

Aber ich wollte den einigermaßen guten Eindruck von mir, den ich den dreien bisher hatte vorgaukeln können, nicht mit einer derartigen Bombe in die Luft sprengen. Es reichte, wenn ich ihnen von Basti erzählte, das war dumm genug gewesen.

»Bastian Möller. Ich war dreizehn, er sechzehn.«

Lena zog eine Braue hoch. Karo und Franzi machten es nach.

»Dreizehn?«

Eigentlich zwölf, aber die Lüge schien angebracht gewesen zu sein.

»Er spielte Heavymetal in der Schulband. Der coolste Typ überhaupt, sag ich euch! Meine Eltern waren entsetzt, als ich ihn mit nach Hause brachte.«

Und dass ich mich von ihnen beim Sex in ihrem Ehebett hatte erwischen lassen, hatte den Schock nicht gerade gelindert.

»Aber im Bett war er, ehrlich gesagt, ein Reinfall. Es tat ziemlich weh und ich habe nach zehn Minuten gewünscht, ich hätte es bleiben lassen.«

Franzi sah schon wieder erschrocken aus.

Um sie zu beruhigen, erfand ich schnell noch einen netten Robin, mit dem ich angeblich ein halbes Jahr glücklich zusammen gewesen war.

Schon wirkte Franzi getröstet.

Ich selbst wäre wahrscheinlich auch getröstet gewesen, wenn es den netten Robin wirklich gegeben hätte.

Als ich eine halbe Flasche Prosecco später in die klare Nachtluft trat, fühlte ich mich gut.

Richtig gut.

Und das lag nicht nur daran, dass ich den Alkohol nicht vertrug.

Ich fühlte mich, als hätte ich Freundinnen. Richtige Freundinnen, mit denen ich all die Dinge bequatschen konnte, die ganz normale Mädchen bequatschen.

Also hauptsächlich Klamotten und Sex.

Natürlich war mir vollkommen klar, dass unsere neue Frauenfreundschaft in dem Moment enden würde, in dem Lena herausfand, dass ihr Vater mich für die Lügen bezahlte, die ich ihr erzählte.

Aber das Gefühl war zu gut, als dass ich es mir jetzt von diesen Gedanken kaputtmachen lassen wollte, also verdrängte ich das alles einfach.

Im Verdrängen war ich schließlich Meisterin.

28.

Als ich Sonntagmorgen vom Brummen meines Schädels erwachte, war es halb zehn.

Ich setzte mich auf.

»Na, das wird auch Zeit!«

Erschrocken sprang ich in die Höhe.

Danner hatte die Arme direkt neben mir auf die Sofalehne gestützt und betrachtete mich belustigt.

Ich versuchte erfolglos, meine Haare aus meinem Gesicht zu wurschteln.

»Bist du ansprechbar?«, erkundigte er sich, während er zum Computer hinüberging.

Ich ignorierte das leichte Pochen in meinen Schläfen.

»Ich habe mir gestern in dem McDonald's-Laden in der Nähe der Schule einen Cheeseburger geholt. Natürlich konnte sich niemand daran erinnern, ob Jendrick Haberland Dienstag vor vier Wochen um Viertel vor fünf Chicken McNuggets bestellt hat. Ich schätze, die Hälfte aller Schüler verdrückt dort nach dem Unterricht einen Burger.«

Ich zerrte mein Shirt über meine Unterhose und trat hinter Danner an den PC.

Ein Regenbogen, auf dem in goldenen Buchstaben *Rainbow-Girls* zu lesen war, füllte den Bildschirm aus. Daneben räkelte sich ein dunkelhäutiges Mädchen auf einem Badehandtuch.

»*Rainbow-Girls* ist eine Modelagentur in Essen.« Danner klickte auf den Schriftzug *Unsere Models.* Schon erschienen passfotoartige Bilder verschiedener Mädchen.

Danner klickte die Reihe durch bis zu einem Foto von Iefgenia Antonczyk.

»Iefgenia meint es also ernst mit der Modelkarriere«, bemerkte Danner. »Die Agentur scheint einigermaßen seriös zu sein. Ich habe gestern Abend noch mit der Inhaberin telefoniert. Sie sagte, Iefgenia hätte sich wie alle Mädchen mit einer kompletten Mappe bei ihr vorgestellt. Wenn das wahr ist, hat sie erst die Fotos, die uns interessieren, gemacht und sich dann damit beworben. Eva und Lena kennen die in der Agentur angeblich nicht – und zum Glück habe ich auch kein Foto von Lena auf ihrer Seite gefunden. Sieht für mich wie eine Sackgasse aus. Ich nehme den Laden natürlich trotzdem noch mal unter die Lupe – oder hast du zufällig gestern Abend was über die Bilder rausgefunden?«

Ich schüttelte den Kopf.

Ich hielt es nicht für unbedingt nötig zu erwähnen, dass ich meine Ermittlungen wegen Alkohols im Dienst ziemlich früh hatte einstellen müssen.

Danner fuhr sich mit beiden Händen über den kahlen Schädel. »Wenn ich Lena nach den Fotos frage, lacht sie sich tot. Ich muss Lenny aber davon erzählen und allein dafür erschießt er mich wahrscheinlich im Affekt. Wenn du also noch eine Idee hast, wie man mein Leben verlängern könnte, bin ich für alles offen.«

Mein Gehirn erreichte allmählich Betriebstemperatur. War das jetzt ein Geistesblitz oder eine Schnapsidee?

»Vielleicht fällt mir wirklich was ein«, überlegte ich laut. »Vielleicht bin ich bereit, mich derartig lächerlich zu machen.«

Danner musterte mich abschätzend. Er sah mich so direkt an, dass ich für eine Sekunde mein Spiegelbild in seinen klaren, grauen Augen erkennen konnte.

Ein leichter Schauer kribbelte meinen Rücken hinauf und verjagte meinen Kater.

In der nächsten Sekunde war Danner mit einem Satz am Fenster. »Zieh dir was an! Sofort!«, fuhr er mich an und verschwand unter dem Schreibtisch.

Ich gehorchte, obwohl ich normalerweise nicht dazu neigte, Befehle zu befolgen.

Draußen klappte eine Autotür.

Während Danner irgendwelche Kabel sortierte, zog ich

meine Jeans über und lief zum Fenster. Unten vor der Kneipe stand ein Polizeiwagen.

»Es ist Sonntagmorgen, du glaubst doch nicht, dass die …?«

Doch, glaubte er, denn er riss die Kopie des Autopsieberichtes aus dem Umschlag mit Evas Fotos und faltete die beiden DIN-A4-Blätter, bis sie die Größe eines Briefumschlages erreichten.

Es klingelte.

»Hast du einen BH an?«, fragte er mich.

Ich nickte.

»Dann tu mal was für deine Oberweite!« Er drückte mir die Zettel in die Hand.

Es klingelte noch mal.

Schnell stopfte ich das Papier in die Körbchen meines Büstenhalters.

Es klingelte zum dritten Mal.

Damit man das Papier nicht durch den Stoff des T-Shirts erkennen konnte, schlüpfte ich schnell noch in meinen lila Blumenpulli.

»Herr Danner?«, meldete sich eine strenge Frauenstimme. »Machen Sie die Tür auf! Polizei!«

»Es ist Sonntagmorgen!« Danner motzte laut genug, um im Treppenhaus gehört zu werden, während er den Computer ausschaltete.

»Wir haben einen Durchsuchungsbeschluss! Machen Sie auf.«

Danner öffnete die Tür.

Ein ungefähr sechzigjähriger Uniformierter stand vor ihm. Der Mann war untersetzt und breitschultrig. Seine jüngere Kollegin überragte ihn um einen guten Kopf. Sie trug Zivil.

»Morgen, Ben!«, grüßte der Kleine und tippte sich an die Mütze.

»Hi, Winnie.« Danner kratzte sich am Kopf. »Hat Sie jetzt dich verdonnert?«

»Nein, den Einsatz leite ich«, mischte sich die große Beamtin ein. »Der Kollege Steinmeyer hatte nur gerade Dienst.« Ihr Gesicht war scharfkantig. Der Oberkiefer stand etwas vor und ihre Nickelbrille schaukelte auf einer auffällig schmalen Nase. Das brünette Haar trug sie unter der Mütze zu einem strengen Pferdeschwanz nach hinten gekämmt.

»Wegner, Kriminalpolizei.« Sie hielt Danner ihren Ausweis unter die Nase.

»So ein Ding habe ich schon mal gesehen!« Danner ignorierte die Plastikkarte. »Und zufällig kenne ich auch Ihren Namen. Sie sind zusammen mit Horst an dem Eva-Ahrend-Fall dran. Die Schlampe – sorry, ich meine natürlich Frau Peters –, Frau Peters hat Sie sicher sonntagmorgens antreten lassen, weil Sie die vertraulichen Unterlagen, die ich über den Fall entwendet habe, am besten erkennen können.«

Er ließ sie rein. »Jetzt fangen Sie schon an!«

Die Brünette schien misstrauisch, als sie eintrat.

Dann entdeckte sie mich. »Und wer sind Sie?«

»Das geht Sie nichts an! Wir haben das Recht zu schweigen!«, wies Danner sie scharf zurecht, bevor ich antworten konnte. »Sie dürfen nach Drogen, Waffen, vertraulichen Unterlagen, unter Artenschutz stehenden Wildtieren und der Drei-Millionen-Beute aus meinem letzten Banküberfall suchen. Mehr nicht.«

Das spitze Gesicht der Brünetten färbte sich rosa.

»Nehmen Sie sich das Regal vor, Steinmeyer!«, befahl sie gepresst.

»'tschuldige«, sagte Winnie schulterzuckend zu Danner.

Der winkte genervt ab. Wir setzten uns nebeneinander aufs Sofa und sahen zu, wie die beiden Polizisten jeden einzelnen Ordner aus dem Regal nahmen, durchblätterten und auf dem Boden liegen ließen. Wie sie im Badezimmer den Spülkasten der Toilette auseinanderbauten, in der Küche den leeren Kühlschrank und den Mülleimer inspizierten, Danners Bett durchwühlten, die Laken abzogen, die Matratze untersuchten. Sogar die abgewetzten Schutzpolster vom Boxtraining kramten sie aus dem Kleiderschrank, zogen die Lederbezüge ab und tasteten nach im Schaumstoff versteckten Gegenständen.

Und natürlich schaltete Frau Wegner den PC ein.

Ich blinzelte erstaunt, als sie die Speicher durchsuchte und – rein gar nichts fand.

»Ich hab die Festplatte gestern neu formatiert«, informierte Danner sie vom Sofa aus. »Irgendwann musste der ganze alte Kram ja mal weg.«

Sie zog misstrauisch ihre schmal gezupften Brauen zusammen, doch das änderte nichts an der Tatsache, dass der Computer leer war. Von A wie Ammer über L. wie Lena bis hin zu Z wie was weiß ich wer war alles verschwunden. Wütend schaltete die Polizistin den Rechner wieder aus.

Zum Schluss lagen nur die Fotos von Eva und Lena vor uns auf dem Tisch.

»Wer ist das?«, fragte die Beamtin Danner streng.

»Das ist Eva Ahrend, das Mädchen, das sich aus dem Biologieraum des Ottilie-Baader-Gymnasiums gestürzt hat«, erklärte Danner der Polizistin geduldig, was sie genau wusste. »Und das hier ist Lena Staschek, eine Freundin der Toten. Lenas Vater ist übrigens ein Kollege von Ihnen.«

Der Blick von Frau Wegner wurde noch etwas grimmiger: »Außerdem ist Herr Staschek mit Ihnen befreundet! Und er hat Sie beauftragt, in dem Fall zu ermitteln.«

»Zufällig arbeite ich an dem Fall, ja«, gab Danner zu. »Aber wie Sie sehen, habe ich noch nicht viel herausfinden können. Über die Identität meines Auftraggebers kann ich natürlich nichts sagen, Diskretion ist in meinem Job entscheidend. Daran wird sich übrigens auch nichts ändern, wenn die Schlampe einen Haftbefehl beantragt – obwohl sie bei der mageren Beweislage schon mit dem Richter schlafen müsste, um den durchzukriegen.«

Ich konnte Frau Wegners Zähne knirschen hören.

Dann drehte sie sich auf dem Absatz um. »Das war's, Steinmeyer! Gehen wir!«

Sie marschierte zur Tür raus und Winnie trottete ihr hinterher.

»Wollen Sie nicht noch auf einen Kaffee bleiben?«, rief Danner den beiden nach.

Er bekam keine Antwort. Wütend knallte er die Tür zu.

Einen Augenblick lang betrachteten wir schweigend das Chaos, das die beiden Polizisten zurückgelassen hatten.

»Wie hast du das mit dem Computer angestellt?«, fragte ich schließlich.

»Zwei Festplatten, du musst nur ein Kabel umstecken. Die normalen grünen Männchen kommen da nie drauf, die können ja gerade mal einen Bericht tippen. Wenn die Schlampe mir natürlich irgendwann die komplette Spusi auf den Hals hetzt, sehe ich alt aus.«

Ich entspannte mich langsam, lehnte mich auf dem Sofa zurück und zog den Autopsiebericht aus meinem BH.

Danner schob ein paar durchwühlte Akten vom Couchtisch und setzte sich auf die Granitplatte neben meine Füße.

»Zurück zur Arbeit«, wechselte er das Thema. »Wenn ich mich nicht irre, hattest du gerade eine Idee, wie wir etwas über Lenas Modelkarriere herausfinden könnten?!«

Ach ja.

»Das kostet dich aber was, Boss.«

»Vergiss es! Molle kriegt noch immer zwei Monatsmieten und die zahlt mir eher Dagobert Duck als Lenny.«

»Ich habe nichts von Geld gesagt.«

Danner verschränkte die Arme. »Und was willst du dann?«

»Die Wahrheit. Was war hier eben los? Erzähl mir nicht, die Schlampe ist noch immer ein bisschen sauer, weil du sie vor hundert Jahren mal abserviert hast. Was läuft da wirklich zwischen euch?«

Danners graue Augen wurden schmal.

Ich überlegte, wie ich schnell genug aus seiner Reichweite kommen konnte.

Da bollerte es an der Tür.

»Waren das eben die Bullen?«, rief Molle.

»Ja!«, antwortete Danner, ohne mich aus den Augen zu lassen.

Molle stutzte. »Und kommt ihr nicht zum Frühstück?«

»Nein!«

Wieder Stille.

»Dann eben nicht«, murrte Molle und stapfte die Treppe wieder hinunter.

»Hast du die Schlampe schwanger sitzen lassen?«, ließ ich nicht locker, obwohl ich genau sah, dass Danners Miene eisig wurde. Doch das bedeutete nur, dass ich die richtigen Fragen stellte. »Hat ihr reicher Mann dich für die Bettgeschichte bezahlt, damit die Scheidung nicht so teuer wurde?«

Danner trommelte mit den Fingern auf seinem Unterarm.

Die Luft zwischen uns knisterte vor Spannung. Ich spürte, dass ein winziger Funke ausreichte, um den ganzen Raum explodieren zu lassen.

»Oder hast du eure Verabredung vorm Altar verschwitzt?«

Mit einem Satz stand Danner auf den Füßen. Ich sprang rückwärts über die Lehne der Couch in Deckung.

»Du musst nicht alles wissen, kapiert?«

»Aber für die Drecksarbeit bin ich gut genug, was?«

Drohend kam er um das Sofa herum auf mich zu.

Ich wich vor ihm zurück.

»Kündige doch!«

»Das hättest du wohl gern!«

»Ja, das hätte ich gern! Verpiss dich, das hab ich dir schon hundert Mal gesagt! Mach endlich, dass du wegkommst!«

Das traf mich unerwartet – wie eine Ohrfeige ins Gesicht.

Und das war genau, was er gewollt hatte.

»Herzlichen Glückwunsch!«, zischte ich. »Du bist und bleibst das größte Arschloch, das ich kenne!«

Wütend zog ich meinen Rucksack aus der Garderobe. Es war höchstens die Hälfte meiner Sachen darin, aber das war mir scheißegal.

Mit zwei Schritten war ich an der Tür und riss sie auf.

Doch Danner drückte sie mit einem schnellen Griff zurück ins Schloss.

Ich fuhr herum und stand plötzlich dicht genug vor ihm, um zu riechen, dass er sein Rasierwasser benutzt hatte, obwohl er sich nie zu rasieren schien. Die Anspannung seiner Nackenmuskeln ließ den Ausschnitt seines T-Shirts zittern.

»Du hast recht«, sagte er und die kontrollierte Kälte seiner Stimme erinnerte an einen Massenmörder, der seinem nächsten Opfer seine Taten gesteht, bevor er es ebenfalls umbringt. »Die Schlampe ist nicht nur ein *bisschen* sauer. Wegen ihr habe ich insgesamt schon vierunddreißig Tage in U-Haft gesessen. Ich musste sieben Mal vor Gericht und vier Mal meinen Führerschein abgeben. Es macht ihr Spaß, mich zu terrorisieren.«

Die ausdruckslose Härte seiner Miene war keine Maske. Sein Gesicht war dicht genug an meinem, dass ich das sehen konnte.

»Wenn ich die Gelegenheit bekomme, bringe ich sie um. Ist es das, was du hören wolltest?«

Ich konnte fühlen, wie die Stille vibrierte.

»Ja«, antwortete ich langsam. »Das ist ziemlich genau das, was ich hören wollte.«

Danner blinzelte erstaunt.

Der Blickkontakt war unterbrochen, die knisternde Spannung zwischen uns verpuffte.

»Eines Tages leg ich dich doch noch übers Knie! Ich hätte dich damals vor der Tür stehen lassen sollen, das wäre besser für meinen Blutdruck gewesen.« Belustigung blitzte in seinen Augen auf.

Verwundert registrierte ich das warme Kribbeln in meinem Nacken. Eben hatte ich noch geglaubt, er würde mir diesmal wirklich eine reinhauen, und Sekunden später schaffte er es schon wieder, mich anzumachen.

»Und was ist jetzt mit unserem Möchtegernmodel?«, kam Danner aufs Thema zurück.

Ach ja, es ging ja eigentlich um Lena.

»Vielleicht kann ich sie doch noch zum Reden bringen«, meinte ich. »Dazu brauche ich allerdings deine Digitalkamera«, fügte ich schnell hinzu.

»Kommt nicht infrage«, kam genauso schnell die Antwort. »Weißt du, was das Ding kostet?«

»Soll ich was rausfinden oder nicht?«

»5.000 Kröten.«

»Denkst du, ich will die Antworten damit aus ihr rausprügeln?«

»Was soll ich dir fotografieren?«

Ich hielt inne. Das konnte natürlich auch recht interessant werden. »Rate mal.«

Aber er hatte schon begriffen.

29.

Eine halbe Stunde später hatten wir das von den Polizisten verwüstete Regal ganz leer geräumt und von der Wand weggeschoben. So war eine große, weiße Fläche entstanden. Die Fenster gegenüber hatten wir weit geöffnet und die Oktobersonne tat ihr Bestes, um das Wohnzimmer gut auszuleuchten.

Danner hatte den Sonnenlichteffekt mit dem Flurspiegel verstärkt und das Licht der Deckenlampe mit einem dünnen Tuch gedämpft.

Ich hatte geduscht, meine Haare hinterher nur trocken gerubbelt und schon mal das für den Polizeiball gedachte Make-up ausprobiert.

Einen String besaß ich nicht. Meine orange-rote Unterwäsche musste reichen.

So lehnte ich mit dem Rücken an der Wand, kreuzte die Beine und hängte die Daumen an meinem Slip ein, damit er noch ein bisschen tiefer rutschte.

Danner klappte die Kamera auf und stellte die Auflösung scharf. Dann hockte er sich auf den Fußboden, das Sofa im Rücken.

»Das wollte ich schon immer mal machen«, grinste er. »Zeig mal, was du kannst, Süße! Komm schon, mach mich an!«

Ich streckte ihm die Zunge raus und er knipste. Dann zog ich eine Schnute, schnitt eine Grimasse und gönnte ihm den himmelblauen Augenaufschlag, den ich eigentlich nur benutzte, wenn mich ein wildfremder Kerl auf seinem Sofa pennen lassen sollte.

»Okay, das reicht.« Er ließ den Fotoapparat sinken.

»Lass sehen!« Ich schlüpfte wieder in meine Jeans, während er die Kamera an den PC anschloss. Als ich mir das T-Shirt über den Kopf gezogen hatte, erschien schon das erste Foto auf dem Bildschirm.

Verblüfft ließ ich die Arme sinken: »Das bin doch nicht ich!«

Das Foto sah aus, als stammte es aus einem Reisekatalog. Als würde ein Model in der Abendsonne an einer mallorquinischen Finca lehnen. Nichts ließ eine schmuddelige Wohnzimmerwand in Bochum-Stahlhausen erahnen.

»Hast du mal daran gedacht, schmierige Scheidungsfälle zu vergessen und Fotograf zu werden?«

»Um mich mit zickigen Kleiderständern rumzuärgern?«, winkte Danner ab, während er die Aufnahme mit schief gelegtem Kopf betrachtete.

»Ich wusste gar nicht, dass ich so viel Busen habe«, staunte ich und warf einen prüfenden Blick in meinen Ausschnitt.

»Ist nur eine Frage des Winkels. Wir hätten natürlich noch ein bisschen mit Leukotape nachhelfen können.« Danner machte eine Handbewegung, als wollte er seinen nicht vorhandenen Busen zurechtrücken.

»Da gibt's nichts nachzuhelfen, kapiert?«, zickte ich empört.

In dem Moment polterte es wieder an der Tür.

»Ben? Was habt ihr mit Molle angestellt? Er sagt, er kocht nicht, wenn er sowieso mit dem ganzen Essen sitzen gelassen wird!«

»Sag mal, Lenny, hattet ihr zu Hause eigentlich einen Küchenbrand oder ist deine Frau im Streik?«, rief ich hinaus.

»Nein, sie ist Vegetarierin«, antwortete Danner anstelle des Kriminalkommissars.

»Was überhaupt nicht komisch ist!«, bemerkte Staschek durch die geschlossene Tür. »Kommt ihr jetzt runter und bringt den Dicken zur Vernunft?«

»Sind schon unterwegs!« Ich warf einen letzten Blick auf dem Bildschirm.

»Vielleicht sollte ich Lenny mal nach seiner fachkundigen Meinung fragen?«, überlegte ich. »Ich meine, busentechnisch gesehen.«

»Bist du verrückt?« Danner klickte das Foto rasch weg. »Der zeigt mich an, wenn er das sieht.«

Molle saß mit auf dem Bauch verschränkten Armen in der Kneipe und ließ sich erst zum Aufstehen bewegen, als ich sagte, dass ich uns etwas zu essen machen würde, und in Richtung Küche verschwand.

»Finger weg von meinem Herd!«, warnte er mich. »Du kannst den Salat waschen. Und die beiden Clowns da draußen dürfen die Kartoffeln schälen.«

Er holte eine Schale mit Kartoffeln aus dem Schrank und spießte zwei kleine Messer hinein. Ich ließ es mir natürlich nicht entgehen, Staschek und Danner die Schüssel unter die Nase zu stellen.

»Ist er jetzt übergeschnappt, oder was?«, fragten die beiden mit gespieltem Entsetzen.

»Schält, ihr Machos, oder ihr werdet hier nie wieder auch nur ein Bier bekommen, kapiert?«

Murrend zogen die beiden Männer die Messer aus dem Gemüse und siehe da, sie mussten so ein Gerät schon ein-, zweimal in der Hand gehalten haben.

So kamen wir doch recht schnell zu unseren gefüllten Tellern.

Den Rest des Tages warf ich mich aufs Sofa und zappte quer durchs Nachmittagsprogramm.

Danner surfte über die Internetseiten verschiedener Modelagenturen. Doch nach einer Weile stellte er den Computer aus, legte sich zu mir auf die Couch und nahm mir die Fernbedienung weg.

30.

Montagmorgen pünktlich um acht saß ich wieder auf meinem Platz neben Karo und guckte zu, wie Dittmer seinen Pullunder gerade rückte.

Der Französischunterricht fand wie gehabt im Sprachlabor statt und Dittmer ließ uns die Kopfhörer aufsetzen. So brauchte er nicht einmal selbst zu reden. Wir konnten ein französisches Musikstück vor- und zurückspulen, während wir es übersetzten.

Ich holte mein Heft heraus und begann, tanzende Mumien zu zeichnen. Mein fehlender Arbeitseifer schien ansteckend zu sein, denn Karo packte ein paar Buntstifte aus, zog mein Heft ein Stück zu sich heran und malte meinen Mumien Pullunder.

Jendrick, der Spanner, war schlauer gewesen als ich und für Französisch gar nicht erst aufgestanden. Früher, als ich noch wirklich zur Schule ging, war ich auch selten vor zehn dort aufgetaucht.

Dittmer saß tief über sein Pult gebeugt, den Kopf zur Seite geneigt, und ich überlegte, ob er vielleicht auch Mumien malte. Oder doch eher nackte Schulmädchen?

Brrrr.

Irgendwie musste man diesen Kerl doch aus dem Schuldienst entfernen können! Es gruselte mich, wenn ich daran dachte, dass er noch knapp zwanzig Jahre Fünftklässler unterrichten würde.

»Was von Flo gehört?«, erkundigte sich Lena nach meinem imaginären Freund, als wir das Sprachlabor zur großen Pause verließen. Es regnete stark, deshalb war es erlaubt, sich in den langen Glasfluren zwischen den Gebäuden aufzuhalten.

»Michael Mittermeier war geil. Flo hat uns Karten für Januar in Köln besorgt.«

»Cool!« Karo hielt mir die Hand hin und ich schlug ein.

Lena schien meine Antwort auf ihre Frage gar nicht gehört zu haben, irgendwas hatte sie abgelenkt.

Ich verfolgte ihren Blick und entdeckte den schönen Mario und seine Kumpel Orkan und Dominik, die sich offensichtlich nicht an die Regeln hielten und im Naturwissenschafts-Turm die Treppe hinauf verschwanden.

Lena seufzte und wandte sich ab. Karo und Franzi wechselten automatisch auch die Richtung.

Hm.

»Ich muss mal aufs Klo«, entschied ich spontan. »Ich komme gleich nach.«

Ich verschwand im Damenklo, bis die drei um die nächste Ecke bogen, dann lief ich den Jungen nach.

Im ersten Stock hörte ich flüsternde Stimmen in einem Biologieraum. In den Pausen standen alle Räume offen, damit die Aufsicht führenden Lehrer hineinsehen konnten, ohne jedes Mal diesen Coin von der Schließanlage benutzen zu müssen.

Die drei Zwölftklässler hatten die Tür angelehnt, damit sie nicht sofort entdeckt wurden. Sie saßen in einer Ecke und rauchten.

»He, Lila«, flötete Orkan, als ich hereinkam. »Sag bloß, du willst zu uns, Schätzchen?«

»Strafarbeit von Martens«, behauptete ich. »Ich darf in der Pause alle Tafeln in diesem Turm wischen. Hat mich mit 'ner Kippe erwischt.«

Die Jungen warfen einen Blick auf ihre eigenen Zigaretten: »Du darfst eben nicht auf dem Schulhof rauchen.«

Ich griff den Schwamm und fing an, die Tafel zu putzen. Ich spürte ihre Blicke auf meinem Rücken.

»Der Martens ist ein mieser Sklaventreiber«, fand Dominik.

»Aber dafür haut sein Schwimmtraining richtig rein«, entgegnete der Türke. »Vielleicht holen wir jetzt mal mehr Medaillen als die Weiber – wo sie doch kein Zugpferdchen mehr haben!«

»Halt die Klappe, Orkan!«, fuhr der schöne Mario seinen Kumpel wütend an.

Die Tafel war sauber und ich trollte mich.

Vor dem Biologieraum lief ich allerdings Danner in die Arme, der seine Kontrollrunde als Pausenaufsicht drehte.

Schnell zog ich die Tür hinter mir zu und ließ sie einrasten.

»Ich hoffe, du hast noch nichts davon gehört, dass du die Unterrichtsräume während der Pausen verlassen sollst.« Er vergewisserte sich, dass wir allein waren. »Ansonsten müsste ich dir eine Strafarbeit aufdrücken.«

»Hast du schon! Tafeldienst im ganzen Block hier, falls jemand fragt.«

Die Tür zu den Jungs hinter mir war zu und im Treppenhaus war niemand außer uns.

»Und hat's was gebracht?«

Ich schüttelte den Kopf: »Nichts, was einen Bericht lohnt.«

»Wär auch zu schön gewesen. Was machen unsere Freunde Dittmer und Haberland?«

»Dittmer verschläft den größten Teil seines eigenen Unterrichts und Haberland hat sich heute freigenommen.«

Danner stutzte: »Er ist nicht da?«

Ich schüttelte den Kopf.

Danners Augen blitzen auf.

»Was?«, fragte ich sofort nach.

Er hatte eindeutig eine Idee.

Er zögerte kurz. »Das wäre eine Gelegenheit, ihn zu besuchen, ohne gleich unsere Tarnung auffliegen lassen zu müssen.«

»Ich komme mit?«, strahlte ich.

Danner nickte: »Ich kann nach der vierten Stunde weg, was ist mit dir?«

Ich überlegte – aber nicht lange. In der fünften und sechsten Stunde hatten wir Religion und Politik, das konnte ich sausen lassen. Am Nachmittag stand in der siebten und achten Stunde Sport bei Danner auf dem Plan, bis dahin mussten wir also sowieso zurück sein. So konnte ich mich immer noch nach Schulschluss um halb vier mit Lena am Zaun treffen.

»Nach der vierten bin ich am Auto!«

Fußpilz-Jendrick auszuhorchen klang bedeutend interessanter als Religion bei der wilden Lehnert.

Und so sagte ich nach der vierten Stunde zu Karo, Lena und Franzi: »Leute, ich brauch 'ne Pause. Zum Sport bin ich wieder da.«

Franzi und Lena runzelten die Stirn, Karo nickte anerkennend.

»Du hast dich bei mir beschwert, weil er dich belästigt!«, klärte mich Danner im Auto auf. »Damit können wir ihn in die Zange nehmen.«

Jendrick, der Stinker, wohnte in einer schäbigen Gegend

mit dicht aneinandergedrängten Reihenhäuschen aus bröselndem Backstein. In den winzigen Vorgärten lagen kaputte Fahrräder, gammliges Spielzeug oder Sperrmüll, der nie abgeholt werden sollte.

Vor dem Haus der Haberlands standen eine alte Waschmaschine und ein Geschirrspüler, aus denen man die noch brauchbaren Teile ausgebaut hatte.

Danner öffnete das Gartentor mit einem Tritt und ich ging meine Rolle in Gedanken noch einmal durch. Die Klingel schrillte durchdringend durch das ganze Haus, die dünne Haustür dämpfte das Geräusch kaum.

Ich warf einen Blick auf die Mülltonne unter dem Fenster, die überquoll von leeren Wodkaflaschen.

»Kein Wunder, dass der Kerl ein Psycho ist«, fand Danner.

Er klingelte noch einmal.

Doch niemand öffnete.

Kurzerhand kletterte ich auf den alten Geschirrspüler neben der Mülltonne und schaute durch das Fenster. Ich sah in eine kleine Küche, unschwer zu erkennen an dem wackligen Turm aus ungespültem Geschirr, der sich direkt hinter der schmutzigen Scheibe erhob.

»Scheint keiner da zu sein.«

Die Hände in den Taschen blickte Danner am Haus hinauf und dann wieder herunter. Rechts von der Haustür führte eine kurze, mit welkem Unkraut überwucherte Einfahrt zum Garagentor.

Richtig. *Der Typ wohnt über der Garage seiner Eltern,* hatte Staschek berichtet.

Danner ging hinüber, nahm eine Hand aus der Tasche und schob das Garagentor auf: »Na, wer sagt's denn?«

»Irre ich mich oder ist das strafbar?«, erkundigte ich mich interessiert.

»Erzähl's nicht Lenny.«

Die Garage war leer.

Einen Zugang zum Wohnhaus gab es nicht. Im hinteren Bereich führte eine schmale Stahltreppe zu einer Blechtür.

Wenn Asi-Jendrick da wohnte, musste er zu Hause sein, sonst hätte er doch das Garagentor abgeschlossen.

»Mal sehen, ob unser Freund tatsächlich mit einer Grippe im Bett liegt.«

Ich folgte Danner die wacklige Treppe hinauf.

Er klopfte an. »Jendrick? Bist du zu Hause?«

Keine Antwort.

Er drückte die Klinke und die Tür ging auf. Danner zuckte die Schultern: »Wenn das keine Einladung ist, weiß ich es auch nicht.«

Ohne Skrupel öffnete er die Tür.

»Scheiße!«, hörte ich ihn zischen.

Jendrick Haberlands Zimmer glich einem Schlachtfeld. Ob der Fußboden mit Teppich oder Laminat ausgelegt war, war nicht zu erkennen, denn der Müll lag Zentimeter hoch. Pappschachteln zwischen Plastikbechern und Pizzakartons, Zigarettenkippen und schimmelnde Teller, stapelweise japanische Comics, die leeren Hüllen von Computerspielen, dazwischen eine Playstation, deren Kabel sich wie dünne, schwarze Schlangen durch den Abfall wanden, ein Schreibtisch, der wohl niemals benutzt wurde, weil er schon seit Langem unter Bergen von Papier verschwunden war, ein zerwühltes Bett, bunte Bettwäsche, von der mir mit großen, schwarzen Augen ein Pokemon zuzwinkerte, ein Nachtschrank, auf dem ich zwischen sechs Bierdosen ein leicht unscharfes Foto von Eva Ahrend in einem silbernen Bilderrahmen erkannte.

Und über dem Chaos, an dem Stahlträger, der das Garagendach hielt, hing Jendrick Haberland. Erhängt am Kabel eines Joysticks.

Ich blinzelte, weil ich nicht glauben konnte, dass ich das wirklich sah.

Danner war mit einem Satz bei dem leblosen Körper des großen Jungen.

»Raus hier!«, befahl er mir knapp.

Doch ich war unfähig, mich zu rühren.

Ich konnte meine Augen nicht abwenden von Jendricks langem, dünnem Hals, der an der Stelle, wo das schmale Kabel sich zugezogen hatte, tief eingeschnürt und schwarz verfärbt war.

Danner griff nach Jendricks Hand. Vielleicht um einen Puls zu tasten.

Er würde keinen finden. Jendrick Haberland war tot, daran bestand kein Zweifel. Ich sah es an dem unnatürlich weißen Gesicht, das einen scharfen Kontrast zu den dunklen Haaren bildete. An der völligen Leblosigkeit der langen Arme und Beine. An der Art, wie er schlaff in der Mitte des Raumes von der Decke baumelte.

Plötzlich war unvorstellbar, dass er noch vor drei Tagen mit seinen merkwürdig schleppenden Bewegungen durch die Schule geschlurft war.

Danner ließ Jendricks Hand wieder los. Der Arm pendelte noch einen langen Moment kraftlos hin und her. Auch die Finger hatten sich fleckig verfärbt. Als das Herz aufgehört hatte, das Blut durch die Adern zu pumpen, hatte es sich unter den Fingernägeln angesammelt.

Danner sah sich nach mir um.

Mir wurde bewusst, dass ich noch immer völlig starr in der Tür stand.

»Der ist schon länger tot, nicht wahr?« Ich bemühte mich, meine Stimme nicht zittern zu lassen.

»Länger als achtundvierzig Stunden, die Leichenflecken lassen sich nicht mehr wegdrücken und die Totenstarre hat schon wieder nachgelassen«, antwortete Danner sachlich, ohne mich aus den Augen zu lassen.

Mühsam versuchte ich, die Verkrampfung meiner Schultern ein wenig zu lösen, um meinen Kopf bewegen und endlich meinen Blick abwenden zu können. Dunkle Punkte tauchten auf, huschten um Jendrick Haberlands baumelnden Körper herum und verschwanden wieder.

Danner kam zu mir herüber.

Ich hörte mein eigenes Blut in meinen Ohren rauschen. Die schwarzen Flecken bewegten sich auf mich zu, tanzten um mich herum.

Dann stürzte der Boden unter meinen Füßen weg. Ich versuchte, mich an der Wand abzustützen, griff daran vorbei, ins Leere …

Als ich wieder zu mir kam, fror ich.

Meine Jacke war geöffnet worden und frische Luft durchdrang meinen Pulli. An meiner Wange spürte ich die kalte, glatte Fläche, auf der ich lag.

Ich hörte Danner sagen: »… die Spurensicherung und einen Arzt. – Nein, den Krankenwagen können wir uns sparen.«

Ich fühlte seinen Griff warm an meinem Handgelenk.

Sofort beschleunigte sich mein Herzschlag.

Ich öffnete die Augen und sah graue Wolken und Danner mit seinem Handy am Ohr.

Vorsichtig wandte ich den Kopf. Ich lag auf der verbeulten Motorhaube der Schrottschüssel, Danner saß neben mir. Weil er noch immer mein Handgelenk umgriff, begann schon wieder mein ganzer Arm zu kribbeln, als hielte ich die Finger in eine Steckdose.

Mit einem Ruck setzte ich mich auf.

»Jetzt beweg deinen Arsch«, sagte Danner zu dem Telefon und ließ meine Hand los. »Bis gleich.«

Er sprang vom Auto.

»Sitzen bleiben!«, befahl er mir. »Lenny ist in zehn Minuten hier, die Spurensicherung braucht etwas länger.«

Er öffnete die Autotür und holte ein Paar Handschuhe aus dem Seitenfach.

»Du kannst Lenny winken, wenn er auftaucht.«

»Ich glaube nicht, dass Lenny deine Schüssel übersieht, so beschissen, wie du wieder geparkt hast.« Ich rutschte vom Wagen, nicht ganz sicher, ob meine wackligen Beine mein Gewicht tragen würden.

»Du bleibst hier, hab ich gesagt!«

»Du bist aber nicht mein Papa, dass ich auf dich hören müsste!«

Danner funkelte mich wütend an, versenkte die Hände in den Taschen und ging zurück in die Garage.

Ich brauchte etwas länger als er, um die Treppe zu Jendricks Zimmer hinaufzusteigen. Mit gesenktem Blick folgte ich Danner in den Raum und versuchte, Jendricks in der Luft hängenden Füße zu ignorieren, als ich daran vorbeiging.

»Nichts anfassen!«

»Schon klar.«

Er selbst nahm Evas Bild vom Nachtschrank.

»Eine Handyaufnahme, die er sich selbst ausgedruckt hat«, vermutete ich. Die Bildqualität war mehr als mies.

Danner stellte das Foto zurück. Vorsichtig setzte ich die Füße zwischen die Pappkartons auf dem Boden. Der Kleiderschrank stand offen, alle Schubladen waren herausgezogen, die Wäsche lag durchwühlt in den Fächern.

Kein Wunder, dass Jendrick nie ein sauberes oder gar gebügeltes Shirt angehabt hatte.

Ich erinnerte mich, dass ich selbst daran gedacht hatte, ihn zu erwürgen. Dass ich mir ausgemalt hatte, seinen dünnen Hals mit den Fingern zu umschließen und ihm seinen vorstehenden Kehlkopf knirschend gegen die Wirbelsäule zu drücken.

Erschrocken sah ich nun doch zu dem Toten hoch. Sah, dass das Kabel seinen Hals genau auf Kehlkopfhöhe zerquetscht hatte. Spürte, wie meine Beine wieder zu zittern begannen. Und auch Karo hatte unter Zeugen gedroht, ihn umzubringen, fiel mir ein.

Offensichtlich gab es einige Leute, die Jendrick Haberland nicht hatten ausstehen können, während ich noch niemanden kennengelernt hatte, der sich als sein Freund bezeichnen ließ.

Konnte es sein, dass das hier gar kein Selbstmord war? Dass irgendjemand der Versuchung, Jendrick den Kehlkopf zu zerquetschen, einfach nicht hatte widerstehen können?

Wer käme infrage – mal abgesehen von Karo und mir?

Denn Karo konnte ich doch wohl ausschließen. Oder?

Ich dachte an unseren Besuch bei Evas Vater.

Was, wenn wir ihn auf Jendrick gebracht hatten? Wenn Ahrend hergefahren war? Den Spanner zur Rede gestellt hatte? Es konnte einen Streit gegeben haben und Ahrend hatte Jendrick umgebracht.

»Lila.«

Ich wandte meinen Blick von Jendricks Leiche.

Danner stand am Schreibtisch. Oben auf einem Wäschehaufen lag ein Zettel.

Kariertes Papier, wie aus einem Matheheft gerissen. Ein paar krakelige Sätze waren darauf zu erkennen, die Handschrift ungeübt, schwunglos, fast unleserlich. Die Anfangsbuchstaben übergroß im Verhältnis zum Rest der Wörter.

Wegen mir hat sich Eva umgebracht, ich allein bin schuld! Sie hat mir gesagt, ich soll sie in Ruhe lassen, aber ich habe weitergemacht. Ich kann damit nicht länger leben, deshalb habe ich mich für diesen Ausweg entschieden.
Jendrick

»Mist«, sagte ich.

»Sag mal, bist du total irre?«

Danner hob die Hände.

»Mal abgesehen davon, dass du hier vor der Spusi rumschnüffelst«, schnauzte Staschek, »aber wie kannst du sie mit reinnehmen?«

Sie war in dem Fall ich.

»Sofort raus hier! Alle beide!« Staschek packte mich an den Schultern und schob mich zur Tür.

»Na schön!«, bellte er weiter, als wir seinen Kombi erreichten. Er parkte neben der Schrottschüssel mitten auf der Straße. »Was zum Teufel habt ihr hier verloren?«

»Haberland war nicht in der Schule«, erklärte ich.

»Und da seid ihr hergefahren, um ihm gute Besserung zu wünschen?«

»Du weißt genau, warum wir hier waren«, knurrte Danner.

»Weil du ihm die Fresse polieren wolltest, damit er dir mehr erzählt als mir, nehme ich an. Und weil er praktischerweise tot am Deckenbalken hing, nutzt du die Gelegenheit, um seine Sachen zu durchsuchen. Und Lila lässt du unter seiner Leiche durchspazieren. Hast du den Verstand verloren?«

Ich kletterte wieder auf die Motorhaube, weil meine Beine

noch immer wackelten wie nach tausend Strafmetern im Sportunterricht.

Ein Mercedes-Van mit einem blitzenden Blaulicht auf dem Dach hielt hinter Staschek Kombi. Dahinter ein Notarztwagen. Zwei Uniformierte und zwei Männer in Zivil stiegen aus dem Van. Der Notarzt nahm einen Blechkoffer vom Beifahrersitz.

Auf einen Wink von Staschek begannen die Uniformierten, die Einfahrt abzusperren. Die beiden anderen Männer luden ein paar Taschen aus.

Staschek führte sie zusammen mit dem Arzt in die Garage.

»Den Rest des Tages können wir wohl auf dem Revier verbringen und unsere Aussage wiederholen«, vermutete Danner, zückte sein Handy und sagte den Sportunterricht am Nachmittag ab.

31.

»Was ist denn mit dir los?«, lautete Molles erste Frage, als ich abends hinter der Theke Biergläser abwusch. »Du siehst aus, als würdest du gleich in die Spüle kotzen.«

Tatsächlich hatte ich zwei Mal gekotzt, bevor ich mich eine halbe Stunde lang unter eine kochend heiße Dusche gestellt hatte.

»Willst du dich lieber hinlegen?«

Ich schüttelte den Kopf. Kein schöner Gedanke, allein oben auf dem Sofa zu liegen und die Decke anzustarren. Selbst hier in der Kneipe glaubte ich, Jendricks weißes Totengesicht in den schäumenden Kronen der Biergläser auftauchen zu sehen. Anscheinend hatte sein Geist beschlossen, mich heimzusuchen. Aus Rache, weil ich ihm noch vor drei

Tagen das Schicksal gewünscht hatte, das ihn jetzt wirklich ereilt hatte.

Bei dem Gedanken sah ich im Pril-Schaum der Spüle seinen zusammengeschnürten Hals zwischen meinen Fingern. Erschrocken zuckte ich zurück und starrte in das seifige Wasser, als hätte ein Piranha nach mir geschnappt.

Danner bemerkte ich erst, als er mir den Schwamm aus der Hand nahm.

»Ich zapf die nächste Runde.«

Artig setzte ich mich an unseren Tisch und nippte an meinem Tee.

»Was hast du mit ihr gemacht?«, zischte Molle Danner an.

Danner achtete nicht auf ihn.

Staschek betrat die Kneipe. Er sah müde aus, seine Schritte waren weniger geschmeidig als sonst und er hatte sich in seinen Mantel eingerollt, als wäre ihm kalt.

Auch Danner setzte sich an unseren Tisch.

»Hat gedauert, bis wir seine Mutter gefunden haben«, begann Staschek zu berichten. »Sie hat 'n Ein-Euro-Job in 'ner Frittenbude. Und glaubt es oder nicht, sie hat Jendrick seit Freitagmittag nicht mehr gesehen. Sie sagt, das wäre nicht ungewöhnlich, er käme oft tagelang nicht aus seinem Zimmer. Bestellt sich Fast Food und spielt Playstation. Die Frau hat gar nicht gecheckt, was ich ihr erzählt habe. Hatte mindestens drei atü auf 'm Kessel.«

Das passte zu den Wodkaflaschen in der Mülltonne.

»Ich hab sie ins Krankenhaus einliefern lassen. Die knallt sonst vielleicht durch, wenn sie ausnüchtert.« Er rieb sich die Stirn. »Laut Aichingers vorläufiger Diagnose ist Jendrick seit Samstagabend tot. Eine genaue Uhrzeit gibt's noch nicht. Der Autopsiebericht kommt frühestens morgen, aber den werden wir sowieso nicht zu Gesicht kriegen.«

»Und übermorgen wird Evas Fall zu den Akten gelegt«, schlussfolgerte Danner.

»Jedenfalls hat Haberland der Kollegin Wegner ein wunderbares Motiv für Evas Selbstmord geliefert. Sie hat den Terror nicht mehr ausgehalten«, nickte Staschek.

»Wieso hätte sie den Spinner ausgerechnet jetzt nicht mehr aushalten sollen? Der verfolgte sie doch seit Jahren!«, mischte ich mich ein. »Und bringt man sich um, weil man bespannert wird? Wo doch sonst alles so wunderbar war in Evas Leben? Hat Jendrick sie im Biounterricht mal wieder angestarrt und da hat sie plötzlich gedacht: Das halte ich nicht mehr aus, nach der Stunde springe ich aus dem Fenster?«

Ich hatte die ungeteilte Aufmerksamkeit der beiden Männer.

»Wenn ihr meine Meinung hören wollt: Jendrick, das Kleinhirn, hat sich überschätzt. Eva hat sich bestimmt nicht wegen ihm umgebracht. Wenn sie Selbstmord begangen hat, dann gab es irgendeinen Auslöser. Dass Jendrick sich aufgehängt hat, beweist nur, dass er saublöd war.« Für diese Worte würde mich sein gestörter Geist wahrscheinlich in den Wahnsinn treiben.

Staschek nickte langsam: »Ich will, dass ihr weiter dranbleibt. Auch wenn der Fall eingestellt wird. Wenn Eva irgendwas passiert ist, was einen Selbstmord ausgelöst hat, will ich das wissen.«

Er fuhr sich mit beiden Händen durch die Haare.

»Und ich will wissen, ob es Lena auch passieren kann.«

Als ich gegen ein Uhr, in meine Decke eingerollt, die Augen schloss, blendete mich das flimmernde Weiß von Jendricks Gesicht, so deutlich sah ich ihn vor mir.

Erschrocken riss ich die Augen wieder auf. Eine Sekunde lang starrte ich mit klopfendem Herzen in die Dunkelheit.

Verdammt.

Ich probierte es ein zweites Mal – das Gleiche.

Meine Füße schmerzten, mein Rücken tat weh und meine Lider waren bleischwer. Wenn ich nicht wenigstens ein paar Stunden schlief, würde mir morgen in der Schule noch nicht einmal eine Ausrede für den verpassten Sportunterricht einfallen.

Erneut schloss ich die Augen, um in der nächsten Sekunde wieder hochzufahren.

Was jetzt?

Wahrscheinlich schlief ich sofort ein, wenn meine Augen nur zublieben. Ich hatte sowieso keine andere Wahl, als mich der Erinnerung zu stellen, ich konnte ja nicht ewig wach bleiben.

Entschlossen zog mir die Decke unters Kinn und machte vorsichtig die Augen zu.

Sofort war er wieder da.

Erstaunlich, wie deutlich sich jedes Detail in mein Gehirn gebrannt zu haben schien. Die bläulichen, eingerissenen Lippen, die fettigen Haare, die unebenen Aknenarben zwischen den Pickeln auf seinen Wangen. Ohne Vorwarnung öffnete Jendricks Leichengesicht die Augen und blickte mich an.

Vor Schreck vergaß ich zu atmen.

Das gleiche, ausdruckslose Starren, mit dem er in der Schule neben mir hergeschlichen war. Doch jetzt konnte er meinem Blick standhalten, sah mich an. Vorwurfsvoll.

Hatte er tatsächlich grüne Augen gehabt?

Plötzlich streckte er die Hand nach mir aus. Überdeutlich sah ich die dunklen Leichenflecken an seinen Fingerkuppen, die schwarzen Schmutzränder unter den abgekauten, blutunterlaufenen Nägeln.

Die Hand kam näher.

Ich wollte schreien, konnte nicht!

Er griff nach meinem Gesicht.

Hastig fuhr ich zurück – spürte, wie ich stolperte. Und fiel!

Fiel …

Polternd landete ich auf dem Fußboden neben der Couch. Mein Herz pochte heftig und der Rücken meines T-Shirts war nass von Schweiß.

»Fuck!«, fluchte ich nicht besonders leise.

Im gleichen Moment ging das Licht an. Danner stand in dunklen Shorts in der Tür. Hätte er Haare gehabt, hätten sie ohne Zweifel in alle Richtungen abgestanden.

»Komm mit.«

Noch bevor ich mich ganz aufgerappelt hatte, packte er meine Hand, hob meine Decke auf und schob mich in sein Schlafzimmer.

»Was soll das?«

Ich versuchte, meine Hand zu befreien, doch ich war zu verwirrt, um überzeugend zu meckern.

Er hielt inne. »Hast du echt noch Schiss vor mir?«, wollte er wissen.

»Nein.«

Nein, wirklich nicht. Kein bisschen.

»Dann stell dich nicht an. Ich würde gern noch ein paar Stunden schlafen.« Mit einer Kopfbewegung deutete er auf sein zerwühltes Bett.

Ich runzelte die Stirn, als hätte er vorgeschlagen, in einem Bordell ein Bier zu bestellen.

»Was ist?«, knurrte er. »Ich denke, du bist so supercool? Ich verspreche, ich falle nicht über dich her.«

»Okay«, stimmte ich zögernd zu.

In seinem breiten Bett war problemlos für uns beide Platz.

Ich wickelte mich in meine Decke ein. Danner rutschte an mich heran und legte mir einen Arm über die Schultern. Sofort wurde mir warm, meine Haut begann unter der Berührung zu brennen. Sein Arm war schwer, kräftig und wegen der Haare rau.

»Siehst du ihn noch?«, fragte er.

Vorsichtig schloss ich die Augen. Ein heller Fleck tauchte vor mir auf. Einen Augenblick lang glaubte ich, eine Nase darin entstehen zu sehen. Doch bevor ich das Gesicht wirklich erkennen konnte, verschwamm es wieder.

»Nicht mehr so deutlich.«

»Dann wag bloß nicht, dich noch einmal zu rühren, bevor der Wecker klingelt, kapiert?«

Unter dem Gewicht seines Armes konnte ich mich sowieso nicht bewegen. Doch genauso wenig würde ich schlafen können, solange seine Berührung meine Haut grillte wie ein Toaster.

Auch das beruhigte mich nicht gerade. So was war mir noch nie passiert. Ich hatte noch nie körperlich auf einen Mann reagiert! Tatsächlich war ich noch nicht ein einziges Mal verliebt gewesen. Noch nie!

Merkwürdig, wenn man bedachte, dass ich gerade die Pubertät hinter mir hatte. Und dass ich dabei realistisch geschätzt mehr Sex gehabt hatte als viele Vierzigjährige in ihrem bisherigen Leben.

Aber keiner der Kerle, mit denen ich im Bett gewesen war, hatte mir je etwas bedeutet. Sex hatte für mich nichts mit Nähe zu tun. Es war, als würde ich neben dem Bett stehen und zusehen, was die Typen mit meinem Körper machten, ohne zu begreifen, dass das wirklich mir passierte. Damit es zumindest nicht wehtat, hatte ich immer mit Creme nachgeholfen.

Im Ernst, ich glaubte, ich war frigide.

War aber auch kein Wunder, denn Männer ließen sich doch im Prinzip in drei Gruppen einteilen: scheintote Grapscher, sexsüchtige Pubertierende oder selbstverliebte Trottel. Ich kapierte bis heute nicht, warum man beim Anblick eines Mitglieds von Tokio Hotel dahinschmelzen sollte wie ein Stück Butter in der Mikrowelle.

Aber schon immer waren Männer das eindeutig effektivste Mittel gewesen, meinen Vater in die Tobsucht zu treiben. Ich brauchte mir nur den Typen mit dem hässlichsten Tattoo und dem kleinsten Gehirn auszusuchen und konnte sicher sein, dass die nachfolgende Explosion die Mühe im Bett wert war.

Spätestens wenn der Kopf meines Vaters wieder seine normale Farbe angenommen hatte, war das tätowierte Spatzenhirn für mich allerdings uninteressant geworden. Also hatte ich ihn abserviert und nach dem nächsten Kandidaten Ausschau gehalten.

Danner passte in keine meiner Kategorien.

Aber allmählich wurde es Zeit, mir einzugestehen, dass er mich anmachte. Mit jedem Blick, jeder Bewegung, sogar wenn er mich anbrüllte.

Wieso ausgerechnet er?

Selbst der weiße Hai besaß ein weiter entwickeltes Sozialverhalten als er. Er war arrogant, nicht bindungsfähig und fast doppelt so alt wie ich.

Es war ein Witz, dass ich überhaupt darüber nachdachte!

Doch seine Wärme an meinem Rücken konnte ich nicht ignorieren. Sie übertrug sich auf mich, breitete sich aus, strömte zwischen meine Beine. Ich spürte meinen Körper so deutlich, dass es mich berauschte, beinahe süchtig machte.

Normalerweise fühlte ich eher wenig.

Fast nichts.

Ein paarmal hatte ich mir sogar ein Messer in den Handballen oder den Oberschenkel gestochen, nur um zu prüfen, ob es schmerzte. Natürlich machte ich das nicht oft, ich wusste ja, dass das total krank war. Aber als ich zum Beispiel damals meinen gebrochenen Kiefer nicht bemerkt hatte, hatte ich einfach kontrollieren müssen, ob mir überhaupt noch irgendetwas wehtun konnte.

Danner wurde mir gefährlich. Ich musste vorsichtig sein.

Doch jetzt schloss ich die Augen und genoss einfach das irritierende Gefühl, ihn so überdeutlich neben mir zu spüren.

32.

Das Klopfen an der Tür klang dumpf und weit entfernt.

Ich öffnete ein Auge.

Das Erste, was ich erkennen konnte, war die Zimmerdecke und ein aufgebauschtes Federbett. Das Zweite war Danners Arm auf meinem Bauch.

»Sechs Uhr!«, brummte Danner wütend. »Wenn das Molle ist, fliegt er rückwärts die Treppe wieder runter.«

Er stolperte in Shorts ins Wohnzimmer.

Ich setzte mich auf und versuchte, meinem Gehirn schonend beizubringen, dass ich die Nacht in Danners Bett verbracht hatte.

»Lenny, hast du se noch alle?«, hörte ich Danner draußen schimpfen.

»Ich wollte euch vor der Schule erwischen.«

»Was eine Stunde später auch noch geklappt hätte! Weißt du eigentlich, wie du aussiehst? Hast du geschlafen?«

Staschek ließ etwas hören, was wie ein Knirschen klang.

»Du bist besessen, ist dir das klar?«, stellte Danner fest.

»Hör auf zu motzen, sieh dir das an! O Gott, Lena bringt mich um, wenn sie das erfährt!«

Das klang, als wäre es auch für mich interessant! Ich strampelte die Bettdecke zur Seite, zog mein T-Shirt in die Länge, schlurfte ins Wohnzimmer und setzte mich vor die beiden Männer auf den Couchtisch.

»Hi, Lenny.«

Staschek blieb sein nächstes Wort im Hals stecken. Er hatte tiefe Ringe unter den schönen Augen und sein sonst glänzend weiches Haar ähnelte einer kastanienfarbenen Klobürste.

Mit einem schnellen Griff nahm ich ihm ein zerknicktes Blatt Papier aus der Hand.

»Lenny, du Arsch! Hast du den Verstand verloren, oder was? Das ist aus Lenas Tagebuch!«, fuhr ich ihn an, kaum dass ich zwei Worte gelesen hatte. Lenas runde Mädchenschrift mit den großen, leicht verschnörkelten Buchstaben erkannte ich mittlerweile auf den ersten Blick.

Ich tat, als würde mir erst jetzt auffallen, dass Staschek mich sprachlos anstarrte. »Ist was? Hast du vielleicht einen Schlaganfall oder so?«

»Habe ich Halluzinationen oder bist du eben aus seinem Schlafzimmer gekommen?«, stammelte Staschek.

»Keine voreiligen Schlüsse, bevor du nicht ermittelt hast, Herr Kommissar«, warnte ich ihn.

»Aber du bist aus seinem Schlafzimmer gekommen, oder nicht?«

»Das bin ich, aber das hat nichts zu sagen.«

»Natürlich nicht!«, schnappte er sarkastisch. »Ben hat endlich eingesehen, dass es eine Zumutung ist, dich auf der ollen Couch pennen zu lassen, und hat aus reiner Nächstenliebe sein Bett mit dir geteilt, nicht wahr?« Er schnauzte eher Danner an als mich.

»So ungefähr«, nickte ich.

Staschek rang hilflos die Hände: »Ich glaube, ich muss dir mal ein paar wichtige Dinge über Männer erzählen, Kind. Und über Ben im Besonderen.«

Ich horchte auf.

Wenn mich eins mehr interessierte als Details aus Lenas oder Evas Leben, dann Details aus dem Leben von Ben Danner!

»Aber gern. Lass uns das gleich erledigen. Solange Ben duscht, können wir schon unten den Kaffee aufsetzen.« In T-Shirt und Unterhose zerrte ich Staschek zur Tür.

Danner drohte Staschek mit seinem Blick einen Mord an: »Ich habe nichts mit ihr, Lenny. Also gibt es auch keinen Grund, ihr irgendeinen Mist zu erzählen, ist das klar?«

Ich schob Staschek schnell aus der Wohnung. Unten in der Kneipe drückte ich den übermüdeten Kommissar auf einen Stuhl.

»Wenn du mir was erzählen willst, spuck es aus«, drängelte ich. »In dreieinhalb Minuten taucht Ben hier auf und knebelt dich mit einer ungewaschenen Socke.«

Ich füllte Wasser in die Kaffeemaschine.

Staschek fuhr sich fahrig durch die wirren Haare: »Ich hätte nie geglaubt, dass er versuchen würde, dich ins Bett zu kriegen.«

»Danke, sehr schmeichelhaft.«

»Ich hätte meine Hand dafür ins Feuer gelegt, dass er wenigstens so viel Anstand besitzt! Sonst hätte ich dir was gesagt.«

»Was hättest du mir gesagt?«

»Dass er Frauen behandelt wie Pappteller: einmal benutzen, dann abservieren, Wegwerfsex sozusagen. Echt beschissen, finde ich das. Keine seiner Beziehungen in den letzten zehn Jahren hat die Drei-Monats-Grenze überstanden. Und es waren ein paar wirklich nette Frauen dabei, Lila.«

Was wohl heißen sollte, mehr Busen und mehr Grips als ich. Noch mal danke.

»Warum hat er sie abserviert?«, hakte ich nach.

Staschek musterte mich mit zusammengekniffenen Augen.

»Was war vor den zehn Jahren?«, bohrte ich weiter. »Hatte er da eine längere Beziehung?«

Staschecks Blick wurde misstrauisch: »Deine Fragen werden mir langsam unheimlich.«

Ein Treffer also. »Wer war sie?«

Staschek schwieg.

Ich stellte uns Tassen auf den Tisch.

»Ich schlafe bei der nächsten Gelegenheit mit ihm, wenn du nicht mit der Sprache rausrückst.«

Staschek seufzte. »'ne Kollegin.«

»'ne Bullette?«

Staschek nickte.

Mit einem leisen Klicken schaltete mein Gehirn.

»Sag nicht, die Schlampe?« platzte ich heraus, noch bevor ich zu Ende gedacht hatte.

Sekundenlang rührte Staschek sich nicht.

Ich sah ihm an, dass er nach einer Ausrede suchte, die sowieso nichts mehr nutzen würde.

»Sie waren schon drei Jahre zusammen, als einer von uns dreien befördert werden sollte«, sprach der Kommissar schließlich weiter. »Ben hätte ihr gefährlich werden können, ich nicht. Ich hatte andere Sachen im Kopf, Lena war klein und meine Ehe lief nicht besonders.«

»Und?«

»Sie hat einen Häftling bestochen und der hat Ben schwere Körperverletzung, Amtsmissbrauch und Nötigung unterstellt.«

»Was?«, schnappte ich nach Luft.

Staschek sah sich rasch nach der Tür um.

»Hätte er kein Alibi gehabt, hätte es geklappt. So wurde die interne Ermittlung ergebnislos eingestellt. Nach Abschluss des Verfahrens hat Ben den Dienst quittiert.«

Ich selbst wäre höchstwahrscheinlich vor Wut Amok gelaufen. Ich wusste nicht, was ich sagen sollte.

»Seitdem gab's nur noch Popp-und-weg-Beziehungen«, schloss Staschek. »Also halt Sicherheitsabstand zu ihm, ja?«

Ich holte uns den Kaffee.

»Ich verspreche dir, du erfährst es als Erster, wenn ich tatsächlich mit ihm in der Kiste landen sollte.«

Ich schenkte Staschek Kaffee ein, als Danner Lenas Tagebuchseite auf den Tisch legte und sich Staschek gegenüber setzte.

»Und?«, erkundigte er sich und nahm sich meinen Kaffeebecher. »Hat er dir erzählt, dass ich meinen vierzehn unehelichen Kindern keinen Unterhalt zahle?«

Ich stellte mir eine neue Tasse hin. »Und dass sich die Frauen wegen dir reihenweise vor die S-Bahn werfen, hat er auch nicht verschwiegen.«

Ich nahm den zerknickten Zettel vom Tisch und überprüfte, wie groß der Schaden war. Denn der Super-GAU für jede Sechzehnjährige war ja wohl, wenn ihr Vater in ihrem Tagebuch etwas über ihren ersten Sex las.

Ich atmete auf. Es war nur eine Seite, zerknittert und fleckig, aber Lena hatte sie offensichtlich erst vor Kurzem geschrieben:

... verstehe nicht, warum sie immer so ein Glück hat! Hat sie nicht schon alles?
Ich weiß, es ist das Allerletzte, aber ich bin so verdammt eifersüchtig! Ich kann es nicht ändern! Ich habe ihr keinen Brief mehr geschrieben, obwohl ich seit drei Wochen an der Reihe bin. Ich weiß nicht, was ich schreiben soll, ohne dass sie es merkt.
Ich hätte nie sagen sollen, dass es mir nichts ausmacht!
Aber ich habe einfach nicht damit gerechnet, dass sie ihn kriegt.
Und ich wollte ja auch nicht die hässliche Freundin sein, die der Schönen den Traumprinzen nicht gönnt ...

Hässliche Freundin?

O Lena.

»Lena wird dir einen bezahlten Killer auf den Hals hetzen, wenn sie das erfährt! Sag mir bitte nicht, dass du die Seite aus ihrem Tagebuch gerissen hast!?«

»Wofür hältst du mich?«, fragte Staschek empört.

Ich zog die Brauen hoch.

»Yvonne – das ist Lenas Mutter – hat das Blatt beim Leeren von Lenas Papierkorb gefunden«, verteidigte er sich.

Hm. Dass Lena die Seite nach Evas Tod rausgerissen hatte und am liebsten vergessen wollte, konnte ich nachvollziehen. Und dass sie ihre Mutter den Müll raustragen ließ, klang ebenfalls möglich.

»Außerdem steht ja nichts drin, außer dass Lena glücklicherweise nicht bei dem Kerl landen konnte.«

Na toll, Super-Dad! Deine Tochter hat ein Riesenproblem mit ihrer Selbsteinschätzung und du freust dich, dass sie als Jungfrau in die Ehe geht! Ich hütete mich natürlich zu verraten, dass der Zug schon lange abgefahren war.

»Und kannst du was damit anfangen?«, drängelte Staschek. »Weißt du, welchen Typ sie meint?«

Natürlich wusste ich es.

Ich versuchte, die Auswirkungen dieser Sache abzuschätzen. Der schöne Mario war also Evas Freund gewesen. Lena hatte Eva ihr Okay gegeben, aber dann kochte sie doch vor Eifersucht. Ergab das ein Mordmotiv?

O Gott, hatte ich das wirklich gerade gedacht?

So ein Quatsch! Hatte Lena nicht gemeinsam mit Karo und Franzi den Biologieraum verlassen? Hatte sie nicht ein Alibi?

Brauchte sie ein Alibi?

Meine Gedanken drehten Saltos. Ich schaffte es nicht, sie zu ordnen und zu überblicken, was sie auslösen konnten.

»Was jetzt? Hast du eine Ahnung, auf wen Lena steht oder nicht?«

Ich schüttelte langsam den Kopf. »Vielleicht kann ich es rauskriegen«, zögerte ich die Antwort hinaus. »Aber dazu müsste ich Lena mal allein erwischen.«

»Nach dem Schwimmtraining heute Abend«, schlug Danner vor.

»Ich soll in den drei Minuten, die wir vorm Eingang auf ihre Mutter warten, rausfinden, welchen Typen sie ihrer toten Freundin nicht gegönnt hat?«

Danner dachte kurz nach. »Lenny, sag Yvonne, dass du Lena abholst«, sagte er dann zu Staschek. »Wenn du sie versetzt, kann sie mit Lila mit dem Bus nach Hause fahren.«

»Damit sie mich wieder wochenlang beschimpft?«, protestierte Staschek.

»Du wirst es überleben, ist ja nichts Neues für dich.«

33.

Als sich Punkt acht Uhr der Direktor mit Dittmer zusammen vor unsere Klasse stellte, wusste ich wohl als Einzige, was jetzt kam. Dittmer zupfte an seinem Pullunder herum und räusperte sich sechs bis zehn Mal.

»Meine liebe Klasse«, begann er dann förmlich. »Ich muss euch leider eine traurige Mitteilung machen. Und das so kurz nach dem –«

Er geriet ins Stocken. Das böse Wort – Selbstmord – brachte er nicht über die Lippen.

»So kurz, nachdem –!«

Faden verloren.

Ich tauschte einen missbilligenden Blick mit Karo.

Direktor Frevert schob Dittmer ungeduldig zur Seite. Der Direx war ein drahtiger, kleiner Mann, dessen wacher Blick flink durch den Raum wanderte.

»Ihr habt erst vor Kurzem eine Mitschülerin verloren«, fand er eine rasche Einleitung, »deshalb fällt es uns besonders schwer, euch heute schon wieder eine traurige Nachricht überbringen zu müssen. Das ist, denke ich, was der Kollege Dittmer sagen wollte.«

Weil ich in der letzen Reihe saß, konnte ich sehen, wie alle Schüler plötzlich ihre Haltung strafften.

»Anscheinend hat sich euer Mitschüler Jendrick Haberland für Eva Ahrends Tod verantwortlich gefühlt. Diese Last konnte er nicht tragen, deshalb hat er sich am Wochenende ebenfalls das Leben genommen.«

Sekundenlang war es totenstill.

»O Gott!«, flüsterte Karo, als leises Gemurmel durch die

Reihen ging. »Ich hab gesagt, ich würde ihn umbringen, weißt du noch?«

Fünf oder sechs Köpfe senkten sich betroffen, obwohl niemand Jendrick hatte leiden können.

»Um neun werden drei Schweigeminuten für Jendrick gehalten«, fuhr der Direktor fort. »Bis dahin könnt ihr mit eurem Klassenlehrer über die Sache sprechen. Sollte sich jemand nicht in der Lage sehen, am Unterricht teilzunehmen, könnt ihr euch selbstverständlich an unsere Krankenschwester Frau Jablonski wenden. Und eure Vertrauenslehrer stehen euch ebenfalls jederzeit für Gespräche zur Verfügung.«

Der Direktor ließ seinen Blick noch einmal über die Gesichter flitzen, dann nickte er kurz und verließ den Klassenraum.

Sofort wurde das Gemurmel laut. Stühle ruckten, weil die Schüler sich zu ihren Nachbarn umdrehten.

Karo und ich liefen zu Lenas und Franzis Tisch nach vorn.

Dittmer zupfte weiter an seinem Pullunder.

»Und ich hab ihm gesagt, ich würde ihn umbringen!«, wiederholte Karo sofort, was sie mir schon gesagt hatte. »Ich konnte doch nicht wissen, dass er sich selbst aufhängen will!«

»Habt ihr gehört, dass er sich wegen Eva umgebracht haben soll?«, fragte Franzi. »Er hat sich die Schuld an ihrem Tod gegeben.«

»Die hatte er ja auch! Der hat sie mit seiner Spannerei doch wahnsinnig gemacht.« Erschrocken, weil ihr das herausgerutscht war, hielt sich Karo eine Hand vor den Mund.

»Ich glaube nicht, dass er Schuld hatte«, widersprach ich langsam. »Ich glaube, niemand kann etwas daran ändern, wenn sich jemand wirklich umbringen will. Keiner von all den Leuten, die sich hinterher Vorwürfe machen.«

Karo und Franzi musterten mich erstaunt.

Lena lächelte dankbar. Tränen glänzten in ihren Augen.

Mir wurde klar, dass Jendrick Haberland nicht der Einzige gewesen war, der sich schuldig an Evas Tod gefühlt hatte.

Ich wusste, ich musste weitermachen. Das Gespräch war jetzt genau da, wo ich es hatte haben wollen.

Ich konnte nicht.

Ich wollte nicht wissen, wie schuldig Lena war.

Ich stand auf und ging aus der Klasse.

Draußen regnete es in Strömen, doch ich brauchte frische Luft. Ich wickelte mich in meine Jacke und schlenderte über den Schulhof. Der Regen klatschte mir ins Gesicht, ich spürte die dicken, kalten Tropfen durch meine Haare schlagen und über meine Kopfhaut rinnen. Ein paar Minuten lang hielt ich mein Gesicht in den Wind.

Ich hörte, wie der Gong geläutet wurde und Direktor Frevert mit einer Lautsprecherdurchsage die Schweigeminuten für Jendrick ankündigte.

Dann war nichts mehr zu hören, außer dem entfernten Straßenlärm und dem prasselnden Regen auf dem Asphalt, auf meiner Jacke, meinem Gesicht.

Drei Minuten lang.

Als die drei Minuten verstrichen waren, wurde der Unterricht wieder aufgenommen.

Wirklich eine unkomplizierte Lösung für diesen Fall. Eva hatte sich wegen Jendrick umgebracht und Jendrick wegen Eva.

Noch Fragen?

Nein? Dann schnell drei Minuten schweigen und die Akte im Archiv verschwinden lassen. Es war das Beste, was der Polizei hatte passieren können.

Und dem Mörder ebenfalls, wenn es einen gab.

Oder der Mörderin …

Wenn jemand am Dienstag nach dem Biologieunterricht mit Eva im Klassenzimmer gewesen wäre und sie aus dem Fenster gestoßen hätte, dann wäre er bestimmt völlig aus dem Häuschen darüber, dass Jendrick, der Vollidiot, von ihm ablenkte.

Gut, bisher war Jendrick selbst natürlich die beste Besetzung für die Rolle des Mörders gewesen. Aber hätte er das nicht in seinem Abschiedsbrief erwähnt? Hätte er nicht etwas geschrieben wie: Ich war's! Ich hab sie aus dem Fenster geschubst?

Wenn Jendrick sich allerdings nur umgebracht hatte, weil er ein Trottel war, dann hatte sein Tod nichts mit unserem Fall zu tun.

Wir mussten weitermachen, wo wir aufgehört hatten: bei Jendricks Alibi, das ich eigentlich schon beim *Schuh des Manitu* hätte prüfen sollen. Bei den Fotos der Schwimmerinnen. Und beim schönen Mario.

Wieder ertönte der Gong, diesmal zur großen Pause.

War es wirklich schon halb zehn?

Ich hatte gar nicht gemerkt, dass mir der Regen aus den Haaren in den Kragen gelaufen war und als kalter Bach meinen Rücken herunterrann. Meine Nase war wahrscheinlich rot gefroren.

Ich wischte mir durchs Gesicht und ging zurück ins Gebäude, während alle anderen herauskamen.

Fast alle: Den schönen Mario entdeckte ich, gefolgt von Sancho und Pancho, auf dem Weg zum Naturwissenschafts-Turm.

Gute Gelegenheit, einen Punkt von meiner Liste der dringend zu klärenden Dinge zu streichen.

»Lila-Schatz, hat dich der Sklaventreiber etwa schon wieder verdonnert?«, begrüßte mich Orkan, als ich in den Bioraum trat.

»Die ganze Woche«, murrte ich.

»Der Asi aus deiner Klasse soll sich aufgehängt haben, hab ich gehört«, bemerkte Mario.

»Scheint so.«

Mit dem Schwamm in der Hand schlenderte ich zu den Jungs hinüber.

»Kippe?« Mario hielt mir eine hin.

Ich strich mir eine Haarsträhne, an der Regenwasser herunterlief, hinters Ohr und griff zu. Orkan sprang sofort auf und gab mir Feuer.

»Soll wegen diesem Mädchen gewesen sein, das aus dem Fenster gesprungen ist.« Ich zog an der Zigarette und ließ Mario nicht aus den Augen. »Sie war doch mit dir zusammen, oder?«

Marios Augenbrauen zuckten aufeinander zu: »Wer sagt das? Die Bode?«

»Stimmt's, oder nicht?«

»Quatsch! Wir haben ein paarmal gevögelt, das ist alles.« Sein Blick huschte unruhig unter den langen Wimpern hin und her.

»Hat sie auch gewusst, dass das alles war?«, erkundigte ich mich und pustete ihm den Zigarettenrauch ins Gesicht.

Er wurde wirklich rot! Offensichtlich gehörte er zu den Menschen, deren Gesichtsfarbe wie eine Ampel den Stand ihres Blutdrucks anzeigt.

»Na schön«, gab Mario zu. »Vielleicht hat sie geglaubt, wir hätten eine Beziehung. Und wenn sie nicht aus dem Fenster gesprungen wäre, hätten wir von mir aus auch noch ein paarmal poppen können.«

Er hatte also nicht mit ihr Schluss gemacht?

»Mit der Kleinen konntest du richtig Spaß haben, weißt du?« Orkan trat dicht hinter mich. »War nicht so verklemmt wie die anderen Küken aus der Zehnten, die hat zu nix Nein gesagt.«

Na, das waren ja Helden! Offensichtlich gehörten sie zu der Sorte Spätpubertierender, die denjenigen, der den meisten Sex hatte, zum Rudelführer ernannten. Oder den, der sich die kreativsten Bettgeschichten ausdachte, denn Orkan und Dominik hatten wohl kaum daneben gestanden und Protokoll geführt.

»Du siehst mir allerdings auch nicht wie ein verklemmtes Küken aus.« Marios Gesicht hatte aufgehört zu leuchten.

Er sah mir tief in die Augen und ich vermutete, dass die Mädchen daraufhin gewöhnlich ohnmächtig vor ihm zu Boden sanken.

»Ich gebe dir gern ein bisschen Nachhilfe.«

O bitte. Gelangweilt pustete ich ihm den letzten Rauch ins Gesicht. Dann drückte ich die Kippe auf dem Lehrerpult aus und stellte mir vor, wie die Jungs gleich versuchten, den Brandfleck wegzuwischen, damit ihre Raucherpausen nicht aufflogen.

»Sorry, Schätzchen, aber ich glaube nicht, dass du mir noch was beibringen kannst.« Ich drehte mich um und ging.

»Die hat ja 'ne ganz schön große Fresse!«, hörte ich Dominik noch sagen, der bisher nicht viel zur Unterhaltung beigetragen hatte.

Ich beschloss, bei Gelegenheit ein ernstes Wort mit Lena über ihren Geschmack in Männerfragen zu reden.

»Lila! Hast du noch nichts davon gehört, dass die Schüler in den Pausen die Unterrichtsräume verlassen müssen?«

Ich fuhr herum.

Morgenroth, der Steinzeitmensch, kam mit der Plastikattrappe einer menschlichen Wirbelsäule unterm Arm die Treppe heraufgeschnauft.

»Ich habe nach Ihnen gesucht«, redete ich mich heraus und hoffte, dass ich nicht zu sehr nach Rauch roch. »Der Rektor hat gesagt, wir könnten mit den Lehrern über den Tod unseres Mitschülers sprechen.«

»Haberland«, brummte Morgenroth nickend in seinen Bart. »Ich hab davon gehört.«

»Eigentlich sollen wir uns ja an unseren Klassenlehrer wenden, aber – wie soll ich es sagen? – ich bin mit Herrn Dittmer noch nicht so richtig warm geworden.«

Morgenroths buschiger Bart verzog sich ein wenig. Ich sah ihm an, dass er sich Gründe für mein kühles Verhältnis zu Dittmer zusammenreimte.

»Deshalb wollte ich fragen, ob Sie vielleicht ein paar Minuten Zeit für mich hätten?«

»Komm mit.«

Glücklicherweise ging er nicht auf den Raum hinter mir zu, in dem die drei Jungen noch immer rauchten, sondern stampfte weiter die Treppe hinauf.

»Ich konnte Jendrick nicht besonders gut leiden«, versuchte ich vorsichtig, den Lehrer zu ködern. »Und jetzt denke ich die ganze Zeit darüber nach, ob es etwas geändert hätte, wenn ich freundlicher zu ihm gewesen wäre. Ich dachte, Sie könnten mich vielleicht verstehen, weil Eva Ahrend ja nach Ihrem Unterricht aus dem Fenster gesprungen ist.«

Morgenroth blieb mitten auf der Treppe stehen.

»Denken Sie auch manchmal, Eva könnte noch am Leben sein, wenn Sie etwas anders gemacht hätten?«, fragte ich direkt. »Hätten Sie mehr auf sie geachtet, wenn Sie gewusst hätten, was passieren würde?«

Morgenroths breite Schultern sanken leicht nach vorn.

»Hätten Sie was merken müssen?«

Der Lehrer stellte seufzend die Plastikwirbelsäule auf die Treppe. »Willst du die Wahrheit hören, Lila? Ich habe keine Ahnung, was genau an dem Abend passiert ist. Nach dreißig Jahren Schuldienst ist man so in der Tretmühle drin, dass man sich überhaupt keine Gedanken darüber macht: Unterricht beenden, Sachen einpacken, rausgehen – das alles passiert automatisch. Ich war mit meinen Gedanken schon lange zu Hause. Ich weiß nicht, ob Eva allein im Klassenraum blieb oder ob noch jemand dabei war. Ich weiß nicht, ob ich die Tür zugezogen habe oder nicht. Und ja, ich denke jeden Tag, dass ich irgendetwas hätte bemerken müssen. Ich hätte warten müssen, bis Eva den Raum verließ. Jetzt mache ich es immer so, aber jetzt ist es zu spät.«

Er fuhr sich durch den Bart.

Ich glaubte, seine kurzen Finger leicht zittern zu sehen. Gehörte er etwa zu den wenigen Lehrern, die dreißig Dienstjahre nicht in einen Zombie verwandelt hatten?

»Sind Sie direkt nach Hause gefahren? Oder haben Sie noch mit irgendjemandem gesprochen, irgendwo angehalten?«, erkundigte ich mich, obwohl Danner sein Alibi mit Sicherheit schon geprüft hatte.

Morgenroth runzelte die Stirn. »Am Bahnhof. Ich setze die Kollegin Berthold dienstags und donnerstags immer dort ab. Wieso?«

Zu meinem Glück klingelte es zur nächsten Stunde, sodass ich unser Gespräch beenden konnte.

»Nur so. Vielen Dank, dass Sie Zeit für mich hatten«, verabschiedete ich mich und sprang die Treppe hinunter.

Er sah mir verwirrt nach, die Wirbelsäule neben seinen Füßen auf der Stufe.

34.

Zum Schwimmtraining an diesem Abend hatte ich nicht nur ein Badelaken, den Fön und meine zum Bikini umfunktionierte Unterwäsche mitgebracht, sondern auch zwei der Fotos, die Danner von mir gemacht hatte, und vier Flaschen eines Cola-Schwarzbier-Gemischs, hergestellt von einem mir völlig unbekannten Herrn Fiege. Ein paar normale Cab-Flaschen hätten es auch getan, aber die hatte ich in Molles Keller nicht auftreiben können. Das Fiege-Bier hatte immerhin den Vorteil, dass sich der Bügelverschluss leicht wieder verschließen ließ, nachdem ich den Inhalt von zwei der Flaschen mit Wodka verschärft hatte. An den durch das Öffnen eingerissenen Etiketts konnte ich die betreffenden Flaschen erkennen.

Dass ich eine miese Ratte war, hatte ich ja schon immer gewusst, daran ließ sich sowieso nichts mehr ändern.

Dieses Mal würde ich Lena ausquetschen, egal, ob sie Tränen in den Rehaugen hatte oder nicht! Ich würde rauskriegen, was zwischen ihr und Eva schiefgelaufen war – auch wenn ich mein neuerdings so sensibles Gewissen dafür mit einem Karateschlag in die Fresse zum Schweigen bringen musste.

Als wir die Schwimmhalle betraten, übte die Lehnert bereits wieder ihren knochigen Hüftschwung. Lena, die das seltsame Balzverhalten der Lehrerin inzwischen richtig interpretierte, tippte mich an.

»Sieh dir das an!« Sie deutete auf die fleischfarbene Unterhose, die unter dem Tennismini gut zu sehen war. »Das gibt es doch nicht!«

»Lena, Lila! Schön, dass ihr gekommen seid! Ich meine, trotz dieser neuen Tragödie.« Die Lehrerin eilte mit flatterndem Röckchen auf uns zu. »Das muss ja ein Schock gewesen sein.«

Sie selbst schien nicht besonders berührt davon, dass sich einer ihrer Schüler an einem Joystickkabel erhängt hatte. Wie eine läufige Hündin wedelte sie mit ihrem nicht vorhandenen Hintern in Danners Richtung.

»Auf! Auf!«

Bevor sie das noch einmal wiederholen konnte, sprang ich ins Wasser. Erst nach ein paar Schwimmzügen merkte ich, dass Lena mir nicht gefolgt war. Ich hielt inne und sah mich nach ihr um.

Lena stand neben Danner.

Danner schnitt eine Grimasse und Lena grinste.

Zum allerersten Mal war offensichtlich, dass sie sich kannten. Dass sie sich gut kannten, denn Danner zum Lachen zu bringen, war ja nicht einfach.

»Was hast du zu Martens gesagt?«, fragte ich, als Lena mich einholte.

»Dass sein Auto im Halteverbot steht.«

»Wirklich? Was fährt er denn?«

»So 'ne alte Kiste. Ich zeig sie dir bei Gelegenheit.«

Sie überholte mich mit ein paar schnellen Kraulzügen.

Eine Stunde später standen wir mit schlecht gefönten Haaren vor dem Ausgang. Alle anderen waren schon weg.

Dem schönen Mario hatte Lena ein ehrfürchtiges Tschüss hinterhergehaucht.

Wie abgesprochen tauchte Staschek nicht auf.

Ich sah auf die Uhr. »Ich muss gleich los, wenn ich meinen Bus kriegen will. Wer soll dich abholen?«

»Mein Alter! Wenn der mir wieder mit irgendeinem Mord kommt, kriegt er was zu hören.«

»Willst du nicht auch Bus fahren?«, fragte ich nach weiteren fünf Minuten. »Ich meine, der kann doch nicht erwarten, dass du hier ewig stehst.«

Lena zögerte: »Von der Haltestelle sind es zehn Minuten bis nach Hause, ich soll im Dunkeln nicht allein gehen.«

»Dann komme ich halt noch mit und fahre mit dem nächsten Bus weiter. Ist doch kein Problem.«

»Dann musst *du* ja allein gehen.«

»Ich kann Karate.«

»Haha.«

»Willst du hier lieber allein weiter warten? Ich muss jetzt jedenfalls los«, setzte ich auf den Herdentrieb.

»Okay, ich komm mit«, gab Lena nach.

Kurzerhand hakte sie sich mal wieder bei mir ein und gemeinsam marschierten wir zur Haltestelle.

Als wir im Bus nebeneinandersaßen, zog ich zwei Flaschen Cola-Bier aus meinem Rucksack. Ich ließ Lenas Flasche aufploppen, bevor ich sie ihr hinhielt, damit ihr das eingerissene Etikett nicht verriet, dass der Bügelverschluss schon einmal geöffnet gewesen war.

Lena tickte ihre Pulle gegen meine und nahm einen langen Zug. Schweigend saßen wir nebeneinander. Ich wartete ab, damit der Wodka wirken konnte.

»Glaubst du wirklich, dass man es nicht verhindern kann?«, fragte Lena tatsächlich, nachdem wir am Rathaus umgestiegen waren.

Ich runzelte die Stirn, als könnte ich ihr nicht ganz folgen.

»Oder willst du es nur glauben, weil du dann vielleicht irgendwann aufhörst, dir Vorwürfe zu machen?«

Ich zuckte die Schultern.

»Ich habe Eva hängen lassen«, sprach Lena weiter. »Ich habe ihr keinen Brief mehr geschrieben, obwohl ich dran war. Eva konnte das wirklich gut: Schreiben, meine ich. Sie hat Artikel für die Schülerzeitung verfasst. Und wir hatten eine Mappe für unsere Briefe und Gedichte und so ein Zeug.«

Lena leerte ihre Flasche auf ex.

Ich zog das nächste Bier aus meinem Rucksack und öffnete es wieder für Lena.

»Wieso hast du ihr nicht mehr geschrieben?«

Lena antwortete nicht, weil wir aussteigen mussten. Ich nahm mein noch halb volles Fiege-Bier und schnallte meinen Rucksack auf den Rücken.

Diesmal war ich es, die sich bei Lena einhakte.

»Also, was war mit den Briefen?«, versuchte ich, den Faden wieder aufzunehmen, als wir nebeneinander hergingen. Der im Laternenlicht nass glänzende Asphalt der Straße zog sich wie ein schwarzes Band zwischen den mehrstöckigen Wohngebäuden entlang.

Einen Augenblick lang glaubte ich, Lena würde nicht antworten. Erst unter der nächsten Straßenlaterne sah ich die Tränen in ihrem Gesicht.

Bestürzt blieb ich stehen. Ich wusste nicht, was ich tun sollte.

Gut, ich wusste es natürlich schon, ich wusste nur nicht, ob ausgerechnet ich es konnte.

Ich gab mir einen Ruck und nahm Lena in den Arm.

»Ich war so eifersüchtig!«, schluchzte sie. »Wie konnte ich nur so eine Zicke sein?«

»Es ist das Blödeste, was ich sagen kann«, murmelte ich, »aber ich verstehe, was du meinst.«

Erstaunt bemerkte ich, dass ich es anscheinend geschafft

hatte, sie zu trösten. Sie wischte sich die Nase mit dem Ärmel ab und ich entzog mich vorsichtig ihrer Umarmung.

»Eva war mit Mario zusammen«, schniefte Lena.

Ich tat verblüfft: »Mit *dem* Mario?«

Lena nickte.

»Was für eine blöde Kuh! Sie wusste doch, dass du auf ihn stehst, oder etwa nicht?«, schnappte ich empört.

Lena schüttelte den Kopf: »Sie war beinahe ekelhaft anständig! Sie hat gefragt, ob ich was dagegen hätte, und ich habe gesagt, es wäre kein Problem, er wäre mir völlig egal. Ich wollte nicht dastehen, wie die neidische kleine Freundin! Ich wollte ihr das nicht versauen, sie war so verliebt und sie hatte noch nie einen Freund gehabt.«

»Hatte sie eine Warze auf der Nase oder war sie katholisch?«

Lena lächelte ein wenig: »Mit ihrer Nase war alles in Ordnung. Sie hatte einfach keine Zeit, wegen dem Sport, denke ich. Ihr Vater hat Eva vier Mal die Woche trainiert, der ist fast so ein Sklaventreiber wie – Martens. Da blieb keine Zeit für einen festen Freund.«

Und trotz fehlender Vorkenntnisse behauptete Mario, Eva hätte Spitzenleistungen auf der Matratze gebracht? Entweder war Eva Ahrend auch im Bett ein Naturtalent gewesen oder der schöne Mario hatte die Wahrheit ein bisschen aufpoliert!

»Was für eine Streberin«, konnte ich mir nicht verkneifen zu murmeln.

»Nach dem Abi wollte sie nach München in den Nationalkader«, verteidigte Lena ihre tote Freundin automatisch. »Ihr Vater hat noch Kontakte, der war auch mal deutscher Meister.«

Wir waren vor dem schicken Wohnhaus angekommen, vor dem Staschek Lena nach der Disco abgesetzt hatte.

»Aber dann hat sie ihren Ehrgeiz vergessen und sich Mario geschnappt?«

Lena nickte. Sie lehnte sich gegen einen ziemlich neuen Kombi, der an der Straße parkte. Ich kletterte auf die Motorhaube des Wagens und faltete die Beine zum Schneidersitz zusammen. Das Blech war kalt und ein bisschen nass.

Ich klirrte meine Flasche gegen Lenas und nahm einen Schluck. Wieder trank Lena mit.

»Ich dachte, Mario würde sie sitzen lassen, sobald er sie rumgekriegt hatte. Das macht er eigentlich mit allen«, erklärte sie dann.

»Aber sie hat er nicht abserviert?« Was wiederum für matratzentechnische Spitzenleistungen sprach.

»Und sie hat wegen ihm sogar das Training sausen lassen.«

Lena leerte ihre zweite Flasche.

»Aber als er doch eine Neue hatte, ist sie aus dem Fenster gesprungen?«, riet ich.

Lena schüttelte den Kopf: »Nein. Ich glaube, die beiden waren noch zusammen.«

Sie setzte sich neben mich auf die Motorhaube und ich drückte ihr das letzte Cola-Schwarzbier in die Hand. Meine eigene, leere Flasche stellte ich auf das Dach des Wagens.

»Aber so happy, wie ich dachte, kann sie ja nicht gewesen sein«, sagte Lena heiser. »Ich hätte das wissen müssen. Alle haben mich gefragt, warum sie sich umgebracht hat. Eine tolle Freundin bin ich! Als sie zum ersten Mal wirklich Probleme hatte, ist sie lieber aus dem Fenster gesprungen, als zu mir zu kommen.«

Jetzt oder nie!

Ich gab mir einen Ruck. »Als meine Freundin an der Überdosis gestorben ist«, versuchte ich es mit meinem wirkungsvollsten Köder, »da habe ich den Bullen erzählt, ihr Freund habe sie umgebracht. Ich wollte, dass jemand anderes schuld ist … nicht ich.«

Lena starrte mich an.

Ich nahm ihr die Flasche aus der Hand und trank selbst daraus. Ich musste einen Moment Zeit gewinnen, um mein Gewissen zum Schweigen bringen zu können.

»Ich habe gesagt, Eva muss von irgendjemandem gestoßen worden sein«, flüsterte Lena. »Ich wollte einfach nicht zugeben, dass ich keine Ahnung habe, warum sie gesprungen ist.«

Schweigend saßen wir nebeneinander auf dem Auto. Schließlich rutschte Lena von der Motorhaube.

Ich steckte die leeren Bierflaschen in meinen Rucksack. Dabei fiel mir eins der Fotos, die Danner von mir gemacht hatte, in die Hand.

Aber das war jetzt nicht der richtige Zeitpunkt. Ich hatte Lena genug gequält.

Andererseits hatte sie drei Cola-Bier und vier doppelte Wodka intus …

Zum Teufel mit meinem Gewissen! Ich war hier, um etwas herauszufinden!

Als ich meinen Rucksack schloss, ließ ich das Bild gut sichtbar auf die Motorhaube fallen.

»Soll ich meine Mutter fragen, ob sie dich fährt?«

Ich winkte ab: »Nicht nötig, ich kann doch Karate!«

Ich wandte mich zum Gehen. Hoffentlich war Lena nicht so betrunken, dass sie das Bild übersah.

»Lila, ist das deins?« Sie hielt das Foto ins Licht der Straßenlaterne.

Na also.

»Wow!«, pfiff sie zwischen den Zähnen hindurch.

»Oh, das muss aus meiner Tasche gefallen sein.« Ich versuchte, ihr das Bild aus den Fingern ziehen.

»Das ist ja richtig geil! Hast du das schon öfter gemacht?«

»Schon«, log ich.

»Und?«

»Was und?«

»Ist das nicht peinlich? Mit dem Fotografen und so?«

War das zu fassen? Sie ließ sich im Badeanzug fotografieren, aber in Unterwäsche nicht? Dein Papa würde dich vor Entzücken abknutschen, wenn er das wüsste, Lena!

»Ich fand's okay. Ist ja wie ein Foto im Bikini.« Ich steckte das Bild wieder ein.

Einen Augenblick lang passte ich nicht auf und Lena nutzte die Gelegenheit, um mich schon wieder zu umarmen. »Schön, dass ich mit dir über alles sprechen kann. Das versteht doch sonst eh keiner.«

Autsch. Da hatte Lena, ohne es zu ahnen, meinem Gewissen einen unangenehmen Tiefschlag verpasst. Ich trollte mich, bevor ich noch einen kassierte.

Es war halb elf, als ich in die Kneipe spazierte. Zwei Tische waren noch von den bekannten Schnapsleichen belegt. Danner, Staschek und Molle spielten Skat um Geld.

»Und?«, fragte Lenas Vater mich sofort.

Danner nutzte die Gelegenheit, um sich Stascheks Karten anzusehen.

»Deine Ex wohnt ganz nett«, stellte ich fest.

Staschek schnitt eine Grimasse: »Wer, denkst du, bezahlt die Hütte, Frau Privatdetektivin?«

»Na, immerhin reicht dein mageres Beamtengehalt darüber hinaus für eine Doppelhaushälfte und zwei weitere Kinder.«

Staschek funkelte mich böse an: »Komm auf 'n Punkt! Was hat Lena erzählt?«

Tja. Eigentlich nichts.

Zumindest hatte Lena ihre Freundin nicht aus Eifersucht aus dem Fenster geschubst, da war ich mir jetzt ziemlich sicher. Aber ich hütete mich, Staschek zu erzählen, dass ich sie überhaupt verdächtigt hatte.

Also zuckte ich die Schultern.

»Wie bitte?«, fuhr Staschek mich an. »Ist dir eigentlich klar, dass Lena mir mein Leben zur Hölle machen wird, weil ich sie versetzt habe? Von ihrer Mutter ganz zu schweigen!«

»Jetzt halt mal die Luft an, Lenny!«, wies Molle ihn scharf zurecht. »Ihr beiden Blitzbirnen kriegt doch schon seit Wochen nichts raus!«

Danner warf einen interessierten Blick in Molles Karten, während der Staschek wütend anfunkelte.

Staschek hob beschwichtigend die Hände.

Molle lehnte sich zufrieden zurück.

Und Danner legte sein Blatt auf den Tisch: »Ich will sehen.«

35.

Um irgendwie weiterzukommen, schob ich am nächsten Morgen im Deutschunterricht eins meiner Fotos zwischen den linierten Seiten meines Heftes zu Karo hinüber. Zur Abwechslung nahm ich mal wieder meinen imaginären Liebhaber zu Hilfe: »Glaubst du, Flo steht drauf?«

Als Karos Blick auf das Foto fiel, versteinerte ihr Gesicht.

Ohne ein Wort klatschte sie den Block vor mir auf den Tisch, sprang polternd auf und stampfte in ihren klobigen Stiefeln zur Tür hinaus.

»Karoline ...!«, begann Dittmer lahm, doch bevor er sich überlegt hatte, was er sagen wollte, rummste die Tür schon hinter Karo zu.

Die verblüffte Stille vibrierte noch einen Moment lang im Klassenzimmer. Ich klimperte erstaunt mit den Wimpern, als Dittmer mir einen fragenden Blick zuwarf.

Ich war ehrlich überrascht. Bei Franzi hätte ich vielleicht damit gerechnet, sie mit einem Unterwäschefoto schocken zu können. Aber doch nicht Karo! Doch nicht die aufsässige, lässige, abgeklärte Karo! Was konnte sie an einem Mädchen in Unterwäsche erschrecken?

Außer dass Eva ähnliche Fotos gemacht hatte, bevor sie aus einem Fenster gesprungen war.

Wusste Karo über die Fotos Bescheid?

Wusste sie, wer sie gemacht hatte?

Noch bevor ich den Gedanken zu Ende gedacht hatte, kam Karo wieder herein und ließ sich mit immer noch steinerner Miene neben mir auf den Stuhl fallen.

»Schön, dass du wieder bei uns bist, Karoline«, wagte Dittmer eine schwache Kritik.

»Ich werde doch wohl noch meinen Tampon wechseln dürfen!«

Dittmer sah schnell in eine andere Richtung.

»Wenn du Lena und Franzi das Foto zeigst, dreh ich dir den Hals um«, zischte Karo mich an, als alle anderen sich wieder nach vorn gedreht hatten.

Tja, Karo brauchte ich wohl keine weiteren Fragen zu stellen.

»Scheißtag, hm?«, erkundigte sich Danner, ohne von der Zeitung aufzusehen. Staschek saß ebenfalls am Tisch und wartete aufs Mittagessen.

»Karo ist stinksauer auf mich und blockt total ab. Außerdem bewacht sie Franzi wie ein dreiköpfiger Drache, damit ich sie nicht ausquetschen kann.«

»Wem sagst du das? Ich versuche seit Wochen, etwas aus ihr rauszukriegen! Außerdem muss ich ihr Sportunterricht geben – und Sport hasst Karo fast ebenso sehr wie Lehrer.«

Molle stellte eine brutzelnde Pfanne zwischen uns auf den Tisch. Käsespätzle, mmmmh!

»Zum Glück hast du noch ein bisschen Zeit, um Franzi zu Hause zu besuchen«, stellte Danner fest. »Der Polizeiball beginnt erst um sieben.«

Ach ja, der Polizeiball – das war ja heute!

»Du gehst wirklich hin?«, wunderte sich Molle.

Danner zuckte die Schultern: »Ich schätze, meine Begleitung zickt rum, wenn ich sie versetze.«

Da lag er richtig.

»Das hat ihn sonst nie gestört«, warnte mich Molle.

»Such dir 'ne Frau und mach ihr ein Kind, Molle, dann brauchst du Lila nicht zu bemuttern!«, knurrte Danner.

Molle funkelte Danner wütend an, während er erst meinen und dann seinen eigenen Teller mit Spätzle füllte. Staschek bediente sich selbst und Danner aß den Rest aus der Pfanne.

Auf die Idee, Franzi zu Hause zu besuchen, hätte ich auch selbst kommen können. Denn so kam mir Karo nicht in die Quere.

Das Haus, in dem Franzi wohnte, war grau mit roten Balkonen und mindestens zehnstöckig. Es dauerte einen Augenblick, bis ich den Namen Schubert auf einem der fünfunddreißig Klingelschilder gefunden hatte.

»Ja bitte?«, meldete sich eine jugendlich klingende Frauenstimme über die Sprechanlage.

»Mein Name ist Lila Ziegler, ich bin eine Freundin von Franzi«, stellte ich mich vor.

»Ach, Lila, wie schön! Komm rein! Sechster Stock, neben dem Fahrstuhl links.«

Mit einem Summen öffnete sich die Tür.

Als ich oben aus dem Fahrstuhl stieg, wartete schon eine Frau an der Wohnungstür. Sie sah aus wie Franzis Schwester, die gleichen dunklen Kringellöckchen, die gleichen roten Wangen und die gleichen leicht schräg stehenden Augen, dic halbmondförmig wurden, als sie lachte. Allerdings wog sie ungefähr vierzig Kilo mehr als Franzi. Sie trug eine ausgeleierte Jogginghose, darüber ein weites T-Shirt, Biolatschen und null Make-up.

»Hi!« Sie streckte mir die Hand entgegen. »Ich bin Ina Schubert. Ich hab mich schon gefragt, wann ich dich kennenlerne.«

Ich kniff die Augen zusammen. Ausnahmsweise hatte ich keine Ahnung, wie alt ich sie schätzen sollte. Bei dicken Menschen ist es sowieso schwerer, weil sie in der Regel weniger Falten haben, die sie verraten.

Die Frage war: Schwester oder Mutter?

»Hi!«, sagte auch ich und versuchte, meine Hand aus ihrem sehr festen Griff zu lösen. »Bist du Franzis Schwester?«

Sie zwinkerte mir zu: »Schleimen ist nicht nötig.«

»Echt ihre Mutter?«

Sie betrachtete mich neugierig. »Dich hab ich mir auch anders vorgestellt.«

»Ach, wirklich?« Ich stemmte amüsiert die Hände in die Seiten. »Und wie?«

Sie zwinkerte wieder: »Nicht so brav. Ein bisschen mehr wie Karo.«

Franzi tauchte hinter ihr auf, um zu sehen, wer an der Tür war.

»Mama!«, quietschte sie empört. »Bist du bescheuert, Lila

auszufragen?« Sie boxte ihrer Mutter im Vorbeigehen in die Speckfalten über den Hüften. »Sorry, meine Mutter ist manchmal echt peinlich! Komm rein! Wenn wir in mein Zimmer gehen und ein Handtuch über die Türklinke hängen, kann sie nicht durchs Schlüsselloch gucken.«

Die Wohnung war winzig. Ohne Frage lebte Franzi mit ihrer Mutter allein, eine dritte Person hätte gar keinen Platz gefunden.

In Franzis Zimmer standen ein Bett, ein Schrank und ein Schreibtisch und damit war der Raum voll. Pink, Madonna und die unvermeidlichen Kindergesichter von Tokio Hotel hingen auf Postern an den Wänden, über dem Schreibtisch eine Pinnwand mit bunten Postkarten.

»Jetzt weißt du, warum wir uns nie bei mir treffen«, meinte Franzi. »Willst du auf dem Bett sitzen oder auf dem Stuhl?«

Ich hockte mich aufs Bett: »Wie alt ist deine Mum?«

»Fünfunddreißig.«

Schnell nachrechnen.

»Sie war achtzehn, als sie mich gekriegt hat«, ersparte mir Franzi die Mühe.

»Sie ist ganz okay, oder?«, stellte ich fest und wunderte mich einen Augenblick, dass es so was tatsächlich zu geben schien.

Franzi nickte. »Mein Vater ist abgehauen, als ich zwei war. Hat auf einem Luxusliner als Animateur angeheuert. Er war zwanzig und hat sich das Leben mit Kind nicht so anstrengend vorgestellt. Aber immerhin schreibt er mir zum Geburtstag und zu Weihnachten.«

Sie deutete auf die Postkarten an der Pinnwand. Sie kamen aus der ganzen Welt: Rio, Thailand, die Fidschis, Mexiko.

Ich merkte, dass Franzi mich abwartend ansah.

»Karo ist sauer auf mich«, begann ich. »Und ich dachte, du weißt vielleicht, warum.«

Franzi machte große Kulleraugen: »Sie hat gar nichts gesagt.«

Ich zog meine leicht zerknitterten Fotos aus der Tasche: »Ich hab ihr eins gezeigt, heute in Deutsch. Sie sagt, Lena und du, ihr dürft die Bilder auf keinen Fall zu Gesicht bekommen.«

Franzi nahm mir die Aufnahmen aus der Hand und warf mir einen schnellen Blick zu.

»Und? Weißt du, was das soll?«, hakte ich sofort nach.

»Ich kann es mir denken«, sagte sie vorsichtig.

Gespannt richtete ich mich auf: »Wirklich? Ist Karo vielleicht 'ne gut getarnte Nonne oder so?«

Franzi schüttelte den Kopf: »Das hat nichts mit dir zu tun, sondern mit ihrem Krieg gegen Dittmer.«

Dittmer, der Schülerinnenbegrapscher? Mein Lieblings-Ekelerreger, seit Stinke-Socken-Jendrick diesen Posten freigegeben hatte?

»Was hat Dittmer mit meinen Fotos zu tun?«

Franzi zuckte die Schultern: »Ach, gib Karo einfach drei Tage Zeit, dann kriegt sie sich wieder ein.«

Abgeblockt.

»Erst fängst du mit Dittmer an und jetzt sagst du mir nicht, worum es geht?«, motzte ich ärgerlich. »Fotografiert er seine Schülerinnen in Unterwäsche, oder was?«

Franzi verschränkte die Arme.

Ich hätte sie erst mit gepanschtem Biergemisch abfüllen sollen. Wütend sprang ich auf. »Dann haltet doch einfach alle die Klappe! Ihr tut ja so, als müsstet ihr einen Mord vertuschen! Leck mich!«

Ich stürmte zur Tür.

»Du hast recht!«, entschied Franzi sich schnell. »Dittmer hat einen Fototick.«

Ich hielt inne.

Dittmer machte wirklich Fotos von seinen Schülerinnen?

»Er ist ein echter Kunstfreak, auch wenn er nicht so aussieht«, klärte Franzi mich auf. »Macht Aufnahmen für die Schülerzeitung und bietet eine Foto-AG an. Das hat er voll drauf. Hätte lieber Fotograf werden sollen.«

Langsam drehte ich mich wieder zu Franzi um.

»Er hat auch Fotos von Eva gemacht, du weißt schon, unsere tote Freundin.«

Ich nickte.

»Das waren super Bilder. Dittmer hat ein richtiges Studio in der Schule. Im Keller, in der Redaktion der Schülerzeitung.«

Mit Dittmer allein im Keller? Wie nett.

»Karo glaubt, er hat Eva da unten irgendwas angetan«, fuhr Franzi fort.

»Denkst du, da ist was dran?«

Franzi presste eine Hand vor die Stirn: »Ich weiß nicht. Eigentlich nicht. Karo steigert sich da ziemlich rein. Ich glaube, sie gibt einfach jedem anderen die Schuld, damit sie nicht darüber nachdenken muss, wie viel Schuld wir selbst an Evas Tod haben.«

Ich ließ Franzi nicht aus den Augen.

Sie strich sich nervös eine dunkle Locke aus der Stirn.

Konnte es sein, dass ausgerechnet die brave, kleine Franzi diejenige war, die die Sache am klarsten sah?

»Und wie viel Schuld habt ihr?«

Ihre dunkel geschminkten Augen füllten sich mit Tränen: »Wir waren alle drei keine besonders guten Freundinnen für Eva. Sie springt aus dem Fenster und keine von uns hat geahnt, dass sie überhaupt über Selbstmord nachgedacht hat. Seit der Sache mit Mario haben wir kaum noch mit Eva gesprochen. Weißt du von der Sache mit Mario?«

»Lena hat's mir erzählt.«

»Wir wussten alle, dass Lena in ihn verknallt war. Eva

auch. Dass sie trotzdem was mit ihm angefangen hat, fand ich das Allerletzte!«

Ich nickte, ohne Franzi zu unterbrechen.

»Als Eva vor ihrem Tod mit einer Grippe im Bett lag, haben wir sie nicht mal besucht. Keine von uns.« Die Tränen lösten sich aus Franzis Augen und kullerten über ihre Wangen. »Wir waren einfach nur froh, ein paar Tage lang nicht zusehen zu müssen, wie Eva vor Lenas Augen mit Mario rumknutschte.«

Obwohl sie weinte, sprach sie weiter, ohne zu stocken: »Als Eva wieder in die Schule kam, redete sie kaum mit uns. Damals dachte ich, sie wäre sauer, weil wir uns nicht gemeldet hatten. Jetzt glaube ich, sie hat über Selbstmord nachgedacht. Sie war so verändert, wie abwesend. Vielleicht hätten wir nur fragen müssen, was los war, und sie wäre jetzt nicht tot!«

Franzi verbarg das Gesicht in den Händen.

Ich rutschte neben sie aufs Bett und nahm sie in den Arm, wie ich es am Abend zuvor bei Lena gemacht hatte. Langsam wusste ich, wie das ging.

Als Franzi aufhörte zu schluchzen, war ihre Wimperntusche in schwarzen Linien über ihr Gesicht gelaufen. »Aber dass Dittmer ihr was getan hat, dass er sie in den Keller gelockt und vergewaltigt hat, kann ich mir irgendwie nicht vorstellen.« Franzi wischte sich mit dem Ärmel die Nase ab. »Doch nicht Dittmer!«

Wirklich nicht?

»Lena glaubt auch nicht dran. Sie hat sich sogar selbst von Dittmer fotografieren lassen«, schniefte Franzi. »Ich schätze, deshalb ist Karo so sauer geworden, als du ihr die Fotos gezeigt hast. Wenn Lena sieht, wie geil deine Bilder sind, lässt sie Dittmer vielleicht noch mal Aufnahmen machen.

Ich schätze, Karo hat Schiss, dass Lena auch was passiert – denn Eva muss etwas wirklich Schlimmes passiert sein.«

»Glaubst du nicht, Jendrick war's? Er hat doch zugegeben, dass er schuld an ihrem Tod ist. Vielleicht hat er sie aus dem Fenster gestoßen?«

Franzi schüttelte den Kopf.

»Wieso nicht?«

»Weil er mit uns rausgegangen ist. Wir haben nie aufgehört, auf ihn aufzupassen, damit er Eva nicht auflauert. Ich bin hinter ihm raus und habe die Tür zugemacht. Und von außen kriegst du die Unterrichtsräume nur mit diesem Coin wieder auf, weißt du?«

Wusste ich.

»Und dann ist Jendrick mit uns die Treppe hinunter.«

»Wer war denn da noch im Bioraum?«

»Eva und Morgenroth. Sonst waren alle raus.«

Ich starrte Franzi an. Wieso hatte ich sie nicht eher gefragt?

Wenn ich ehrlich war, kannte ich die Antwort: Ich hatte sie unterschätzt. Weil sie brav war, schüchtern und – Schande über mich! – Jungfrau.

So viel zu meiner Menschenkenntnis, auf die ich mir ja gern was einbildete.

Als ich wenig später die Zimmertür öffnete, tat Ina Schubert so, als würde sie die Schuhe in dem kleinen Regal im Flur sortieren.

»Tschau, Lila«, sagte sie. »Hat mich gefreut, dich kennenzulernen.«

»Dito.«

Ich zog die Wohnungstür hinter mir zu.

Danner sah mich erwartungsvoll an, als ich mich neben ihn auf das Sofa plumpsen ließ.

»Die Fotos macht Dittmer. Mädels im Badeanzug abzulichten ist ein Hobby von ihm. Und Jendrick hat ein Alibi.« Zufrieden legte ich meine Füße neben seine auf den Tisch. »Morgenroth hat keins. Der ist als Letzter mit Eva im Raum zurückgeblieben.«

Danner dachte einen Moment lang nach.

»Ich kann mir nicht vorstellen, dass Morgenroth Eva aus dem Fenster geschubst hat«, beschloss er dann. »Die Kollegin Berthold hat vor dem Biologieraum auf ihn gewartet, er nimmt sie immer bis zum Bahnhof mit. Sie hat ihn direkt nach den Schülern herauskommen sehen. Ob Eva da noch im Raum war, kann sie zwar nicht beschwören, aber wenn Morgenroth jemanden aus dem Fenster geworfen hätte, wäre irgendwas zu hören gewesen.«

Wie immer hatte Danner seine Hausaufgaben gründlich gemacht.

»Dann wollen wir jetzt mal herausfinden, wie weit die Kollegen von der Polizei mit ihren Ermittlungen sind.«

36.

Danner ließ die Schrottschüssel wie gewohnt auf dem Behindertenparkplatz direkt vor dem Restaurant stehen.

Wer sich an die Straßenverkehrsordnung halten wollte, musste eine Runde über den voll besetzten Parkplatz drehen und stellte sein Auto dann doch halb auf dem Bürgersteig zwischen den kleinen Alleebäumen an der Straße ab.

Danner bot mir den Arm und ich hakte mich bei ihm ein.

Ich fühlte seine Muskeln durch den Stoff des Jacketts und spürte sofort wieder das gefährliche Kribbeln. Ich dachte an das Spiel mit dem Feuer, bei dem man seinen Finger jedes

Mal ein bisschen länger in die Flamme hielt, obwohl jedem logisch denkenden Menschen klar sein musste, dass es nur eine Frage der Zeit war, bis man sich verbrannte.

Ich warf ihm einen verstohlenen Blick zu, denn Danner im Anzug war ein Anblick, der mir mit Sicherheit so schnell nicht wieder vergönnt sein würde.

»Keine Krawatte?«, hatte ich mich erkundigt, als er die dunkle Jacke über ein schwarzes T-Shirt mit V-Ausschnitt gezogen hatte.

»So tief bin ich noch nicht gesunken!«, war seine Antwort gewesen.

Eine breite Treppe führte zur Eingangstür hinauf, wo sich aufgebrezelte Menschen in kleinen Grüppchen sammelten.

Die Mordkommission entdeckte ich sofort. Besser gesagt, Staschek und seine Frau Verena. Das lag daran, dass sie alle Blicke auf sich zog. Ihr Kleid war nur unwesentlich länger als ihre schweren, schwarzen Locken. Die hohen Absätze ihrer Stiefel ließen ihre Beine meterlang erscheinen und die Kurven ihrer Hüften, die sie in den Hausfrauenjeans hatten rundlich aussehen lassen, wirkten jetzt höllisch heiß.

Als Staschek mich sah, blinzelte er so erschrocken, als hätte ich eine Pumpgun gezogen und mit einem Amoklauf gedroht.

»Wenn du meine Tochter wärst, bekämst du Hausarrest für das Kleid!«, begrüßte er mich entsetzt.

Das war in etwa die Reaktion, die ich mir von meinem Outfit erhofft hatte. Mein Kleid war leuchtend rot, so kurz wie möglich und den BH hatte ich weglassen müssen, weil man ihn allzu deutlich gesehen hatte.

Aber nicht das Kleid war das Entscheidende, sondern der blassrote Lippenstift und die achteinhalb Zentimeter Absatz meiner Pumps. Dass ich auf den Dingern gehen und tanzen konnte, verdankte ich dem Preis, den ich dafür bezahlt, und dem Ballettunterricht, zu dem mich meine Mutter jahrelang gezwungen hatte.

»Lila?« Verena Seifert-Staschek trat neben ihren Mann.

Hatte Staschek sie eigentlich darüber aufgeklärt, wer ich war? Da Kommunikation nicht gerade zu seinen Stärken zählte, vermutlich nicht.

»Frau Seifert-Staschek, Ihr Kleid ist ja der Wahnsinn!«, begrüßte ich sie, ehrlich begeistert.

»Hast du vielleicht vergessen, mir was zu sagen, Schatz?«, fragte sie ihren Mann mit scharfem Unterton.

»Lila arbeitet für mich.« Danner küsste Staschecks Frau auf die Wange.

»Sie sind Privatdetektivin?« Sie musterte mich, als hätte Danner behauptet, ich würde hauptberuflich Tierversuche an niedlichen Hamstern durchführen.

»Neulich haben Sie mich schon geduzt«, lenkte ich ab.

»Da dachte ich auch, Sie wären sechzehn!«, schnappte sie empört und begann im nächsten Moment zu lachen. »Vergiss es. Ich heiße Verena.«

Danner begrüßte Staschecks Kollegen, als wäre er noch immer einer von ihnen. Ich bekam Küsschen auf die Hände, auf die Wangen und beides zugleich und ließ alles artig über mich ergehen.

Bald darauf saß ich zwischen mehreren hundert Polizisten und etlichen geladenen Gästen im festlich geschmückten Saal.

Das Licht war leicht gedämpft. Eine konservative Band in roten Glitzerjacketts spielte James-Last-like Hintergrundmusik. Zwischen den Tischen verteilt standen echte Palmen. Sie waren in Blumenkübel gepflanzt, die größer waren als ich selbst. Das kalt-warme Buffet, auf dem ich unter anderem einen aus einer Wassermelone geschnitzten Schwan und ein komplettes Spanferkel mit einem roten Apfel im Maul entdeckte, nahm eine ganze Wandlänge ein. Der Bratenduft vermischte sich mit verschiedenen Sorten aufdringlicher Damenparfüms. Vor einem einzelnen Tisch stand ein Rednerpult mit Mikrofon.

Einen Augenblick lang fühlte ich mich in das große, leer geräumte Wohnzimmer meiner Eltern zurückversetzt.

Ich sehe meine Mutter vor mir. Sie trägt ein bodenlanges, nachtschwarzes Kleid, das die Auswirkungen jahrelanger Diäten ausreichend zur Geltung bringt, und täuscht mit Gel-Einlagen einen Busen vor. Ich sehe, wie sie den Augenblick genießt, in dem sie die Musik mit einem Wink verstummen lässt und ans Mikrofon tritt, obwohl sie in unserem Wohnzimmer auch ohne Mikrofon jeder verstanden hätte. Sie streicht ihre blonde Mähne kokett nach hinten und setzt ihr strahlendstes Lächeln auf. Ich nenne es ihr Showlächeln, weil man es im normalen Leben nie zu Gesicht bekommt.

»Meine Lieben, darf ich einen Augenblick um eure Aufmerksamkeit bitten?«, flötet sie und wie immer richten sich sofort alle Blicke auf sie. »Unsere liebe Liana möchte uns unbedingt vorführen, was die teuren Klavierstunden bis jetzt bewirkt haben!«

Ich glaube, sie träumt bis heute wie ein Teenager davon, ein Filmstar zu sein. Oder zumindest Fernsehmoderatorin statt Oberstaatsanwaltsgattin.

Ein Knacken in den Lautsprechern riss mich zurück in die Gegenwart. Am Mikrofon stand nun ein Mann, der hauptsächlich riesig war. Er schien leicht übergewichtig, doch bei grob geschätzt zwei Metern Körpergröße verteilten sich die überflüssigen Pfunde bequem. Sein Gesicht war quadratisch, die Haltung lässig. Volles, graues Haar schmiegte sich an seine Schläfen. Er musste über sechzig sein, hatte sich aber gut gehalten.

»Mattek, der Polizeipräsident«, flüsterte mir Danner zu.

Der Polizeipräsident bückte sich und zog das Mikro ein Stück weiter nach oben: »Liebe Kolleginnen und Kollegen, liebe Gäste. Ich freue mich, dass auch dieses Jahr wieder so viele unserer Einladung gefolgt sind. Ganz besonders herzlich möchte ich die Oberbürgermeisterin begrüßen …«

Blabla.

Es folgte eine Aufzählung sämtlicher Mitglieder des Stadtrates, einiger Industrieller und aller anderen, die Mattek zum Polizeipräsidenten gemacht hatten. Dann kam eine Lobeshymne auf die erfolgreiche Polizeiarbeit im vergangenen Jahr, Daten und Statistiken darüber, wie viele Fälle aufgeklärt werden konnten, Dank an die einzelnen Abteilungen, an die Kollegen, die heute nicht dabei sein konnten, weil sie Dienst schoben, an die Putzfrauen der Polizeiklos, den Erfinder der Blaubeermuffins und den Wettergott für die gute Zusammenarbeit.

Ich stützte meine Ellenbogen auf den Tisch und mein Kinn in die Hände und war froh, dass mein Stretchkleid langes Sitzen nicht zur Folter werden ließ.

Danner schien meine gelangweilte Miene nicht entgangen zu sein, denn er lehnte sich zu mir herüber: »Die Schlampe sitzt links hinter ihm.«

Erstaunt richtete ich mich auf.

Die Frau, die hinter dem Polizeipräsidenten am Tisch saß, war zierlich. Ihre kurzen, dunklen Haare trug sie modisch ins hübsche, herzförmige Gesicht geföhnt. Sie hielt sich gerade und nippte hin und wieder an ihrem Wasserglas, während sie mit ausdruckslosem Gesicht die Rede des Polizeipräsidenten verfolgte.

»… möchte ich meinen langjährigen Stellvertreter Albrecht Sievershagen in die Ruhephase der Altersteilzeit verabschieden«, erklärte der Riese gerade.

Ein dünner, bebrillter Mann, dem man seinen Beamtenstatus schon aus zwanzig Metern Entfernung ansah, erhob sich neben der Schlampe.

»Die dadurch frei gewordene Stelle meines Vertreters wird – wie viele von Ihnen richtig vermutet haben – mit unserer allseits geschätzten Kollegin Klara Peters neu besetzt.«

Das Stichwort für die Schlampe.

Ihre lange Abendrobe schimmerte silbern, als sie nach vorn trat. Neben dem Riesen wirkte sie wie Barbie neben Balu, dem Bären.

Das Publikum begrüßte sie mit artigem Applaus, nur Danner und Staschek klatschten nicht.

Der Polizeipräsident reichte das Mikro an die Schlampe weiter.

Obwohl ich aus der Entfernung ihr Gesicht kaum erkennen konnte, registrierte ich doch den Augenaufschlag, mit dem sie zu dem Riesen aufsah. Und er konnte sich ein dümmliches Lächeln nicht verkneifen.

Sie verstand es anscheinend im Schlaf, jeden Beschützerinstinkt wiederzubeleben, den ein Mann vor zwanzig Jahren nach irgendeiner gescheiterten Ehe eigentlich hatte ablegen wollen.

Ihre melodische Stimme klang selbstbewusst. Ein leicht scharfer Unterton sorgte dafür, dass ihr alle zuhörten. Die Schlampe beherrschte ihre Rolle. Jede Geste, jeder Blick saß. Perfekt.

Ich sah zu Staschek und Danner hinüber und stellte zufrieden fest, dass die beiden gegen die Ausstrahlung der Schlampe immun zu sein schienen. Beide hatten sich zurückgelehnt, die Arme verschränkt und die Brauen skeptisch hochgezogen.

Na ja, bei allem, was sie mit Danner abgezogen hatte, war es kein Wunder, dass sie sich nicht bezirzen ließen.

Die Schlampe beendete ihre Rede und der Polizeipräsident eröffnete das Buffet.

Sofort summte ein Großteil der Gäste wie ein Schwarm Bienen auf das Spanferkel zu.

Ich stand hinter Herta in der Schlange und wunderte mich über die zwei einsamen Lachshäppchen, die sich die Dicke auf ihren Teller legte. Möglicherweise war der Grund für ihre Zurückhaltung die türkisblaue Paillettenbluse, deren Knöpfe bis zum Zerreißen gespannt darum kämpften, ihre Oberweite unter Kontrolle zu halten.

Am Ende der Fressmeile angekommen, reckte ich neugierig den Hals, um die Schlampe aus der Nähe zu betrachten.

Sie ließ sich gerade inmitten einer Ansammlung von Anzugträgern zur Beförderung gratulieren. Die Männer in ihren Fräcken bewegten sich so steif wie Pinguine, die auf ihren Füßen ein Ei übers Eis balancierten.

Als hätte die Schlampe meinen Blick gespürt, wandte sie sich um und fixierte mich. Warum interessierte die sich für mich? Konnte sie Gedanken lesen oder –?

Ich sah mich um.

Hinter mir stand Danner mit Verena Seifert-Staschek.

Aha.

Als die meisten Gäste das Essen beendet hatten, trat die Schlampe erneut ans Mikrofon und forderte zum Tanzen auf. Ein paar Damen in Glitzerkleidern hatten offensichtlich nur darauf gewartet, sich wild rockend auf die Tanzfläche werfen zu können.

Die Schlampe und der Riese begannen, von Tisch zu Tisch

zu gehen, um den wichtigsten Gästen persönlich die Hand zu schütteln.

Staschek hockte sich zwischen Danner und mich: »Da du deinen Arsch mal wieder nicht hochkriegst, kann ich ja mit Lila tanzen, oder?«

Ich wechselte einen schnellen Blick mit Stascheks Frau, doch die winkte lächelnd ab. Also ließ ich mich von Staschek zur Tanzfläche führen und er zog mich mit einem leichten Ruck in seine Arme.

Echt männlich, Herr Kommissar, da fallen die Hühner sicher reihenweise auf den Rücken!

Er konnte es sich nicht verkneifen, sich noch schnell die Haare aus der Stirn zu streichen: »Du kannst hoffentlich tanzen?«

»Lenny, ich konnte schon tanzen, da hast du einen Wiener Walzer noch für einen übergewichtigen Ausländer gehalten.«

»Na, das bezweifele ich doch sehr.«

Seit ich denken konnte, hatte meine Mutter mich bei jeder sich bietenden Gelegenheit gezwungen, mit nasebohrenden Anwaltssöhnchen zu tanzen. Vermutlich hatte ich die Tanzschritte eher beherrscht als den aufrechten Gang. Doch ich verzichtete darauf, Staschek zu widersprechen.

Gerade hatte er irgendetwas zu mir gesagt.

»Häh?«, fragte ich nach.

»Sag brav ›Hallo‹. Mir zuliebe«, bat er und schenkte mir sicherheitshalber noch einen flehenden Dackelblick.

Als ich mich umdrehte, stand die Schlampe vor mir.

Reflexartig knipste ich mein allerschönstes Püppchenlächeln an.

Sie lächelte püppchenhaft zurück.

Von nah besehen sah sie älter aus. Vierzig, schätzte ich.

Aber geil. Volle Lippen, große, dunkle Augen und kein Gramm zu viel auf den Hüften, denn ihre Glitzerrobe versteckte nichts.

»Schön, dass du kommen konntest, Lenny!« Sie machte sich nicht die Mühe, die Lüge glaubhaft klingen zu lassen.

»Und Sie begleiten Herrn Danner, richtig?«

Gut aufgepasst, Klara.

»Lila Ziegler, sehr erfreut.« Ich gab ihr die Hand. Ihre Finger waren kühl und dünn, ihr Griff aber kräftig.

»Freut mich ebenfalls«, floskelte sie. »Und woher kennen Sie Herrn Danner? Oder kann ich davon ausgehen, dass er mal Ihren Exmann beschattet hat?«

Ich spürte, dass sich Staschek neben mir anspannte.

Klara verbot ihm mit einem eisigen Blick das Wort.

Staschek gehorchte und schwieg.

Ich war irritiert. Ich hatte erwartet, dass sie ihn gleichgültig, vielleicht etwas von oben herab behandeln würde. Aber sie hasste ja auch ihn. Er war doch nicht etwa auch mit ihr im Bett gewesen?

Sie wartete auf meine Antwort.

»Ich bin Mitarbeiterin in der Detektei von Herrn Danner.«

»Tatsächlich? Wie ungewöhnlich. Arbeiten Sie schon lange in diesem Beruf?«

»Ehrlich gesagt, nein. Ich verdiene mir neben meinem Studium etwas dazu.«

»Ah, Sie studieren. Darf ich mal indiskret fragen, wie alt Sie sind?« Sie lächelte ein verschwörerisches Wir-Mädels-sind-ja-unter-uns-Lächeln.

»Natürlich«, lächelte ich verschwörerisch zurück. »Solange die Drei nicht vorn steht, ist es ja noch nicht notwendig zu mogeln, nicht wahr?«

Ihr Lächeln wurde etwas weniger privat.

»Ich bin letzten Monat sechsundzwanzig geworden. Ich muss gestehen, ich habe mein Studium nicht ganz zügig angegangen.«

»Möchte jemand einen Schnaps?«, mischte sich Staschek ein und schnappte einem vorbeieilenden Kellner drei Gläser vom Tablett.

Klara lehnte ab und beendete das Verhör.

Als sie ging, wollte ich Staschek eines der Gläser aus der Hand nehmen, doch er zog es hastig weg.

»Wag es, dir was Hochprozentiges reinzuziehen, und du kriegst Fernsehverbot bis an dein Lebensende!« Er stürzte den Inhalt aller drei Gläser selbst hinunter.

Unterdessen sah ich mich nach Danner um und entdeckte ihn im Gespräch mit dem Riesen. Ich war erstaunt, denn ich hatte angenommen, als Schnüffler wäre er der natürliche Feind des Polizeipräsidenten. Doch Mattek klopfte Danner auf die Schulter, als wären sie seit Jahren die besten Freunde.

»'n Kumpel von dir?«, erkundigte ich mich, als Danner sich wenig später zu Staschek und mir gesellte.

Danner schüttelte den Kopf: »Die persönliche Begrüßung verdanke ich dir – besser gesagt, deinem Kleid.«

Ich sah fragend an mir herunter.

»Ist ein Wunder, dass Mattek der Sabber nicht auf den Schlips tropft«, erklärte mir Danner. »Er will unbedingt mit dir tanzen.«

Immer wieder fantastisch, wie die meisten Männer sich durch Äußerlichkeiten manipulieren ließen.

»Er will einen Arsch antatschen, der seiner Enkeltochter gehören könnte«, vermutete ich.

»Nein«, widersprach Danner sachlich. »Mattek fummelt unter jedem Rock, selbst wenn es der von Herta ist.« Dann wandte er sich an Staschek: »Ich schätze, du musst jetzt mal mit deiner eigenen Frau tanzen, Lenny. Lila und ich sind schließlich zum Arbeiten hier.«

Danner organisierte zwei Schnapsgläser und wir setzten uns zu einem Beamten, der allein an einem Tisch sein Bier nippte.

»Tach, Horst!«

»Hallo, Ben.« Horst musterte uns müde durch seine dicke Brille. Etwas Schaum vom Bier klebte an seinem fliehenden Kinn und er hatte wohl vor nicht allzu langer Zeit deutlich abgenommen, denn sein grauer Anzug war ihm zwei bis drei Nummern zu weit.

»Das ist meine Mitarbeiterin, Lila Ziegler.«

Horst reichte mir eine Hand, die sich wie eine Fischleiche anfühlte.

»Horst arbeitet an diesem Selbstmord in der Schule«, erklärte mir Danner, um Horst wissen zu lassen, was wir wollten.

»Vergiss es!«, begriff Horst auch sofort. »Ich weiß, dass du für Staschek an der Sache dran bist. Aber ich habe strengstes Verbot, darüber zu sprechen. Von ganz oben, wenn du verstehst, was ich meine.«

»Von der Schlampe persönlich, schon klar«, brummte Danner und Horst zuckte zusammen, als hätte Danner auf einer Zaubererversammlung laut »Voldemort« gerufen. Hastig vergewisserte sich der müde Polizist, dass an den umstehenden Tischen niemand zugehört hatte.

Doch da hatte er Pech, denn in seinem Rücken saß die unsympathische Frau Wegner von der Hausdurchsuchung. Sie lehnte sich gerade nach hinten, um unser Gespräch mitzuhören.

»Neue Kollegin?«, deutete Danner mit einem Kopfnicken zu ihr hinüber.

»Schsch!«, zischte Horst. »Sei bloß still. Das ist 'ne ganz Eifrige.«

»Die sterben wohl nie aus.«

In wortloser Übereinstimmung tickten die beiden ihre Schnapsgläser gegeneinander und stürzten den Alkohol hinunter.

»Diesmal hat die Chefin recht«, stellte Horst dann klar. »Die Tote war 'ne Freundin von Staschеks Tochter. Staschek ist befangen, der hat nix in dem Fall zu suchen.«

»Deshalb bin ich auch dran.«

»Jetzt hör schon auf, Ben! Ich habe ausdrücklich Anweisung, dir und Lenny nichts zu sagen! Ich musste extra antreten bei – du weißt schon …«

»Bei der Schlampe«, ergänzte Danner genervt. »Ist mir scheißegal! Soll ich das Mikro holen und es durchsagen?«

Horst sah sich panisch nach seiner eifrigen Kollegin um.

»Der Fall ist doch so gut wie abgeschlossen, oder?«, bohrte Danner ungerührt weiter. »Erzähl mir nicht, dass ihr nach Jendrick Haberlands Selbstmord weiterermittelt!?«

Horst schwieg trotzig.

»Wenn du mir nichts sagst, dann bleibe ich den ganzen Abend an deinem Tisch sitzen und bin arschfreundlich zu dir«, drohte Danner. »Und dann erklär mal der Schlampe, dass du mir nichts erzählt hast.«

Wie es sich wohl anfühlte, mit jemandem zu schlafen, der mich schon mit einer Polizistenerpressung antörnte? Ich erwischte meine Gedanken dabei, dass sie abschweiften, und konzentrierte mich wieder auf unser Verhör.

Horst blieb zwar stumm, war aber kreidebleich geworden.

»Ihr habt den Fall abgeschlossen, richtig?«, wiederholte Danner hartnäckig.

Seufzend gab Horst auf und nickte.

»Dann kannst du mir auch was drüber erzählen. Ihr seid raus, ich kann euch nicht mehr in die Quere kommen!«

»Ich schätze, wir wissen nicht mehr als du. War eindeutig Selbstmord. Die Kleine hat die Medikamente ihrer Mutter geschluckt. Weil es damit nicht geklappt hat, ist sie aus dem Fenster gesprungen. Fertig.«

»Und das Motiv? Haberland?«

Horst nickte. »Der hat das Mädchen seit Jahren terrorisiert. Allein seine Handyrechnung ist Beweis genug. Die Ahrend hat es eben nicht mehr ausgehalten.«

»Und das reicht euch?«

Horst zuckte die hängenden Schultern.

»Habt ihr sonst noch was?«

Wieder Schulterzucken.

»Horst, zum Teufel!« Danner sah aus, als würde er jeden Moment über den Tisch langen und den lahmarschigen Horst wach rütteln.

»Habt ihr irgendwas gefunden, was auf eine Vergewaltigung schließen lässt?«, verpasste Danner dem Polizisten eine verbale Backpfeife.

Auch eine Möglichkeit, ihn aufzuwecken.

Und tatsächlich: Horsts müde Gestalt straffte sich, sein Blick wurde misstrauisch: »Weißt du was, was ich auch wissen sollte?«

»Ist nur ein Schuss ins Blaue. Wieso sollte Haberland nicht die Gelegenheit genutzt haben, wenn sie sich ergab?«

Dass unser Lieblingsverdächtiger neuerdings Dittmer hieß, hätte ich Horst auch nicht auf die Nase gebunden.

Horst drehte sein Schnapsglas zwischen den Fingern. »Na ja, wir haben da noch einen Nachtrag zum Autopsiebericht bekommen. Erst vor einer Woche, Ehrenwort!«, gestand er. »Die Fassung, die ich Staschek geschickt habe, hat ein Student erstellt. Und der hat's wohl übersehen – oder einfach für unwichtig gehalten.«

»*Was* hat er für unwichtig gehalten?«, beherrschte sich Danner mühsam.

Horst lehnte sich zu uns herüber, sodass seine neugierige Kollegin keine Chance hatte mitzuhören.

»Hämatome auf den Innenseiten der Oberschenkel. Ungefähr zehn Tage alt, die Einblutung war nur bei der Gewebeuntersuchung noch erkennbar. Unmöglich, die Ursache festzustellen, das muss keine Vergewaltigung gewesen sein, vielleicht hat die Kleine einfach nur auf harte Nummern gestanden.«

Danner nickte langsam.

»Und jetzt hältst du für den Rest des Abends zehn Meter Abstand zu mir, verstanden?«, verlangte Horst und suchte mit seinem Bierglas in der Hand das Weite.

Danner streckte zufrieden die Beine aus.

37.

Sekunden später packte Danner plötzlich meine Hand und zog mich auf die Füße. Seine Berührung brannte in meiner Handfläche, flammte meinen Arm hinauf und verursachte einen Schweißausbruch!

Er schob mich auf die Tanzfläche. Im nächsten Moment spürte ich seine Hand zwischen meinen Schulterblättern und meine Beine verwandelten sich in Gummi. Ich stolperte. Verdammter Mist!

»Ich denke, du tanzt nicht?«, versuchte ich, von meiner Verwirrung abzulenken.

»Falsch. Ich tanze nicht, solange es keinen Grund gibt.«

Er sah mir in die Augen, sein Gesicht war plötzlich dicht an meinen. Sein Jackett roch nach seinem Rasierwasser, das ich selbst auch benutzt hatte. Mein Herz prallte schmerzhaft gegen meine Rippen.

»Und der wäre?«

»Die Schlampe lässt gerade mein Auto abschleppen.«

»Was?«

Erstaunt sah ich mich um.

Tatsächlich hatte Danner mich so zwischen den tanzenden Paaren hindurchgeschoben, dass er neben einem Beamten mit roten Haaren die Schlampe gut sehen konnte.

»Das ist Atze von der Verkehrspolizei. Ich habe ihm gesagt, er soll den Wagen um die Ecke auf die Straße fahren.«

Als Atze zur Tür ging, ließ die Schlampe ihren Blick durch den Raum wandern, bis er wieder an Danner hängen blieb.

Wieso zum Teufel ließ sie ihn nicht endlich in Ruhe?

Doch sogar als die Bürgermeisterin ihr ein Glas Sekt reichte, suchten ihre Augen noch einmal nach uns.

Hoffte sie etwa auf einen Grund, ihn an Ort und Stelle festnehmen zu lassen? Plante sie vielleicht, die Bürgermeisterin vor aller Augen umzubringen und es Danner in die Schuhe zu schieben? Oder ärgerte sie nur, dass Danner mit einer Frau tanzte, die keinen BH benötigte?

Die Erkenntnis traf mich wie ein Schlag vor die Stirn!

Abrupt blieb ich stehen. War ich denn blind?

Natürlich! Die Schlampe stand noch immer auf Danner. Kein Zweifel! Vielleicht hatte sie ihn für die Beförderung gelinkt, aber das musste ja noch lange nicht heißen, dass ihr das nicht leidtat. Sie wollte noch mal von ihm auf dem geflickten Beifahrersitz seiner Schrottschüssel flachgelegt werden. Und ihr ganzer Terror sicherte ihr zumindest seine Aufmerksamkeit.

»Was ist?«, fragte Danner, weil ich noch immer nicht weitertanzte.

Ich setzte mich wieder in Bewegung.

»Ich wette, ich kann deine Freundin Klara in dreieinhalb Sekunden auf hundertachtzig bringen.«

Danner sah zu der Schlampe hinüber, die halbherzig mit der Bürgermeisterin anstieß. »Dreieinhalb Sekunden?«

»Höchstens fünf.«

»Die Wette gilt! Du kriegst eine Woche das Bett, wenn du sie richtig ärgern kannst.«

»Dann verabschiede dich schon mal von deinem Kopfkissen!« Ich schlang Danner die Arme um den Hals, reckte meine Lippen dicht an sein Ohr und flüsterte: »Und erzähl mir nicht, dass zwischen euch nichts mehr läuft. Die liebe Klara hetzt dir ihre Bullen auf den Hals, weil sie in Erinnerung bleiben möchte. Die will nur ein bisschen Aufmerksamkeit. Und natürlich eine Fortsetzung im Bett.«

Ich spürte, wie er erstarrte.

»Du spinnst doch!«

Dabei war es offensichtlich und er bekam doch sonst alles mit.

Mit einem Ruck zog er mich noch näher an sich und legte sein Kinn auf meine Schulter. Ich spürte seine raue Wange an meinem Gesicht, roch den Alkohol, den er getrunken hatte.

Das Gesicht der Schlampe hatte sich trotz ihres perfekten Make-ups sichtlich gerötet.

»Du glaubst wirklich, die steht noch auf mich?«, murmelte Danner ungläubig.

War das wirklich so erstaunlich? Anscheinend fuhren doch alle auf seinen unrasierten Privatschnüfflercharme ab, einschließlich Marie, der Sexbombe, und Susanne Lehnert, dem flirtenden Skelett. Von mir selbst ganz zu schweigen.

»Willst du das noch genauer recherchieren, Boss?«, erkundigte ich mich und fuhr mir mit der Zunge über die Lippen.

Das Glitzern seiner Augen verriet mir, dass er sofort begriff. Er zögerte nur einen winzigen Augenblick, bevor er mir seinen Arm um den Nacken legte.

Ich ließ es zu. Ich wollte wissen, wie es sich anfühlte!

Unsere Lippen berührten sich, meine weich, seine fordernd.

Augenblicklich wurde mir schwindelig.

Er schmeckte, wie ich es erwartet hatte, nach Bier und ein bisschen salzig – und einfach atemberaubend! Das Kribbeln, das mich bei jeder seiner Berührungen wie ein Stromschlag elektrisierte, ließ mich zittern. Mein Herz hämmerte durch den dünnen Stoff meines Kleides aufgeregt gegen seinen Körper.

Eine heiße Welle durchflutete mich, als ich eine Sekunde später seine Zunge in meinem Mund spürte. Ich krallte die Finger in seinen Nacken und erwiderte seinen Kuss genauso heftig.

Dann ließ er mich plötzlich los.

Erstaunt sah ich an dem dunklen Schlips auf dem mächtigen Brustkorb des Riesen in die Höhe.

Danner wischte sich grinsend über das Kinn.

»Entschuldigen Sie die Störung, Fräulein Lila! Herr Danner war so freundlich, mir einen Tanz abzutreten.«

Fräulein Lila? Meine Nackenhaare sträubten sich.

Im nächsten Augenblick fand ich mich – noch halb benommen von Danners Kuss – in den überlangen Armen des Polizeipräsidenten wieder.

Von unten musterte ich Matteks kantiges Kinn. Aus der Nähe betrachtet, erinnerte seine unnatürlich dicke, glänzende Haut an plastikartiges Krokodillederimitat. Ich hätte schwören können, er war geliftet.

»Sie tanzen nicht, Sie schweben, Lila!«

O mein Gott! Wenn ich so alt aussah, dass ein derart abgekautes Kompliment bei mir Sinn zu machen schien, war ich mit meinem Outfit übers Ziel hinausgeschossen.

Matteks riesige Hand lag nicht auf meinem Rücken, sondern auf meinem Hintern, wo ich sie mit Sicherheit nicht haben wollte. Doch ich war immer noch so aus dem Gleichgewicht, dass ich besorgniserregende drei Anläufe brauchte, bis ich seine Pranke in die richtige Position geschubst hatte.

»Sie sind also Privatdetektivin?«, begann er ein Gespräch, während seine Hand auf meiner Schulter ankam und weiter nach vorn wanderte.

Na, warte!

»Mit dem Job in der Detektei verdiene ich mir neben dem Studium ein bisschen was dazu«, wiederholte ich den Text, den ich mir zurechtgelegt hatte.

»Ach, Sie studieren?«

»Biologie. Verhaltensforschung.«

Will man eine Rolle glaubhaft spielen, sollte man ein paar Details einfließen lassen.

»Ich hatte erst an Jura gedacht«, fuhr ich fort, »habe aber nach zwei Semestern umgesattelt. Mein Diplom schreibe ich über Pawlows Konditionierung. Sie wissen schon, die Sache mit den Schlüsselreizen. Hauptsächlich arbeite ich an Verhaltensstudien. Es geht unter anderem um den Einfluss der Pornografie auf unseren Alltag.«

»Interessant!« Er besabberte seine Krawatte, um mal bei Danners Worten zu bleiben. »Erzählen Sie mehr!«

Aber gern – niemand betatschte ungestraft meinen Arsch!

»Ein einfaches Beispiel für einen Schlüsselreiz in unserem Alltag ist mein Kleid.«

Der Riese kam aus dem Takt.

»Durch ständige Konditionierung über die Medien löst ein

kurzes, möglichst rotes Kleid kombiniert mit hohen Absätzen bei vielen Männer automatisch sexuelles Interesse aus – genauso wie ein Zuchtbulle ein schwarz-weiß geflecktes Fass bespringt. Tatsächlich wird mir in diesem Kleid deutlich öfter an den Busen gegrapscht als in Jeans und Turnschuhen.«

Die Hand des Riesen zuckte von meiner Schulter, als hätte ich hineingebissen. Sein Plastikgesicht schien erstarrt und ich überlegte, ob er eventuell so alt war, dass meine Worte einen Herzstillstand auslösen konnten.

»Das war ausgesprochen lehrreich«, sagte er knapp und mir wurde klar, dass die fehlende Mimik auf das Lifting zurückzuführen war.

Ohne ein weiteres Wort wandte Mattek sich ab und bahnte sich einen Weg durch die tanzende Menge wie ein wandelnder Baum durch ein Heer hüpfender Zwerge.

»Was meint er mit lehrreich?«, erkundigte sich Danner, der plötzlich wieder hinter mir stand.

»Ich kann es nicht leiden, wenn man mich begrapscht. Und ich räche mich meistens, habe ich das schon gesagt?«

Die anderen Leute warfen uns missbilligende Blicke zu, weil wir auf der Tanzfläche standen, ohne uns zu bewegen.

»Genau deshalb will ich wissen, was du ihm erzählt hast!«

»Berufsgeheimnis.« Er musste nicht immer alles wissen.

Ehe ich mich abwenden konnte, hatte er mir seinen Arm um den Hals gelegt, sodass ich mit ihm tanzen musste, ob ich wollte oder nicht.

»Dein Beruf ist in dem Fall auch mein Beruf. Außerdem kann ich dich immer noch feuern.«

»Na schön!« Ich funkelte ihn wütend an. »Ich hab gesagt, dass er auch ein Regenfass bespringen würde, wenn es ein kurzes Kleid trägt.«

Danner starrte mich an.

»Lenny wird sich freuen zu hören, dass es nicht meine Schuld ist, dass wir rausgeschmissen werden«, grinste er dann. »Vielleicht sollten wir die kurze, verbleibende Zeit nutzen, um die Schlampe noch ein bisschen zu ärgern?«

Mein Herz machte einen Satz!

Bildete ich mir das ein oder machte er mich an?

Klara lächelte nicht weit entfernt einen Pinguin mit einem CDU-Button am Frack an, der ihr ein Glas Sekt anbot.

»Einen Versuch ist es wert«, fand ich.

Der Kuss war wie ein Knock-out. Als ich wieder zu mir kam, schmeckte ich ihn auf meinen Lippen, die Wärme seiner Hände durchdrang den dünnen Stoff meines Kleides. Als sich sein Mund von meinem löste, konnte ich meinen Kopf kaum anheben. Es war, als hätte ich keine Nackenmuskeln mehr.

Danner beobachtete interessiert, wie Klara dem Pinguin ärgerlich das Sektglas aus der Hand schnappte und ihn stehen ließ.

Ich nutzte die Gelegenheit, um auf dem schaukelnden Boden mein Gleichgewicht wiederzufinden.

Konnte es sein, dass ich kaum noch stehen konnte, während Danner alles für ein lustiges Spiel hielt, mit dem er die Schlampe ärgerte? Konnte es sein, dass er mich genauso benutzte, wie ich die Männer bisher benutzt hatte?

O Gott.

Ich hatte wissen wollen, wie es sich anfühlte. Jetzt wusste ich es: wie eine Achterbahnfahrt ohne Sicherheitsgurt. Mir wurde übel davon!

»Sieh mich nicht so an«, knurrte Danner unerwartet.

Ich zog eine Braue in die Höhe.

»Scheiße, du machst mich wahnsinnig«, fuhr er mich an.

Er packte meinen Arm und zog mich hinter einen der riesigen Palmenkübel, rechts von uns an der Wand. Die Ecke war dunkel, ich fühlte den rauen Wischputz der Saalwand im Rücken.

Wieder nahm mir sein Kuss den Atem. Ich spürte die Berührung seiner Hände, als sie meine Seiten hinunterwanderten, mein Becken umfassten, an meinen Hüften hinabstrichen bis zu meinen Oberschenkeln und unter meinem Kleid wieder nach oben fuhren.

Ich atmete hastig ein, als er mich fest gegen die kalte Wand drückte. Sein Oberkörper presste sich an meine Brust. Unter seinem Jackett fühlte ich seine vor Anspannung zitternde Muskulatur so deutlich, dass ich nicht sagen konnte, ob sich überhaupt noch Stoff zwischen uns befand. Meine Brustwarzen richteten sich auf.

Ich zuckte zusammen. Meine Brustwarzen hatten bisher nur reagiert, wenn ich fror.

Danner hielt inne.

Ich bemerkte erst jetzt, dass er mein Kleid bis zu meinen Hüften hochgeschoben hatte. Schlagartig war ich wieder bei Sinnen.

Wollte ich mich vor den Augen der ganzen Stadt vernaschen lassen? Das war doch selbst mir eine Stufe zu heavy!

Rasch zerrte ich mein Kleid herunter.

Danner sah aus, als hätte ich ihm eine Ohrfeige verpasst. Er griff sich an die Stirn, drehte sich um und ging.

Ich kontrollierte eilig mein Outfit, bevor ich ihm folgte. Die Arme verschränkte ich vor dem Oberkörper, damit meine Brustwarzen Zeit hatten, sich wieder unauffälliger zu verhalten.

Danner war schon zur Tür raus. Ich lief ihm hinterher, aber mit meinen hochhackigen Pumps war es nicht einfach, ihn einzuholen.

Draußen schlug mir eisige Luft entgegen. Die Nacht war klar, ein paar blasse Sterne blinkten am von den Lichtern der Stadt erleuchteten Himmel. Die Kälte fuhr unter mein Kleid, um meine nackten Beine und ließ mich auf der Stelle frösteln. Allerdings konnte bei meiner momentanen Betriebstemperatur ein bisschen Abkühlung nicht schaden.

Danner war bereits auf dem Parkplatz.

»Kannst du mir mal erklären, was los ist?«, brüllte ich ihm nach.

Er hob die Hände, ohne sich umzusehen.

Zum Teufel mit den Schuhen! Ich schleuderte sie zur Seite und rannte ihm nach.

Tatsächlich stand die Schrottschüssel nicht mehr auf dem Behindertenparkplatz, sondern ein ganzes Stück entfernt im Schatten der kleinen Alleebäume am Straßenrand, direkt hinter einem Abschleppwagen der Polizei.

Ich erreichte gleichzeitig mit Danner das Auto.

Ohne Vorwarnung schlug Danner beide Fäuste auf die alte Motorhaube. Es krachte laut und gab zwei Dellen im rostigen Lack.

Ich schwieg verdutzt.

»Verdammt!«, fluchte er und schlug noch mal zu. »Das hätte nie passieren dürfen!«

»War auch nicht mein Traum, dass die ganze Stadt die Farbe meiner Unterhose kennt.«

»Du weißt genau, was ich meine!«, schnauzte Danner mich an und trat nun wütend gegen das Auto. Das alte Blech knackte bedenklich. »Ich hab wohl völlig den Verstand verloren! Du kannst hundert Mal so tun, als wärst du eine dreißigjährige Frau, du bleibst ein Kind!«

Mir fehlten die Worte.

»Und obendrein bist du total labil!«

Labil? Das wurde ja immer besser!

»Kannst du ›labil‹ mal genauer definieren?« Mühsam versuchte ich, meine Wut zu beherrschen.

»Kein normaler Teenager knutscht mit 'nem Kerl, der ihr Vater sein könnte!«, warf Danner mir an den Kopf.

Das reichte!

»Du glaubst, ich habe einen Dachschaden, ja?«, explodierte ich. »Weil mein Vater mich wie den letzten Dreck behandelt hat, baggere ich ältere Männer an? Um zu kriegen, was ich nie hatte? Du feiges Arschloch! Für mich existiert mein Vater nicht mehr, also red du dich nicht mit ihm raus!«

Danner starrte mich an.

»Wenn du keinen Bock auf mich hast, dann sag es doch einfach! Glaub mir, ich werd's überleben. Aber komm mir nicht mit *Ich könnte dein Vater sein,* da muss ich kotzen! Ich bin volljährig, ich nehme die Pille und ich will mit dir schlafen – also, was ist?«

Wie tief war ich eigentlich gesunken, dass ich mich ihm so an den Hals warf?

Und der Dreckskerl wagte es, mich zappeln zu lassen!

Wenn er nicht sofort ein Wort sagte, brachte ich ihn um!

Die Sekunden kamen mir wie Ewigkeiten vor.

Danner trat auf mich zu und legte mir schwer die Hände auf die Schultern.

Würde er mir jetzt schonend beibringen, dass ich ihn mir aus dem Kopf schlagen sollte? Dass ich irgendwann einen netten Jungen kennenlernen würde, der mich wirklich mochte?

Verdammt, sah ich aus, als würde ich auf nette Jungs stehen?

Langsam glitten seine Hände von meinen Schultern nach vorn, streiften meine Brüste, um sich mit einem Ruck um meinen Rücken zu schließen.

Mein rasender Puls setzte für einen Augenblick aus – was mich aber nicht daran hinderte, ihn am Kragen seines Jacketts an mich zu zerren.

Es polterte blechern, als er mich gegen die kalte Motorhaube des Wagens stieß. Ich ignorierte die harte Kante des Kotflügels in meinem Rücken. Im gleichen Moment hatte er schon mein Kleid hochgeschoben. Ich genoss die Hitze seiner rauen Hände auf meiner kalten Haut. Die Berührung seiner Daumen ließ meine Bauchdecke kribbeln und irgendwie landete mein orangefarbener Slip auf meinen nackten Füßen. Seine Finger glitten auf mein Kreuzbein. Augenblicklich pulsierte eine heiße Woge durch mein Becken.

Ich legte einen Oberschenkel um seine Hüften. Als er sich schwer gegen mich lehnte, spürte ich ihn durch den Stoff seiner Hose hart zwischen meinen Beinen. Ich löste seine Gürtelschnalle, ließ meine Hand am Hosensaum entlanggleiten und erwischte die Knopfleiste.

Seine freie Hand legte mein anderes Bein ebenfalls um seine Hüften, er drückte mich gegen die knirschende Motorhaube.

Ich atmete hastig ein, als ich spürte, wie er behutsam in mich hineinglitt.

Mehr!

Seine Hände hielten meine Oberschenkel fest, als er ganz in mich eindrang. Ich hatte die leere Straße und die um uns herum parkenden Polizeiwagen vergessen. Ich spürte nur noch, wie er sich langsam und rhythmisch in mir zu bewegen begann, wie mich die Hitze bei jeder seiner Bewegungen weiter durchströmte.

Ich klammerte mich an seinen Hals, als er mich fester an sich zog, und spürte die heiße Explosion in meinem Unterleib, als ich kam. Ich wusste nicht mehr, ob ich stand oder lag – fühlte nur noch seine Arme, die mich festhielten, und seine pulsierende Erektion in mir.

Danner stützte sich mit den Unterarmen auf dem Auto ab, um nicht selbst in die Knie zu gehen. Doch er lockerte seinen Griff nicht, bis sich mein Atem einigermaßen beruhigt hatte.

Erst dann setzte er mich wieder auf dem Boden ab.

Mit wackligen Knien zog ich meinen Slip in die Höhe. Danner küsste mich, bevor er seinen Gürtel schloss, und deutete dann mit dem Kopf auf den Wagen.

So gelassen ich konnte, kletterte ich hinein.

Wie war es möglich, dass ich bisher nicht mitbekommen hatte, wie herrlich sich Sex anfühlen konnte?

Verstohlen musterte ich Danner von der Seite, als er die Schrottschüssel auf die Stadtautobahn lenkte. Natürlich bemerkte er es.

Er schloss die Augen – was bei Tempo hundert nicht unbedingt empfehlenswert war: »O Gott, ich bin ein Kinderschänder. Am besten rufen wir Lenny an, damit er mich verhaftet.«

»Du glaubst doch nicht im Ernst, dass ich dich die Nacht in einer Zelle verbringen lasse?« Ich tippte auf den Tacho: »Mehr gibt die Karre nicht her?«

Es grenzte an ein Wunder, dass wir heil zu Hause ankamen.

Keiner von uns übernachtete auf dem Sofa.

38.

Am nächsten Morgen waren wir um neun Uhr noch immer nicht mit dem Frühstück fertig. Danner hatte die ersten zwei Stunden frei und ich schwänzte.

Molle hatte starken Kaffee gemacht und sich zweifellos darauf eingestellt, dass Danner nach der gestrigen Begegnung mit der Schlampe ungenießbar sein würde.

Deshalb war der Dicke einigermaßen erstaunt gewesen, als wir beide bestens gelaunt in seine Kneipe spaziert waren.

Danner hatte sich entspannt zurückgelehnt und trank nun schweigend seinen Kaffee. Amüsiert verfolgte er, wie ich Molle fröhlich und frei interpretierend von unseren Ermittlungen berichtete.

In meinem Magen kribbelte es. Danner hatte die Beine von sich gestreckt und die Arme so verschränkt, dass bei jeder Handbewegung die Anspannung seiner Unterarmmuskulatur zu sehen war. Seine grauen Augen waren so klar, dass ich mich in ihnen spiegelte, und obwohl er keine Miene verzog, konnte ich das auffordernde Funkeln nur mit Mühe ignorieren.

Ich sprach so schnell, dass meine eigenen Gedanken meinen Worten nicht ganz folgen konnten. Doch Molle schien gar nicht zu bemerken, dass ich mich aufführte, als hätte ich schon vor dem Frühstück Drogen genommen.

Bis Staschek hereinkam, leise und sorgfältig die Kneipentür hinter sich schloss und an unseren Frühstückstisch schlich. Ich schwieg und wir sahen erstaunt zu, wie er sich langsam neben Danner auf den Stuhl sinken ließ. Der Kommissar wirkte ein wenig untot: leichenbleiches Gesicht, dunkle Ringe unter geschwollenen Augen, ungekämmte Haare und ein zerknitterter Mantel.

»Was ist denn mit dir passiert?«, fragte ich bestürzt.

»Schscht!« Er hielt sich die Hände an die Ohren.

»An der Tiefe seiner Falten erkennt man die Menge Restalkohol in seinem Blut. Ab 1,8 Promille ist er nämlich nicht mehr in der Lage, seine nächtliche Quarkmaske aufzulegen«, spottete Danner ohne Mitleid.

Staschek schnitt eine gequälte Grimasse. Dann fiel ihm ein, dass Donnerstag war. »Warum bist du nicht in der Schule?«, fragte er mich so vorwurfsvoll, als hätte er seine Tochter beim Schwänzen erwischt.

»Warum arbeitest du nicht?«, fragte ich zurück.

»Bin im Dienst.«

»Tja, in der Schule braucht man aber ein Gehirn. Deshalb tauche ich grundsätzlich nicht vor dem Aufwachen dort auf.«

Staschek lehnte sich vorsichtig zur Seite und angelte mit seinem Messer nach einem Brötchen.

Ich schob ihm den Korb hinüber: »Übrigens habe ich jetzt mit ihm geschlafen.«

Krachend kippte Staschek vom Stuhl.

Molle und Danner starrten mich an. Danner ungläubig, Molle entsetzt.

»'tschuldigung.« Ich zuckte mit den Schultern. »Ich hab ihm versprochen, dass er es als Erster erfährt.«

Im gleichen Augenblick landete Danner neben Staschek auf den Boden.

Molle hatte ihm so blitzschnell eine gelangt, dass Danner den Schlag nicht hatte vorhersehen können.

»Raus!«

Danner rieb sich das Kinn.

»Verpiss dich! Lass dich hier bloß nicht mehr blicken!«

»Spinnst du, Molle?«, fuhr ich den Dicken wütend an. »Ich sagte, ich habe mit ihm geschlafen! Das bedeutet, er ist völlig unschuldig und hat alles in seiner Macht Stehende getan, um es zu verhindern!«

Doch Molle nahm keine Notiz von mir. Wütend verschränkte er die Arme über dem Bauch.

Danner musterte den Dicken kurz, zog sich knurrend eine

Mütze über den kahlen Schädel, schnappte seine Sporttasche, seine Jacke und ein Käsebrötchen und knallte die Tür hinter sich zu.

»Du hast se wohl nicht alle!«, giftete ich weiter, als Molle mich endlich ansah. »Ich kann immer noch selbst entscheiden, mit wem ich ins Bett gehe!«

»Du kannst mit jedem ins Bett gehen, außer mit diesem Arschloch«, erklärte Molle barsch. »Mit dir zieht er die Nummer nicht ab!«

»Das ist ja wohl meine Sache!«

»Du hast doch keine Ahnung.«

»Dann klär mich mal auf!«

Molle musterte mich über seine halbmondförmige Brille hinweg. »Ich hab dir ja erzählt, dass er in den letzten zehn Jahren alle Frauen nach spätestens drei Monaten abserviert hat. Und das wird auch so bleiben, denn die, die er mal heiraten wollte, hat ihn böse verladen.«

»Die Schlampe, ich weiß. Sie hat ihm diese interne Untersuchung aufgehalst.«

Molle zog verwundert eine Braue hoch.

Ich deutete mit dem Kopf auf Staschek.

»Ich hab auch versucht, sie zu warnen«, meinte der. »Haste mal 'n Aspirin?«

Molle achtete nicht auf ihn.

»Hochzeit *und* Karriere geht eben nicht. Da muss eine Frau Prioritäten setzen«, bemerkte ich ironisch. »Auch wenn es der Schlampe im Nachhinein möglicherweise leidtut.«

Staschek schnaufte verächtlich.

»Leid?« brauste Molle auf. »Der? Im Leben nicht! Wäre Lenny nicht gewesen, säße Ben heute noch hinter Gittern!«

Ich horchte auf.

»Molle!«, zischte Staschek.

»Stell dich nicht so an, Lenny!«

Staschek bat Molle mit einem Hundeblick, die Klappe zu halten.

»Hab ich Titten, Lenny?«, erwiderte Molle ungerührt. »Glaubst du vielleicht, dass Ben ihr irgendwas über sich erzählt, bevor er sie das nächste Mal bumst und hinterher vor die Tür setzt?«

Staschek seufzte. »Na schön.« Er hielt sich die Stirn, als er zu sprechen begann. »Klaras Plan war perfekt. Sie hat einen Junkie bezahlt, sich den Arm brechen zu lassen. Der Typ behauptete, Ben habe ihn in der Ausnüchterungszelle zusammengeschlagen. Keine Zeugen, keine Kameras und Ben hatte natürlich Zugang. In Wirklichkeit war er in der Nacht mit Klara zusammen gewesen. Sie ließ sein Alibi platzen, bevor er wusste, dass er eins brauchte.«

»Der Hochzeitstermin stand schon fest«, ergänzte Molle.

Ich überlegte. »Aber hast du nicht neulich gesagt, er hatte ein Alibi? Die interne Untersuchung konnte ihm doch nichts nachweisen, er hat selbst gekündigt, oder nicht?«

»Hätte er keins gehabt, hätte ihn die schwere Körperverletzung mehr gekostet als seinen Job«, nickte Staschek. »Ich hatte Frühschicht. Ich hab die Aussage von dem verlogenen Fixer aufgenommen.«

Ich hörte den Groschen klimpern, als er fiel: »Du hast Ben ein falsches Alibi gegeben.«

Schöne Idee!

»Klara wusste das genau, konnte aber nichts dagegen tun«, dachte ich rasch zu Ende. »Sie hatte ja schon ausgesagt, dass sie nicht wusste, wo Danner gewesen war. Genial! Hätte ich dir gar nicht zugetraut, Lenny!«

»Außer Klara, Ben und Molle weiß niemand davon, okay?«, informierte mich Staschek eilig.

»Glaubst du, ich renne ins nächste Polizeirevier und zeige dich an?«

Molle stand auf, trat hinter den Tresen und warf eine Aspirintablette in ein Glas Wasser: »Kapierst du, warum Ben nie jemanden an sich ranlassen wird? Du kannst ihm nicht trauen.«

Eigentlich kapierte ich nur, dass er mir nicht trauen konnte.

39.

»Hi!« Ich ließ mich neben Karo auf meinen Stuhl in der letzten Reihe plumpsen.

»Wo kommst du denn jetzt her?«

Immerhin redete sie mit mir.

Der Steinzeitmensch warf einen skeptischen Blick auf die Entschuldigung, die ich ihm aufs Pult gelegt hatte. Er war nicht blöd, aber er schluckte es.

»Was steht da drin?«

»Gynäkologentermin.« Molle hatte unterschrieben.

»Du schwänzt in letzter Zeit mehr, als dass du hier bist!«, bemerkte Karo beinahe vorwurfsvoll.

»Und du bist in letzter Zeit echt spießig!«

Eins zu eins.

»Na schön, bei der Sache mit den Fotos hab ich vielleicht überreagiert«, gab sie zähneknirschend zu.

»Hast du geglaubt, dass ich mir was drauf einbilde, oder was?«, zischte ich.

Sofort sah mich Karo lauernd an.

Ich lächelte dem Steinzeitmenschen zu, der mit gerunzelter Stirn zu uns herübersah.

»Hast du geglaubt, dass ich mich von einem Möchtegernfotografen begrapschen lasse, weil er mir eine Modelkarriere bei Neckermann verspricht? Und dass ich Lena da mit reinziehe und wir uns beide ermorden lassen?«

Polternd hörte Karo auf zu kippeln: »Wer hat dir von Dittmer erzählt?«

»Die kleine Schwester von Iefgenia Antonczyk«, antwortete ich, um den Verdacht von Franzi abzulenken. »Wenn *du* mir davon erzählt hättest, hätte ich nicht die gesamte Schwimmmannschaft aushorchen müssen.«

Karo knirschte mit den Zähnen. »Du hast recht«, gestand sie. »Du konntest nicht wissen, dass sich Eva von Dittmer hat fotografieren lassen.«

»Und du glaubst, er hat was mit ihrem Selbstmord zu tun?«

Für einen Augenblick bröckelte Karos hasserfüllte Fassade und sie zuckte ratlos die Schultern.

»Sie hat sich allein mit ihm im Keller getroffen!«, wurde sie dann sofort wieder wütend. »Ich trau ihm zu, dass er ihr was angetan hat. Wegen irgendwas muss sie sich doch umgebracht haben!«

Eine halbe Stunde nach Schulschluss hockte ich auf den drei Stufen, die durch das Tor des Stahlzauns vom Schulgelände führten, und winkte Lena nach.

Danner bemerkte ich erst, als er seine Sporttasche neben mir auf den Boden plumpsen ließ. »Was hat Molle erzählt, nachdem ich weg war? Dass ich in einem Sarg schlafe und Frauen gerne den Hals durchbeiße?«

Schnell vergewisserte ich mich, dass der Kombi von Lenas Mutter hinter der nächsten Kurve verschwunden war. »Wenn ich ihn richtig verstanden habe, ging es eher um das blöde Rotkäppchen, das eine Affäre mit dem bösen Wolf hat.«

Ehe ich mich versah, lag ich plötzlich unter ihm auf dem Boden.

»Und? Hast du Angst?«

»Ich zittere«, spottete ich.

Ich spürte seine Erregung unter dem festen Stoff seiner Jeans. Doch dann setzte er sich mit einem Ruck auf und zog mich mit sich.

»Schätze, das könnte unserer Tarnung schaden«, entschied er ohne Überzeugung in der Stimme.

Scheiße, war ich verknallt! Ich hätte nichts dagegen gehabt, sofort hier auf dem Gehweg mit ihm zu schlafen – eigentlich sah ich auch keinen Grund, der dagegen sprach.

Na ja, bis auf den Geschichtsgreis, der gerade seinen klapprigen Benz vom Lehrerparkplatz lenkte.

»Hast du sonst noch was rausgekriegt?«, fragte Danner. »Ich meine, außer dass du mit dem bösen Wolf ins Bett gehst?«

Schlagartig ernüchterte ich. »Wir sollten uns endlich Dittmer vornehmen. Karo hält ihn für gefährlich, und wenn du mich fragst, ist da was dran. Außerdem sind Massenmörder doch meistens unauffällige, verklemmte Pullunderträger oder nicht?«

»Das würde viele Mordermittlungen vereinfachen.« Irgendetwas in Danners Augen gefiel mir nicht.

»Wir besuchen Dittmer gleich heute Nachmittag«, entschied er. »Jetzt muss ich zum Direx. Ich hab den bekifften Moritz aus dem Schwimmkader geschmissen und sein Daddy hat sich prompt beschwert.« Er stand auf und nahm seine Tasche. »Wir treffen uns nachher bei Molle.«

Hm.

Danner schlenderte über den Schulhof davon.

Da stimmte was nicht.

Es dauerte einen Augenblick, bis ich dahinterkam: Wieso hatte er seine Tasche mit rausgebracht? Wenn er sowieso noch zum Direktor musste, hätte er sie doch gleich drinlassen können!

Wollte der mich verarschen?

Verdammt!

Genau das wollte er!

»Ich warte lieber hier auf dich!«, rief ich ihm nach.

Wütend fuhr er herum.

Aha, ich hatte ihn durchschaut! Er war nicht der Einzige, der das konnte.

»Du fährst nach Hause, kapiert?« Sein Ton sollte mir drohen.

»Ich denke gar nicht dran. Wenn du mich loswerden willst, musst du dir schon was Besseres einfallen lassen!«

Sein Blick wurde so kalt, dass mir ein Schauer über den Rücken kroch: »Wenn du nicht sofort die Biege machst, fliegst du raus, kapiert?«

Kaum wurde ich unbequem, stand ich wieder auf einer Stufe mit den Parasiten. »Du meinst, aus dem Haus, aus dem Molle dich vorhin geworfen hat?«

Er verzog keine Miene.

Aber ich kochte vor Zorn: »Schmeiß mich doch raus, ist mir egal! Aber jetzt komme ich mit, ob dir das passt oder nicht!«

Plötzlich stand er wieder direkt vor mir, das Gesicht eine unbewegte Maske, doch seine Wut ließ ihn die Fäuste ballen: »Verpiss dich endlich!«

Stur schüttelte ich den Kopf.

Mit einem Ruck wandte er sich ab, zögerte – und ich war nicht in der Lage, das so blitzartig zu begreifen –, drehte sich wieder zu mir um und verpasste mir eine schallende Ohrfeige.

Allerdings verhinderte eine oft trainierte Kopfdrehung, dass mich die Wucht des Schlages taumeln ließ.

Danner hielt verwundert inne, als ich mich nicht rührte. Dann wandte er sich wortlos ab und stieg in den Wagen. Die Schrottschüssel holperte über den Bordstein, als er wendete.

Langsam fuhr ich mir mit den Fingern über Wange und Mund, prüfte automatisch, ob ich blutete. Den Schmerz spürte ich kaum.

Sein Schlag lähmte mich, nicht nur meine Muskeln, auch mein Gehirn. Es weigerte sich zu verarbeiten, was mir da gerade passiert war.

Er wollte mich loswerden.

Das war der erste Gedanke, den ich wieder zu greifen bekam.

Danner hatte genau gewusst, was er tat.

Hatten wir nicht eben noch knutschend auf dem Boden gelegen? Wie zum Teufel sollte ich das begreifen?

Als ich mich das fragte, kam der Schmerz!

Allerdings nicht in meiner Wange. Wie ein Messer bohrte er sich in meinen Brustkorb, von vorn nach hinten, traf meine Lunge, schoss mir bis in den Rücken.

»Dieser Scheißkerl!«, schrie ich und presste meine Hände gegen meine Rippen.

Ein paar Fußgänger auf der anderen Straßenseite taten so, als hätten sie nichts gehört, und beschleunigten ihre Schritte.

Seine Ohrfeige war anders als alle, die ich bisher bekommen hatte. Sie war nicht mal besonders kräftig gewesen. Aber er hatte zugeschlagen, obwohl er wusste, was das für mich bedeutete. Er hatte nicht mein Gesicht treffen wollen, sondern mein Herz.

Und er hatte es geschafft!

Ich spürte meine Augen brennen.

Verdammt, ich hatte seit Jahren nicht mehr wegen Schlägen geheult! Ich würde Danner umbringen, wenn ich ihn jemals wiedersah!

Was aber nicht passieren würde. Sein Ziel hatte er erreicht. Leichter hätte er mich nicht loswerden können.

Moment mal …

Ich zwang mich, verkrampft durchzuatmen.

Genau das hatte er ja gewollt!

Ich wischte mir hastig über die Augen, um mir selbst zu versichern, dass er mich nicht zum Heulen gebracht hatte.

Gewonnen hatte er noch nicht.

Nicht so leicht und nicht mit mir!

Er wollte mich bei dem, was er vorhatte, nicht dabeihaben.

Und was hatte er vor?

Er fuhr zu Dittmer.

Was sonst?

Er wollte zu Dittmer, und zwar allein.

Wie er immer alles allein gemacht hatte in den letzten zehn Jahren!

Noch während mir diese Gedanken durch den Kopf gingen, hatte ich mich in Richtung der nächsten U-Bahn-Station in Bewegung gesetzt.

40.

Das Haus am Hans-Ehrenberg-Platz hatte vier Stockwerke. Zum Glück hatte ich die Adresse, seit ich sie mir auf den Arm gekritzelt hatte, im Kopf.

Ich drückte wahllos einige Klingeln.

»Ja, bitte?«, meldete sich sofort eine Frauenstimme über die Sprechanlage.

»Guten Tag, mein Name ist Ziegler. Ich würde gern mit

Ihnen über die neue Telefon-Flatrate von O_2 sprechen. Telefon und Internet für 4,99 im Monat.«

Beim dritten Versuch hatte ich Glück.

»Echt?«, fragte eine jung klingende Stimme begeistert. »Cool!«

Es summte und die Tür ließ sich aufdrücken.

Das Haus roch nach Holzpolitur und frischer Farbe. Der Flur wurde gerade renoviert, die Wände bekamen einen freundlichen, hellgelben Anstrich.

Dass Dittmers Wohnung im dritten Stock lag, hatte er mir ja selbst erklärt. Als ich an den Wohnungstüren entlanglief und auf den Klingelschildern nach Dittmers Namen suchte, hörte ich laute Stimmen.

»Ihr wollt mich fertigmachen! Aber ich lasse mir das nicht anhängen!« Ich erkannte Dittmer nicht gleich, weil er im Unterricht noch nie so laut gesprochen hatte.

Ich legte mein Ohr an die Tür.

»Scheißbulle! Ich hab ihr nichts getan, kapierst du das nicht?«

»Sexuelle Belästigung ist eine Sache, da kriegst du Bewährung.«

Danner!

»Mord ist was ganz anderes! Also denk nach und mach keinen Quatsch.«

Danners Stimme klang ruhig, beinahe sachlich.

Dafür verriet Dittmers Tonfall seine Hysterie: »Wenn ich schon verhaftet werde, dann für etwas, was ich auch getan habe!«

»Schwachsinn! Stell dich, mach eine vernünftige Aussage und such dir verdammt noch mal einen anderen Job«, riet Danner beherrscht. »Und nimm endlich das Ding runter!«

Das Ding runter?

War es das, was ich dachte, das es war?

»Ihr haltet mich wohl alle für völlig bescheuert! Ihr braucht einen Sündenbock, weil sich ein blöder Teenager umbringen musste? Nehmt doch Dittmer, der wehrt sich nicht! Aber ich lasse mir nicht alles gefallen! Ihr wollt einen Mörder verhaften? Den könnt ihr kriegen.«

Scheiße!

Scheiße, Scheiße, Scheiße!

»Alles, was ich will, ist eine vernünftige Aussage«, bewahrte Danner noch immer die Ruhe.

Was jetzt? Was, wenn Dittmer wirklich eine Waffe in der Hand hielt?

Ich musste was tun!

Irgendwas!

Ich drückte die Klingel.

Stille.

Dann hörte ich einen dumpfen Schlag und ein Poltern. Ich brauchte es nicht sehen, ich wusste, es war ein menschlicher Körper, der zu Boden gefallen war.

Meine Hände und Füße wurden mit einem Schlag eiskalt. Hatte er Danner …?

Ich hörte leise Schritte, die sich der Tür näherten. Und ich hatte nicht mal eine Nagelfeile dabei – oder was immer Lara Croft in einer solchen Situation für eine Geheimwaffe aus dem Stiefel zog.

»Bitte, lass Danner die Tür aufmachen, bitte«, betete ich lautlos.

Die Tür öffnete sich einen Spalt und Dittmer blinzelte mich verwirrt an. »Äh – Lila?«

»Hallo, Herr Dittmer. Entschuldigen Sie die Störung. Sie sagten, ich könnte mir die Französischaufgaben, über die wir gesprochen haben, bei Ihnen zu Hause abholen.«

Ich lächelte so dämlich, wie es mit einem Puls von zweihundertzwanzig möglich war.

Er musste es schlucken.

Er musste!

»Ach ja.«

»Morgen haben wir wieder Französisch, deshalb – könnten Sie mir die Aufgaben bitte raussuchen?«

»Lila, es –!«

»Bitte!« Ich versuchte einen Augenaufschlag. Meine Achseln waren schweißnass. Meine linke Hand zitterte, ich ließ sie viel zu schnell hinter meinem Rücken verschwinden. Verdammt, so musste er einfach etwas merken!

Dittmer sah gehetzt zurück in die Wohnung. Doch dann ließ er die Schultern sinken: »Na gut. Warte einen Augenblick, ich bin gleich wieder da.«

Er drehte sich um.

Er war so mager, dass ich unter seinem rot karierten Wollpullunder deutlich die kantigen Knochen seiner Schulterblätter erahnte.

Das war die Chance!

Mit einem Schritt war ich hinter ihm, holte aus und schlug ihm mit aller Kraft meine Fingerknöchel auf den Rücken. Ich traf das Schulterblatt mit voller Wucht.

Dittmer atmete zischend aus, sein rechter Arm fiel herunter, als gehörte er nicht mehr zu ihm. Seine dünnen Beine knickten wie trockene Strohhalme ein und er landete auf den Knien. Panisch schnappte er nach Luft.

Ich sah die Flinte auf dem Tischchen hinter der Tür, packte sie und richtete den langen Lauf auf seine Stirn. »Keine Bewegung!«

Doch er riss mit der Linken seinen Kragen auf, kippte auf die Seite und blieb nach Atem ringend liegen.

Der Griff der Waffe klebte.

Kurz blickte ich auf meine Hand: Blut.

O nein! Schnell sah ich mich um.

Der Flur war kurz, die Wohnzimmertür stand offen.

»Da rein!«, schrie ich den Lehrer an. »Beweg dich!«

Ich stieß ihm den metallenen Lauf der Waffe so kräftig in den Rücken, dass er aufheulte.

Wimmernd kroch er ins Wohnzimmer.

Danner lag auf dem Rücken, links von mir, neben einem flachen Couchtisch aus dunklem Holz. Es war nicht schwer zu erraten, dass Dittmer ihm den Griff der Waffe gegen die Schläfe geschlagen hatte. Dunkles Blut versickerte in dem dicken, grünen Teppich.

Ich versuchte, Dittmer nicht aus den Augen zu lassen, während ich neben Danner in die Hocke ging. Zu meinem Glück schien der Lehrer ebenfalls das Bewusstsein zu verlieren.

Der Puls. Ich presste Danner die Finger an den Hals.

Mist! Wo war der verfluchte Puls?

Mein eigenes Herz klopfte so panisch, dass es in jedem meiner Finger pochte und ich nichts fühlte. Ich schüttelte meine Hand aus und versuchte es noch mal.

Da! – Ich spürte Danners Atmung an meiner Hand.

Er lebte! Gott sei Dank.

Erleichtert setzte ich mich auf und richtete die Flinte über Danner hinweg auf Dittmer. Allerdings schien von dem Lehrer keine Gefahr mehr auszugehen. Er lag benommen auf der Seite, rang mit offenem Mund nach Luft.

Ich ließ meinen Blick durch das Zimmer wandern.

Meine Güte! Wenn ich diese Wohnung eher gesehen hätte, hätte ich sofort gewusst, dass der Typ ein Irrer war!

Nicht nur der Teppich war grün, sondern auch die schweren Fünfziger-Jahre-Gardinen, die von dicken Kordeln zusammengehalten wurden. Das dunkle Holz der massiven Möbel glänzte sorgfältig poliert. Schreibtisch, Regal und der wuchtige Wandschrank waren auffällig aufgeräumt. An den Wänden hingen große, gerahmte Fotografien: Detailfotos eines erschossenen Hirsches, der nach hinten gekippte Kopf, das blutige Maul.

Sollte dies das künstlerische Talent sein, von dem Lena und Franzi gesprochen hatten?

In der Ecke entdeckte ich einen offen stehenden Schrank, in dem ein weiteres Gewehr lehnte – Dittmer war offenbar Jäger.

Danner bewegte sich. Stöhnend griff er sich an die Stirn. Dann bemerkte er die Flinte in meiner Hand und erstarrte.

»Wie gesagt, ich räche mich für gewöhnlich«, knurrte ich ihn an.

Er folgte mit Blicken der Zielrichtung der Waffe.

»Dittmer!« Taumelnd stemmte sich Danner auf die Füße. Die linke Hand an die blutende Schläfe gepresst, riss er mit der Rechten eine der altmodischen Gardinenkordeln herunter. Dittmer brüllte vor Schmerz, als Danner ihm den leblosen Arm auf den Rücken zerrte. Ich hatte den Nerv gut getroffen, die Schultermuskeln waren schlaff, der Arm wie tot.

Danner musterte mich kurz.

Ich legte das Gewehr zur Seite und verschränkte angriffslustig die Arme.

»Was zum Teufel hast du hier zu suchen?«, zischte Danner, während er die Kordel knotete. Doch seiner Stimme fehlte die Wut.

Sollte das etwa ein schlechtes Gewissen sein? Wenn ja, dann würde ich dafür sorgen, dass er es richtig zu spüren bekam: »Hast du wirklich geglaubt, du scheuerst mir eine und schon bist du mich los? Ich dachte, du würdest mich inzwischen besser kennen!«

Er stand auf.

»Was ist? Willst du es noch mal versuchen?«, schnappte ich sofort. »Dann mach es aber diesmal richtig! Über eine alberne Ohrfeige kann ich nämlich nur lachen!«

Er wandte sich ab.

Hah! Volltreffer!

Der Schlag tat ihm leid! Damit hatte er mir ein Mittel in die Hand gegeben, mit dem ich ihn auseinandernehmen konnte wie ein altes *IKEA*-Regal: »Du wolltest mich nicht hier haben, richtig? Weil ich dir nur im Weg stehe – oder schlimmer, mir von dem Verrückten eine Wumme an den Kopf halten lasse – nein warte, das warst du ja selbst!«

Er drehte sich wieder zu mir: »Lila, ich habe –«

»Mir eine geballert, du Arsch!«

Er verstummte. Dann nickte er langsam.

»Lenny und Molle haben völlig recht«, gestand er unvermittelt. »Ich bin das Allerletzte.«

Wohl wahr.

Er streckte die Hand nach meinem Gesicht aus und berührte sacht meine noch immer glühende Wange.

Ich registrierte, dass mein Herz zu hüpfen begann. Danners Wirkung auf mich war noch die gleiche.

»Und ich bin auch noch dämlich. Dir wäre was Besseres als eine Ohrfeige eingefallen, um mich loszuwerden.«

Nun ja, die Idee war im Prinzip nicht ganz schlecht gewesen.

Hilflos zuckte er die Schultern: »Ich bin ein Arschloch und Vollidiot und ich bin bereit, das unter Zeugen zu wiederholen.«

»Darauf komme ich zurück.«

Einen Augenblick lang starrten wir uns schweigend an.

»Ich weiß, dass das unverzeihlich war«, sprach er dann weiter, »aber ich würde dir auch nackt bei Molle deinen Tee servieren, nur damit du mich noch einmal küsst.«

Oha!

Er versuchte, mir anzusehen, ob seine Worte wirkten. Ich versuchte, mir vorzustellen, wie er das Gleiche zu Marie sagte, um sie noch einmal ins Bett zu kriegen, aber das wollte mir nicht gelingen.

Seine grauen Augen glitzerten: »Ich würde dabei sogar eine Krawatte tragen.«

»Na schön, das kann ich mir nicht entgehen lassen!« Ich packte ihn am Nacken und küsste ihn.

41.

»Was zum Teufel hat das zu bedeuten?«

Erschrocken fuhren wir auseinander.

Lena stand in der Wohnungstür, die ich nicht geschlossen hatte. Sie trug eine grüne Mütze und einen passenden Schal und um ihren Hals baumelte eine handliche Digitalkamera. Ich konnte mir nicht erklären, was sie hier wollte. Wie lange hatte sie uns schon beobachtet?

»Könnt ihr mir sagen, was ihr hier gerade macht?« Ihr Tonfall war eisig.

Verzweifelt suchte ich nach dem Ausweg, den es nicht gab.

»Was tust du hier?«, fragte Danner sie.

»Das Gleiche wie du, schätze ich.«

Ich blinzelte, als ich begriff, was das bedeutete.

Sie hatte mich verarscht!

Sie hatte uns alle verarscht!

Von wegen naives Girlie!

»Du hast Dittmer nachgeschnüffelt? Die ganze Zeit schon? Deshalb hast du die Fotos machen lassen?«, stammelte ich.

Lena dachte nicht daran, mir zu antworten. »Was du hier machst, will ich wissen«, fuhr sie mich an und kam auf mich zu.

Mein Spiel war aus. Ich hatte die ganze Zeit gewusst, dass ich die Rolle nicht ewig durchhalten konnte. Irgendwann wäre ich nicht mehr zur Schule gegangen, spätestens dann wäre ich aufgeflogen.

Doch Lena hatte mich in einem Augenblick erwischt, in dem ich nicht damit gerechnet hatte.

»Ich arbeite für ihn«, murmelte ich undeutlich.

Aber Lena hatte mich trotzdem verstanden und taumelte zurück.

Ich konnte zusehen, wie unsere Freundschaft Risse bekam, wie Stücke abbrachen, zu Boden fielen und auf Dittmers grünem Teppich zerplatzten.

»Du arbeitest für *ihn?* Das heißt, du arbeitest für meinen Vater!« Ihre Kastanienaugen sprühten Funken vor Wut. »Na toll! Hast du ihm die ganze Zeit einen sauber getippten Bericht abgeliefert?«

Ich sah auf meine Turnschuhe hinunter.

»Hat er sich denn gefreut zu erfahren, wann ich das erste Mal Sex hatte?« Eine Sekunde hielt sie inne. »Und die Sache mit deiner toten Freundin?«

Erschrocken sah ich sie an, aber sie hatte bereits begriffen. Ich schloss die Augen, um ihr Gesicht nicht sehen zu müssen.

»Du verlogene Schlampe!«, schrie sie erbost. »Wag bloß nie wieder, mit mir zu sprechen!«

Sie wirbelte herum und stürmte hinaus.

Die plötzliche Stille im Raum hallte unerträglich laut in meinen Ohren wider.

Danner schloss die Wohnungstür hinter Lena. Dann zog er eine gehäkelte Decke vom Couchtisch, goss Mineralwasser aus einer Flasche darüber und wischte sich das Blut aus dem Gesicht.

Ich griff mir an die Stirn.

Das war er gewesen, der Moment, vor dem ich mich die ganze Zeit gefürchtet hatte. Ich hatte gehofft, dass das durch irgendein Wunder nicht passieren würde. Denn ich hatte mich daran gewöhnt, so zu tun, als ob ich Freundinnen hätte. Es hatte mir gefallen, mich völlig normal zu fühlen. Verdammt, ich hatte Lena mehr über mich erzählt als irgendeinem anderen Menschen!

Bis auf Danner vielleicht.

Ich ließ mich aufs Sofa sinken.

Danner wandte sich Dittmer zu.

»Fangen wir noch mal von vorn an«, sagte er zu dem Lehrer, während er sich die Häkeldecke an die Schläfe presste. »Du hast Schülerinnen fotografiert, richtig?«

Dittmer nickte, ohne Danner anzusehen.

»Wie lange schon?«

Der Lehrer schwieg.

Danner zog sein Handy und rief Staschek an.

»In einer halben Stunde sitzt du in U-Haft«, stellte er fest, nachdem er wieder aufgelegt hatte. »Morgen weiß die ganze Schule von deinem Hobby. Und wenn du nicht sofort dein Maul aufmachst, zeige ich dich wegen versuchten Mordes an.«

Dittmers graues Gesicht wurde noch blasser. Er wollte etwas sagen, doch sein Atem reichte nicht aus. Er hustete.

Endlich krächzte er: »Seit ich die Schülerzeitung mache.«

»Geht es ein bisschen genauer?«

»Acht Jahre? Seit Claudia Schiffer sind alle ganz wild auf diesen Modelkram.«

Acht Jahre?

»Und Eva Ahrend?«

Dittmer flüsterte wieder: »Sie wollte weg. Eigentlich wollte sie als Schwimmerin nach München, aber ihre Leistungen ließen in letzter Zeit nach. Da hat sie plötzlich zugehört, als ich sagte, sie hätte auch als Model gute Chancen.«

»Du hast sie im Keller der Schule getroffen?«

Ich fragte mich, wie Danner so ruhig bleiben konnte.

Dittmer nickte.

»Allein?«

Wieder Nicken.

»Du hast die Tür zugemacht, damit euch niemand stören konnte, nicht wahr?«

Dittmer starrte auf den Teppichboden.

»Und weil die Gelegenheit günstig war, hast du sie vergewaltigt!«

Plötzlich wurde Dittmers Blick wach. »Das ist nicht wahr!«, protestierte er heftig. Er versuchte, auf die Knie zu kommen, was mit auf den Rücken gebundenen Händen nicht einfach war. »Ich hab ihr nie was getan, keinem der Mädchen!«

»Du hast sie betatscht!«

»Sie haben sich nie beschwert.«

Ich schnappte nach Luft.

Mit einem einzigen Griff hatte Danner Dittmer am Kragen hochgerissen und schleuderte ihn gegen die Wand. »Wag nicht zu behaupten, dass es ihnen gefallen hätte!«

Durch den groben Stoß versagte dem Lehrer erneut die Atmung, er sackte röchelnd zu Boden.

Danner ließ ihn liegen und ging hinüber zu dem schweren

Schreibtisch unter dem Fenster. Mit einem Taschentuch um die Hand gewickelt, öffnete er die Schubladen und sah die Unterlagen in den Fächern durch.

Schwerfällig erhob auch ich mich endlich vom Sofa.

Danner schaltete den PC ein.

Ich trat an das große Regal, in dem die Aktenordner akkurat in einer Reihe standen. Alle waren säuberlich beschriftet. Dittmers Handschrift wirkte irritierend leserlich, beinahe druckschriftartig. Überschriften hatte er mit Lineal zweimal unterstrichen.

Französischklausuren.

Analysen Barocker Malerei.

Abiturthemen Deutsch.

Abiturthemen Kunst.

Vokabeltests und Grammatikarbeiten.

Daneben Bücher und Fotobände unterschiedlichster Künstler. Expressionisten neben den alten Ägyptern, Dürer neben Hundertwasser, Picasso, van Gogh und dieser Typ mit den fließenden Uhren …

»Lila!«

Ich drehte mich um.

Sofort erkannte ich Eva Ahrend auf dem Bildschirm des PCs.

Danner klickte rasch weiter, fand Iefgenia Antonczyk, Sinja Steilen, Lena – die Liste der Dateinamen schien kein Ende zu nehmen.

Ich warf Dittmer einen Blick zu. Er lag auf dem Bauch, die graue Wange in den langen, grünen Flusen des Teppichs, und beobachtete uns.

Danner öffnete den Internetzugang. Auf der Startseite hatte Dittmer seine favorisierten Webseiten gespeichert. Ich holte scharf Luft, als ich die erste Überschrift las.

Danner klickte sofort auf den Link. *Teenage bitch* hieß die Internetseite, die auf dem Monitor aufflammte. Billigster Porno.

Eine junge Blondine mit geflochtenen Zöpfen saß in Lederstrapsen in einer altmodischen Schulbank, einen Füller zwischen den Lippen und einen dicken Tintenklecks auf ihrem blanken Busen. *Mirja ist etwas danebengegangen,* las ich unter dem Bild.

»Wenn die Bullen auf deinen Lieblingsseiten surfen, werden sie die Vergewaltigung auch ohne Geständnis schlucken«, zischte Danner Dittmer böse an.

»Ich hab ihr nichts getan«, wiederholte der Lehrer matt. »Wenn ihr irgendwen festnehmen wollt, dann diesen Scheißtürken und seinen Kumpel. Die haben sie aus dem Fenster gestoßen.«

Danner und ich horchten auf.

»Was war das gerade?«

Dittmer schwieg wieder.

Danner packte den Lehrer am Pullunder und zerrte ihn hoch. »Sag das noch mal!«

»Ich hab sie aus dem Raum kommen sehen.«

»Wen?«

»Özer und Seibold.«

»Sie waren im Raum? Im Biologieraum? Als Eva gesprungen ist?«

Dittmer nickte.

»Und warum zum Teufel hast du das nicht früher gesagt?«

»Sie haben mich erpresst.«

»Womit?«

»Sie wussten, dass ich Eva nach der Schule getroffen habe.«

Das klang beunruhigend möglich.

Eva hatte dem schönen Mario bestimmt von den Fotos

erzählt. Und Mario hatte bestimmt vor seinen Freunden damit angegeben. Vielleicht hatten sich Orkan und Dominik selbst von Evas Qualitäten im Bett überzeugen wollen? Die beiden konnten sie genauso gut vergewaltigt haben wie Dittmer.

Und damit hätten sie ein Mordmotiv.

42.

»Wir haben noch zwei weitere Verdächtige«, berichtete Danner kurz darauf Staschek, als der mit mehreren Uniformierten in Dittmers Wohnung auftauchte.

»Dittmer behauptet, dass vor Evas Tod zwei Zwölftklässler mit ihr zusammen im Biologieraum gewesen seien. Kann natürlich sein, dass er nur den Verdacht auf jemand anderen lenken will. Trotzdem sollten wir uns anhören, was sie dazu sagen.«

Zwei Polizisten legten Dittmer Handschellen an und führten den Lehrer ab.

»Pech für die eifrige Kollegin Wegner, dass sie den Fall schon zu den Akten gelegt hat«, stellte Danner fest.

Ich versuchte zu verdrängen, dass ich wieder die durchgeknallte Asoziale war, die ich für ein paar Tage beinahe vergessen hatte, und trat neben Staschek.

»Du willst selbst hin?« Stascheks schöne Augen wurden schmal.

»Du nicht?«

»Die Schlampe macht mir die Hölle heiß, wenn ich die Kollegen übergehe!«

Danner verschränkte die Arme: »Schade, dass du die Namen der Verdächtigen nicht kennst …«

»Du machst das auf keinen Fall allein!«

Danner warf mir einen Blick zu und rieb sich die Stirn: »Nein, allein mache ich das nicht.«

»Vergiss es! Das ist Polizeisache!«, explodierte Staschek. »Ich stecke dich in eine Zelle, bis du die Namen rausrückst. Das ist mein Ernst!«

»Du weißt genau, dass sie morgen früh in der Schule mitkriegen, was los ist«, konterte Danner. »Die sind vorgewarnt, wenn sie wissen, dass wir Dittmer geschnappt haben!«

Interessiert wartete ich auf Staschecks Reaktion.

Der Kommissar schwieg trotzig.

»Jetzt komm endlich«, knurrte Danner ungeduldig. »Schreib meinetwegen in deinen Bericht, ich hätte mich geweigert, mit der Polizei zusammenzuarbeiten. Dann kann die Schlampe mich mal wieder anzeigen und alle sind zufrieden.«

Staschek gab auf. »Ihr habt gehört, was er gesagt hat«, schnauzte er die Uniformierten an. »Ihr beide kommt mit, falls wir noch ein paar Festnahmen machen müssen. Andersen, Sie warten hier auf die Spusi!«

Orkan Özer lebte in einem alten Mehrfamilienhaus mit runden Säulen rechts und links neben dem Eingang, die das Vordach hielten. Ursprünglich war die Fassade mal weiß gewesen, doch mittlerweile bröckelte der schmutzige Putz, sodass große, graue Flecken ein heruntergekommenes Bild vermittelten.

Die Namen auf den Klingelschildern waren allesamt türkisch, die Hälfte der Familien hieß Özer.

Orkans Mutter trug ein eng um den Kopf geschlungenes, türkisfarbenes Kopftuch. Trotz einiger tiefer Falten, die sich bereits in ihr Gesicht gegraben hatten, wusste ich auf den ersten Blick, wem Orkan sein ansprechendes Äußeres verdankte. Zwei kleine Jungen zerrten an ihrem bodenlangen Rock.

»Orkan? Ich glaube nicht, dass er da ist. Warten bitte.« Ihr Akzent war ausgeprägter als der ihres Sohnes.

»Gül?«, rief sie in die Wohnung.

Prompt erschien eine ebenfalls kopftuchtragende Vierzehnjährige. Auf die türkische Frage ihrer Mutter antwortete sie mit einem Kopfschütteln. Sie nahm die beiden Kinder an die Hand und verschwand mit ihnen in der Wohnung.

Ich runzelte die Stirn. Was ich hier sah, machte Orkan für mich nicht unverdächtiger. Weil Orkan beinahe akzentfrei sprach, seine besten Kumpels Deutsche waren und er mit deutschen Mädchen wie Karo schlief, war ich davon ausgegangen, dass er westlich erzogen worden war.

Wenn er aber aus einer Welt kam, in der Frauen ihre Haare verbergen, ihrem Mann gehorchen und als Jungfrau in die Ehe gehen mussten, hielt Orkan Özer vielleicht sogar ein überdurchschnittlich braves Mädchen wie Eva Ahrend für eine ungläubige Schlampe, die verdient hatte, was ihr passiert war.

Das allein aus dem Kopftuch seiner Mutter zu schließen, war natürlich eine boshafte Vorverurteilung. Vielleicht war das Kopftuch nicht für jede Muslima ein politisches Statement? Vielleicht trug sie es nur, weil es alle machten, weil es gerade ›in‹ war, so wie die deutschen Mädels im Augenblick Miniröcke über ihre Jeans zogen?

Vielleicht hatte die Tatsache, dass Orkan ein chauvinistischer Aufreißer war, nichts mit seiner Erziehung zu tun. Denn der schöne Mario verhielt sich nicht anders, obwohl seine Mutter sich höchstwahrscheinlich nicht verschleierte.

»Orkan ist nicht zu Hause«, erklärte Frau Özer Danner.

»Wann kommt er wieder?«, fragte Staschek.

Kopfschütteln.

»Wissen Sie, wo er ist?«

Wieder Kopfschütteln.

Staschek nickte. »Dann besuchen wir seinen Freund Dominik.«

Das Einfamilienhaus, in dem Dominik Seibold lebte, ähnelte dem der Ahrends. Nur stand anstelle eines griechischen Gottes ein Fischreiher aus Plastik am Gartenteich.

Dominiks Vater war Zahnarzt, die Mutter hauptberuflich Zahnarztfrau.

Die hauptberufliche Zahnarztfrau öffnete uns die Tür. Sie war groß und schlank, ihr Make-up dick, die Wimpern unecht, der anthrazitfarbene Hosenanzug elegant. Sie trug den gleichen lockigen, braunen Pferdeschwanz wie ihr Sohn und hatte zu viel Parfüm aufgelegt.

»Danner, private Ermittlungen«, stellte Danner sich vor. »Das sind meine Mitarbeiter Lila Ziegler und Lennart Staschek. Wir würden gern Ihrem Sohn ein paar Fragen stellen, ist er zu Hause?«

Frau Seibold verzog ihren kunstvoll bemalten Mund. Der Lippenstift war bräunlich, die Konturen hatte sie über die Lippen hinaus gemalt, um sie voller wirken zu lassen. »Worum geht es?«

»Um den Selbstmord am Ottilie-Baader-Gymnasium.«

Sie nickte: »Davon habe ich gehört. Dominik hat allerdings Besuch.«

»Ich denke, ein paar Minuten sollte er uns erübrigen können«, bemerkte Staschek scharf.

Die Frau betrachtete ihn genauer.

Ich registrierte, wie sich ihre Haltung veränderte: Sie richtete sich auf, wodurch sich ihr Busen etwas hob, und verlagerte das Gewicht aufs rechte Bein.

»Wie war doch gleich Ihr Name?«

Danner trat einen Schritt zurück.

»Staschek. Sie würden uns sehr helfen, wenn Sie Ihrem Sohn klarmachen könnten, wie wichtig seine Mitarbeit in dieser Sache ist.« Staschek strich sich die Haare aus der Stirn.

Ich tauschte einen kurzen Blick mit Danner und biss mir auf die Lippen.

»Kommen Sie rein, Herr Staschek!«

Mit wiegenden Hüften führte uns die Zahnarztfrau die Treppe hinauf in den ersten Stock.

»Du hast Besuch, Domi!«, rief sie.

Sie hielt die Tür auf, wobei sie im Durchgang stehen blieb, sodass Staschek sich dicht an ihr vorbeischieben musste.

Wir standen in einem hellen Flur, eine Tür zu einem Badezimmer mit Eckbadewanne stand offen. Dominik Seibold hatte eine eigene Wohnung und, der Sauberkeit des Parkettfußbodens nach zu urteilen, wahrscheinlich auch eine eigene Putzfrau.

Ein scharfer Rauchgeruch stieg mir in die Nase.

In dem geräumigen Wohnzimmer, in dem der Flur endete, trafen wir zu unserem Glück nicht nur Dominik Seibold, sondern auch Orkan Özer und Mario Wache an.

Sie saßen in leicht abgewetzten Sesseln aus dunklem Leder, jeder hielt ein Whiskyglas in der Hand und hatte eine Zigarre im Mund. Außerdem fielen mir der teure Flachbildfernseher, die High-Tech-Stereoanlage von Bang & Olufsen, zwei PCs und ein schrankgroßer Humidor auf.

Da hatte Papi wohl einiges zur Inneneinrichtung beigesteuert.

»Wenn du auf mein Angebot zurückkommen willst, solltest du nicht unbedingt deinen Papa und den Martens mitbringen, Schätzchen«, stellte Mario lässig fest, als er mich sah. Die Zigarre aus dem Mund zu nehmen hielt er nicht für nötig.

Danner hielt mir eine seiner Visitenkarten hin.

Manchmal war es wirklich praktisch, dass er meine Gedanken lesen konnte. Ich nahm die Karte und steckte sie Mario in sein Whiskyglas.

»Privatdetektei Danner«, lächelte ich liebenswürdig. »Das sind meine Kollegen Ben Danner und Lenny Staschek. Wir haben ein paar Fragen an deine beiden Kumpel. Du kannst so lange draußen warten, Schätzchen.«

Die Zigarre fiel Mario aus dem Mundwinkel und landete auf dem Ledersessel. Fluchend sprang er auf und klopfte die glühende Asche von den Polstern.

»Soll das 'n Witz sein?«

Ich schwieg.

Orkan und Dominik saßen unverändert nebeneinander, den Whisky in der einen Hand, die Zigarre in der anderen. Dominiks Whisky schwappte in dem Glas leicht hin und her.

Mario hatte sich vor mir und Danner aufgerichtet, er überragte Danner um einen halben Kopf. »Das ist dein Ernst? Privatdetektive?«

Ich nickte.

»Und was wollt ihr?«

»Wir haben ein paar Fragen zu Eva Ahrends Tod. An Dominik und Orkan.«

»Dann frag! Ich lass mich nicht rauswerfen!«

»Ich glaube, deinen Freunden wäre es lieber, wenn du draußen wartest. Oder irre ich mich?«

Erwartungsvoll sah ich den Türken und den Zahnarztsohn an.

Dominik stellte sein Glas so hastig aus der Hand, dass der

Whisky überschwappte und eine glänzende Pfütze auf dem dunklen Marmor der Tischplatte bildete.

»Ähm, wenn sie uns allein befragen wollen, werden sie schon ihre Gründe haben«, meinte Orkan mit einem nicht ganz glaubhaften Lächeln.

Wütend zerdrückte Mario die Zigarre im Aschenbecher und stürmte hinaus. Gleich darauf krachte auch die Wohnungstür hinter ihm ins Schloss.

Staschek setzte sich in den Sessel, in dem eben noch Mario gesessen hatte. Danner blieb mit verschränkten Armen hinter mir stehen und überließ Staschek das Reden.

»Wo wart ihr, als Eva Ahrend aus dem Fenster des Biologieraumes gesprungen ist?«, kam Staschek direkt auf den Punkt.

Orkan und Dominik tauschten einen schnellen Blick.

»Das haben wir hinterher auch überlegt«, begann Orkan nicht ungeschickt. »Ich denke, wir waren zusammen auf dem Weg nach Hause. Bis ungefähr sechzehn Uhr haben wir beide noch auf dem Schulhof Basketball gespielt. Danach sind wir zur U-Bahn, mit einem kleinen Stopp an der Dönerbude am ›3Eck‹. Gegen fünf war ich zu Hause.«

Die beiden gaben sich also gegenseitig ein Alibi.

»Red keinen Scheiß!« Danner schlug mit einem Knall die Hände auf den Tisch, sodass die Jungen zurückzuckten. »Ihr wart in der Schule. Es gibt Zeugen dafür.«

Aha, der alte Trick: guter Bulle – böser Bulle. Und ganz ohne vorherige Absprache der Rollenverteilung.

Na ja, die Besetzung des Arschlochs stand wohl außer Frage.

Orkan und Dominik schwiegen.

»Matthis Dittmer wurde heute wegen sexueller Belästigung von Schülerinnen festgenommen«, erklärte Staschek ruhig. »Er sagt, er hat euch aus dem Biologieraum kommen sehen, aus dem Eva gesprungen ist. Nach halb fünf.«

Dominik wurde noch etwas blasser.

Staschek ließ die beiden nicht aus den Augen.

»Dittmer hat 'ne Macke, das weiß doch jeder«, wehrte sich Orkan.

Dominik nickte: »Der will doch nur seinen Kopf aus der Schlinge ziehen.«

Aha. Zwei gegen einen. Konnten sie damit durchkommen?

Da die Aussage eines behüteten Arztsohnes gegen die eines der sexuellen Belästigung verdächtigen Lehrers stand, waren ihre Chancen wohl nicht die schlechtesten.

Ich setzte mich auf die Armlehne von Stascheks Sessel. »So schwachsinnig klingt das gar nicht, wenn man weiß, dass Mario euch ein paar nette, kleine Bettgeschichten über Eva erzählt hat. Ihr ward scharf auf sie!«

Die beiden Jungs starrten mich an wie hypnotisiert.

»Wie war es genau?«, wollte ich wissen. »Evas Freundinnen hatten die Tür zugezogen, damit Jendrick, der Stalker, nicht wieder hineinkonnte. Aber als Morgenroth rauskam, ließ er die Tür offen, richtig? Eva hatte es nicht eilig, sie wartete auf ihren Vater, der nach dem Sportunterricht noch duschte. Das war eure Gelegenheit.«

Totenstille.

»Ihr seid rein und habt die Tür hinter euch zugemacht«, sprach ich weiter. »Aber sie ist aus dem Fenster gesprungen, bevor ihr sie euch schnappen konntet! Wieso? Wieso hatte sie Angst vor euch?«

Keiner der beiden sagte ein Wort.

Ich hatte ins Schwarze getroffen, ich konnte es in ihren Gesichtern erkennen.

»Ist Eva in Panik geraten, weil sie wusste, was ihr ihr antun würdet? Weil ihr es ihr schon einmal angetan hattet?« Ich wurde lauter, ich konnte es nicht verhindern. »Ihr hattet sie schon einmal vergewaltigt! Deshalb ist sie durchgedreht und aus dem Fenster gesprungen!«

»Das ist nicht wahr!« Orkan schüttelte entsetzt den Kopf.

»Darüber würde ich an deiner Stelle genau nachdenken. Denn wenn Eva nicht gesprungen ist, habt ihr sie gestoßen!«

Die beiden schienen erstarrt.

»Ihr habt sie zwei Wochen vor ihrem Tod vergewaltigt. Deshalb ist sie nicht in der Schule gewesen. Sie hat nicht gewagt, jemandem davon zu erzählen, deshalb die Geschichte mit der Grippe!«

Orkan schüttelte wieder den Kopf, während Dominik möglicherweise tot war und wir es nur noch nicht bemerkt hatten.

»Das ist nicht wahr!«, wiederholte der Türke. »Das ist nicht wahr. Das ist nicht wahr.«

»Dann erzählst du uns besser deine Wahrheit«, riet ihm Danner sofort. »Ein Geständnis macht sich immer gut. Ihr wart im Biologieraum, richtig?«

Orkan gab auf und nickte. »Mit dem ersten Teil hat Lila recht«, gestand er. »Mario hat damit angegeben, was die Kleine sich im Bett alles gefallen ließ. Wir haben ihm das nicht so richtig abgekauft, deshalb wollten wir sie ein bisschen aushorchen. Um zu sehen, ob Mario uns verarscht!«

Orkan rückte ein wenig von Danner weg.

»Wir haben gewartet, bis Morgenroth raus war«, sprach Dominik, der bis jetzt ja noch nicht viel zu dem Gespräch beigetragen hatte, plötzlich weiter. »Wir wollten ihr nichts tun, wir sind keine Vergewaltiger! Eva sollte nur ein bisschen Schiss kriegen, damit sie uns was erzählt.«

Ich kniff die Augen zusammen.

Ich ahnte, was er meinte, schließlich war ich den dreien schon mal im Dunkeln auf einem Parkplatz begegnet.

»Wir haben das Licht ausgemacht. Ich bin rein, Orkan ist an der Tür stehen geblieben, damit sie nicht abhauen konnte.«

Ich konnte es mir nur zu gut vorstellen: *Der Raum beinahe dunkel, in der erleuchteten Tür steht Orkans schwarzer Umriss, während Dominik irgendwo zwischen den Bankreihen auf mich zukommt. Ich weiß, ich habe keine Chance, ich komme hier nicht raus. Und ich habe vielleicht schon einmal erlebt, was gleich passieren wird. Die Panik springt mir wie eine fauchende Katze in den Nacken!*

»Sie ist total hysterisch geworden, obwohl ich sie noch gar nicht berührt hatte! Sie ist zum Fenster rüber, aber ich bin im Traum nicht draufgekommen, dass sie sich rausstürzen könnte. Ich hab sie noch gefragt, wo sie hinwill.«

»Die dämliche Kuh«, schüttelte Orkan den Kopf.

»Sie war ein verdammt nettes Mädchen, du Dreckskerl!«, zischte Staschek gepresst.

Der Türke verschränkte die Arme vor der Brust.

43.

Nachdem die übereifrige Frau Wegner uns stundenlang unsere Aussagen hatte wiederholen lassen, kamen wir um halb elf nach Hause.

Ich blieb in der Tür stehen, als Danner sich aufs Sofa fallen ließ.

»Wir wissen, was geschehen ist, oder?« Irgendwie überraschte mich diese Erkenntnis selbst. »Zwei Wochen vor ihrem Tod ist Eva etwas passiert, das Selbstmord rechtfertigt. Den Hämatomen an den Oberschenkeln nach ist sie wahrscheinlich vergewaltigt worden. Sie hat es niemandem erzählt, sondern sich wegen einer Grippe krankschreiben lassen. Sie hat die Medikamente ihrer Mutter genommen, um sich umzubringen oder zu betäuben. Kein Wunder, dass sie total verändert war, als sie wieder in die Schule ging. Und kein Wunder, dass sie durchdrehte und aus dem Fenster sprang, als Dominik und Orkan ihr auflauerten.«

Danner nickte.

»Die Frage ist nur, sagen Orkan und Dominik die Wahrheit? Dann hat Dittmer sie vergewaltigt. Oder haben Orkan und Dominik sie sich doch vorher schon mal geschnappt?«

Danner fuhr sich über die Glatze: »Es nervt mich tierisch, dass ausgerechnet Horst, die Schlaftablette, und seine karrieregeile Komplizin das rausfinden sollen!«

»Aber wir haben unseren Job erledigt, oder? Wir schreiben einen Bericht, kassieren von Lenny unsere Kohle und überlassen den Bullen den Rest der Arbeit?«

»So sieht es aus«, bestätigte Danner.

Unzufrieden schleuderte ich meine Schuhe unter die Garderobe.

Als ich neben Danner im Bett lag, konnte ich nicht schlafen. Der Fall hinterließ den schalen Nachgeschmack eines abgestandenen Bieres. Irgendwie hatte ich mir das Ergebnis einer Ermittlung anders vorgestellt.

Befriedigender.

Endgültiger.

Ich hatte geglaubt, dass die Bösen mit Sicherheit hinter Gittern verschwinden würden. Dass alles davon abhängen könnte, ob der schläfrige Horst und die strebsame Frau Wegner gemeinsam mehr Gehirn besaßen als ein perverser Pullunderträger und zwei abgebrühte Teenager, ärgerte mich.

Ich drehte mich auf die Seite.

Ich versuchte mir vorzustellen, was eine Vergewaltigung mit einem Mädchen machte, aber ich konnte es nicht. Wenn es ums Verprügeltwerden ging, konnte ich mitreden, aber eine Vergewaltigung war etwas anderes.

Wie viel Brutalität war nötig, um gegen den Willen einer Frau mit ihr zu schlafen? Wie viel Kraft brauchte man, um jemandem die Beine auseinanderzudrücken, der das um keinen Preis zulassen wollte?

Und wie hilflos fühlte man sich, wenn man sich nicht wehren konnte?

Ich hatte einmal gelesen, dass es bei Vergewaltigungen oft darum ging, Macht über jemanden zu haben.

Ein Schauer lief mir über den Rücken, selbst Danners schwerer, warmer Arm auf meinen Hüften konnte es nicht verhindern.

Ich hasste die Vorstellung! Nie wieder wollte ich mich jemandem ausgeliefert fühlen. Wenn mich jemand vergewaltigen würde, würde ich entweder ihn umbringen oder mich selbst.

Hm.

Vielleicht schaffte ich es doch, Eva zu verstehen …

44.

Den Freitag verbrachte ich im Bett. Ich hatte Kopfschmerzen und einen bitteren Geschmack auf der Zunge.

Danner hatte auch Kopfschmerzen, doch das lag nicht daran, dass er krampfhaft zu verdrängen versuchte, dass er wieder ein asozialer Freak war, sondern an dem Gewehrkolben, den er gestern gegen den Schädel bekommen hatte.

Danner ging trotzdem in die Schule. Er wollte den Fall abschließen, dem Direktor vom Ausgang unserer Ermittlungen berichten und er musste noch ein paar Sportstunden geben, denn schließlich fehlte ein Lehrer. Möglicherweise würde er auch in der nächsten Woche noch ein paarmal unterrichten, bis Ersatz gefunden war.

Mein Job war erledigt. Und ich war froh, Lena aus dem Weg gehen zu können.

Was war ich nur für eine feige Ratte!

Für meine Lügen hätte ich einen Schlag in die Fresse verdient. Zumindest hätte ich genug Rückgrat haben sollen, um mich bei Lena zu entschuldigen.

Doch stattdessen spielte ich krank, blieb im Bett und ließ mir von Molle heißen Kakao bringen.

Als Danner zurückkehrte, legte er sich zu mir.

Samstagmorgen tauchte Staschek auf und erzählte uns, dass die Ermittlungen im Fall Eva Ahrend wieder aufgenommen worden waren. Dittmer war vom Dienst suspendiert und es lag bereits eine Anklage wegen sexueller Nötigung vor.

Von Orkan und Dominik hatte Staschek nichts gehört, weil die Schlampe Horst noch einmal an seine Schweigepflicht erinnert hatte.

Und Lena war gestern ebenfalls nicht in der Schule gewesen.

Ich horchte auf.

Staschecks Exfrau Yvonne hatte angerufen. Als Staschek hingefahren war, um mit Lena zu sprechen, hatte sie ihn unter Morddrohungen hinausgeworfen.

Wunderte mich nicht.

Am Sonntag verschwand Danner vor dem Frühstück zum Joggen. Nach dem Frühstück pumpte er seinen Bizeps mit den Hanteln aus der Küche auf.

Ich hockte auf dem Sofa und sah ihm schweigend zu, bis er das Eisengewicht entnervt auf den Teppich poltern ließ. Wortlos verschwand Danner im Schlafzimmer. Er kehrte mit den beiden alten Lederpolstern, mit denen man eigentlich Boxer trainierte, zurück.

»Hoch mit dir!«, forderte er mich auf und zog sich die Polster über die Arme. »Zeig endlich mal, was du wirklich draufhast!«

Ich runzelte die Stirn. Bewegung war das Letzte, wonach mir zumute war.

»Schlägst du wie ein Mädchen, oder was?«, spottete er herausfordernd.

»Frag doch mal Dittmer.«

»Den braucht man doch nur anzupusten, damit der umfällt!«

Langsam stand ich auf. Ich zog die Socken aus und rückte meinen Slip unter dem T-Shirt, in dem ich geschlafen hatte, zurecht.

»Rechts zuerst?«

Ich nickte.

Ich suchte mir einen festen Stand, Schrittstellung, linkes Bein vor, rechtes Bein nach hinten, Arme zur Abwehr erhoben. Langsam deutete ich einen Tritt an, damit Danner die Armpolster in die richtige Position bringen konnte.

»Fertig?«, erkundigte ich mich betont lässig.

»Sicher.«

Ich zog das rechte Bein nach vorn und trat probeweise mit halber Kraft mein Schienbein ins Kissen.

Danner parierte, ohne eine Miene zu verziehen.

Ich wiederholte den Tritt ein paarmal. Erst langsam, dann, als ich merkte, dass Danner nicht zurückwich, schneller.

Knie hoch, Kick nach vorn, Fuß hinten wieder absetzen.

Diese Bewegung hatte ich so oft trainiert, dass ich sie sogar automatisch durchführte, wenn man mich um Mitternacht aus dem Tiefschlaf riss. Seit ich denken konnte, hatte ich gegen Dinge getreten. Erst gegen Schränke, Türen, Hauswände, Straßenlaternen, dann beim Karate gegen Sandsäcke, Sparringpolster und schließlich gegen die Beine der Gegner. Meine Schienbeine waren von dem ständigen Zutreten mittlerweile so hart, dass ich nur noch selten blaue Flecke bekam.

Ich spürte, wie der Schweiß meine Nackenhaare kringelte.

»Ganz nett«, stichelte Danner. »Mehr ist nicht drin?«

Blitzschnell trat ich wieder zu und hätte er nicht genauso blitzschnell die Deckung hochgerissen, hätte ich mir das Geld für die Schwangerschaftsverhütung sparen können.

Aber er hatte den Kick nicht parieren können, ohne einen Schritt nach hinten zu machen.

»Okay, nicht schlecht«, gab er zu. »Was ist das? Kickboxen?«

»Karate.«

»Ehrlich? Ich meine: Wirklich ehrlich?«

»Ungelogen.«

»Welcher Gürtel?«

»Blau.«

Kommentarlos wechselte er die Polster auf die andere Seite und ich begann, mit dem linken Bein zuzutreten.

Diesmal ließ ich ihm keine Zeit, sich auf meine Tritte einzustellen. Ich begann mit einer härteren Trittfolge, und als ich bemerkte, dass er seinen Stand korrigieren musste, trat ich schnell noch einmal nach. Er landete rückwärts auf dem Sofa.

»Verdammter Mist!«, lachte er und schleuderte eines der Armpolster in meine Richtung.

Ich duckte mich und es schepperte in das Bücherregal. Drei Akten kippten um, eine vierte geriet ins Rutschen, krachte zu Boden und eine Wolke aus Papier wirbelte durchs Zimmer.

Jetzt musste auch ich lachen und ließ mich neben Danner aufs Sofa fallen. Ich spürte seinen Oberarm heiß an meiner Seite und warf einen Blick auf seinen Brustkorb, der sich in raschem Rhythmus hob und senkte.

»Und? Willst du weiter deprimiert im Bett liegen oder bist du jetzt in der Lage, irgendwas zu unternehmen?«, erkundigte sich Danner.

Ich wischte mir mit seinem T-Shirt den Schweiß aus dem Gesicht: »Ich unternehme was, schätze ich.«

»Und was?«

Ich kratzte mich am Kopf: »Was bei Depressionen immer hilft: Haare tönen, Beine rasieren und für mindestens zweihundert Euro Klamotten kaufen.«

Danner zog eine Augenbraue hoch.

»Und morgen gehe ich zur Schule«, seufzte ich.

45.

Als ich am nächsten Morgen um zehn vor acht vorm Sprachlabor stand, war mir übel. Ich fühlte mich schlechter als an jedem anderen ersten Schultag in meinem Leben. Und das lag nicht an meinem Outfit – obwohl ein überlanger Wollrolli mit aufgenähten lila Blüten den Schulalltag erfahrungsgemäß nicht leichter machte.

Meine Haare hatte ich allerdings nicht getönt. Irgendwie hatte ich mich inzwischen an mein Naturblond gewöhnt.

Der Einfachheit halber war ich mit Danner hergefahren, denn unsere Tarnung war nicht mehr von Bedeutung.

Karo musterte abschätzend meinen extravaganten Aufzug, als ich entschlossen auf sie zuging und meinen Rucksack auf den Tisch stellte.

Franzi blinzelte verwirrt.

Lena wandte sich wortlos ab und schlenderte zu ihrem eigenen Platz nach vorn.

»Sag mal, drehst du durch, oder was?«, fuhr mich Karo an. »Du hast Freitag ja schon wieder geschwänzt! Und weißt du eigentlich, wie du aussiehst?«

Hatte Lena nichts erzählt?

Ich musterte Lena prüfend, doch sie starrte verbissen in Richtung Tafel, obwohl der Unterricht noch gar nicht begonnen hatte.

»Pack dich mal an die eigene Nase, Karo!«, kam Franzi mir zu meinem Erstaunen zu Hilfe. »Weißt du, was ich glaube? Es stinkt dir, dass du nicht mehr die Verrückteste von uns bist!«

Karo sah wütend auf ihre kleine, dicke Freundin hinunter: »Na, dann setz du dich doch neben die Verrückte.« Sie schnappte ihre Tasche, ging nach vorn zu Lena und warf Franzis Rucksack nach hinten. Er landete polternd vor unseren Füßen.

Seufzend ließ sich Franzi auf Karos Platz fallen: »Kannst du mir mal verraten, was los ist?«

Wenn ich hier noch irgendwas retten wollte, sollte ich vielleicht versuchen, die Wahrheit zu sagen.

Oder zumindest etwas, was der Wahrheit sehr ähnlich sah.

»Ich hatte einen schlimmen Krach mit Lena«, gestand ich. »Ich glaube, sie wird nie wieder mit mir sprechen, und das mit Recht.«

Bevor Franzi weiterfragen konnte, wurde es plötzlich still in der Klasse. Dabei hatte es noch gar nicht zum Schulbeginn geklingelt. Erstaunt sahen auch wir auf.

Direktor Frevert trat nach vorn ans Pult, gefolgt von – Friedrich Ahrend!

Verblüfft ließ ich mich auf meinen Stuhl sinken.

»Meine lieben Schülerinnen und Schüler«, begann der Direktor förmlich und wischte sich leicht nervös über die Stirnglatze. Allmählich schienen die Ereignisse an seiner Schule auch ihm die Gelassenheit zu rauben.

»Der Kollege Dittmer wird seinen Unterricht bis auf Weiteres nicht durchführen können. Deshalb übernimmt die Kollegin Lehnert den Deutschunterricht, Herr Ahrend ist für Französisch zuständig.«

Ach ja, Eva Ahrends Vater unterrichtete ja auch Französisch. Französisch, Sport und Geschichte, wenn ich mich richtig erinnerte.

»Das ist ja der Hammer!«, zischte Franzi neben mir. »Ahrend unterrichtet wieder! Wie können die Ahrend ausgerechnet in unsere Klasse schicken?«

Das fragte ich mich auch. Wie konnte Frevert Ahrend ausgerechnet in der Klasse unterrichten lassen, in die seine tote Tochter gegangen war?

Frevert wechselte noch ein paar leise Worte mit Ahrend. Dann schob der hochgewachsene, kräftige Mann den kleinen Direktor energisch aus dem Raum.

Als Ahrend die Tür geschlossen hatte, straffte er die breiten Schultern und richtete seinen sportlichen Körper auf. Mit langen Schritten ging er an den Tischen vorbei nach vorn zum Pult. Ich sah, wie die Muskeln an seinem kantigen Kinn verkrampften.

Er würde das durchziehen, kein Zweifel. Genauso fest entschlossen, wie er seine Familie nach der Katastrophe zusammengehalten hatte, nahm er jetzt seine Arbeit wieder auf.

Noch immer war es totenstill im Raum.

Ahrend stellte seinen Aktenkoffer auf das Pult und öffnete ihn. Er legte zwei Bücher, einen Block und zwei Stifte auf den Tisch, dann baute er sich steif vor der Klasse auf.

Seine flinken Augen flitzten durch den Raum.

An mir blieb sein Blick hängen. Er hatte mich erkannt.

Doch wenn er sich darüber wunderte, ließ er sich nichts anmerken. Er stellte die Füße so dicht nebeneinander wie ein Kadett, dem man ›Stillgestanden‹ zugebrüllt hatte, und sagte: »Guten Morgen allerseits! Zettel raus, Name drauf, Vokabeltest!«

Die Klasse zuckte zurück, als hätte Ahrend allen eine kollektive Ohrfeige verpasst.

»Welchen Teil hast du nicht verstanden, Sinja?«, donnerte er das Mädchen in der zweiten Reihe an.

Ich stutzte einen Moment darüber, dass er es fertiggebracht hatte, den richtigen Namen zu nennen. Dann fiel mir ein, dass er sie ja vom Schwimmtraining kannte.

»Jede Vokabel, die ihr nicht aufschreibt, bedeutet selbstverständlich einen Fehler! Deshalb schlage ich vor, ihr nehmt eure Zettel heraus.«

Als sie begriffen, dass er es ernst meinte, kam Bewegung in die Schüler. Eilig zückten sie ihre Federhalter.

Ahrend diktierte die erste Vokabel und mir fiel auf, dass die Tintenpatrone meines Füllers leer war. Doch ich hatte es mit dem Auswechseln nicht eilig, denn es würde sowieso an ein Wunder grenzen, wenn ich auch nur eines der französischen Wörter richtig aufschrieb. Deshalb versuchte ich es gar nicht erst.

Als Ahrend eine Viertelstunde später die Zettel einsammelte, gab ich ihm ein leeres Blatt mit meinem Namen darauf.

Er musterte den Zettel kurz, dann mich etwas länger.

»Ich wundere mich etwas, dich hier zu treffen, Lila«, gab er zu. »Was treibt dich her?«

»Die Arbeit«, erklärte ich knapp.

Er zog die Brauen hoch.

Franzi warf mir einen fragenden Blick zu, doch Ahrend kommandierte bereits: »Schlagt eure Bücher auf Seite 225 auf! Ihr seht Nummer eins, den Text *Marie Antoinette.* Zu eurem Glück haben wir eine Doppelstunde, ihr habt genug Zeit, den ganzen Abschnitt zu übersetzen. Bis ihr fertig seid, werde ich eure Vokabeltests benotet haben. Fangt an, der Text ist nicht kurz.«

Murrend senkten die Schüler ihre Köpfe und begannen zu schreiben.

Ich lehnte mich zurück und drehte den dicken, abgekauten Plastikschaft meines Federhalters zwischen den Fingern. In dem ganzen Text gab es ein einziges Wort, das ich verstand: roi – König. Es kam sechsundzwanzig Mal vor und half mir nicht im Geringsten weiter.

Ich sah zu, wie Ahrend die Vokabeltests korrigierte. Er saß steif, angespannt. Er war fest entschlossen, wieder ein normales Leben zu führen, obwohl es kein normales Leben mehr gab.

Er zwang sein Leben dazu, weiterzufunktionieren, genau, wie er sich selbst zwang zu funktionieren!

Er ließ nicht zu, dass seine Frau in die Psychiatrie eingewiesen wurde, obwohl sie dort hingehörte.

Seine Kinder spielten weiter Klavier, mitten in dem Scherbenhaufen, der einmal ihre Familie gewesen war.

Er selbst stellte sich vor Evas Klasse und machte seinen Job.

Nachdenklich beobachtete ich, wie seine Wangenmuskeln zuckten, weil er seine Kiefer so fest aufeinanderpresste.

Als hätte er meinen Blick gespürt, hob er die Augen von den Zetteln und sah mich an. Seine Miene wirkte lauernd.

Ich senkte den Blick auf den Federhalter in meinen Händen und fing an, ihn auseinander- und wieder zusammenzuschrauben.

Als eine Dreiviertelstunde vergangen war, ließ Ahrend das Ergebnis der Übersetzungen vorlesen. Jeder einen Satz.

Die erste Reihe hatte herausgefunden, dass vor ein paar Jahrhunderten ein vierzehnjähriges, österreichisches Mädchen namens Maria Antonia den späteren König von Frankreich geheiratet hatte. Bei Lena in der zweiten Reihe kam die Geschichte ins Stocken, offensichtlich hatte Lena nicht viel mehr über das Schicksal von Maria Antonia nachgedacht als ich.

»Und was glaubst du, was da steht, Karoline?«, ließ Ahrend Lena nach ein paar langen Sekunden peinlichen Schweigens in Ruhe.

Karo übersetzte fehlerfrei.

So ging es weiter, Maria Antonia lebte am französischen Hof im Überfluss, bis die Revolution ausbrach. Die Königin wurde verhaftet, ins Gefängnis geworfen und zum Tode verurteilt.

Der letzte Satz blieb für mich übrig.

Ich hörte auf, an meinem Federhalter zu kauen.

»Und, Lila, verrätst du uns das Ende der Geschichte?«, erkundigte sich Ahrend, als hätte er das leere Blatt, vor dem ich saß, nicht längst gesehen.

Ich überlegte. »Marie Antoinettes lesbische Geliebte versucht, die Hinrichtung zu verhindern, und wird noch vor der Königin selbst geköpft.«

Ahrend musterte mich. »Geschichtlich interessant, aber französisch mangelhaft. Kannst du uns eine weniger frei interpretierte Übersetzung liefern, Franziska?«

Während Franzi zu stottern begann, verteilte Ahrend die korrigierten Vokabeltests.

Die Doppelstunde war beinahe um, ich packte meinen Block schon mal ein. Die dicke, rote Sechs, die auf dem leeren Zettel mit meinem Namen stand, erstaunte mich nicht besonders.

»Darüber will ich noch mal mit dir sprechen, Lila!«, ließ mich Ahrend wissen, während auch Franzis Test auf den Tisch flatterte. »Bleib nach der Stunde bitte hier!«

Aha?

Ich faltete den Zettel und steckte ihn zusammen mit meinem Füller in die Hosentasche.

»Heute hat sich übrigens keiner mit Ruhm bekleckert!«, tadelte Ahrend weiter. »Das sind keine Lücken in eurem Vokabelschatz, das sind schwarze Löcher, die jede Materie an sich ziehen und verschlucken!«

Ich tauschte einen Blick mit Franzi. Auch ihr Test schien nicht gerade fehlerfrei, Ahrends Schrift leuchtete rot auf ihrem Zettel.

Ich stutzte.

»Kann ich mal sehen?« Ich nahm Franzi den Test aus der Hand.

3–! Wäre der Durchschnitt der Klasse nicht derartig miserabel, hätte ich Dir eine 5 gegeben, Franziska!, las ich.

»Französisch war noch nie meine Stärke«, verteidigte sich Franzi.

Das Blatt Papier in meiner Hand begann plötzlich so stark zu zittern, dass ich Ahrends kleine, nach rechts geneigte Handschrift kaum noch entziffern konnte. Doch was ich nicht übersehen konnte, waren die Anfangsbuchstaben der Wörter: Im Verhältnis zur restlichen Schrift erschienen sie übergroß.

Erschrocken sah ich auf.

Ahrend beobachtete mich – als hätte er nur darauf gewartet. Und das hatte er wirklich, begriff ich!

Schnell schaute ich wieder weg, aber es war zu spät. Ich wusste, ich hatte mich verraten.

Mein Herzschlag setzte aus!

Ich merkte, dass Unruhe im Raum entstand. Und dass Franzi auf ihren Test wartete. Automatisch gab ich ihr den Zettel zurück. Jetzt nur nicht die Nerven verlieren!

Ich packte meine Jacke und meinen Rucksack und sprang auf. Meine Knie wackelten, als hätte mich Danner zwei Stunden lang durch das Stadion gejagt.

Danner!

Er hatte Sport, drüben in der Halle. Ich musste ihn erwischen!

»Du denkst an unser Gespräch, Lila?« Ahrends donnernde Stimme übertönte mühelos das Aufbruchsgetöse im Raum. Ich fuhr herum. Ahrend hatte sich vom Lehrerpult entfernt, war an den Tischreihen vorbei nach hinten gegangen und stand jetzt vor dem Ausgang.

Er würde mich nicht hinauslassen.

Franzi zuckte mitleidig die Schultern. »Wir sehen uns gleich in Physik!« Sie ging zur Tür.

Scheiße!

Ich setzte mich wieder.

Die kleine Schrift mit den großen Anfangsbuchstaben – wie in Jendrick Haberlands Abschiedsbrief. Ahrend hatte Jendricks Abschiedsbrief geschrieben!

Und er wusste, dass ich es wusste!

Die meisten anderen waren schon zur Tür raus.

Lena schnallte gerade ihre Tasche zu.

Lena!

Lena war meine letzte Chance!

Hastig zerrte ich meinen Vokabeltest und meinen Füller aus der Hosentasche. *Hol Danner, BITTE!*, kritzelte ich mit zitternden Fingern und faltete das Blatt wieder zusammen.

Als Lena an mir vorbeiging, packte ich ihren Arm und drückte ihr das Stück Papier in die Hand.

»Fass mich nicht an!«, schnappte sie wütend und riss mir ihren Arm weg.

Sie würde meinen Zettel zerknüllen, ohne auch nur einen Blick drauf geworfen zu haben. Scheiße!

»Machen Sie die Tür zu, Lena!«, rief Ahrend ihr nach.

Noch mal Scheiße!

Die Tür rummste ins Schloss.

46.

Ahrend war auf mich zugekommen, stand aber noch immer zwischen mir und der Tür.

Er lächelte, doch sein Lächeln war unecht. Sein abschätzender Blick erinnerte an eine Giftschlange, die die Maus bereits gebissen hatte und nun abwartete, was geschah. Der grimmige Zug um seinen kräftigen Unterkiefer ließ mich frösteln.

Er war ein Mörder.

Ein Mörder, Mörder, Mörder!

Eine andere Erklärung dafür, dass er Jendrick Haberlands Abschiedsbrief geschrieben hatte, gab es nicht.

Ich zwang mich, so fröhlich zu wirken, wie es mit einem mittelschweren Herzinfarkt möglich war. »Ich konnte die Vokabeln nicht, weil ich noch nie Französischunterricht hatte!«, erklärte ich leichthin. »Wie Sie wissen, bin ich nur hier, weil ich für Herrn Danner und Herrn Staschek etwas über den Selbstmord Ihrer Tochter herausfinden soll.«

»Deshalb will ich auch mit dir sprechen.« Ahrend lächelte weiter. »Wie geht es mit den Ermittlungen voran?«

»Gut. Sie haben sicher gehört, dass Ihr Kollege Dittmer festgenommen wurde. Außerdem haben wir zwei weitere Verdächtige.«

Ahrend nickte. »Deshalb wundert mich, dass du noch immer hier bist. Was erhofft ihr euch davon?«

Er ließ mich nicht aus den Augen.

»Oder was wisst ihr bereits?«, bohrte er nach, bevor mir eine Antwort eingefallen war.

Ich wich zurück und er folgte mir sofort.

Ich wusste, dass er einen Mord begangen hatte.

Und er wusste, dass ich es wusste.

Ich war die Einzige, die es wusste!

Er konnte mich nicht entkommen lassen!

Er wollte sein Leben um jeden Preis weiterführen. Dafür ging er über Leichen.

Blitzschnell überschlug ich die Möglichkeiten, die mir blieben: Ahrend war gut einen Kopf größer als ich und doppelt so schwer.

Zur Tür raus ließ er mich nicht und herein konnte niemand, denn die Tür war zugefallen und von außen bekam man sie nur mit diesem verfluchten Schlüssel-Coin auf.

Außerdem war große Pause. Die nächsten fünfzehn Minuten standen alle Unterrichtsräume leer, alle Schüler hatten das Gebäude verlassen, alle Lehrer schlürften Kaffee im Lehrerzimmer.

Selbst wenn Lena Danner holte, brauchte sie mindestens fünf Minuten bis in die Sporthalle hinüber – eher acht, weil sie erst noch drüber nachdenken musste, ob sie mir wirklich einen Gefallen tun wollte. Und Danner brauchte wiederum zwei Minuten für den Weg hierher zurück.

Aber bei Lenas Laune war das sowieso ein Wunschtraum.

Ahrend hatte fünfzehn Minuten Zeit, mich umzubringen!

Ich musste ihn hinhalten.

Also los – direkter Angriff!

»Sie haben Jendrick Haberland umgebracht!« Ich hörte meine eigene Stimme wie ein weit entferntes Echo in meinem Kopf.

Hatte ich das gesagt?

Hatte ich das wirklich gesagt?

Ich sah, wie Ahrends Hals kürzer wurde, weil sich sein Nacken anspannte, wie seine Schultern plötzlich in die Breite wuchsen, weil er in Kampfposition ging.

Automatisch stellte ich einen Fuß nach hinten, den anderen nach vorn, obwohl mein Tritt ihm vermutlich so viel anhaben konnte wie einer der Linden im Schulhof.

Ich tastete in meinen Taschen nach etwas, was als Waffe taugte. Ich fand nur meinen Füller. Weil ich nichts anderes hatte, krampften sich meine Finger darum.

»Warum?«, hakte ich nach, um ihn abzulenken und so auf Abstand zu halten. »Warum haben Sie ihn umgebracht?«

Er schnaufte verächtlich.

»Kommen Sie, wir sind doch unter uns! Sie sind doch nicht so blöd zu glauben, dass Eva sich wegen Jendrick umgebracht hat?! Sie sind doch dem kleinen Spanner nicht auf den Leim gegangen, oder?«

»Sprich nicht in diesem Ton mit mir!«, schnauzte Ahrend mich an.

»Sie haben ihm wirklich geglaubt?«

»Schwachsinn! Der kleine Scheißer hat versucht, mich zu erpressen.«

Erpressung?

»Womit?«

Ahrends Faust krachte auf den nächsten Tisch.

»Nacktfotos von Eva?«, riet ich drauflos.

»Mit diesem bescheuerten Brief!«, explodierte Ahrend.

Brief?

O Gott!

»Ihr Weiber seid doch dumm wie Stroh, eine wie die andere!«

Konnte es sein, dass –?

Ein Brief! Mir fiel nur eine Person ein, die einen geschrieben haben könnte.

»Eva hat einen Brief geschrieben?!« Ich krächzte, meine Stimme wollte mir nicht gehorchen. Meine Finger umklammerten fester den lächerlichen Federhalter in meiner Tasche.

»Eva hat Lena einen Brief geschrieben? Und damit hat Jendrick Sie erpresst?«

»Er hat ihn aus ihrem Rucksack geklaut!« Ahrends Gesicht war jetzt dunkelrot. An seiner linken Schläfe trat eine bläuliche Ader dick hervor. Seine Augen waren blutunterlaufen.

»Er wollte eine Drei in Sport, lächerlich! Aber die Fünf hätte ihn die Versetzung gekostet.« Er kam näher. »Und jetzt willst du wissen, was in dem Brief stand, nicht wahr? Du willst es wissen, du gibst keine Ruhe! Ihr gebt nie Ruhe, wenn man es euch sagt. Ihr könnt eure Schnauze nicht halten, wenn man sie euch nicht einschlägt. Ihr könnt nicht gehorchen, wenn man es euch nicht beibringt.«

Der Kerl war irre!

Ich wich noch einen Schritt zurück und stieß an die Kante der Fensterbank. Erschrocken blieb ich stehen. Ich riss den Füller aus der Tasche und hielt ihn Ahrend wie ein Messer entgegen.

»Du willst mir drohen?«, schnaubte er verächtlich. »Du wagst es, mir zu drohen, du kleines Miststück?« Blitzschnell packte er meine Hände. »Dir bring ich auch noch Manieren bei!«

Sein Griff umschloss meine Handgelenke wie ein Schraubstock, schien meine Unterarme zu zerquetschen. Er schleuderte mich gegen den nächsten Tisch. Ein heißer Schmerz zuckte durch meinen Rücken, nahm mir den Atem. Einen Augenblick lang sah ich Sterne.

»Mir drohst du nicht, du Flittchen! Ihr Weiber glaubt, ihr könntet euch alles erlauben! Aber auch dir zeige ich, wer das Sagen hat!«

Ahrend drückte mich mit dem Rücken auf den Tisch. Mit der Rechten presste er meine Hände über meinem Kopf auf die Tischplatte. Ich roch den beißenden Schweiß seiner Achsel neben meinem Gesicht. Mit der Linken riss er meine Hose auf.

Das musste ein Albtraum sein! Das konnte nicht wirklich passieren!

»Lass mich los! Lass mich sofort los!«, schrie ich und wollte nach ihm treten. Doch ich konnte meine Beine nicht bewegen. Ahrend lehnte mit seinem vollen Gewicht auf meinen Knien, ich spürte die harte Tischkante schmerzhaft an der Rückseite meiner Oberschenkel.

»Halt die Fresse, du Schlampe!«

»Hast du das zu Eva auch gesagt? Hat sie nicht gehorcht? Hat sie Widerworte gegeben?«

»Hörst du schwer? Halt die Fresse, hab ich gesagt!«

Er riss meinen Slip einfach auseinander, den Griff um meine Hände lockerte er keine Sekunde.

Der tat das nicht zum ersten Mal. Jede Bewegung saß. Der wusste ganz genau, wie man das machte.

Ich schrie, versuchte zu treten, mich loszureißen – keine Chance!

Ich spürte, wie er ein breites, haariges Bein zwischen meine Oberschenkel schob. Mit aller Kraft presste ich die Knie zusammen, jeder meiner Muskeln verkrampfte sich.

Ich konnte es nicht verhindern. Ich hatte nicht genug Kraft, um mich gegen ihn zu wehren.

Lieber Gott! Hilf mir hier raus!

Denn Gott war wohl der Einzige, der mir noch helfen konnte.

Und ich selbst.

Eine Sekunde schien die Zeit stillzustehen.

Wenn er mich vergewaltigte, würde ich überleben. Denn dann war die Pause zu Ende, bevor er mich umgebracht hatte.

Und ich wollte überleben. Tatsächlich!

Einen Sekundenbruchteil lang staunte ich, weil ich wirklich ein Leben hatte, für das sich das Überleben lohnte.

Meine Panik wich eiskalter Wut.

Ich fühlte den stabilen Plastikschaft des Federhalters in meiner Faust, obwohl Ahrend meine Hände so fest hielt, dass sie beinahe taub waren. Ich hörte auf, mich zu wehren, und starrte Ahrend an.

Er hielt inne. »Du traust dich, mir in die Augen zu sehen, du Miststück? Hast du noch nicht genug Angst?«

»Du hast deine eigene Tochter vergewaltigt, du Schwein«, zischte ich. »Hat's denn Spaß gemacht?«

Purer Hass glänzte in seinen Augen, als er mir sein Knie zwischen die Beine rammte. Hätte er mich nicht festgehalten, hätte ich mich vor Schmerz gekrümmt.

Ich merkte, wie meine Kraft nachließ. Diesen Kampf verlor ich … Er würde mich vergewaltigen.

Wie er Eva vergewaltigt hatte.

Na los, du Dreckskerl, mach schon!

Wenn du fertig bist, bringe ich dich um! Dann ist die Pause zu Ende, irgendjemand wird die Tür aufmachen und genau dann bringe ich dich um!

Ich hatte mir schon hundertmal vorgestellt, wie es war, jemanden zu töten, mir überlegt, wie es klappen konnte. Jedes Mal, wenn mich mein Vater grün und blau geprügelt hatte.

Ich hatte nur den Füller als Waffe, aber das würde reichen. Ich kannte die Stelle, die ich treffen musste, ich hatte oft genug draufgestarrt, bevor mich der Schlag ins Gesicht zur Seite geschleudert hatte.

Ich fühlte Ahrends Glied hart zwischen meinen Beinen.

»Ich bringe dich um«, versprach ich ihm.

Leise klackte das Schloss der Tür.

Ahrend fuhr hoch.

Plötzlich war sein Gewicht von meinen Lungen verschwunden, für eine Sekunde lockerte sich sein Griff. Ich riss meine Hand los und stieß mit aller Kraft zu.

Die scharfkantige Feder meines Füllers rammte sich an der Stelle in Ahrends Körper, an der der Hals in den Nacken überging. Ich wusste, ich hatte getroffen.

Ich hatte den Faszienschlauch durchtrennt, der die lebenswichtigen Gefäße an dieser Stelle schützen sollte, wo sie gefährlich dicht unter der Haut lagen.

Warmes Blut strömte über meine Finger meinen Arm hinunter und ließ den Federhalter glitschig werden. Ohne einen Laut brach Ahrend über mir zusammen, sein schwerer Körper sackte auf mich herab.

Den Federhalter noch immer in die Wunde gepresst, stieß ich Ahrend von mir herunter. Mit einem dumpfen Poltern fiel er neben dem Tisch auf den Boden.

Ich blieb liegen, wie gelähmt. Starrte in das flimmernde Licht der Neonröhren an der Decke.

Meine Arme begannen zu zittern.

Meine Beine auch.

Vorsichtig löste Danner den Federhalter aus meinen verkrampften Fingern.

Jetzt zitterte ich am ganzen Körper, ohne dass ich etwas dagegen unternehmen konnte.

»Kannst du mich hören?«, fragte Danner, während er an meinem Hals nach meinem Puls suchte.

Ich versuchte zu nicken, aber ich konnte die Bewegung nicht steuern.

»Okay«, sagte Danner trotzdem. »Denkst du, du kannst dich hinsetzen?« Er griff mir unter die Achseln und zog mich hoch.

Mir wurde bewusst, dass ich beinahe nackt war. Ich versuchte, meinen Pulli herunterzuziehen, aber alles klebte von Ahrends Blut. Mit der Hand drückte ich mein Knie auf den Tisch, um es am Beben zu hindern.

Danner packte mich an den Schultern und zog mich an sich, ohne auf das ganze Blut zu achten. Er hielt mich fest und schaukelte mich beruhigend hin und her.

Ich merkte, dass mir die Tränen über die Wangen liefen.

»Hat er –?«, fragte Danner, ohne mich loszulassen.

Ich versuchte, Nein zu sagen, aber meine Stimme wollte mir nicht gehorchen.

Ich schüttelte den Kopf.

47.

Der Krankenwagen brauchte fünf Minuten, der Notarzt sechseinhalb. Staschek schaffte es in sieben. Er starrte mich entsetzt an, während mir ein schmächtiger Rettungsassistent eine Blutdruckmanschette um den Oberarm schnallte. Vier Uniformierte standen ratlos hinter Staschek, weil er sich nicht rührte.

Eine übermüdete junge Ärztin mit kurzem, rotem Haar und Brille drehte vorsichtig meine Hände hin und her und sprach dabei in ein Diktiergerät. Meine Handgelenke hatten sich bereits dunkelblau gefärbt.

»Ich glaube, sie ist okay«, hörte ich Danner behutsam zu Staschek sagen.

»Okay? Hast du gerade okay gesagt?« Stascheks Stimme drohte überzukippen. Sein Blick fiel auf Danners blutverschmierte Arme. »Was zum Teufel war hier los?«

»Als ich reinkam, war Ahrend gerade dabei, Lila zu vergewaltigen.«

»Und du hast –?«

Danner schüttelte den Kopf.

Es dauerte einen Augenblick, bis Staschek mich ansah. Als unsere Blicke sich trafen, wusste ich, dass er begriffen hatte.

Scheiße, ja, ich hatte das Arschloch umgebracht! Ich hatte gewusst, wie es ging, ich hatte beschlossen, es zu tun, und dann hatte ich ihn umgebracht!

Ich war eine Mörderin.

Ich musste mich räuspern, bevor ich sprechen konnte.

»Er hat Eva vergewaltigt«, berichtete ich dann. »Eva wollte es Lena erzählen, sie hat ihr einen Brief geschrieben. Aber

Jendrick Haberland hat den Brief geklaut, wahrscheinlich kurz vor ihrem Tod. Dann haben Dominik und Orkan Eva aufgelauert und sie ist in Panik aus dem Fenster gesprungen, ohne Lena den Brief gegeben zu haben. Jendrick hatte nichts Besseres zu tun, als Ahrend damit zu erpressen, und der hat ihn aufgehängt. Ich schätze, Ahrend hat Evas Brief gefunden und vernichtet, denn sonst wäre man ja bei der Durchsuchung von Jendricks Zimmer darauf gestoßen. Ahrend hat Jendricks Abschiedsbrief geschrieben, ich habe seine Schrift vorhin auf Franzis Vokabeltest wiedererkannt.«

»Legen Sie sich hin!«, befahl mir die Ärztin. »Sie haben einen Schock. Wir bringen Sie ins Krankenhaus, wir werden noch ein paar Aufnahmen machen, um innere Verletzungen auszuschließen.«

Ich gehorchte widerwillig.

»Dann muss ich wohl versuchen, das alles irgendwie Ahrends Witwe zu erklären«, murmelte Staschek müde.

Ich horchte auf. Natürlich! Ahrends Frau!

Jemand musste sie benachrichtigen.

Ich konnte mir nicht vorstellen, dass sie in Tränen ausbrechen würde.

»Ich komme mit!« Ich setzte mich wieder auf.

»Sie kommen ins Krankenhaus«, korrigierte mich die übermüdete Ärztin, griff meine Schulter und hätte mich um ein Haar umgeworfen.

Wütend funkelte ich sie an und sie ließ meine Schulter schnell wieder los.

»Vergiss es, Lila«, pflichtete Staschek ihr bei. »Du gehörst in ein Bett. Hast du überhaupt mitgekriegt, was dir gerade passiert ist?«

»Mein Gott, Lenny, ich lebe noch!«, fuhr ich ihn an und versuchte aufzustehen. »Ben!«

Doch Danner schwieg. An seiner ausdruckslosen Miene erkannte ich, dass er mich ebenfalls nicht mitnehmen wollte.

»Hast du Angst, ich könnte wieder im Weg stehen?«, erkundigte ich mich gereizt.

Er antwortete nicht gleich.

»Du solltest vorher duschen«, sagte er endlich.

Na also!

»Aber ...!«, wollte die Ärztin protestieren.

»Haben Sie ihre Verletzungen aufgenommen?«, unterbrach Danner sie.

Sie nickte.

»Gut, Sie werden nämlich eine Aussage machen müssen. Also verschlampen Sie nichts.«

In der Umkleidekabine der Sporthalle stellte ich die Dusche kochend heiß. Ich spülte Ahrends Blut von meinen Armen, meinem Hals, meinen Haaren und sah zu, wie das rötlich verfärbte Wasser über meine nackten Oberschenkel und die grauen Bodenfliesen floss und schließlich im Ausguss verschwand.

Ich trug meine Sportsachen und keine Unterwäsche und auch Danner hatte seine Sportklamotten an, als wir mit Staschek zusammen an der Haustür der Ahrends klingelten.

Uns öffnete der dürre Arzt mit der schlechten Haltung, Ahrends Freund, dieser Dr. Darmierzel. »Ja, bitte?«

Staschek zückte seinen Dienstausweis: »Staschek, Kripo Bochum. Ist Frau Ahrend da?«

Darmierzel schüttelte den Kopf: »Tut mir leid, Frau Ahrend ist nach wie vor nicht vernehmungsfähig.«

»Es geht nicht um eine Vernehmung.«

»Dann haben Sie erst recht keine Befugnis, sie zu sprechen!«

Staschek ballte die Fäuste: »Ich habe noch ganz andere Befugnisse! Wenn Sie uns nicht sofort reinlassen, verhafte ich Frau Ahrend wegen Beihilfe zu verschiedenen Straftaten und lasse sie aufs Revier bringen. Und es ist mir scheißegal, wie sich das auf ihre Vernehmungsfähigkeit auswirkt!«

Nun doch verunsichert, trat Darmierzel zur Seite. »Sie ist oben in ihrem Zimmer.«

Der Arzt folgte uns zur Treppe, doch Danner hielt ihn zurück. »Ich glaube nicht, dass wir Ihre Hilfe brauchen, Doc.«

»Regen Sie sie nicht auf«, warnte Darmierzel. »Rufen Sie mich, wenn sie nervös wirkt! Frau Ahrend neigt zu Wahnvorstellungen, wenn sie die Beruhigungsmittel nicht genommen hat.«

Ich fragte mich, wie viel von dem, was der Dünne als Wahnvorstellungen bezeichnete, wirklich welche waren.

Christa Ahrend saß in ihrem Bett, als wir das Zimmer betraten. Das Kopfende war aufgerichtet.

Ihr schmales, weißes Gesicht verschwand zwischen ihrem struppigen, dunklen Haar und den dicken Federkissen. Im Fernseher auf dem Tischchen neben dem Fußende lief irgendeine Nachmittagstalkshow. Der Ton war zu laut und Christa Ahrend starrte auf den Bildschirm, ohne wirklich hinzusehen.

Danner schaltete den Fernseher aus.

Sie starrte weiter.

»Frau Ahrend?« Staschek nahm ihre Hand, wohl nicht so sehr, um sie zur Begrüßung zu schütteln, sondern eher, um sich überhaupt bemerkbar zu machen. Ich registrierte, dass sich ihre Schulter ein wenig nach oben bewegte, obwohl die dünnen Finger der Frau wie leblos in Staschek Hand lagen.

»Es ist etwas passiert. Ihr Arzt sagt, Sie dürfen sich nicht aufregen, aber so eine Nachricht kann man nicht vorsichtig überbringen.«

Er beobachtete die Frau scharf, doch sie blickte weiter auf den nun dunklen Bildschirm.

»Ihr Mann ist tot.«

Ihr Gesichtsausdruck veränderte sich unmerklich. Ihre Augen wurden ein wenig größer.

Sie hatte Staschek genau gehört.

»Haben Sie mich verstanden?«, fragte Staschek vorsichtig nach.

Danner stellte sich vor den Fernseher. Die Frau sah durch ihn hindurch.

»Ihr Mann hat versucht, ein Mädchen zu vergewaltigen, Frau Ahrend!«, sagte Danner scharf.

Ich zuckte genauso zusammen wie Christa Ahrend.

»Das Mädchen hat ihn getötet!«

Ganz kurz sah sie Danner an.

Doch sie hatte sich verraten!

»Lila konnte sich wehren. Ihre Tochter konnte es nicht!«, wurde Danner zornig laut.

Die blauen Augen von Evas Mutter füllten sich mit Tränen.

»Sie schlucken Antidepressiva wie Bonbons! Sie wussten ganz genau, was mit Ihrem Mann los war!«

Eine Träne löste sich aus ihrem Augenwinkel und rann über ihre eingefallene Wange. Ihre Finger krallten sich in die blütenweiße Bettdecke.

Ich trat an ihr Bett und legte meine Hand auf ihre. Sie war eiskalt.

»Hat er Ihnen das auch angetan?« Bei meinen Worten begann ihr Blick vor Angst zu flackern. »Er kann Ihnen nichts mehr tun. Hat er Sie auch vergewaltigt?«

Sie nickte und schluchzte tonlos.

Staschek und Danner blieben stumm.

»Schon lange?«, fragte ich heiser.

Sie nickte wieder und verbarg das Gesicht in den bebenden Händen.

Ich konnte mir nicht vorstellen, was es bedeutete, einen Mann zu heiraten und dann festzustellen, dass er ein brutaler Tyrann war. Ich konnte mir nicht vorstellen, was es bedeutete, von seinem Ehemann vergewaltigt zu werden, und ich konnte mir nicht vorstellen, wie verzweifelt, einsam und ausgeliefert man sich fühlen musste, um es jahrelang hinzunehmen.

Und ich war verdammt froh, dass ich es mir nicht vorstellen konnte!

Christa Ahrend entzog mir ihre eiskalten, knochigen Finger. Noch immer liefen ihr Tränen über das Gesicht. Unendlich langsam richtete sie sich auf und setzte sich auf die Bettkante. Ihre dünnen Beine hingen schlaff herunter. Mit zitternden Händen zerrte sie das dicke Kopfkissen zur Seite.

Sie zog das Laken von der Matratze.

Dünne Papierstapel kamen zum Vorschein. Lose Zettel und ein paar Briefumschläge.

Briefe!

Mein Rücken versteifte sich.

Briefe!

Weinend drückte mir Evas Mutter die Zettel in die Hand.

»Was ist das?«, fragte Danner.

»Das sind Evas Briefe«, antwortete ich.

»Evas was?«

»Evas Briefe an Lena.«

Christa Ahrend nickte.

»Sie haben sie gefunden?«

Sie nickte noch mal.

Ich legte den Stapel auf den Nachtschrank und nahm den erstbesten losen Zettel in die Hand.

Danner und Staschek traten hinter mich, um mir über die Schultern sehen zu können.

Eva Ahrends Schrift war genauso perfekt wie alles andere an ihr, gleichmäßig, die Zeilen wie mit dem Lineal gezogen, obwohl das Papier keine Linien hatte. Die schwungvollen Buchstaben flossen ineinander, sie hatte die Wörter geschrieben, ohne abzusetzen. *Liebe Lena,* stand da,

ich schreibe diesen Brief jetzt zum siebten Mal und noch immer habe ich keine Ahnung, wie ich anfangen soll.
Ich weiß nicht, wie ich Dir sagen soll, dass ich Dich, seit wir uns kennen, belogen habe. Jeden Tag, ohne Ausnahme. Du hast mir immer alles erzählt und ich habe Dir immer alles verschwiegen. Selbst jetzt traue ich mich nicht, mit Dir zu sprechen, deshalb schreibe ich Dir noch einmal einen Brief.
Vielleicht ist es der letzte, denn ich muss hier weg, so schnell wie möglich. Doch irgendwie hoffe ich, dass Du mir vielleicht verzeihen kannst und meine Freundin bleibst.
Auch wenn ich Dir erst jetzt die Wahrheit sage: Das Schwimmen konnte ich nie leiden. Ich wäre lieber öfter mit Karo, Franzi und Dir tanzen gegangen. Auch das Lernen ist mir nie so leichtgefallen, wie ich behauptet habe. Ich habe immer so getan, als würden mir die Antworten auf die Fragen der Lehrer einfach so einfallen, dabei habe ich oft bis nach Mitternacht über den Büchern gesessen, um den Stoff der nächsten Stunde zu beherrschen.
Ich habe nie zugegeben, wie sehr ich schuften muss für die guten Noten und die Medaillen.

Aber noch schlimmer ist, dass ich Dir nie gesagt habe, warum ich das mache.
Du hast mir immer alles erzählt. Von jedem Krach mit Deinem Vater, dem Schürzenjäger. Von dem Stress mit Deiner Mutter. Von Deinen bescheuerten Stiefbrüdern und Deinem Liebeskummer.
Ich hätte hundert Gelegenheiten gehabt, alles zuzugeben. Ich war hundert Mal kurz davor. Aber dann habe ich doch immer wieder so getan, als wäre bei mir alles in bester Ordnung.
»Mein Vater ist etwas streng, aber fair, genau, wie ihr ihn aus dem Sportunterricht kennt«, habe ich behauptet.
Deshalb fürchte ich, dass Du mir nicht glaubst, wenn ich Dir erzähle, dass ich mit den guten Noten, den Medaillen und Urkunden meine Geschwister und meine Mutter vor ihm beschützen muss.
Mein Vater ist ein Ungeheuer.
Zu Hause versucht jeder von uns, so unsichtbar wie möglich zu sein, um bloß nicht seine Aufmerksamkeit auf sich zu lenken. Wenn er etwas sagt, springen wir alle auf und versuchen, es ihm möglichst schnell recht zu machen, damit er nur nicht wütend wird.
Dabei ist es unmöglich, ihn nicht wütend zu machen.
Er nutzt jede Gelegenheit, um uns Angst einzujagen, um uns schlagen zu können.
Ich glaube, es gefällt ihm, meine Mutter und uns Kinder weinen zu sehen.
Irgendeinen blöden kleinen Anlass findet er immer, eine umgeworfene Tasse oder ein schlecht gespieltes Klavierstück reichen aus.
Nur ich kann ihn beruhigen. Alle hoffen immer auf mich!
Wenn ich eine Eins, eine neue Bestzeit über 100 m Freistil

oder auch nur einen fehlerfreien Vokabeltest mit aus der Schule bringe, bessert sich seine Laune. Wenn ich auch noch behaupte, es wäre mir leichtgefallen, ist er zufrieden und lässt uns alle in Ruhe.
Wenn ich wirklich wage, Dir diesen Brief zu geben, wirst Du die Einzige sein, die davon weiß.
Ich schäme mich, dass ich nie den Mut hatte, Dir alles zu erzählen. Aber ehrlich gesagt, würde ich Dir auch jetzt nicht schreiben, wenn nicht noch etwas Schlimmeres passiert wäre.
Ich habe immer geglaubt, dass es ganz normal ist, wenn die Familie tut, was der Vater sagt. Ich habe es nie anders kennengelernt.
Und wer nicht gehorcht, wird bestraft.
Doch jetzt musste ich erleben, wie weit mein Vater geht, wenn ich nicht gehorche.
Ich wollte nämlich aufhören zu schwimmen.
Ich weiß, auch darüber habe ich nicht mit Dir gesprochen. Ich hätte es tun sollen.
Du hast bestimmt gemerkt, dass ich nicht mehr so viel trainiere und nicht mehr so viel lerne, seit ich mit Mario zusammen bin.
Und ich habe meinem Vater gesagt, dass ich aufhören will! Ich habe ihn noch nie so ausrasten sehen!
Aber ich hatte auch nie zuvor gewagt, ihm zu widersprechen.
Ich dachte, er bringt mich um. Und vielleicht hat er das auch.
»Du willst lieber bumsen als arbeiten, du Flittchen? Ich wusste, dass das kommt, sobald du Titten kriegst! Ihr Scheißweiber seid doch alle gleich!« Das hat er wirklich gesagt.
Und: »Das kannst du haben!«

Ich glaube, es hat ihm Spaß gemacht. Und ich glaube, er wird es wieder tun. Ich schwöre, Lena, es ist wahr, er hat –

Der Zettel in meiner Hand zitterte ein klein wenig.

Da stand es, doch Eva hatte es wieder durchgestrichen. Sie hatte es nicht sehen können, nicht einmal aufgeschrieben:

– mich vergewaltigt!

Ich hatte Ahrend wieder vor Augen, den beißenden Geruch seiner Wut in der Nase. Automatisch presste ich die Knie aneinander, spürte die Blutergüsse an meinen Beinen.

Eva hatte den Brief an dieser Stelle abgebrochen. Und dann wahrscheinlich die achte Version geschrieben.

Danner öffnete einen der Umschläge und faltete das Papier auseinander, Staschek zählte die Briefe.

Insgesamt hatte Eva zwölf Mal versucht, diesen Brief zu schreiben.

Nein, dreizehn Mal!

Den dreizehnten Brief hatte sie Lena geben wollen.

Den dreizehnten Brief hatte Jendrick Haberland aus Evas Schultasche gestohlen.

Wegen des dreizehnten Briefs hatte Ahrend Jendrick umgebracht.

»Seit wann wissen Sie von den Briefen?«, fragte Danner Christa Ahrend.

Ich erstarrte, als mir klar wurde, worauf er hinauswollte.

Doch Danner ließ nicht locker – er ließ ja nie locker, wenn er jemandem die Schlinge um den Hals gelegt hatte: »Seit wann? Schon vor Evas Tod oder erst danach?«

Evas Mutter heulte auf und der Laut klang so gequält, dass mir ein Schauer über den Rücken kroch.

»Schon vorher«, stellte Danner fest. »Und als Sie von Evas Tod erfuhren, haben Sie die Briefe aus ihrem Zimmer geholt und versteckt.«

Sie nickte.

Danner wandte sich ab und ging zum Fenster.

Ich wunderte mich, dass Christa Ahrend mir leidtat. Ich hätte niemals gedacht, dass mir eine Mutter leidtun könnte, die ihre Tochter derart im Stich gelassen hatte.

Eine Sekunde lang ahnte ich, wie ausweglos ihr ihr Leben vorgekommen sein musste.

Wie es vielleicht auch anderen Müttern in ähnlichen Situationen vollkommen ausweglos erschien.

»Ich hole Darmierzel.« Staschek ging zur Tür.

Ich faltete Evas siebten Brief zusammen und steckte ihn in die Tasche.

48.

Diesmal hatte Horsts übereifrige Kollegin Wegner noch mehr Fragen. Es war nach acht, als wir endlich das Polizeipräsidium verlassen durften.

Staschek hatte ein langes und unerfreuliches Gespräch mit der Schlampe führen müssen und dann war ein Reporter der Tageszeitung aufgetaucht. Gerade eben erst hatte Staschek angefangen, seinen Bericht zu tippen.

Mich hatte er mit einem Streifenwagen ins Krankenhaus schicken wollen, doch ich hatte keine große Lust, mir den Rest der Nacht von einem Assistenzarzt die Nieren abtasten zu lassen. Wenn ich innere Verletzungen gehabt hätte, wäre mir das inzwischen aufgefallen.

Alles, was ich wollte, war Tee mit Zitrone.

Doch vorher hatte ich noch etwas zu erledigen.

»Ich muss noch mal weg«, sagte ich zu Danner, als der die Schrottschüssel vor der Kneipe parkte.

Er musterte mich abschätzend.

»Ich bringe mich nicht um oder so, versprochen«, versicherte ich. »Molle kann mir schon mal einen Tee aufsetzen. Und du kannst ihm erzählen, was los war, denn ich glaube nicht, dass ich das noch mal hören will.«

Ich sah ihm an, dass er herauszufinden versuchte, ob ich ihm etwas vormachte. Er war nicht begeistert, mich ein paar Stunden nach dem gewaltsamen Angriff aus den Augen zu lassen.

Ich wartete ab.

»Brauchst du den Wagen?«

Verblüfft nickte ich.

Er warf mir den Schlüssel zu. »Wenn du in einer Stunde nicht wieder da bist, hast du sämtliche Bullen der Stadt am Hals, verstanden?«

Die Schrottschüssel war ein Monstrum, ein Relikt aus einer Zeit, in der es weder Bremskraftverstärker noch Servolenkung gegeben hatte. Das Lenkrad musste ich mit beiden Händen greifen, und wenn ich auf die Bremse trat, stand ich halb auf, um genug Druck auf das Pedal zu bringen. Die Kupplung war kaputt, in den dritten Gang konnte ich nur mit Zwischengas schalten und das Klappern irgendwo links hinten war mir vorher nicht aufgefallen.

Ich war heilfroh, als ich das Ungetüm vor dem modernen Wohnhaus zum Stehen bekam. Ich parkte einen guten Meter vom Bordstein entfernt, also mitten auf der Straße.

Einen Augenblick zögerte ich, bevor ich wahllos einige Klingelknöpfe drückte.

Die Nummer mit dem Supertelefontarif blieb mir erspart. Irgendein Trottel drückte den Summer, ohne über die Sprechanlage nachzufragen, wer vor der Tür stand.

Weil ich noch nie hier gewesen war, lief ich hinauf in den ersten Stock und las alle Namen an den fünf Wohnungstüren.

Im vierten Stock fand ich die Klingel mit dem Namen *Staschek.*

Ich atmete noch einmal tief durch und zog die Ärmel meiner Jacke über meine schwarz verfärbten Handgelenke.

Dann klingelte ich.

Es dauerte nur ein paar Sekunden, bis Lenas Mutter durch den schmalen Spalt lugte, den die Sicherheitskette zuließ. »Ja, bitte?«

»Entschuldigen Sie die späte Störung. Mein Name ist Lila, ich bin eine Schulkameradin von Lena.«

Freundin war ja nicht mehr der richtige Begriff.

»Lena!«, rief Lenas Mutter, während sie die Sicherheitskette entfernte. »Für dich!«

Lena war offensichtlich schon in der Nähe gewesen, denn sie nahm ihrer Mutter gereizt die Tür aus der Hand und öffnete selbst.

Wortlos starrte sie mich an.

»Ich bin gleich wieder weg«, versprach ich schnell. »Ich dachte nur, du solltest das hier bekommen.«

Ich hielt ihr Evas siebten Brief hin, den ich vorhin hatte mitgehen lassen. Weil in allen Briefen ungefähr das Gleiche stand, kam es bei der Beweisaufnahme auf einen mehr oder weniger nicht an, fand ich.

Lena starrte das Papier an, als hielte ich ihr ein mumifiziertes Nagetier entgegen.

»Stell dich nicht so an, der ist nicht von mir!«

Sie nahm den Brief und ich drehte mich um und ging.

49.

Als ich wenig später die Kneipe betrat, saß Danner am Tisch an der Theke.

Es war nicht viel los. Montagabends nach neun hockten nur ein paar Schnapsleichen am Tresen. Aus der Musikanlage dudelten die Wildecker Herzbuben oder etwas ähnlich Bescheuertes, ich hörte nicht hin.

Molle zapfte Bier.

Als er mich hereinkommen sah, ließ er das halb volle Glas stehen. Mit einer Tasse Tee und einer in Scheiben geschnittenen Zitrone kam er hinter dem Tresen hervor und stellte beides an meinem Platz auf den Tisch.

Ich musste lächeln.

Der Dicke musterte mich über die halbmondförmigen Gläser seiner Brille hinweg.

»Du glaubst doch nicht wirklich, dass ich so tue, als wäre nichts passiert?« Er zog mich an seinen Bauch.

Ich hielt still.

Die Berührung machte mir nichts aus. Ehrlich gesagt, gefiel sie mir sogar recht gut. Ich legte die Stirn auf die breite Brust des Dicken und ließ mich festhalten.

Ich bekomme keine Luft! Der leblose Körper sackt auf mich runter, presst meinen Brustkorb zusammen, erstickt mich! Ich will ihn wegschieben, schaffe es nicht!

Warmes Blut fließt mir über Arme, Gesicht und Haare.

Ich will schreien, doch ich kriege keinen Ton heraus.

Panisch schlage ich um mich, versuche, mich zu befreien …

»Lila!«

Danner hielt meine Arme fest, als ich hochschrak. Sonst hätte ich ihm mit ziemlicher Sicherheit eine gescheuert. Mein Herz raste. Im Halbdunkel des Schlafzimmers wunderte ich mich eine Sekunde lang, dass das Bett nicht wirklich mit Blut durchtränkt war.

Danner ließ mich los, legte mir einen Arm um die Schultern und zog mich dicht an sich.

Allmählich beruhigte ich mich wieder.

Mit den Albträumen war zu rechnen gewesen. Schließlich wäre ich heute um ein Haar vergewaltigt worden.

Und ich hatte einen Menschen getötet.

Ich würde niemals wieder ruhig schlafen können.

Ich spürte Danners warmen Körper an meinem Rücken und entspannte mich.

Ich musste zugeben, ich genoss, dass Danner mich fester hielt als sonst. Dass Molle mir jeden Wunsch von den Augen ablas. Dass Staschek sich Sorgen um mich machte.

Wie oft hatte ich mir insgeheim gewünscht, dass mich jemand in den Arm nahm und tröstete. Dass mir jemand sagte, dass nicht richtig war, was man mir antat, dass ich es nicht verdiente, dass es nicht an mir lag.

Dass mich irgendjemand mochte.

Ich lauschte auf den gleichmäßigen Rhythmus von Danners Atem, bis ich wieder einschlief.

Am Frühstückstisch schob mir Molle den Stuhl unter den Hintern wie einem Kleinkind und küsste mich auf die Stirn. »Kaffee? Tee? O-Saft, ein Ei? Körnerbrötchen, Kürbiskern- oder normal? Ich habe hier auch Schokoladenkuchen – und ein paar frische Erdbeeren, wenn du keine Brötchen willst?!«

Vor Rührung war mir beinahe zum Heulen zumute.

»Alles auf einmal, wenn's geht.«

Molle sprang auf und verschwand in der Küche.

Danners Handy klingelte. Er warf einen kurzen Blick aufs Display und schaltete es aus.

Molle stellte jedem von uns ein Glas Orangensaft und ein hart gekochtes Ei hin und mir außerdem Kuchen und eine Schüssel frischer Erdbeeren.

Der Dicke beobachtete, wie ich die Erdbeeren mit den Fingern aß, und als Danner mir eine wegschnappte, kassierte er einen strafenden Blick.

Staschek kam herein.

»Erzähl mir nicht, dein Akku war ausgerechnet in dem Augenblick leer, in dem ich anrufe«, fuhr er Danner an und gab ihm eine Kopfnuss.

»Irgendwie habe ich geahnt, dass du sowieso hier auftauchen würdest.«

»Kannst du dir vorstellen, was im Büro los ist? Jeder Klatschreporter im Land ist hinter mir her!«

»Dann hoffe ich, dass du alle abgehängt hast, bevor du hier aufgetaucht bist.« Danners Ton war sofort scharf geworden.

Staschecks Blick fiel auf meine Handgelenke. Ohne sich weiter um Danner zu kümmern, kniete er sich neben meinem Stuhl auf den Boden: »Wie geht's dir?«

Bevor ich antworten konnte, ging erneut die Tür auf und Verena Seifert-Staschek kam herein, gefolgt von – Lena!

Hastig zog ich die Ärmel meines Pullis über meine Handgelenke und versteckte die Hände unter dem Tisch.

Molle schob zwei weitere Stühle heran und verteilte Teller. Verena musterte mich kurz, Staschek erhob sich vom Fußboden und setzte sich ebenfalls.

Lena war stehen geblieben.

Ich deutete mit einem Kopfnicken auf den freien Stuhl neben mir und schob ihr den Brötchenkorb hin.

Lena starrte einen Augenblick auf mein blauschwarzes Handgelenk, das bei dieser Bewegung unter dem Ärmel hervorrutschte. Dann setzte sie sich neben mich und nahm sich ein Stück Kuchen.

»Die Presse schlägt Purzelbäume vor Entzücken«, erzählte Staschek und legte sich gleich zwei Brötchen auf seinen Teller. »Ein toter Lehrer im Sprachlabor! Die Schlampe ist auf zweihundertfuffzig, weil ich ihr keine Details verraten habe. Sie nimmt gerade persönlich das Büro auseinander, um an Horsts Akte zu kommen, die zufällig in meinem Auto liegt. Aber ich kann eure Namen da nicht mehr lange raushalten.«

Danner richtete sich angriffslustig auf.

»Atme mal durch, Lenny«, winkte ich ab. »Denkst du wirklich, wir lassen uns so eine Werbung für die Detektei entgehen?«

Danner sah mich erstaunt an.

»Vielleicht haben wir Glück und die Schlampe platzt vor Wut, wenn sie euch beide im Fernsehen sieht.«

Danner entspannte sich und lehnte sich mit seinem Kaffee zurück. Seine Augen glitzerten, als sich unsere Blicke trafen.

»Allerdings werden sich die Vizepräsidentin und die Presse gedulden müssen, bis wir fertig gefrühstückt haben.«

Ich griff nach Molles Schokoladenkuchen.

Vielen, vielen Dank an …

… Ingrid, Annett und Annette für ihre Meinung.

… meine Eltern für den *Glenfiddich*, das Eisbein und die Unterstützung bei allen anderen Recherchen.

… Carsten für die PC-Wartung vor und nach Mitternacht.

… Emma fürs pünktliche Ins-Bett-Gehen.

Und so geht es weiter ...

Lucie Flebbe (vormals Klassen)

Hämatom

ISBN 978-3-89425-367-7

Lila Ziegler macht mal wieder keine halben Sachen. Nachdem sie zwei Wochen daran gearbeitet hat, ihren Beziehungsschmerz zu betäuben, begibt sie sich in eine Klinik zur Entgiftung. Dort wird sie Zeugin, wie eine junge Putzfrau an einem Herzinfarkt stirbt. War das tatsächlich ein natürlicher Tod?

»Jung, geistreich und nicht auf den Kopf gefallen.« 3sat Kulturzeit

»Da ist es wieder, das neue Krimiwunder: Lucie Flebbe schreibt sich mit ihrem zweiten Roman ›Hämatom‹ ganz ungeniert weiter in die Spitzengruppe des deutschen Krimis.« Focus online

»Ein literarisches Naturtalent.« MDR

Lucie Flebbe (vormals Klassen)

Fliege machen

ISBN 978-3-89425-381-3

Der dicke Wirt Molle bittet Privatdetektiv Ben Danner und dessen Partnerin Lila, den Obdachlosen ›Fliege‹ ausfindig zu machen, denn der hat seinen Hund in Molles Kneipe zurückgelassen. Ein Freundschaftsdienst, der sich nebenbei erledigen lässt, so glauben alle drei.

Doch dann muss Danner Prügel einstecken und Lila macht sich mit den Gesetzen der Straße vertraut. Sie mischt sich unter die obdachlosen Kids – und das mitten im Winter. Was als eiskalter Job beginnt, wird bald tödlicher Ernst …

»Nun liegt bereits das dritte Ziegler-Abenteuer vor und man liest es mit demselben ungläubigen Vergnügen wie seine Vorgänger.«
CulturMag

»Als Krimi kein Fliegen-, sondern ein Schwergewicht.«
www.krimi-couch.de

... mit Lila und Ben

Lucie Flebbe (vormals Klassen)

77 Tage

ISBN 978-3-89425-411-7

Lila und ihr Partner Ben Danner sollen herausfinden, ob hinter den ungewöhnlich hohen Todesfallzahlen eines Pflegedienstes mehr steckt als ein Zufall. Sie mischen sich unter das Betreuerteam. Über ein Blog lernt Lila sehr überraschende Seiten ihrer neuen Kolleginnen kennen. Doch dass eine Mörderin unter ihnen ist, schließt sie aus. Nicht nur, dass es mit dem Fall nicht richtig vorangeht, erhält Lila Besuch von ihrem Bruder. Und der kommt nicht in friedlicher Absicht …

»Fesselnd, dramatisch, unsentimental und mit viel echtem Herz. Gratulation.« WDR

»Harter Tobak, saftige Sprache und dicht an den Menschen.« Hamelner Markt

»Freche Sprüche mit großer Klappe und sorgfältige, lebensnahe Recherche.« WAZ

Lucie Flebbe (vormals Klassen)

Das fünfte Foto

ISBN 978-3-89425-417-9

Wo ist Sabine Kopelski? Im Auftrag der besorgten Nachbarinnen machen sich Detektiv Ben Danner und seine junge Partnerin Lila auf die Suche. Ein Verdacht steht gleich im Raum: Ihr Mann hat sie im Streit um Geld getötet und unter seinem neu angelegten Schrebergartenteich verscharrt.

Ben und Lila pachten ebenfalls eine Zelle bei den ›Friedlichen Nachbarn‹. Sie sind bald so damit beschäftigt, einen Weg zu finden, wie man Kopelskis Teich auf den Grund gehen kann, dass ihnen entgeht, in das Visier eines Stalkers geraten zu sein. Erst als auf Danner geschossen wird, realisieren sie, dass sie vor mehr Problemen stehen als nur vor der Frage: Wo ist Sabine Kopelski?

Ein Ermittler zwischen den Kulturen

Sunil Mann

Fangschuss

ISBN 978-3-89425-369-1

Der erste Fall für Vijay Kumar

Der frischgebackene Privatdetektiv Vijay Kumar macht sich auf die Suche nach einem kleinen Drogendealer. Erst als er über eine Leiche stolpert, merkt Vijay, dass dieser Auftrag es in sich hat. Eine Jagd beginnt – durch das noble Zürcher Bankenviertel bis in die Einsamkeit einer Berghütte.

»Neben den hellwachen sozialen Beobachtungen ist es dieser liebevoll-ironische Tonfall, der Sunil Manns ersten Krimi so sympathisch macht.« SonntagsZeitung (CH)

Sunil Mann

Lichterfest

ISBN 978-3-89425-384-4

Der zweite Fall für Vijay Kumar

Vijay Kumar ist irritiert: Was ist so besonders an Putzfrau Rosie, die er im Auftrag des Medientycoons Blanchard finden soll? Als der rechte Politiker Graf tot aufgefunden wird, bekommt der Fall eine neue Dimension, denn auch bei Graf hat Rosie geputzt.

»Sunil Mann ... erzählt mit coolem Witz und in flottem Tempo.« NZZ am Sonntag

Sunil Mann

Uferwechsel

ISBN 978-3-89425-407-0

Der dritte Fall für Vijay Kumar

In einem Waldstück nahe des Flughafens wird die Leiche eines jungen Mannes gefunden. Hatte er sich im Radkasten eines Flugzeugs versteckt, um illegal in die Schweiz einzureisen? Vijay Kumar geht der Sache nach. Eine Spur führt ins Strichermilieu – der Detektiv trifft unerwartet bekannte Gesichter ...

»Spitzen-Spannung aus der Schweiz: Sunil Manns Vijay Kumar ist eine Bereicherung der Schnüfflerszene.« WDR

Ein Ermittler unter drei Regimes

Jan Zweyer
Franzosenliebchen
Historischer Kriminalroman
Originalausgabe
ISBN 978-3-89425-605-0

Weimarer Republik, Januar 1923: Im französisch besetzten Ruhrgebiet wird eine junge Frau ermordet. Zwei Soldaten geraten in Verdacht, werden aber vom französischen Militärgericht freigesprochen. In Berlin will man das nicht auf sich beruhen lassen und schickt einen Agenten nach Herne.

»Ein subtiler, sorgfältig recherchierter Bilderbogen.« WAZ

Jan Zweyer
Goldfasan
Historischer Kriminalroman
Originalausgabe
ISBN 978-3-89425-611-1

Hauptkommissar Peter Goldstein arrangiert sich mit den Nazis: Schon sehr frühzeitig verkürzt er seinen Namen auf Golsten und tritt der SS bei. Doch als er Erkundigungen über die verschwundene polnische Haushaltshilfe Walter Munders, des stellvertretenden Kreisleiters der NSDAP in Herne, anstellt, sticht er in ein Wespennest. Er gerät selbst in das Visier des Naziapparats …

»Unglaublich spannend.« Gießener Allgemeine Zeitung

Jan Zweyer
Persilschein
Historischer Kriminalroman
Originalausgabe
ISBN 978-3-89425-615-9

Deutschland in den Nachkriegsjahren: Ein jeder versucht, seine Weste reinzuwaschen. So hatte auch der Tote, der mit durchschnittener Kehle in einem Hinterhof gefunden wird, etwas zu verbergen: Peter Goldstein findet heraus, dass der Mann ein Doppelleben führte ...

»Ein passendes Finale für Jan Zweyers bemerkenswerte ›Ruhrgebiets-Trilogie‹.« krimi-couch.de

grafit